涩涩的青春

江沛言 著

陕西出版传媒集团
太白文艺出版社

Vol. 01

  在开往常荣市的火车上，韩青青站在两节车厢连接部的一侧门道里，两只胳膊合抱在胸前，身子斜靠在车厢上，一声不响地朝车窗外望着。门道里挤满了人，站在韩青青旁边的三个小伙，一边旁若无人地聊天，一边偷偷地抽烟，缭绕的烟雾让韩青青感到有些呛鼻，但韩青青依旧没有动。和昨天回家前有点督乱的心情相比，韩青青此刻的心情，简直是糟透了。

  火车钻过一个隧道，吼叫了一声，继续平稳地向前奔驰。今天是腊月二十九，后天就要过大年了，南来北往赶着回家的人们，将车厢拥挤得密不透风。韩青青上车时没有买到车票，要知道在春运期间想买到一张火车票该有多难。但韩青青告诉自己，买不到票也得走。好在她几乎没带什么行李，只有挂在肩上的一个小包包，这就使得她有机会与扛着提着背着大堆行李的人群拥在一起，呼呼啦啦地混进了车站。常荣市是距离省城最远的一座小山城，韩青青要去一个任谁也找不到她的地方。

  列车员挤过来检查车票，嘴里喊着，请出示一下自己的车票……听到列车员的声音，韩青青急忙从包里取出了钱，刚要伸手朝列车员递过去，却听到列车员不客气地埋怨道，不知道这是一趟无烟列车吗？还是没看见张贴的禁烟标志？这么多人挤在一起，空气质量本来就很差了，你们还好意思躲在这里偷偷抽烟？三个年轻人知道是说他们，慌忙掐灭手中的烟头，陪着尴尬的

笑脸将自己的车票拿出来让列车员看,列车员扫了他们一眼,又说,看看这过道让你们搞成啥样子了?乌烟瘴气的,什么素质嘛!列车员一转脸,看见眼前晃动着韩青青朝她递过来的钱,她没理韩青青,举头继续喊道,请出示一下自己的车票,未买票的乘客,去七号车厢办理补票。列车员一边喊着,一边朝另一节车厢挤去了。韩青青将钱塞进包包,从里面取出一片纸巾,在自己眼睛上沾了沾,举手掠了掠额前的刘海,挤出人群,跌跌撞撞地来到七号车厢,办理了补票。看见每节车厢都是同样拥挤,韩青青办完补票,就地待在了七号车厢与八号车厢连接的门道里。

寒冬腊月的天气,车外是凛冽呼叫的北风,车内是拥挤不堪的行人,到处弥漫着人们呼吸的味道,打嗝的味道,放屁的味道,吸烟的味道,小孩拉屎拉尿的味道,行囊中糖果糕点的味道以及味儿已经不是很好了的鱼虾等水产的味道,所有的气味混合在一起,氤氲在整个车厢。寒冷使得人们没有勇气打开车窗透透气儿,车内的空气随着时间的推移,变得越来越污浊了。加之冬季人们穿得又厚,臃肿的人体与庞杂的行李将车内的走道拥堵死了,常会让打算走动一下的人不得不打掉这个不易实现的念头。

办理补票后,韩青青依旧静静地将自己依靠在一边车门的角落,她努力地收缩着自己的身体,想尽量地让自己能够避开与身边乘客的挨挤和碰撞,但事与愿违,她越是收缩自己,越是缩小了自己站立的空间。此时此刻,韩青青的半个身子,已经几乎贴在了车门和车厢上的那个角上了。

躲在角落里的韩青青,不时会抬头扫视一下身边的乘客,脸上流露出一种落寞而又失望的表情。韩青青是一位美丽的女子,二十岁出头,身高一米六八,有着苗条的身材,端直的长腿,姣好的面容,以及洁白柔嫩的皮肤与黑得发亮的头发,整个人显得格外优雅,尤其那双清澈明亮、略显忧郁的大眼睛,尽管由于之前长时间的哭泣,显得有些浮肿,却依然透着一种脱俗的美丽。

韩青青的情绪十分低落。她缩着脖子,搂抱着双臂,大部分时间在迷蒙着眼睛低头想事。她是满怀期待地回家去和家人团聚的,去和她至亲的人一起过大年的,她已经有大半年没有回过家了。可谁知道,回到家里之后,竟会遇到那样让人不堪和羞辱的事情。本来她和母亲说好,由于工作太忙,她只能在腊月三十那天回到家里。为此,母亲在电话上表示了不满,说虎子每天都在念叨着妈妈,你不想别人,难道不想你儿子吗?工作再忙,连过大年也非得除夕才回家吗？你们老板也真够察的。韩青青笑着对母亲说，妈，你总知道，你女儿现在只是个小小的助理，我们白总不发话，满公司上下谁也不敢动身，妈你说我能走吗？你就放心吧，除夕回家的车票我已经预订了，年货和礼物也都置办齐了，保证除夕下午早点儿看到你。在和母亲通话后，韩青青还与丈夫杨宝林和七岁的儿子通了电话，丈夫和儿子也都希望她能尽早回家。到了腊月二十五那天，老板白毓秀突然对韩青青说，青青你安排一下，咱们二十六下午放假吧。韩青青听了心里不禁一喜，嘴里却说，不是定好除夕才放的嘛？白毓秀说，你没看员工心不在焉的样子，一个个人在公司，心早就跑了。再说除夕那天放假，有的人可能真的回不到家里。韩青青说，还是白总心好，员工会感激您的。白毓秀笑了笑说，好了，去办吧。韩青青说，我还是除夕那天走吧。白毓秀说，员工离开后，你检查善后一下，二十七八就可以走了。韩青青笑着说，谢谢白总。白毓秀说，走时我开车送你。韩青青一激灵，想说有司机送站，别劳驾您了。可看到白毓秀温暖亲切的目光，韩青青略带羞涩地笑了笑，说，那谢谢白总了，到时我在东二环大丰立交下面等您。

　　放假日期提前后，韩青青心里着实兴奋，但她并没有将这件事告诉家里，她要给家里的人一个惊喜。韩青青立即将除夕回家预订的车票退掉，连续两个晚上去了商场，将一些没有买齐的东西继续买了买齐，给房东上初一的小女儿买了一个小电子玩具，并提前将回家要带的行李打整好。二十八日清晨六点钟，韩青青就出发去了大丰立交，这天白毓秀也起了个大早，亲自开车前来送她，尽管白毓秀在车上给她说了一些让她颇感意外和不安的话，而且一下子将她的心绪搞乱了，但韩青青还是快快乐乐地坐上了开往老家县城的长途汽车。

Vol. 02

上午十点钟,汽车到了老家县城,还得走四十里山路才能回到自家的村子杨家沟。韩青青知道,县城通往距离他们村子十多里地的下固镇有一趟班车,但这趟班车只有早晚两个班次,要坐下午的那趟车,只能等到四、五点钟。就在韩青青带着行李下了车,站在车站门口踌躇不决的当儿,忽然听到有人喊她的名字,韩青青抬头朝大门外面看了看,只见有个人坐在出租车驾驶室里,朝外挥着胳膊向她打招呼。韩青青想,是出租车在拉客吧,但又想,司机怎么会知道自己的名字?这时出租车掉头拐了个弯,嗖地停在了车站大门外面。接着司机下了车,朝韩青青走过来。这时韩青青才看清楚,原来是她中学时期的同班同学郝书成。郝书成走到韩青青面前,脸红了一下,笑着说,韩青青,老远看着就是你。韩青青脸也一红,回笑着说,怎么会是你,郝书成?郝书成说,得是刚回来?韩青青说,是。郝书成说,去哪里?韩青青说,明知故问。郝书成说,怎么走?有人来接?韩青青摇摇头,没,家里人不知道我今天回来。郝书成说,那这样吧,我来送你,咱有的是专车。韩青青说,不不,你忙你的,下午有一趟班车,我等班车。郝书成说,那得等多久啊?别客气了,快上车吧。说着就伸手将韩青青放在地上的行李往车上拿。韩青青不知如何是好了,半天说,我们家离县城很远的。郝书成笑着说,开玩笑,忘了我家在哪里啦?跑出租还怕路远吗?看韩青青站着不动身,郝书成又笑着说,快上车吧,不会从你收费的,绝对诚实守信。就这样,韩青青便搭乘着郝书成的出租车,往家里赶了。一开始上路,两个人忽然没有话说了,郝书成在专心地开车,韩青青则朝着车外寒冷的荒野无声地张望着,一时显得气氛有点拘谨。这时两个人都忘不了,还在他们上初一的时候,那时韩青青还不完全懂事,就是这个郝书成,有一天趁大家出操而他值日打扫教室卫生的机会,给韩青青的数学课本里悄悄夹了一封情书,这是韩青青收到的第一份情书,韩青青怀着一颗战栗的心,读完郝书成的情书,情书里的那些话,既让韩青青感到了一种从未有过的莫名的震撼,也让韩青青感到了一种从未有过的莫名的害怕,她用颤抖的手,悄悄将那封情书撕了。尽管后来郝书成坚持不断地给韩青青写来了一封又一封情书,大有狂轰滥炸的态势,韩青青都悄无声息地将它们一一撕掉了,而在行动上始终理也没理睬郝书成,甚至在日常的接触中离郝书成更远了。但从此,郝书成却永远地留在了韩青青的记忆里。汽车猛地颠簸了一下,将沉浸在回忆中的两个人惊醒了,这时韩青青顿了顿神,向郝书成说道,只顾开车,怎么不说话啊?郝书成说,路不怎么好,得用点心开,不然给你弄出点好歹,我就别想活了。韩青青扑哧笑了,说,怎么说得那么吓人的?郝书成沉默了一下说,其实说句实话韩青青,我真愿意和你一起与这车子滚到下面的深沟里去。韩青青一震,突然觉得有一股惊恐骤然袭来,说道,郝书成你在胡说什么呀?用心开你的车。郝书成却缓缓地说,这么多年来,你没有给过我任何向你当面表示的机会。韩青青你知道我多爱你吗?你知道不知道,至今……我依然深爱着你……韩青青心里一烫,却呵呵一笑说道,什么爱不爱的?我呀,人老珠黄了,你不知道我儿子已经六七岁了吗?九月份我儿子已经上小学了。郝书成没有说话。韩青青接着说,别说了好吗,那都是孩提时代的事了。又说,说说你,现在过得怎么样?还好吧。郝书成说,就这样混呗!大学没考上,当了两年无业游民,没路可走了,我爸就给我买了这辆车,将全家搬到了城里。韩青青说,很好呀!在城里开出租,有什么不好,有什么不满足?又说,你可是比过去长高了不少,你不喊我,我都几乎认不出来你了。郝书成笑着说,是不是有一点丑小鸭变大天鹅的感觉?韩青青笑了一下,说,还真有点。郝书成说,上初中那阵我太丑了,又瘦又小,还黑。韩青青忍不住笑了,说,哪里呀!郝书成说,如果没有今天的偶遇,我可能一辈子也和你说不了这么多话。韩青青说,又怎么啦郝书成?郝书成说,因为……我

5

爱你,感谢你终于给了我这次机会。韩青青沉默了半天,最后说,郝书成你今天是怎么了?我是怎么走过来的,你难道不清楚?我的一切能由得了我吗?这人的命,天注定,胡思乱想不中用。一切,都在冥冥之中,不是你想改变就能改变得了的。郝书成再没有吱声,这段路况不太好,就在集中注意力开车。良久,韩青青说,结婚了吗?郝书成摇摇头。韩青青说,有女朋友了吗?郝书成又摇摇头。韩青青说,你就胡扯吧,我又不吃你女友的醋,忽悠我干啥?这么高高大大、英俊帅气的小伙子,能一直单着吗?半天,郝书成叹了一口气说,曾经沧海难为水,除却巫山不是云啊!韩青青不言声了。郝书成问道,青青,你如今过得怎么样?说说好吗?韩青青说,无所谓好不好,就那样。如今我有一份虽不高贵,但也能谋生的职业,家里有老公、有儿子、有父母、有弟妹,有一个虽然清贫、但却温暖的家,我已经……心如止水了。郝书成说,如今做什么工作?韩青青说,在一个化妆品公司做助理。公司不大,但环境还过得去。郝书成说,那就好,在外,多多珍重自己。韩青青不知道说什么好,想了半天,说了声,知道了,开车很辛苦的,你也要注意休息,特别是安全。听着韩青青的话,郝书成下颌动了动,忽然扭头看了一眼身旁的韩青青。韩青青看见,郝书成眼睛里仿佛溢上了泪水。韩青青迅速将脸转向了车外。

　　车子开过了一座小桥,开始爬坡。望着小桥下面就是自己小时候带着妹妹们戏水的小溪,韩青青似有感触地说,到了,上到坡顶就是我们的村子了。郝书成说,我知道。韩青青看看表,说,真快,一个小时多点就到了。谢谢你老同学。郝书成说,说的是见外的话。能给韩青青女士服务,是郝某莫大的荣幸。今天能见到你,我非常高兴。不过,青青你放心,一切我都明白,没有你的应允,我绝不会惊扰你的生活。韩青青心里涌出了一股热,说,我也一样,能见到老同学,心里特别温暖。说话间,汽车爬到了坡顶,郝书成将车停在路边,将韩青青的行李取了下来,说,村里路窄,我就不进去了,提前祝你春节快乐。说着向韩青青伸出了右手,不知道韩青青没有意识到郝书成的举动还是怎的,笑吟吟地一边说着也祝你春节快乐、阖家幸福,一边拿起包包取出了钱,郝书成立即收回已经伸出的手,挡住韩青青手里的钱说,已经说好的事,别客套了好不好?韩青青说,这怎么成?这是你应得的呀!郝书成说,付钱就免了吧,只是我有个小小的要求,不知道老同学能否给我个面子?韩青青疑惑地看着郝书成:什么要求?郝书成显得有点赧然,说道,能不能将你的电话给我留一下？未等韩青青说话,郝书成又说,没别的意思,更没别的企图,只是想到青青女士春节后要返程,如需要本司机效劳,定当按时抵达,提供一流服务。韩青青灿烂地笑了,说,你个郝书成,怎么这么逗啊！说着就将自己的一张名片递给了郝书成,又说,咱们说开了,你要是再不收钱,你的车我真的不敢坐了。郝书成连声说,一定,一定。也不知道是一定收钱,还是一定不收钱。说着也将自己的一张名片递给了韩青青。这时韩青青说,眼看到十二点了,按理说应该请你回家吃一顿便饭,你这样就走,真有点失礼啦。郝书成说,打住打住,大过年的,让老婆带着个英俊帅气的的哥回家与久未见面的老公一起吃饭,你得是成心想给我惹事儿呀？说得韩青青忍不住咯咯笑了,郝书成你可真贫！那就不留你了,快走吧,一路注意安全。郝书成上了车,笑着说,只要你韩青青不觉得郝书成是个坏家伙,我就心满意足了。韩青青也笑着挥了挥手,说,去吧,去吧,你就是个坏家伙。郝书成调转了车头,喊了声,快回家吧。就风驰电掣般地朝坡下奔去了。望着汽车后面卷起的一股尘土,韩青青心里升起一丝暖暖的感觉。

Vol. 03

　　韩青青下车的地方,距离韩青青的婆家比娘家要近一些,韩青青便左手拉着拉杆箱,右手提着大包小包走进了婆家的巷子,整个巷子冷清清的,只有几个老年人,袖着手蹲在避风的旮旯晒着太阳,韩青青心想,大概中午时分了,人们都回家吃饭了吧,再说,这么大冷的天,谁没事不愿意待在自家的热炕上,却要跑到这风天风地的大门外受冻,那不是有毛病吗?韩青青走过几个老人跟前时,立刻满脸堆笑地朝他们问候道,待这儿晒太阳啊?没想到几个老人看到韩青青后,似乎有些吃惊,不由得愣怔了一下,随即有个人迅速缓过神来,对韩青青笑着说,晒暖暖哩!这不是青青吗?回来过年来啦?韩青青笑着说,是啊是啊,回家过年来啦!各家的年货都备办齐了啊?老人呵呵地笑道,都齐啦、都齐啦……

　　几个老年人的举动,让韩青青心里有些不解。不过没来得及细想,就看见从对面走过来两个年轻媳妇,好像还是从自己家里走出来的,韩青青刚要张口说话,其中一个从小就和韩青青十分要好,同是嫁在了本村的小姐妹一看见她,有点慌张地快步向前走了几步,一把抓住韩青青的手说,是你啊青青,你怎么回来了?韩青青莫名其妙地说,翠芬你说什么呀?过大年我怎么能不回来嘛?另外一个媳妇也快步走到韩青青面前,说,怎么,青青你不知道啊?两个小媳妇的举动,将韩青青弄懵了,她不知道家里发生了什么事情,瞬

8

间心就咚咚地跳了起来,失急慌忙地问道,翠芬你快说,究竟是怎么了?我怎么就不能回来?我究竟不知道什么嘛?看见两个人都不回她的话,韩青青抬头望了望自家门前,看见有村人陆续从自家的院子走了出来。韩青青又向翠芬问了句,我们家今天怎么了?翠芬说,你们家待客哩!韩青青问,待客?待什么客?翠芬说,你当真不知道啊?人们还以为这事是你的主意,都在骂你哩!韩青青使劲摇着翠芬的手,究竟怎么了翠芬?众人为啥都要骂我?究竟出了什么事?翠芬你们快说吧!翠芬从韩青青手里抽回自己的手,对韩青青说,你快回家吧,回家看看就知道了。不管怎么样,你都不要着急上火。看见问不出啥名堂,韩青青便离开翠芬她们,拉着行李箱急急地来到自家门前,这时韩青青看到,自家大门的正中,贴着火红的"双喜"斗方大字,门框上贴着喜庆的对联,韩青青没有细看对联的内容,只是扬眉看了一眼门楣,只见那里贴着四个大字:天作之合。韩青青脑子里迅速蹦出了两个字——结婚。我们家会有谁结婚?谁和谁结婚?韩青青顾不得多想,立即大步迈进了院子。

当韩青青闯进院子时,映入韩青青眼帘的是,偌大一个院子里摆着十多桌酒席,满院子坐着黑压压一片人,几乎是全村的男女老少正聚在这里,在一片欢乐和笑闹声中共进婚宴哩。韩青青一下子呆了,呆呆地站在大门口一动不动。就在这时,韩青青看到,她的丈夫杨宝林身着西装,正在和穿着一身红衣的妹妹韩佩佩,挨着桌子向每个坐席的人敬酒。也就在这时候,不知道是谁看到了立在大门口的韩青青,忽然大喊了一声,快看,青青回来了!所有坐席的人仿佛吃了一惊,立时丢下手中的筷子,齐刷刷将头扭向了大门口,当人们看见站立在大门口的韩青青时,都不禁呆住了,一个个不约而同地站了起来,无声地朝韩青青望着。这样对峙的局面持续了十多秒钟,韩青青突然就摔倒了,一下子昏厥了过去。见此情景,满院子的人呼啦就大乱了起来,刚刚开始进行的婚宴也到此不得不中止了,人们纷纷离开餐桌,慌忙四散了。几位专程从乡里赶来庆贺的值班干部,见状后和杨福才连个招呼也没打,急匆匆地赶回乡政府去了。

就在韩青青摔倒后,正在给人敬酒的杨宝林和韩佩佩当即扔下手里的酒杯,急忙来到了韩青青身边,接着,杨宝林的父亲杨福才、母亲袁莉萍、妹妹杨蜡花、韩青青的姐姐韩彩彩、妹妹韩瑶瑶和弟弟韩龙龙一干人,也都惊慌失措地赶来了。在袁莉萍的指挥下,杨宝林、韩佩佩、杨腊花、韩彩彩几个人手忙

脚乱地将已经昏迷的韩青青抬了起来,准备向村医疗站送去,这时杨福才说了句,不要去医疗站了,就放在东边窑里,我已经打发人去叫拴锁了。袁莉萍想到东边窑里是杨宝林和韩佩佩的婚房,犹豫了一下说,是不是就抬到西屋?杨福才生气地说,西边屋子蒸馍备菜、烧水泡茶,门口又是厨房炉灶,乌烟瘴气的,咋给人看病呀?于是大伙就将韩青青抬到了东边窑里,将韩青青平放在炕上。看着韩青青憋得有些青紫的脸,袁莉萍望了望站在屋门口满脸不高兴的男人杨福才,说,这拴锁咋还没来呀?我试着掐一下人中看看吧。看见杨福才未置可否,袁莉萍便用颤抖的左手稳住韩青青的头顶,将右手的拇指掐在了韩青青的人中。没想到这样掐了十几秒钟,竟将韩青青掐醒了。韩青青喉咙咕噜了几声,接着慢慢睁开了眼睛,望着围在自己身边的一圈人的脸,韩青青似乎忘记了自己现在在哪里?她使劲摇了摇脑袋,欠着身子坐了起来。看见韩青青醒了,袁莉萍高兴地说了声,青青你醒了!接着杨宝林和韩佩佩也同时叫了声青青和二姐。韩彩彩和杨福才也急忙来到了炕边。这时韩青青一抬眼,却看见了挂在对面墙壁上的已经放大了的杨宝林和韩佩佩的结婚照,照片下面贴着他们两个申领回来的崭新的结婚证。韩青青一怔:这里原来可是她和丈夫杨宝林的卧室呀,如今居然变成了他们两个的新房!韩青青霎时怒从心头起,突然伸手朝着杨宝林和韩佩佩的脸上分别搧了一个巴掌,接着歇斯底里地大喊了一声,你们一对猪!不要脸!不要脸!给我滚出去!然后忽地跳下炕,怒睁着一双眼睛吼叫道,你们说,你们把我的虎子弄到哪里去了?我要见我的虎子!韩青青一边喊着,一边拨开人群,从屋门闯了出去,直直朝着院子大门奔去。看见韩青青如此愤怒疯狂的举动,所有在场的人,没有一个人敢拦他,包括一向威势在身的公公杨福才。韩青青奔到大门口时,与听到消息匆忙从娘家赶来的父亲韩学文和母亲房小琴,以及急急赶来的村医杨拴锁,撞了个满怀。韩青青没有搭理任何人,顾自奔出大门直接向娘家院子奔去了。

　　按照当地风俗,结婚,对于男方家里来说,是一件了不得的大喜事,当然应该大操大办。对于女方家里来说,出嫁女儿当然也是喜事,但却大大不同于男方家里,办事的场面却要小得多。随着女儿出门登轿,女方家里的客人会以送亲的方式,去男方家里庆贺和赴宴,唯独出嫁女儿的父亲和母亲,一般不会前往。因此,在韩青青回到婆家以至昏迷跌倒的过程中,韩青青的父亲和母亲并不在场,而是在听到翠芬几个人给他们传递消息后,他们才急匆匆地赶来了。

看见韩青青连哭带喊地跑回了娘家,韩青青的父亲和母亲,当即扭头往自己的家里赶,接着就有杨宝林和韩佩佩、杨福才和袁莉萍,以及韩彩彩、韩瑶瑶和韩龙龙,也都呼呼啦啦地赶往韩学文家里来了。韩青青在头里跑着,她本想跑进家门后,将大门关住,不让任何人进来,但当赶到她家时,后面的人已经赶上她了。

韩青青几乎是与后面赶来的人一起跑进家门的,韩青青刚跑进家里,赶来的人又将她团团围住了。看着气喘吁吁的双方父母亲,看着一身新婚服装的杨宝林和韩佩佩,韩青青的气又不打一处来了,她上前一把抓住杨宝林的衣领,朝杨宝林乱抓乱打了起来,杨宝林不动身地任她打着骂着,站在旁边的韩青青的母亲房小琴则一迭声的说,青青你别打了,听妈给你说话好不好?韩青青听到妈妈这样说,一转脸愤怒地对着房小琴喊道,好,你说,看你还能给我说什么,说你这个当妈的,就给女儿办的这种好事?接着又一把拽住妹妹韩佩佩,朝韩佩佩的脸和头发上揪抓起来。韩彩彩与一伙人急忙将韩青青和韩佩佩拉开,无计可施的韩青青这才一下子扑到炕上,放大声哇哇地号啕了起来。

Vol. 04

　　韩青青在炕上哭号着,听到一伙人依然站在屋子里七嘴八舌地对她进行着规劝和解释,气愤不已的韩青青哭喊道,你们都出去好不好?我不要看见你们!看见韩青青这样激动,大家愣了愣神,都悄无声息从屋里走出去了。听见大家都出去了,韩青青跳下炕,哐啷一声将屋门关上,然后恨恨地依靠坐在炕沿上,一边啜泣一边在顿气。逐渐地时间一久,韩青青不再哭了,用一双泪眼瓷愣愣盯着对面桌上的镜子,在静静地出神。她无论如何也搞不明白,在她的家里,怎么忽然就会出了这种丢人现眼、让人匪夷所思的事情?前几天和母亲通话时,从母亲说话的语气看,一切都十分正常,没有听出一丝丝不对劲的地方,可前后不过几天的工夫,怎么就……韩青青忽然觉得,看来他们早就将一切预谋好了,只是瞒着她一个大傻子。想到这里,一股恨意又从心头升起了,韩青青止不住又流下了伤心的泪水。她一直对三妹佩佩多好啊!佩佩明年就要高中毕业了,虽然学习成绩一直不是很好,但如今大学招生比例很高,她想着到时无论如何,哪怕是出高价学费,也要让佩佩好赖去上个大学,像她一样上个大专或者职业技术院校都行,即使手头再拮据,她也有决心供给妹妹念完大学。可谁知,十七岁的妹妹竟然不要脸地与她的姐夫、与自己的丈夫忽然间就把婚居然结了,来了个鸠占鹊巢,你说气人不气人,丢人不丢人呀?韩青青想,不知道这两个狗东西究竟是怎么勾搭到一起的,啥时候勾搭到一起的,想她常年不在家,这两个狗贼可能早就黏糊在一起了。想到这里,韩青青流着眼泪,不由自主地紧咬了一下牙关。接着,她又想到了杨福才,这个猪狗不如的老东西,欺负她一家人简直和欺负死人一样。就是这个杨福才,借着他是村长,当年以势欺人让她辍学嫁给了他的儿子杨宝林,嫁给他也就嫁给他了,如今她和杨宝林已经有儿子了,事情也就算过去了,谁知道事情到了如今,依然是这个杨福才,又让他的这个儿子将她的妹妹娶走了,这个可恨的杨福才,他究竟在想什么?他究竟要干什么呀?难道要她们姐妹两个做他儿子的大妻小妾吗?韩青青气愤得脸都要变形了。转念她又想道,即便是他杨福才、杨宝林有这样的想法,难道自己的父母亲也那么贱,也愿意那么逆来顺受吗?她怎么也想不通,妹妹韩佩佩即便学习再不好,但也是一表人才,难道她也连自己的前途不要了,愿意遭大她将近二十岁的杨宝林的践踏吗?韩青青心里升起了一股难耐的凄凉,感到了一种从未有过的无助。我该怎么办?我该怎么办啊?韩青青反复地想。就在这时候,从门外传来了母亲房小琴颤颤怯怯的声音:青儿,我娃甭哭了,你把门开开,先吃点饭再说话……接着又传来了韩佩佩哀哀的哭声:二姐,你把门开开好不好,佩佩给你跪在门口了……听见了韩佩佩的声音,韩青青忽然又涌上来了一股气,她大声吼道,猪!韩佩佩你是条猪!你给我滚!我永远也不想见到你!吼完又呜呜地哭了起来。

  韩青青一直没有开门,一个人待在屋子里想一阵,哭一阵,哭一阵,想一阵,谁来叫门她也不开。就这样过了两个多小时,韩青青想,看来这个年她不能在家里过了,这个家已经没有她立足的地方了。在这样的家里,在这样的气氛里,这个年她还怎么过呀?气都能把她气死,恶心都能把她恶心死!她必须尽快离开这里。这个想法产生后,韩青青立刻想到了送她回家的同学郝书成。韩青青庆幸郝书成离开时给她留了电话。她悄悄拨通了郝书成的电话:郝书成吗?郝书成接到韩青青的电话,一时有点受宠若惊,显得既意外又兴奋,在电话里激动地回道,是我,书成,是你吗青青,真的是你吗……韩青青说,就是我,韩青青。郝书成说,听到你声音,我特别高兴,特别亲切,特别激动,特别……韩青青打断郝书成的话说,甭特别特别了,书成,我有点事要求你……郝书成马上说,好好好,啥事你说,你说吧。韩青青压低声音说,是这样郝书成……郝书成急忙又说,青青你不要犹豫,你快说吧,我听着呢。韩青

青说,是这样,你能不能马上把车开过来接我一下,就在我中午下车的地方,我要去县城一趟。郝书成一愣怔说,是吗?转而显得兴奋了起来,当然当然,当然能啊!我这就马上出发,很快就会到的,你等着吧。韩青青说,车到村里后,你给我震下手机铃声就行了。接着又说,记着,到村头后,你不要下车,如果万一有人问你,不要提到我。郝书成说,明白,青青,你就放心吧,我马上就出发了。这时韩青青隐约听见,郝书成好像对身边的什么人说,对不起,请你下去另找车吧,我这里有急事了,送不了您了。接着又听郝书成焦急地说,给您说过了,我真的有急事了,不能送你了,给再多钱也不能送了,您赶快下车吧……对,不和你顺路,坐不了顺车……韩青青在这边听着,心里有着一丝感动,叫了声,郝书成。郝书成说,哦,青青你说,我听着呢。韩青青说,记着来时给我带点吃的东西,我还没吃午饭呢。郝书成说,没问题。韩青青想了想,又叫了声,郝书成。郝书成说,青青你说。韩青青顿了一下,说,谢谢你书成。郝书成听了,呵呵地乐了。

事情想明白了,韩青青在屋子里继续待了半个多小时,然后主动将屋门打开,从屋子走了出来。听见韩青青到院子了,一呼啦从隔壁屋子走出了一伙人。韩青青看见,这些人里有他的父亲和母亲,有她的姐姐韩彩彩,妹妹韩佩佩、韩瑶瑶和弟弟韩龙龙,有他的姨妈和姨夫,有她的姑妈和姑夫,有她的舅舅和舅妈,还有杨宝林和他的父母亲,所有人都小心地看着韩青青的脸,一个个都不敢吱声。这时韩青青的母亲房小琴说,彩儿,快去给你妹妹弄点饭去。韩彩彩应声刚要转身,只听韩青青冷冷说道,甭忙活了,我不饿!韩彩彩止住脚,不知道如何是好。母亲又说,青青我娃不要上火,听妈妈的话好不好,回到屋里去吧,妈有几句话要给你说。韩青青铁青着脸,恨恨地看着自己的母亲,不作声。妈妈走上前想拉韩青青的手,被韩青青无情地甩掉了,她气呼呼地大声问道,啥也不要说了,你只给我说,我的虎子现在在哪里?妈妈说,送你舅舅家里去了,让你外婆看着呢,你就放心……韩青青举手指着杨宝林和韩佩佩,咬牙切齿地说,你们两个狗东西,只顾你们自己快乐,得是多余我的虎子啦?你们狼心狗肺,你们不是人!说着又忍不住失声痛哭了起来,并要扑上前去抓打躲在一旁的杨宝林。杨宝林急忙闪过身子,躲在了他爹妈的身后。韩青青被亲戚们拉住动身不得,便又指着杨宝林和韩佩佩骂道,我告诉你们,你们造下的孽,会得到报应的,老天不会放过你们,你们不得好死!

说完好似自言自语地说,我要去看我的虎子,我要去看我可怜的虎子……一边说着一边朝着大门口走去。看见韩青青要去外婆家里看儿子,院子里的人不知道该去拦她还是该去送她,便跟随着韩青青朝着大门口走,韩青青喊了句:甭跟着我!不知道谁说了句,快去给青青推把车子。韩青青立住脚转过身,泪流满面地喊道,我不要车子,我啥也不要,我就这样走着去,我要去看我的儿子,你们谁也别跟着我……众人便都站住了脚,眼瞅着韩青青悲哀气愤地从大门走了出去。也就在这时候,韩青青装在包里的手机,忽然响起了几下短促的震动。

Vol. 05

听到手机铃声,韩青青心里一震,知道郝书成的汽车已经来到村头。韩青青往前走了几步,小心地回头望了一眼,看见院子里的人都跟着她来到了门前,立住脚举目朝她望着,并没有人跟了上来。韩青青下意识地加快了步子,朝着巷口走去。她家距离郝书成停车的地方要远一点,途中还要路过杨宝林的家门口,韩青青心里有点急慌,只怕有人发现她要离开。当经过杨宝林家大门的时候,她再次看见了大门上火红的对联和门楣上"天作之合"四个字,韩青青恨恨地咬了咬牙,步子迈得更快了。由于韩青青回家搅了杨宝林和韩佩佩的婚宴,巷子里站着许多看热闹的人。韩青青走过时,人们都用惊讶的眼光望着她,不知道韩青青急急地要去哪里,也没有人主动和韩青青说话。当韩青青经过翠芬婆家门口时,翠芬立即跑上前来,想和韩青青说话,还没等翠芬开口,韩青青立住了脚,对翠芬说,翠芬,有啥话等我回来后咱们再说,我现在要去我外婆家看我儿子。说完就又往前走了,翠芬望着匆匆走远的韩青青,想说什么却没有开口,就这样眼看着韩青青的身影消失在了巷子东头的小坡下面。

韩青青走下巷口朝北拐了个弯,发现这里没有人,便不由自主地小跑了起来。她一口气跑到了郝书成汽车跟前,这时郝书成已经将车门打开了,韩青青直接坐上了车。一关上车门,韩青青就说了句,快,赶快离开。郝书成看见韩青青的脸色很灰败，神情很紧张，也没说什么话，立刻踩了一脚油门，汽车便嗖地蹿了出去。

　　按照韩青青本来的想法，她实在太想自己的儿子了，不管怎样，她一定要去看儿子一眼的，甚至有可能的话，她还打算将虎子带走放在自己身边，从此由她来养。应该说，这些年来，是儿子支撑着她走到了今天，儿子就是他的命根子。如今狗东西杨宝林图了新欢，和不要脸的韩佩佩勾搭到了一起，那还会有儿子的好日子过？人常说，有了后妈，就有了后爹，韩青青想，可怜的虎子从此要遭难了，也就觉得儿子愈发地恓惶了。韩青青对郝书成说，哎停停，先不要下沟，往回拐朝北开，去崔家峁村一趟。郝书成愣怔了一下，刹住车说，去崔家峁做啥？韩青青沉吟了一下说，我要去看我的儿子。郝书成说，崔家峁你又不是不知道，那地方不能走汽车，去不了的。韩青青望着郝书成，眼睛里突然滚下了泪水。郝书成说，真的青青，不是我不愿意去，是车跑又不是我跑，路再远我也不怕。只是去崔家峁的路全是羊肠小道，根本不能行车……韩青青只管流泪，不说话了。郝书成说，那怎么办？韩青青还只是流泪。郝书成说，要不这样，我在这里等你，你步行着快去快回怎么样？韩青青本来心情就既气愤，又紧张，现在又看不成儿子，止不住一股悲伤又从心中升起了，刹那间就失声痛哭了起来。郝书成不知道韩青青究竟怎么了，一时愣住了，不知道怎么办才好。郝书成说，要不咱们把车停在路边，我陪你一起去。韩青青只是哭，不说话。郝书成说，快做决定吧青青，这里离村里很近，要是让人看见……听郝书成这样说，韩青青一激灵，马上抬起泪脸，咬了咬牙朝郝书成说，不去了，上县城吧。郝书成望着韩青青，顿了顿神，那神情仿佛说，真的不去崔家峁了吗？韩青青说，开吧，去县城。郝书成这才继续将车朝着坡下开动了。郝书成一边开车一边说，饭给你带来了，两个肉夹馍，两瓶矿泉水，放在你前面的手套箱，快拿出来吃吧。韩青青坐在副驾驶座上，依然哭得嗨啦啦的，不吱声。郝书成说，甭哭了青青，这次没看成，下次回来再看不也一样？不料韩青青却跄了句，你倒说了个轻巧。郝书成落了个倒憋气，不再吭声了，良久却说，赶紧吃饭吧，总饿着怎么成？韩青青气呼呼地说，不想吃。

　　两个人再没有说话，只有汽车奔跑的声音在响。十多分钟后，韩青青停止了哭泣。她从包里取出湿巾，将自己的脸和手擦了擦，然后拉开手套箱，打开一瓶矿泉水，一口气喝了大半瓶，接着又取出一个肉夹馍，大口地吃起来。

待到水也喝了饭也吃了，韩青青觉得自己的身心一下子轻松了不少，又用纸巾擦了擦嘴和手，这才有点不好意思地说，对不起郝书成，刚才是我不好，你不要介意。郝书成扑哧笑了，说，终于缓过劲儿来了？看你刚才的样子，泪涟涟而又凶巴巴，可真把我吓了一跳。韩青青说，去你的，你说话总是那么夸张。郝书成说，一口气喝了那么多矿泉水，也不怕冰着？韩青青说，一肚子都是火。郝书成说，现在说吧，家里发生啥事了？韩青青看了郝书成一眼，说，没发生什么事。郝书成说，不值得给我说还是不好意思说？今天是啥时节？腊月二十八！全国的人都撒开脚丫子往家里跑哩，可你韩青青，到家里饭没吃一口，脚没歇一阵，就又转头哭着出门了，能是没发生事情吗？说吧，说不定我还能帮你。郝书成这样说，韩青青忍不住又哭了。郝书成说，到底怎么了？韩青青顿了顿，恨恨地说，我那口子他在外面……有人了……郝书成哦了一声，半天说，眼下已经大年根根儿了，你准备去哪里？韩青青说，去省城，回单位。这时韩青青手机响了，韩青青取出手机，看见是杨宝林打来的，直后悔一上车忘了关手机，立即掐断呼叫，接着就将手机关了。郝书成说，过年单位不会有人吧？冷冷清清一个人呆那里不难受吗？韩青青说，至少省城有我的小租屋，不会饿着冻着的。郝书成说，你不怕家里人去那里找你？韩青青不说话了。这时，郝书成突然将他的右手伸了过来，一把抓住韩青青的左手，温情地说，青青，不要难过了，也不要去省城了，去我家吧，我家去年搬到了县城，房子虽然不大，但也不算小，先在我家里把年过了，然后再做打算好不好？任郝书成抓着自己的手，韩青青没动，却说，那怎么成？我待在你家，你家里还能过好年吗？郝书成说，我家里就我和我爸我妈，没有其他人，保证会让你安安静静地过个年。韩青青说，让一个年轻女人待你家过年，就不怕旁人说你闲话？郝书成说，青青我不怕，啥也不怕，我本来就爱你，至今依然爱着你……既然他已经那样了，如果有可能，我愿意和你在一起……俄而又说，青青你放心，你的儿子就是我的儿子，我一定会视他如同己出……这时韩青青从郝书成手里将自己的手拿开，说，书成，不要说话了，专心开车。接着两个人就不吱声了，车子里的气氛一时有些拘谨。车子过了县城西河大桥，这时郝书成说，马上就到县城了，直接去我家里好不好？韩青青想了想，说，谢谢你书成，就送我去车站吧。郝书成说，四点多了，恐怕没有车了。韩青青说，就去车站吧。

郝书成只好将韩青青送到汽车站。还好,春运加开了好几班车,五点钟正好有一趟开往市里,韩青青下车时,从包里取出二百块钱,趁郝书成没注意,塞在了出租车的手套箱。韩青青和郝书成下车后,韩青青说,谢谢你郝书成,为了帮助我耽搁了你一天生意,真对不起。郝书成没有说话,突然张开双臂将韩青青紧紧抱住,有点哽咽地说,青青,难道你真的看不上我郝书成吗?我并不比谁差啊青青。这时韩青青也将郝书成抱住,拍着郝书成的脊背说,书成你很好,尤其经过今天,觉得你真的很好。但是书成,我太累了,我得很快离开这里。再说了,我真的不值得你爱,我是一个漂泊的女人,你应该有一个比我更好的妻子。郝书成说,但是我爱你,真的爱你啊青青。韩青青放开郝书成,说,赶快忙你的去吧,不要管我了,我马上就要上车了。郝书成跑过去为韩青青买好车票,将韩青青送上班车,就在班车开动的那一刻,韩青青看见,郝书成呆呆地望着她,眼睛里充满了不舍,这让韩青青止不住心头一热。郝书成跟着汽车跑了几步,突然喊道,青青,青青……韩青青忽然低下头,忍不住泪水又夺眶而出了。

Vol. 06

  望着韩青青的背影消失在了巷子东头的小坡下面,站在韩青青家大门口的一伙人一时面面相觑,都不说话。站在人群后面的杨福才皱着眉头瘪着嘴,一副严肃冷峻的神情,定定地朝巷子东头望着,半天,他喊了一声自己的女儿:蜡花,去问问翠芬,刚才她和青青两个人都说啥话了?杨腊花扭头望了望她爹,立即朝着东头走去了。大家望见,杨腊花和翠芬立着身子说了一会话,杨腊花又返回来了,对杨福才也是对大家说,翠芬,她看见青青急急地走过来了,想问青青往哪儿去,可没等她说话,青青先开口了,说她要去崔家峁她外婆家看小虎子,有什么话等她从崔家峁回来后再说。这时杨福才说,青青舅舅在不?人群里马上有个清瘦的男人说了声,在这哈。杨福才说,你赶快骑车子回崔家峁,路上陪着青青,劝劝青青不要再闹了,这个年,就让青青和虎子在你们家过吧。韩青青舅舅没说话,当即回到韩青青家院子,推上自行车就出了门,这时房小琴说,贵仓你还没坐席吧?说着回头对韩彩彩说,彩,快去,弄两个肉夹馍给你舅带上,对了,也给青青带上两个。韩彩彩很快拿四个馍馍交给了房贵仓,看着房贵仓上路了,所有人不约而同地又回到了韩青青家里。

  一伙人拥在韩青青家里,杨福才坐在靠上首的圈椅上,其他人有的坐在炕沿上,有的坐在凳子上,有一些人没地方坐,就原地立着。房小琴说,彩,快给你福才伯伯和客人把水倒上。杨福才看了看说话的房小琴,刚想开口说话,这时从门口闪进来个人,大家一看是杨福才家里请来做席的厨子。厨子一进门对杨福才说,村长叔,你看咋办吧,刚才头茬席还没坐完呢,饭时已过了好久了,好多人还没坐席呢,都饿得前腔子贴后腔子了,是不是让谁招呼一下,咱们接着开席吧。看杨福才不吱声,厨子又说,不管怎样,这饭总是要吃的是不是?杨福才静静地看着厨子,半天说,吃你个头!去,将伙房给我撤了去,谁想吃席回他家吃去!听杨福才这样说话,厨子一下子不言传了,半晌吭哧道,那,那不是将那么多材料都糟蹋了吗?杨福才忽然大声说,糟蹋了就给我倒了去,倒了喂猪去!我不心疼你心疼啥?厨子讨了个没趣,转身出门走了。杨福才气哼哼地说,好像八百年没吃过酒席一样!待在屋子角落的韩佩佩,紧挨着杨宝林静静地站着,她拉了下杨宝林的衣襟小声说,姐夫,我真担心二姐出啥事,怎么办?杨宝林沉默了一下说,我试试给她打个电话,向她解释一下。说着掏出手机,拨通了韩青青的电话,杨宝林略感兴奋地望望韩佩佩,低声说,通了。韩佩佩眼睛一亮,用嘴巴努了努,意思让杨宝林赶紧去屋外面接电话。但很快,杨宝林的脸色就灰败了下来,说,她掐断了。杨宝林再拨一下,朝韩佩佩说,关机了。韩佩佩脸上的神情,瞬间由满怀期待转成了焦急和无奈。

　　韩彩彩小心地将茶水放在杨福才左边的桌面上,接着又给其他人都把茶水倒好。屋子里一时静寂寂的。杨福才端起茶杯轻轻啜了几口,然后慢慢地开口了:学文小琴,不,亲家亲家母,你们两口说说,怎么能把事情弄成这样嘛?韩学文和房小琴抬头看看杨福才,两个人都没有说话。杨福才又说,你们不是说这事和青青说好了吗?如今青青是啥态度,大家都看见了,这究竟是怎么回事嘛?这时候,从门外涌进来了一伙子人,将韩学文家院子几乎要站满了。一直没吃午饭而等着去杨福才家里吃酒席的人,听厨子说村长家的酒席吃不成了,也就打消了吃席的念头,但却忍不住都来到了韩学文家的院子,他们想看个究竟,想看看这究竟是怎么回事?想看看杨福才和韩学文会怎么了这场事端?

　　看见众人涌进来了,杨福才站起来,从屋子里面走了出来,对着众人说,都来做什么?想看热闹是吗?接着回头看着韩学文和房小琴说,如今大家伙都来了,都想知道咱们两家究竟弄的是一回啥事?你俩就给大家伙说说吧。杨福才的话音一落,所有人就将目光转到了韩学文和房小琴身上。眼看着所有人都在盯着自己看,房小琴忽然就给放声大哭了,一时哭得凄凄惨惨,满院

子的人一下子就乱了。这时韩佩佩穿着一身嫁衣从人群中走出来,流着泪将大哭不止的房小琴扶住,却将一双泪眼恨恨地瞟向了杨福才,嘴里说道,这事能怪我妈一个人吗?说着又将一双秀目投向了杨宝林。杨宝林见此情景,慌忙走上前去,帮着韩佩佩将哭得浑身发软的房小琴扶住,嘴里不住地说道,妈,妈,你别哭、别难过了。转眼也将嗔怨不满的目光投向了杨福才。杨福才咬着牙齿恨恨地看着杨宝林和韩佩佩,气愤地将头转向了一边。众人里就有人悄悄议论开了,有的说,这村长也太权大势大了,仗着自己家里有权有钱,让儿子占了人家老二还不知足,如今又占了人家老三,还想把责任推给学文和小琴,真是霸道到家了。有的说,杨宝林看着老实巴交,其实心里色着呢,除了跑车在外面乱搞外,硬是盯着把韩学文家两朵鲜花给摘了,看来这人就是穷不得,穷了就得让人践踏。有人说,要我看,倒是学文家老三看上了村长家的权和势,把她姐的窝子给戳了,如今的女娃娃厉害着哩。有的说,甭看那青青回来大哭大闹的,要我看,这一切全是她编的戏,在省城待了几年学精了,如今大学毕了业,就想把杨宝林蹬了去,她在城里肯定有人了,装得倒挺像……看见满院子的人乱哄哄地嘈杂着,议论着,杨福才的心里乱得就像一锅粥,忽然觉得肚子里有一股气息冲了上来,便大声喊道:都拥在这里嘈嘈啥哩!都赶紧走,都赶紧走,这里没有啥热闹好看的!

就在众人准备转身离开的时候,这时韩青青的舅舅房贵仓忽然从大门闯了进来。房贵仓的到来,让满院子的人吃了一惊,站在屋子门口的杨福才见状赶紧走了过来,问道,贵仓怎么回来了?房贵仓说,我一路紧赶慢赶,也没见到青青的面,回到崔家峁村家里,才知道青青根本就没有去那里么。这不,担心青青出啥事情,我就又跑回来了。听房贵仓这一说,哭声渐渐小下来的房小琴,突然又放声大哭了。韩佩佩也跟着哭了出声。韩学文来到房贵仓跟前,一把拽住房贵仓的胳膊,急急地问,怎么,来回都没有看到青青吗?房贵仓苦着脸看着姐夫,摇了摇头。韩学文忽然将两只手张开不断抖着,跺着脚拉着哭声朝杨福才说,村长,你说这该怎么办啊?你说这该怎么办啊!杨福才正了正多少有些慌乱的神情,依然稳稳地说,怎么办?赶紧找人呗!先去各个亲戚和她同学家里找,不行就去县城找,已经到了年根根了,她青青还能跑到哪里去?接着杨福才举头对大家说,拜托大家了,都先去我家里吃饭吧,那里不是有现成的酒席吗?吃好喝好后,帮忙去找找小青吧。拜托了!

Vol. 07

  班车在高速路上快速地奔驰。七点十分,韩青青来到了市里。从汽车站出来,天已经黑实了,望着黑蒙蒙的闪烁着灯火的街道,听着呼呼作响的西北风,韩青青犹豫了一阵,又返回汽车站,坐上了一辆开往省城的班车。九点半钟,韩青青回到了自己在省城的出租屋。出租屋是一间地处城乡结合部的农家砖混楼房,空旷招风,没有暖气,满屋子充满了空洞逼人的寒气。韩青青心情灰暗,浑身像散了架一般,一进门便摸黑滚到了床上。灯,懒得去开;电褥子和电暖气,懒得去取电;水,懒得去烧;澡,更懒得去洗。韩青青只觉得唇干舌燥,周身酸痛,似乎再也没有气力爬下床了。韩青青瞪着一双瓷愣愣的眼睛,失意地望着黑黢黢屋顶,脑子里一团混沌。从早晨五点多钟起床,她急乎乎地往老家赶,到如今,竟又躺在了自己狭小简陋的出租屋里,来回将近五百公里的行程,就这样让韩青青如同没头苍蝇般地胡奔乱碰撞了整整一天。此时此刻的韩青青,心里只有一种感觉,那就是她被生生地抛弃了,被家庭抛弃了,被父母抛弃了,被丈夫抛弃了,被所有的亲人抛弃了,进而联想到上午白毓秀在送她去车站的路上给她说的那些话,韩青青感觉到,她不光被家庭和亲人抛弃了,也要被公司抛弃了,被老板抛弃了。想着在这天寒地冻的数九腊月,自己就要变成一个流落街头的流浪女了,韩青青的心里升起了一股彻骨的寒意和难抑的悲哀,无声地泪水止不住从她的两鬓滚落了下来,接着,便

不可抑制地再次失声痛哭了起来。

就这样哭泣了一阵,韩青青忽然想起了郝书成在车上说过的话,她的心里一紧,一下子坐了起来:是呀,得很快离开这里,待在出租屋过年,家里的人肯定会前来找寻她。如今的老家,在韩青青的心里,已经失去了往日那种让她甜蜜融心的亲情和温暖,她不想再见到家中的任何人。想到这里,韩青青立即从床上跳了下来,伸手抓起自己的包,又急急地出门了。

韩青青要了一辆出租,她要去自己的公司一趟,从那里取回她的一张储蓄卡。韩青青的公司在一个名叫银座豪城的F写字楼里,那里的管理,特别是门卫制度很严格,所以韩青青平日里便将自己的一些贵重物品,比如不多的几件首饰和储蓄卡,就放在自己的办公桌里。她不放心自己的出租屋,因为那一带的秩序太混乱了,发生在那里的大大小小的失窃案件,简直就是层出不穷。

韩青青来到了F写字楼,用自己的门禁卡打开了楼门,没有遇到保安。韩青青想,到年关了,看来所有人的心都乱掉了,连安保员也敢脱岗了,不知道是喝酒还是打牌去了。一边这样想着,韩青青上了电梯,再次刷了一下门禁卡,便很顺利地来到了公司所在的二十二楼。走出电梯间,楼内一片寂静,竟有几盏开启的夜灯在闪烁着微弱的光亮。韩青青想,难道哪个房间会有人在吗?一边想着一边快步朝自己的办公室走去。就在这时候,韩青青隐隐约约听到了一种似有似无的声响,韩青青一惊:什么声音?会不会是贼盗?韩青青立刻站住脚,环顾了一下四周,侧耳仔细地谛听着,心不由得咚咚地跳了起来。一切仿佛又归于了寂静,好像什么声音也没有了。韩青青放慢放轻了脚步,将身子贴在墙壁上,小心翼翼地往前挪动,同时警惕地四处张望着,注意着周围的动静。随着脚步的移动,办公室越来越近,韩青青感觉到,那种声音不仅确实存在,而且愈来愈明显了。韩青青想:是谁这么晚还在这里?怎么还没有离开?当韩青青站在了公司总经理白毓秀办公室门前时,这才明确无误地断定那些动静就是从这间屋子传出来的。韩青青将脸挨在白毓秀办公室的门上,屏着气息在悄悄地谛听。嘎吱——,嘎吱——,好像是床或者沙发被着力时发出的那种闷闷的声响。韩青青的心,忽然再次剧烈地跳了起来。这声音就那么不太规律地断断续续地响了好久,韩青青吓得缩着身子纹丝不敢动,牙齿禁不住在瑟瑟地发抖,就在这时,突然传出来了几声十分压抑、然而又是爆发性的喘叫,接着就没有任何声息了。韩青青松了一口气,站直了身子,她想立即回避开,但不知为什么,心里又想看个究竟。她很快地从门的这边将自己轻移到门的另一边,因为在门的另一边,不远处就是这座楼的消防通道,她要为自己的迅速转移做好准备。过了一会儿,屋子里的椅子响动了一下,灯光也突然亮了起来。这时一个男声说,怎么样,做得还好吗?韩青青心里一惊:这男的是谁?声音怎么这么熟悉?这不是楚剑雄吗?接着就听到女的娇娇地说,死相啦!就知道炫耀!要知道,你那个东西,只要是个男人身上都有,要是连这事都做不好,那还算是男人啊?还会有哪个女人稀罕你!韩青青听清楚了,这就是白毓秀的声音。韩青青不敢相信,这些话会是从高贵文雅的白总嘴里说出来的。楚剑雄又说,春节还需要什么?白毓秀说,除了你这身臭肉,我白毓秀啥时候还希图过你的啥东西?楚剑雄笑着说,你那东西至今还是那样紧致,每次都让人销魂。白毓秀撒娇地说,死相,不知道人家没生养过吗?受活死你。接着用嗔怨的语气说,就这样,还不是不理人家了吗?心硬得就像把刀子!只是我告诉你,以后不许只馋新人,忘了旧人!楚剑雄呵地笑了,知道啦,醋罐子一个……良久楚剑雄又说,宝贝你说,那小丫头真的说定了吗?白毓秀说,又死相了!口水得是要流出来了?是不是没有她,你就不理我了?楚剑雄说,哪跟哪呀,怎么事儿事儿的?不是你答应让我可以要她的吗?白毓秀说,就是见不得你这副馋相,看着就叫人心里犯恶心!接着又说,上午送她时给她说过了,没怎么吱声,好像也没表示反对,应该没问题的。说好初三下午或者初四上午她返城,初四下午随你登机。楚剑雄突然抱着白毓秀啵啵地亲了几下,说,你电话打过来后,我就将机票订好了,可不要到时落了空。白毓秀半天没有说话。楚剑雄怏怏地说,要不,你也一起去吧。白毓秀悻悻地说,还让我去吗?我去了不妨碍你们的好事吗?楚剑雄说,不是怕你去,你这个醋罐子,这不是害怕到时惹你生气吗?好了,现在说定了,到时一起去,我一会就打电话补订机票。白毓秀却气哼哼地说道,我才不去呢,我嫌恶心,我才不愿意给人家当电灯泡哩。楚剑雄无奈地说,你这个人呀,不去,你有气;叫你去,也有气,该怎么办好?良久,白毓秀说,你给我说句心里话吧,这事依了你,咱们的事情怎么办?楚剑雄说,不是早就说过了,只要你同意,那就结婚呗。白毓秀哼了一声说,那你可想好了,结了婚可由不得你了,我要看死你,到时别说我对你不客气,斩断你一肚子花花肠子!楚剑雄说,好好好,怎么做全由你总该成吧,只是这个小丫头,宝贝

可得另外开恩,放我一马……白毓秀说,她真的就那么好?楚剑雄犹豫了一下说,说心里话,她是我这辈子遇到的最漂亮的女人,放不下手了!白毓秀说,又死相了,好恶心啊!楚剑雄笑了笑说,宝贝你比钟美双好一百倍,你是个大度的女人,今生遇到你,我真的不后悔。白毓秀说,甭给我灌迷魂汤啦,还不是为了得到她?楚剑雄笑了一下,说,话都叫你一个人说了,我不吱声了好不好?接着又说,时候不早了,咱们下楼吧。这时白毓秀又埋怨道,放家里多好,硬是要到这种破地方来!楚剑雄哈哈地笑了,说,这宝贝你就不懂了,我就喜欢在办公室这种地方做,就好这一口,你不也十分尽兴么?只听白毓秀"呸"了一声,楚剑雄就朝外面走了,白毓秀在后面灭了灯,也跟着走出了办公室。韩青青急忙躲进了消防通道。听见两个人朝着电梯间走去了,韩青青从消防通道伸出头来,望着他们的背影,消失在了楼道的尽头。

　　眼看着白毓秀和楚剑雄下楼了,韩青青终于松了一口气,但同时又感到心里头透凉透凉的。韩青青明白,刚才白毓秀和楚剑雄说话中提到的小丫头,指的就是她。韩青青现在才明白,上午她去汽车站时,白毓秀为什么要亲自开车送她?就是为了给她说那些话。"人为刀俎,我为鱼肉"几个字,忽然就冒上了韩青青的心头。韩青青走进自己的办公室,从抽屉里拿出了那张储蓄卡还有首饰装进包里,就又从办公室出来了。她上了电梯下楼,心里想着下楼后最好不要碰见大楼的门卫。电梯下到一楼后,她小心地走到大楼出口附近望了望,还好,值夜的安保员依然没在岗。她大步流星地走出楼门,迅速来到了大街上,望着依然灯火通明的街道与来来往往的汽车和行人,韩青青心里升起了一股少有的空旷感。韩青青伸手挡了一辆出租车,半个小时后又回到了自己的出租屋。

　　韩青青觉得肚子有点饿,从柜子翻出了一包方便面,没有开水泡面,也懒得去泡,就捧着干面啃嚼了起来,一边啃面一边烧了一壶水。水烧开后,给杯子和热水瓶灌了半壶,用剩下的半壶烫了烫脚,就爬上床躺下了。韩青青给电褥子取上电,将自己缩在了被窝里,周围的寒气直逼她的头顶,只觉得头顶冰森森的,她将头用被子笼了起来。此时此刻,韩青青的屋子是冷的,被窝是冷的,身子是冷的,心里是冷的。她浑身酸困,头痛欲裂,只想快快地睡去,让自己沉入梦乡,就能够暂时地忘掉眼前的一切。但是,越是乏困越是睡不着,越是想睡着越是睡不着,翻来覆去,韩青青的眼睛里又慢慢地涌满了泪水……

Vol. 08

　　韩青青出生在一个贫困山村的贫穷家庭。韩青青的村子杨家沟,坐落在黄河以东、渭水北岸一个硕大的沟壑中。全村七十多户人家,一律儿靠农耕维持生活。韩青青的爷爷韩启贵新中国成立前从外地流落到杨家沟村,给当时村子里最穷的单身汉,终身未娶的韩栓来做了义子。新中国成立后穷人翻了身,韩青青的爷爷韩启贵跟着土改工作组斗地主,分田地,成了村里的积极分子,不光家里分到了田地,而且与一个同是贫农家庭出身,同是积极分子的同村姑娘结了婚,后来韩启贵还当上了村里的贫协主席,一当就是好多年,成了村里风光一时的人物。当地农村有着早婚,也就是早订婚和早结婚的习俗,韩青青的父亲韩学文八岁时,韩启贵就开始张罗着为儿子订婚了,原想凭着家里的贫农成分和自己贫协主席的身份,给儿子定一门不错的亲事,应该不成问题,但这时的风气已经与刚解放那阵子不同了,刚解放时,韩启贵就是借着国家宣传《婚姻法》,提倡男女自由恋爱,反对包办买卖婚姻,加上自己又是积极分子,所以没花一分钱,就将韩青青的奶奶娶到了家里。如今到了给儿子韩学文定亲时,没有彩礼已经办不成事了。尽管韩启贵是村里的贫协主席,尽管儿子韩学文长得很是体面,但因为家里的经济状况太过拮据,居住的庄基太过狭窄和破旧,手头实在拿不出个啥彩礼出来,竟将儿子的亲事拖了下来。虽然贫下中农人家的女孩子多的是,但当下的女孩子订婚时,却无不

十分注重男方家里的经济条件和居住状况,再也没有哪个女孩子,能像当初韩青青的奶奶那样,自愿无偿嫁给一个家徒四壁、一无所有的光杆积极分子韩启贵了。直到韩青青的父亲韩学文十六岁时,村里像他一般大小的娃娃,不论男娃和女娃,除了村子东头的哑巴牛娃和村子西头的小儿麻痹狗狗外,所有人全都订婚了,这可让担任贫协主席的韩启贵惶愧到家了,心里干着急就是不知道事情究竟该怎么办。后来就有一个外村的媒人上门说合了,女方是离杨家沟村不远的房家洼村的一户地主的女儿。当时的地主和富农,既不愿意与他们同是专政对象的其他地主和富农结亲,又不为社会政治地位颇高的贫下中农接受,只怕弄不好将来会影响到自己娃娃的前程,所以也是高不成低不就,使得许多地富家庭娃娃的婚姻,也就被耽搁下来了。如今贫协主席韩启贵的儿子因为家穷定不下婚,这事就被邻村的房姓地主看在眼里了,因为房家正好有一个与韩青青父亲韩学文年龄相仿的姑娘也没有定亲。于是就央媒人到韩家来提亲,媒人对韩启贵说,房家的丫头很漂亮,配你家韩学文绝对没问题,而且重要的是,只要你能答应了这门亲,房家一分钱彩礼也不要。这事让这个贫协主席心里好是纠结了一阵子,觉得自己家里是贫农,自身大小还是个贫协主席,却要给儿子定个地主家的女娃做媳妇,这事咋想咋觉得别扭,将来影响不影响儿子的前程先不说,倒是眼下就说明了,自己这个贫协主席的阶级阵线不够清,阶级立场站得不够稳,下对不起人民,上对不起组织。可韩启贵又想,要是站稳了阶级立场,拒绝了房家这门亲,儿子的媳妇又该怎么去着落?想自己给儿子说媳妇,从七八岁说到现如今了,八九个年头过去了,事情不是还没个影子吗?贫协主席韩启贵,想来想去想不出个结果来,便找来儿子征求意见,想不到儿子倒干脆,他对父亲说,先看下人再说话。结果这一看人不打紧,一看人竟把儿子韩学文的心给牵住了,儿子回来对父亲说,就她了,我要啦。韩启贵说,你想好,他家可是地主成分,将来可能会影响到你。韩学文对父亲说,那是将来的事,我不去想它。韩启贵说,你看上她啥了?韩学文说,看上了她漂亮。韩启贵叹了口气,没有再吭声。就这样,韩青青的父亲韩学文和韩青青的母亲房小琴就把婚订了,之后又把婚结了。韩家和房家这门亲事,将韩学文的婚姻问题解决了,但给韩青青的家里确实带来了一些影响,为了这桩婚姻,韩青青的爷爷韩启贵,被撤换了担任多年的贫协主席,韩青青的父亲韩学文,也无缘去上大学和当兵,将自己的一生献给了美丽漂亮的媳妇房小琴。

　　韩学文和房小琴结婚后，从此家里出现了一喜一忧两件事情。可喜的事情是，由于韩学文人长得端正，加上房小琴的过人美貌，可能是遗传基因的缘故吧，他们的下一代，尤其是他们的女儿，一个比一个生长得漂亮。韩青青的姐姐韩彩彩，虽然没有读过什么书，但她的美丽却在当地十里八乡有名的，最后为了钱，嫁了一个私营煤矿的采煤工，结果那工人一次上班遇到一场大事故，丢掉了一条腿，如今光景过得惨兮兮的，人们都说把一颗白菜让猪给拱了。在韩彩彩之后，接连又生下了韩青青、韩佩佩、韩瑶瑶三个女娃娃，一个个鲜嫩美丽得就像刚出水的芙蓉花，不光身材苗条，容貌美丽，皮肤白皙，而且乖巧聪慧，气质绝佳，虽然生长在穷乡僻壤，却没有一点乡下女孩子的粗俗，令周围所有生儿养女的人家惊羡不已。堪忧的事情是，随着韩学文和房小琴接连不断地生养，直至生下韩青青姐弟五个人，家里的光景就出现了江河日下的状况，穷得在整个村子乃至全乡都出了名了。

　　当地人有着重男轻女的观念。一对夫妻，生的女娃娃再多，要是不生个男娃娃出来，在人们的眼里，那还是等于没有生。生男娃传宗接代的观念，在人们的心里根深蒂固。当韩青青的姐姐韩彩彩出生时，已经是国家推行计划生育政策、尤其是一孩化政策最为着力的时候。韩彩彩刚刚生下地，村里搞计划生育的人，就将独生子女证送到韩青青家里来了，动员韩学文和房小琴领了这个证。韩学文对来人说，农村不是允许有双女户吗？我们还要生一个，这个证我们不能领。几年后，韩青青出世了，但韩学文和房小琴觉得没生下男娃，心里没如愿，就在搞计划生育的人前来家里动员他们做绝育手术时，两个人便双双外出打工了，将做绝育手术的事情逃避了。接下来，为了生一个男娃，两个人过上了"超生游击队"的日子，名为外出打工，实为游击超生，整年价东躲西藏，就这样又先后生下了女儿韩佩佩和韩瑶瑶，最后终于在四年前，才如愿生下了他们的第五胎——能继承韩家香火的小男丁韩龙龙。

　　也就是在这个过程中，韩青青家的日子，过得一年不如一年了。直到韩瑶瑶出生时，韩青青家的经济状况，几乎到了彻底崩溃的边缘。

Vol. 09

  家里的日子虽然贫穷,韩学文和房小琴还是吸取了他们抓养韩彩彩的沉痛教训,决定让韩青青和韩佩佩以及他们的弟妹去上学念书。但韩青青和妹妹们的上学,也和她们的父母亲一样,历尽了艰辛。因为韩学文和房小琴为了能生个儿子,同时为了逃避超生罚款常年在外躲藏,这就使得韩青青和妹妹们的求学,经常处于一种无人照料、忍饥挨饿和在同学们的讥讽嘲笑当中。韩青青就像家里的留守家长一样,小小年纪每天带领着韩佩佩和韩瑶瑶上学和下学,甚至像个小母亲一样,照顾着韩佩佩和韩瑶瑶的吃喝和穿戴。而这时候村里的领导班子,也已经完全不同于当年韩青青爷爷当贫协主席的年代了,村里的村长和书记,已经换上了一茬子新人。改革开放后,韩家沟的村长就由曾经当过两年空军地勤兵的退伍军人杨福才担任了。杨福才当过兵,见识广,眼界宽,脑筋活,当了多年村长,虽然没给村里做出多么突出的贡献和建树,但将村子治理得平安和顺、井井有条,也将他家的日子过得红红火火,他给儿子杨宝林买了一辆大卡车跑运输,几年下来家里的光景明显变得殷实了。杨福才做事有个原则,那就是不盘剥老百姓,他对儿子杨宝林说,你不好好念书,上不了大学,那就把开车技术弄精通,好好靠下苦跑运输挣钱吧,别整天在村里打混混。杨宝林是个踏实的人,虽不爱念书,却没有吃喝嫖赌的毛病,爹让他好好开车,他就好好学开车,如今不光车开得好,而且为人也实诚,所以靠下苦一趟一趟地给人家拉货,一笔一笔地往家里挣钱,在村人的眼里,杨宝林是个很不错的能过光景的小伙子。如此一来,使得杨福才在村里的威信更高了,他家里有了钱,但把钱看得不很重,哪个村民家里有事了,手头划拉不开了,想要倒腾一些钱,就去找杨福才,杨福才总是能帮就帮了,因此大家都念他的好,说杨福才是个好村长。村长当久了,群众基础又好,乡上领导就想让杨福才当书记,可杨福才不干,说别人不知道我杨福才有几斤几两,但我自己知道,我至大就只能当这个村长,书记的活,我能力不够,干不了,坚持就当他的村长。

　　杨福才当村长,拿定的是无为而治的方针,按照他自己的话说,那就叫半由君子半由臣。对村民,他的原则是没事不找事,只要村民大的方面不胡来,你想干啥干啥去,他杨福才心里只想图个自在和清闲。但就在近几年,有件事让杨福才感到颇为伤脑筋,这件事就是计划生育。伤脑筋的原因,是计划生育成了国策,成了衡量一个村级领导班子工作好坏的主要指标,只要计划生育做得不好,任你其他任何工作做得再好,都要实行一票否决。而恰恰在这件事上,村民韩学文和房小琴十分顽固封建观念和一再超生的大胆行为,实在让他感到黔驴技穷了。杨福才理解韩学文和房小琴的苦衷,也想让他们生个儿子,可谁知他们两口子不争气,一生一个女娃娃,一生一个女娃娃,如今韩佩佩的超生罚款还没有缴呢,他们又生了个韩瑶瑶,而且整天躲得不见个人影,杨福才知道他俩肯定还要生,真拿他们没个好办法。杨福才知道,韩学文家里已经家徒四壁了,即使想罚款也没得啥罚了,而且待在家里的三个女娃娃还要去念书,大的也不过十来岁,整天要吃的没吃的,要喝的没喝的,看着都叫人心酸。也就是为了这件事,乡长批评杨福才不下十次了,批评他没有政策原则,批评他没全局观念,批评他在歪风邪气面前心慈手软,批评他的工作拉了全乡的后腿。为了这件事,他一直在乡长和乡书记面前说不起话。但是想来想去,他还是对韩学文和房小琴两口子想不出一个合适的教育和处理的办法。

　　就在杨福才为韩学文和房小琴违规超生的事情感到无计可施的当儿,也就是在韩青青刚上初二那一年,杨福才的家里出了一档事儿。杨福才在儿子杨宝林八岁的时候,给杨宝林定了一门娃娃亲,而且自打定亲后,两个家庭和两个娃娃之间,就一直在走动着。杨宝林的对象叫魏月婵,家就住在距离杨

家沟十里地的赵岭村,魏月婵比杨宝林小两岁,虽然长相很一般,但性格泼辣,人很灵巧,从小就爱美,爱穿衣裳爱打扮。自从杨宝林跑开运输后,她就时不时会黏着杨宝林去跟车,和杨宝林一起跑这跑那的。一开始杨宝林还有点抹不开,出车不愿意带魏月婵,害怕旁人说闲话,但魏月婵不乐意,闹着哭着一定要跟着去,杨宝林就只好依她了。后来两个人就很亲密了,杨宝林常给魏月婵买衣服买首饰,把魏月婵打扮得跟一朵花一样,人们也就悄悄议论了,说这两个娃娃在外面,已经睡在一起了。看到杨宝林和魏月婵这样个搞法,两边家里的大人,也就商量着把他俩的婚事给办了。开始杨宝林和魏月婵都不同意结婚,说人家城里的年轻人,才不这样早结婚哩,他们想等上几年再结婚。两个年轻人不愿结,家里人也束手无策了。这样过去了两三年,杨宝林已经二十六岁了,有一天魏月婵提出想结婚,可杨宝林依然说不要急。慢慢地,魏月婵觉得有点不对劲,就正式央媒人说合结婚的事情,这时杨宝林才说,他不想和魏月婵结婚。魏月婵一听这个话,一下子就给傻眼了,她找到杨家沟,问杨宝林,你为啥不愿意?总得有个原因吧!杨宝林说,不愿意就是不愿意,啥原因也没有!魏月婵伸手抽了杨宝林一巴掌,哭着转身离去了。从此这场婚姻就陷入了僵局。杨福才对儿子的做法特恼火,将杨宝林骂了个狗血喷头,说不管你愿意不愿意,我都要把魏月婵娶回来。谁知杨宝林只说了一句话,没把杨福才给噎死,杨宝林说,娶不娶她我不管,娶回来让她随你过!杨福才便扬手抽了杨宝林一耳光,却把这个高高大大的犟驴没办法。

　　按照当地的习俗,定亲后悔亲,得由悔亲的一方承担彩礼的损失。如今是杨宝林悔亲了,就不能要求由魏月婵家退还彩礼了。杨宝林如今有的是钱,就扬言说彩礼一分也不要求退,魏月婵平时花他的那些钱,他也不要了。魏月婵家拿杨宝林没办法,这件事就这样不了了之了。和魏月婵断亲后,一天杨福才问杨宝林,如今随你的心愿了吧,让你老子在杨家沟和赵岭村买了天大的骂口,你现在对我说实话,是不是在外面跑车好下女人了?好下了就喀哩嘛嚓把婚结了,再不许像这样狗游下去啦!杨宝林乜斜着眼睛望着杨福才,半天说,你可是我老爹,旁人把我想成一头猪,你也把我想成了猪一条?在你眼里,是不是你儿子就是个臭嫖客?杨福才死盯盯地看着杨宝林,一时不知道说啥了,看了半天杨宝林,终于说,好好好,你一切都好,只有我不好,行了吧?接着又说,既然外面没有人,那你打算怎么办?一辈子不想结婚啦?

杨宝林沉默了半天,说,谁说我不想结婚了?杨福才说,想结婚,如今该和谁结呀?杨宝林沉默了半晌,吭吭哧哧地说,我看中了一个人,就看你能不能说得成?杨福才一激灵,惊讶地问,你看中了一个人?谁?杨宝林说,韩青青。杨福才一时有点懵,说,韩青青?哪个韩青青?杨宝林良久不吱声。杨福才问,你倒是张嘴说话呀!杨宝林说,不就是韩学文家里的老二么?杨福才眼睛一下子瞪大了,说,啥?韩学文家的小青娃?杨宝林点点头。呸!杨福才唾了儿子一口,立即臭骂道,亏你也能说出口,你多大?人家女娃娃多大?人家女娃小学刚毕业,恐怕没你一半岁数大!你得是脑子有病了?杨宝林半天不吱声,末了哼唧道,我的想法就这样,你看着办吧,反正除了她,我谁也不要。杨福才瞪着眼睛看了半天杨宝林,恨恨地哼了一声,狠狠地跺了一下脚,转身从屋子里出去了。

Vol. 10

杨福才想了三天,最后决定依着儿子了。

杨福才选择了年轻的村支书杨俊武来担当媒人。杨俊武三十多岁,也是前些年从部队复员回乡的士兵。乡领导动员杨福才担任村支书时,杨福才推荐了杨俊武,从此书记、村长两个人配合得很好,杨福才很信任杨俊武,杨俊武很尊重杨福才。如今杨宝林要娶韩青青给自己做媳妇,杨福才自觉事情的难度有些大,弄不好还会被村人骂为以权谋私、欺霸民女。思前想后,杨福才决定将这个重任交给最为信任的杨俊武,先让他打前站试探一下韩学文。成则已,不成则罢,千万不要闹出节外生枝的事情来。

杨俊武接受了老村长这个特殊使命后,认真地做了一番盘算,然后想方设法用温颜软语将躲在外地的韩学文叫了回来。韩学文接到杨俊武的捎话后,怀着疑疑惑惑的想法在一天夜里摸回了杨家沟,他打算,如果真像杨俊武说的那样有什么要事相商的话,那倒无妨,万一不是如此而是个诓他的圈套,他便立即脱身走人了。

杨俊武将韩学文请到了他家的客房里,热茶好烟地款待着这个常年四处奔波的可怜人。韩学文看到支书对他如此招待,心里止不住有点发毛,眼前的热茶喝不下,指间的香烟吸不下,神情有些拘谨地迅速在脑子里搜索着杨俊武找他的缘由。这时杨俊武笑着说,学文哥,想啥呢?快喝茶抽烟。韩学文不自然地笑了笑,拿起打火机将手中的纸烟点着,狠狠地吸了一口说,杨书记,有啥话你就直说吧,要我做结扎手术的话,我坚决不做,要我缴超生罚款的话,我一分钱没有。杨俊武呵呵地笑了:看你学文哥,把事情想到哪去了?韩学文不解地望着杨俊武,到底不明白眼前这位年轻书记会给他耍什么花样。

两个人再没有说话,各自默默地连续抽了好几根纸烟。第三根烟抽完后,杨俊武摁灭手中的烟蒂,端起茶杯啜饮了几口水,抬头看着一脸衰败和疑惑神情的韩学文,问道,你家小青娃现在上几年级?韩学文不解地望着杨俊武,说,这不去年刚小学毕业,眼下刚刚升初二。杨俊武问,多大了?韩学文说,十三还没满。杨俊武说,人长得很秀溜,听说书也念得好。韩学文说,穷汉人家的娃娃,没啥长得好不好;学习成绩嘛,还说得过去。杨俊武笑着说,学文哥有福,四个女儿四朵花,一朵比一朵鲜亮,好叫人称羡,你比王允王丞相还厉害,王丞相才不过三朵花。韩学文脸红了一下,说,杨书记拿我开涮哩,我两口子没本事,生来生去,就是生不出个带把儿的,叫村里的邻里见笑了。杨俊武说,没有没有,生娃的事情属天定,哪能想生啥就是啥?学文哥,我绝对没有那意思,是真的羡慕你。看着一脸真诚的杨俊武,韩学文笑笑,再没有吱声。

杨俊武给韩学文和自己的杯子添上水,又递给韩学文一支烟,一边点火一边笑着说,学文哥,兄弟给你道喜了!韩学文吸了一口烟,说,我如今穷得叮当响,吃了上顿没下顿,该有啥喜可道的?杨俊武说,是真的要给你道喜了。韩学文说,杨书记究竟啥意思?有啥事你就明说吧。杨俊武笑着说,不光是喜,而且是大喜!有人看上你家小青娃了。韩学文似乎吃了一惊,一下子抬起了头,定定地望着杨俊武,半天没说话。杨俊武接着说,我今天请你来,是要给你家小青娃做媒哩。韩学文哦了一声,心想自从他早年给大女儿韩彩彩八岁定亲后,他再没给其他女儿定过亲,如今有人来给小青娃提亲,也不算啥非分的事。就笑着说,是吗?有这事?那我首先得感谢杨书记你这个大媒才是。杨俊武哈哈地笑了,说,当然有这事,当然有这事嘛,到时你还真得谢我这个大媒哩。韩学文试探着问,敢问杨书记,男方是哪家的公子?杨俊武沉吟了一下,说,远在天边,近在眼前,你肯定认识。韩学文不解地望着杨俊武。杨俊武接着说,他就是咱们老村长的公子!韩学文的嘴突然张大了,啊?一时竟结巴了起来,你、你说是、是谁、谁?难不成是、是杨宝林?杨

俊武定定地盯着韩学文,点了点头说,就是他。韩学文低下了头,半天没有说话,良久,他抬起头问道,宝林不是和赵岭村那个女的要结婚了吗?他们在一起好些年了!杨俊武说,这事你不知道其中的转转,他俩已经分开了。韩学文再次哦了一声,说,是吗?分开了?没听谁说起过。杨俊武说,真的分开了,分开好一段时日了。韩学文摇了摇头说,即使真的分开了,杨宝林和我家青青也不合适。我家青青多大啊,才十三,宝林多大啊,恐怕比我家青青大出不止一轮吧?看着韩学文坚决否认的态度,杨俊武半天说,年龄大点有啥关系嘛?年龄大点才知道疼媳妇,你没看看那些大领导,哪个娶的不是小媳妇?看见韩学文不吱声,杨俊武又说,眼下是十三,日后也能长大啊!再说了,宝林确实是个不错的小伙,不光没啥坏毛病,而且有本事养家,有这样个女婿帮衬你,是你和小琴嫂子的福分。韩学文还是不说话,杨俊武接着说,人家宝林对你家青青娃那可是痴情一片哩,他给他爹说,他就看上了青青,除了青青娃,他谁也不要。听杨俊武说了这么多,韩学文有点疑惑地说,他为啥要那样啊?他常年跑车,哪里找不下个媳妇啊?杨俊武呵呵地朗声笑了,他为啥那样,因为你家青青娃漂亮,他爱上了呗!就和你学文哥当初爱上了小琴嫂子一样啊!杨俊武这样说话,竟然将韩学文逗笑了,脸一红,杨书记开玩笑、开玩笑。杨俊武说,难道你当初不是看上了小琴嫂子漂亮才死死活活要她的吗?这话我听人说多了。韩学文笑了笑,没说话。杨俊武说,要我说,这还真是一门不错的亲事,学文哥你仔细想想吧,不要错过了这个机会,要是真的不合适,他老村长就是想打发我来,我也不会来。韩学文寻思了大半天,说,他杨宝林再爱青青,那也靠不到一起啊!宝林眼下肯定急着要结婚,可我家青青那么小,还要继续上学念书,即便宝林愿意等青青长到年龄再结婚,那也不得等七八年吗?绝对靠不到一起的事情。杨俊武说,至于这点,你就放心吧,宝林不是不知道他比青青大多少,他是想好了才说的,他说他不但不会影响青青念书,还会支持青青念书。韩学文说,那……宝林得等到猴年马月结婚嘛?这事不靠谱,绝对不靠谱……

杨俊武给韩学文换了杯茶水,又递给韩学文一支烟,说,学文哥不要把话说得那么死。村长打发我来的时候,让我给你说,他主要是看上了你和小琴嫂子的人品好,看上了你们韩家这门亲戚,还说这门亲事要是能成,你们两家就是一家了,有宝林在外面开车挣钱,啥时候都能帮衬你,你不也能够脱贫了？村长还说了,他会替你交超生佩佩和瑶瑶两个娃娃的罚款,还会供给青青、佩佩和瑶瑶念书,到时你和小琴嫂子也不必东躲西藏了,就能回村过安心日子了。这样一来,该有啥不好？听到这里,韩学文不吱声了。杨俊武说出的这些话,确实是十分诱人的。韩学文抬起头,看着杨俊武,那眼神仿佛在问:你说的这一切都是真的吗？看见韩学文有些心动了,杨俊武说,学文哥,我说的这些话,全都实实在在,没有半句虚话。就说宝林吧,你也是看着他长大的,应该是个实诚的小伙,勤快顾家,没啥坏毛病。至于说他和赵岭村那个魏月婵之间的事,主要是那个女的心性太耍了,整天黏糊着宝林,弄得宝林最后烦她了,如今他们两家已经两清了,这点你就放心吧。韩学文始终没有吱声,在不断地抽着烟,喝着水,末了,他说道,你说的这些话我都相信,老村长一家的为人咱不是不知道,那没啥可弹嫌的。虽然人们对宝林和赵岭村那女的有些议论,其实那也不算个啥,如今的年轻人,不比我们那个时候了。只是我家青青的岁数与宝林的岁数,中间差距太大了,青青肯定不会放弃念书,又急忙到不了结婚年龄,到时候让宝林干靠着结不了婚,那该拖到啥时候？这应该是个很现实的问题。听到这里,杨俊武呵呵地笑了,学文哥说的都是事实,想得也很周到。我想只要你们两家人,还有两个娃娃之间,思想上没有啥大的分歧,我看事情就成七八分了。至于一些具体的事情,都好打商量,你说呢,学文哥。韩学文望着杨俊武笑笑的脸,却没有笑出来,一边吸着烟一边说,这样吧,这事我得回去和青青妈商量商量,还要听听我家青青娃的意见,虽然娃还很小,可要是她不乐意,事情也难办得成。杨俊武说,当然,当然,这是件大事,全家人肯定要做商量。学文哥回去与小琴嫂子还有青青娃,你们好好合计一下,很快能给我个回话。韩学文站起身,说,杨书记放心,成与不成,我都会尽快给你回话。不管怎样,都要感谢你和老村长的一番好意。

Vol. 11

  韩学文回到他和房小琴打工的地方,将这件事告诉了房小琴。房小琴听了后,一直没吱声。韩学文说,怎么不说话?房小琴说,该让我说啥?韩学文说,同意不同意,表示个态度嘛。半晌房小琴说道,当初给彩彩订婚早,当时只图那女婿每月在矿上能挣几个钱,稀里糊涂就把娃嫁了,结果女婿一条腿没了,那老板连住院费都不给掏,甭说给生活费了,往后日子该咋过呀?如今又要将老二嫁给比她大十好几岁的杨宝林,青青娃还念不念书了?不念吧,把娃一辈子耽搁了;念吧,人家杨宝林啥时候才能结婚?横看竖看事情都不顺溜么。再说了,不管他杨俊武说得多好听,我总觉得杨福才是借着他的权势,在践踏咱一家人哩!反正这件事,咋想心里都砢拧!房小琴想了想,又说,咱两个就这苦瓜命,甭想着希图跟着人家杨福才父子沾啥光,咱的穷光景咱自个过,甭为了几个钱,又把老二往火坑里掀。韩学文说,你的意思是不同意?房小琴说,同意咋?不同意又咋?别表面上看那杨宝林老实,整天和赵岭村那女的黏一搭儿,把那女的打扮得跟个妖精一样样,两个人一出车就是好几天,你以为他俩没睡一起?如今把人家女娃要够了,又一脚揣了,这样的人能是啥好人?听老婆这样说话,韩学文不吱声了,良久说,其实我想的和你一样,嫁女子关乎娃娃一辈子的事,马虎不得的。要这么说,咱们给杨俊武回个话,就说不提这件事了。房小琴没答话,韩学文想想又说,不过这样一来,会不会将杨福才惹下了,加上媒人又是杨俊武,他会不会也跟咱们记气,咱们如今这状况,人家只要想整咱,不要花费啥心思,动手就是顺茬儿。房小琴长长地出了一口气,半天说,真是让人踩在脚底下行哩!咱就是人家嘴里的一口菜,人家想咋嚼就咋嚼呢!韩学文看着媳妇的脸,说,要不这事咱再问问青青娃,看娃有啥想法?这时房小琴忽然流泪了,恨然地自语道,我生的女子,咋一个比一个命苦?第二天上午,韩学文和房小琴一起悄悄回了一趟家,恰好这天是星期天,两口子将韩青青叫到身边,由房小琴将这件事对韩青青说了。韩青青听了母亲的话,似乎啥反应也没有,低着头始终不说一句话。韩学文说,小青,你如今也不小了,就你妈说的这件事,征求一下你的意见?同不同意,你就说句话吧。这时韩青青抬起了头,眼睛里含满了泪水,他不明白爹和妈为什么要将她嫁给杨宝林,在这个十三岁女孩子的心目中,杨宝林早已经是一个大人了,绝对能给她当爹了,怎么能让她和这样的人定亲啊?韩青青说,我要念书。俄而又说了一句,他都能给我当爹了。韩学文和房小琴都不吭声了,这时房小琴就哭了,她说道,咱家的情形你也不是不知道,超生佩佩和瑶瑶的罚款还没有缴呢,我和你爹整天像做贼一样躲来躲去,为啥?不就是为了躲罚款吗?再说了,当初没让你姐念书,让我和你爹后悔得不行,如今你喜欢念书,书也念得好,我和你爹就是砸锅卖铁,也要供你们三姊妹上学,可上学也要钱啊。人家杨宝林家里答应只要事成,他家就替咱家缴超生罚款,供你们三个念书……咱们家到如今已经没有活路可走了……母亲的话,也让韩青青泪如雨下了,听完妈妈的话,她哭着说,妈,我不是不懂事……我没说我不愿意啊……你和爹说咋办就咋办吧……说到这里,韩青青声音忽然变小了:只是,我、我还想、想念书……听完女儿的这些话,韩学文也忍不住泪流满面了。韩学文对女儿说,青青我娃甭哭,这件事只是说说,还没有最后说定,你如今还小,当然应该念书。好了,不要想这件事了,继续好好念你的书。韩青青睁着一双泪眼,似懂未懂地望着眼泪哗哗的爹,含含糊糊地点了点头。

韩青青离开后,韩学文说,看来青青不同意。房小琴说,这事搁了谁也不会同意的。韩学文说,那怎么办?咋给人家回话?房小琴说,急着回什么话?先放下,看看再说。事情就这样被搁置下来了。但令韩学文和房小琴没有想到的是,自从杨福才打发杨俊武向韩青青提亲后,杨宝林便单方面开始行动

了。这时已是三秋大忙季节,韩学文因为没有时间和精力在家他侍弄土地,所以他家的责任田从来不种秋粮,一年只种一季小麦,此时正值小麦的播种准备阶段,因为韩学文躲罚不在家,他家的责任田还没有来得及拾掇,于是杨宝林好几天里没有出车,将韩青青家自收麦后就一直干撂着、眼下已经接近荒芜的四亩责任田,先统统施了一遍底肥,然后请了一辆小型拖拉机,深翻、细耱了一遍,最后请人将麦子种上了。杨宝林的这些行为,在村子里一时引起了热议,杨福才为此专门将杨宝林叫到眼前唾骂了一顿,说,媒人已经央出去了,成不成很快就见回话了,你得是憋得球疯了,做出这种低三下四、丢人败兴的事,也不怕老先人在地底下咒你?面对杨福才的唾骂,杨宝林听而不闻,我行我素,在将韩学文家责任田的小麦种上后,杨宝林竟越过杨福才,主动跑到乡计生专干那里,将韩学文超生韩佩佩和韩瑶瑶的罚款如数上缴了。接着,杨宝林又以韩青青的名义,在乡信用银行存了一张五千块钱的折子,然后将存折封起来,跑到乡中学让韩青青的班主任转交给了韩青青。杨宝林的这些作为,传到了韩学文和房小琴耳朵后,两口子立即从外面回到了村里,当看到杨宝林真的替他们将责任田耕种了,将超生罚款缴了,韩学文和房小琴除了惊讶,就是感动,尤其是当韩青青将那个存折交到房小琴手中后,房小琴竟止不住失声痛哭了。韩学文对房小琴说,看来杨宝林真的是下了决心了,非咱们小青不娶了。房小琴却只是哭,不说话。

就在这时候,发生了一件事,对于促成这件事,发挥了至关重要的作用。杨宝林和魏月婵分手后,魏月婵一直耿耿于怀,日思夜想都希望她和杨宝林破镜重圆。但农村姑娘的头脑简单,当杨宝林看中韩青青并且追求韩青青的事情传到魏月婵的耳朵后,一下子就将魏月婵给激怒了。魏月婵想,原来坏事的根子在这个小妖精身上,气恨难忍的魏月婵当即怒气冲冲地赶到乡中学,闯进正在上课的韩青青教室,扑上去要揪打韩青青,亏得当时是个男老师上课,与全班同学在一起护着韩青青,才使得魏月婵没能得手。没有达到目的的魏月婵,便在乡中学的院子里,转着圈子将韩青青恶言臭语地唾骂了大半天。

这件事情发生后,十三岁的韩青青一下子病倒了,半个多月没有去上学,整天躺在家里的炕上抹眼泪。这时候杨俊武再次来到韩学文家里,将三千块钱交到房小琴手里,说老村长打发他来看看小青娃,顺便问一下韩家对于这桩婚事的态度到底是个啥。这时的韩学文和房小琴还有什么可说的,他们既被村长父子的行为感动了,又被魏月婵的行为气坏了,眼看这件事在全村乃至全乡被传得沸沸扬扬,韩学文就对房小琴说,怎么办？应承了吧？房小琴望着躺在炕上霜打一般的韩青青,问道,小青你说吧,成不成,爹妈就听你一句话了。这时的韩青青,这个十三岁的女孩子,她的心远比她的爹妈还要柔嫩、简单得多,她也被当初认为能够给她当爹的杨宝林一家的一系列举动感动了,也知道这事已经弄得满城风雨了,听见母亲向她问话,韩青青并没有作答,而是将身子转向朝里的方向躺着,十三岁的女孩子已经懂得了羞涩,她不愿意做这个表态,让自己的爹妈去做决定吧。房小琴说,不说话,那就是同意了？韩青青依然没反应。房小琴顿了顿神,对韩学文说,去给杨俊武回话吧,这事就这样定了。

此后没多久,韩青青就和杨宝林举行了订婚仪式,韩家和杨家分别设席宴请了亲朋。只是杨家除了继续执行原来所做的承诺外,另外又答应了韩家提出的两个条件,一是订婚后不能结婚,婚礼必须等到韩青青大学毕业后再办；二是韩学文和房小琴回村后,必须保证不对韩学文两口子施行绝育手术,并许诺他们再能生一胎。

Vol. 12

  韩青青和杨宝林订婚后，一切又恢复了正常。韩青青继续念她的书，杨宝林继续跑他的运输。所不同的是，这时韩学文和房小琴都回到了村里，再不需要在外面四处躲藏和奔波了，另外，在韩青青的家里，从此多了一个人的身影，那就是准女婿杨宝林。此时的杨宝林，心里感到特别地舒畅。杨宝林只要不出车，大部分时间不是待在自己家里，而是待在韩青青家里，帮着韩学文和房小琴料理着家务。韩家地里的犁耧耙耱，家里的吃喝拉撒，杨宝林几乎样样沾手，事事全干，而且干得尽心而又投入。这样一来，竟惹得杨福才两口子心生醋意，大为不满，唾骂儿子前世里没见过婆娘，今世里投胎给人倒贴来了。对于爹和妈的一肚子怨气，杨宝林听到后，会暂时地稍微收敛一些，但很快又依然故我了。对于杨宝林的表现，韩学文和房小琴是满意的，心里总想杨宝林岁数是大了点，但人实在可靠，看来当初下决心选择他绝对没错。在这中间，唯一让杨宝林心里不太满足的，那就是平时和韩青青见面太少了。韩青青在乡中学念书，一个星期只能回来两个双休日，有时那些讨厌的老师还要留下学生在校多复习一天，而韩青青回家的那一、两天里，杨宝林有可能又去出车了。而且，即使有时杨宝林和韩青青都在家，但不知道韩青青是因为年龄小呢，还是因为心里害羞，她从来不主动和杨宝林说话，即使杨宝林主动问她，韩青青也只是简单地回答个片言只语也就应付过去了，甚至杨宝林还发现,只要他俩同时在家,韩青青总会刻意地回避着他,这让他每每心里发焦而又无可奈何。

　　韩青青和杨宝林订婚半年后,四月里的一天,上午,杨宝林出了一个远途车刚回村,杨宝林将汽车放好后,回到了青青家里,将自己洗了洗,换了一身衣服,正要坐下吃中午饭,这时韩学文的手机响了。韩青青和杨宝林订婚后,杨宝林就给韩学文和韩青青每人买了一部手机。韩学文拿起手机一看,是韩青青的电话,但一接听,说话的却是一个男人:请问你是韩青青的父亲吗?韩学文愣了一下,说,是,是,我是韩学文,请问你是谁?怎么用我家青青的电……这时对方打断了韩学文的话,说,我是韩青青的班主任梅老师,上午最后一节体育课,韩青青同学在单杠上活动时,不小心将左臂扭伤了,学校医务室做了简单处理,可能还要拍片做进一步检查,需要家里来人协助,请你马上到乡中学来一趟。听完老师的话,韩学文就慌神了,将老师的话简单重复了一下,房小琴的脸一下子就黄了,杨宝林也担心地问,老师没说伤得重不重?韩学文说,老师没说,只说家里得马上来人,我现在就去吧。韩学文上午下地干活了,一身一脸的土还没来得及扫除干净,房小琴说,快去,将脸洗洗,再换个衫子,土头土脸,丢人败兴的咋去呀?这时杨宝林说,爹,妈,你们别担心了,我马上开车去。房小琴说,你跑了好几天,那么累的,就让你爹去吧。杨宝林笑笑说,我开车又不要自己跑路,我不累,我爹不要去了,我一个人去,问题不大的话,我就把青青带回来了。你们别担心了。杨宝林说着,撂下碗筷,起身出门发动汽车去了。房小琴朝门外喊,身上有钱吗?杨宝林说,有,够用。

　　杨宝林来到学校医务室,看见韩青青坐在一张椅子上,左臂的衣袖空洞着,肘部上擦着一些碘酒什么东西,缠裹着几层纱布,胳膊似乎有点浮肿。韩青青看见家里来的人竟然是杨宝林,止不住脸突然红了一下,接着又止不住地滚下了眼泪。杨宝林问校医,严重吗?校医笑了笑,说,不是很严重,应该是脱臼吧,只是医务室条件差,应该去外面医院做进一步检查,就放心了。杨宝林一听便明白了,他们要家里来人,是害怕没有人支付医药费。就说,那好,我带她去检查吧,请帮我将病人扶到驾驶室里去。在校医和几个同学的帮助下,杨宝林将韩青青扶到副驾驶座位上。校医问,你准备去哪里?杨宝林说,县医院。校医说,乡医院或者大河镇地段医院完全可以处理,没有必要跑那么远。杨宝林说,有了到大河地段医院的时间,也基本就到县上了,我还

是去县上。在去县城的路上,韩青青给韩学文打了个电话说,爹,我不要紧,校医说可能是肘关节脱臼,现在去县医院再检查一下,很快就回来了,你和我妈不要担心。韩学文说,那就好,检查不要紧的话,快去快回。又说,你妈说,让宝林开车慢点,注意安全。韩青青关掉电话,杨宝林说,爹说啥了?韩青青半天嗫嚅着说道,让你开车慢点,注意安全。一路上,两个人很少说话,都是杨宝林问一句话,韩青青脸红一下,然后再简短地应答一句。良久,杨宝林问,胳膊还疼吗?韩青青沉默了半晌,才说,有点儿。又说,好像好多了。杨宝林说,用右手扶牢左肘,尽量不要让左胳膊动,我尽量开慢点。韩青青将已经扶着左肘的右臂动了动,使了使劲,没有说话。杨宝林将车速放慢,用三、四十码的速度行进着。杨宝林说,你总是不理我,不和我说话,还回避我,是不是对我有意见?过了一会,杨宝林又说,有意见你就说,你说了我改。你这样待理不理我,我心里特别难受。韩青青依然没有说话。杨宝林又说,青青,你知道我多爱你吗?我真的好爱你,除了你,其他再好的女人我都不会去爱……听到杨宝林说爱她,韩青青的脸刷地通红了,这是她第一次听到一个男人当着她的面说爱她,不由得将头侧过来,目不转睛地望着专心开车的杨宝林。这是韩青青第一次离得如此近,也是如此清楚地看着杨宝林。她忽然发现,杨宝林真的长得不算难看,他的个子很高,皮肤不黑,鼻子很直,眼睛很亮,而且,他的肩膀很宽,头上的头发又黑又密……韩青青忽然止不住心跳了一下,脸上再次泛上了两片红晕。这时候,汽车忽然颠簸了一下,韩青青立即将脸转向了车外。杨宝林知道韩青青在静静地看他,他端直地朝着车前的公路看着,只怕一转脸将身边的韩青青吓着了。韩青青一直望着窗外,杨宝林说,青青你说,对我有啥意见?你说了我一定改。韩青青将头转向朝前看,眼睛看着远处的路,似乎想了半天,低声说道,我没。杨宝林说,你没啥?说清楚嘛。韩青青瞥了一眼杨宝林说,我没意见。杨宝林说,没意见为啥不和我说话?总是不理我?韩青青又沉默了半晌,末了说,我不会说话。杨宝林突然一转脸,看着韩青青说,我爱你,青青。韩青青赶紧将头又转向车外,脸一下子红到了耳根,心又咚咚地跳了起来,同时有一股暖流从心中突然升起。

　　杨宝林和韩青青来到县人民医院外科,给韩青青拍了一张 X 光片,医生诊断同样为肘关节脱臼,便立时为韩青青做了肘关节复位,韩青青只是感觉到很疼地疼了那么一下下,问题就解决了,胳膊就能像往常一样动了。韩青青心里好奇怪,就这样一下下,怎么就完全好了?离开医院,杨宝林带着韩青青去县城最好的酒楼吃了一顿饭,还让韩青青第一次喝了红酒。从酒楼出来时,已经是下午三点半钟了,韩青青说,咱们回家吧。杨宝林说,还早哩,急啥?接着带着韩青青逛了两个商场,给韩青青各买了一身春季和夏季的衣服,买了两个好看的发卡,最后给韩青青买了一个小小的铂金戒指和一条晶莹剔透的石榴石项链。杨宝林如此铺张地为韩青青花钱,让韩青青感到既吃惊,又开心,尤其那条石榴石项链,那么晶莹剔透,那么美观好看,让韩青青喜欢得不得了。她开始觉得,杨宝林真的是爱她的。从吃饭到逛商场,韩青青的心一直在咚咚地跳着。从商场出来时,杨宝林主动地搂住韩青青的腰,韩青青稍微地颤抖了一下,却没有躲开,红着脸说,宝林哥,天要黑了,咱们回家吧。杨宝林笑着在韩青青腰间拍了拍,说,老是急着回家,得是怕回不了家?又到晚饭时节了,再去吃点饭,然后咱们就回,别怕,汽车跑得快,眨眼工夫就到家了。韩青青说,不是才吃过不久吗,一点也不饿。杨宝林说,饭时到了,不饿也得吃一点。他们又一起去吃晚饭,杨宝林又开了一瓶红酒,哄劝着韩青青和他一起喝。杨宝林问,买的东西喜欢不?这时韩青青的话已经多起来了,当即小声说,喜欢。又说,订婚时那些东西都买过了,今天又买不是乱花钱吗?杨宝林说,给我心爱的老婆买东西,怎么能说是乱花钱?听到杨宝林将她说成自己的老婆,韩青青心里又是一跳,脸一下子红了,立即反击说,胡说,谁是你老婆?杨宝林说,就是你呀,你就是我老婆。说着忽然伸头在韩青青脸上亲了一下。韩青青一惊,举手推了一把杨宝林,红着脸小声说道,宝林哥坏!杨宝林嘿嘿地笑了,说,哥哥不坏,青青不爱。接着又说,你告诉宝林哥,你还想要啥?良久,韩青青嘟着嘴说,宝林哥只给我买穿戴的东西,忘了给我买学习用的东西。杨宝林啪啪地拍着自己的脑袋说,你这个宝林哥该死,真的该死,怎么就忘了我家青青还是个学生妹呢?杨宝林说着话,头朝着窗外方向伸了伸,说,哇,天真的要黑了,怎么办?要不咱们晚上就待城里,明天将学习用品买了,再赶回去好不好?韩青青说,不好,我要回家,学习用具以后再买。杨宝林却说,那这样,干脆马上行动,现在就去买,商场还要营业好一阵子呢。不由分说便拉着韩青青又去了一家大商场,为韩青青买了一大堆学习用品和书籍。

走出商场大门,韩青青说,咱们现在回吧。杨宝林有点为难地说,已经这

么晚了,该怎么回呀,不光路不好,车也没有加满油,只能明天回了。杨宝林不想回,韩青青和他磨叽了半天,杨宝林还是不愿回,韩青青无可奈何,便给她爹打了个电话。韩学文接到女儿的电话,一下子急了,说,病看完了就应该马上回嘛,怎么现在还在县上?这不是胡闹吗?接着,韩学文气急败坏地小声说道,青青你记住,千万不能和宝林住在一起,知道吗?说完又让杨宝林接了电话,韩学文说,这么晚了,怎么没回啊?杨宝林歉疚地说,从医院出来后,给小青买了几件衣服,还有学习用具什么的,就把时间给耽搁了,爸你就放心……韩学文打断杨宝林的话,说,你这个宝林啊,简直是胡闹嘛!说完愤然地掐断了电话。韩学文的语气,让杨宝林心里有点惶惑。他顿了顿神,对韩青青说,咱走吧,找个旅馆去。韩青青说,我爹生气了。杨宝林说,你别怕,反正天已经黑了,没办法,走不了了,回去我给咱爹解释。说完带着韩青青,来到县城一家上好的宾馆,给自己和韩青青分别登记了一间房。然后带着韩青青去六楼的歌厅唱了一会歌,快十一点才从歌厅下来了,杨宝林将韩青青送进了房间,却并没有回自己的房子,而是待在韩青青的房间里,和韩青青一起看电视,和韩青青一起聊天,他的那些走南闯北的逸闻趣事以及藏在肚子里的故事笑话,逗得韩青青一惊一乍,显得特别地开心,不时咯咯地笑着。终于,韩青青再也抵抗不了突然袭来的睡意了,韩青青说,宝林哥,你回你房间睡吧,我要睡觉了。杨宝林却涎着脸说,就让宝林哥住在你这里好不好?韩青青说,不好,我爹刚才说了,要我千万不要和你住一起。杨宝林听了心里一顿,可依然坚持不走。这样磨牙倒嘴了好半天,韩青青拿杨宝林没办法,加上实在困得不行了,就自顾和衣倒在了床上。杨宝林站在地上不断向韩青青打赌起誓,说他睡在这里,只是担心韩青青一个人睡觉害怕,他睡这里,绝对不会对韩青青怎么样的。就这样,杨宝林喋喋不休地说着,表白着,韩青青却再也没有搭理杨宝林,不一会就沉沉地睡去了。看见韩青青睡着了,杨宝林便拉了一条被子,给韩青青盖上,另外拉了一床被子,自己在那张长沙发上躺了下来。可就在这天晚上的午夜时分,杨宝林终于悄悄爬到了韩青青的床上,将十四岁的韩青青的贞操拿走了。

Vol. 13

第二天回家的路上。

韩青青坐在车上,两眼红肿,始终一言不发,也不理睬杨宝林。任杨宝林一边开车一边说破嘴唇给韩青青道歉和解释,韩青青就是不搭理杨宝林。自从昨晚杨宝林开始侵犯韩青青那一刻起,韩青青就伤心地哭了,一直哭到了大天明。早晨起床后,韩青青不哭了,她草草地洗漱了一下,用湿毛巾反复冷敷着自己的眼睛,任杨宝林怎么叫,也没有下楼吃早饭。出了宾馆,韩青青执意要去车站搭乘公共汽车回家,怎么也不坐杨宝林的车了。杨宝林拦住韩青青,不让韩青青去车站,两个人撕扯了很久,韩青青才不情不愿的坐上了杨宝林的车。一路上,韩青青看也不看杨宝林一眼,心里只是充满了怨恨,她怎么也想不到,对她百般殷勤百般呵护的杨宝林,居然会是这样一个人,居然会这样对她。韩青青怎么也想不明白,当初订婚时已经说得明明白白,得等到她大学毕业后,杨宝林才能与她结婚,这可是杨宝林红口白牙答应了的事情呀,而且昨晚上,听他说得多好啊,他只是担心她一个人睡觉害怕,只想给她做个伴,他绝对不会对她怎么样,他怎么说话不算话啊?韩青青脑子里又浮出了昨天晚上的可怕情景,当一阵剧烈的疼痛将她惊醒时,她不知道究竟发生了什么,她已经忘记自己在哪里了,当她惊恐地睁开眼睛时,才发现房间的灯居然还亮着,这才意识到杨宝林已经将她脱得一丝不挂了,韩青青羞死了,刚要

开口大喊,嘴就被杨宝林的一只手牢牢地捂住了。她想奋力将杨宝林推下去,然而任她怎么使力,都不能将杨宝林怎么样。她忍不住伤心地哭了。这时的杨宝林,就那样一股劲地弄着她,韩青青感觉她的身体里面像有一把刀子在绞割,她多希望杨宝林能够停下来,可杨宝林始终不理她,也不说一句话,只顾埋头做他的事情。时间好像过了一万年,杨宝林终于怒吼了一声,才将他的动作停了下来,韩青青趁机一把将杨宝林掀了开来,爬起身就要穿衣服,可杨宝林却一把拽住她,将她摁倒在床上,不让她动。韩青青伸手要抓杨宝林,手刚扬起来就被杨宝林抓住了。这时杨宝林说了句,宝贝,哥实在忍不住了,你就给了哥吧,反正迟早都要给的。韩青青抽出手,打在了杨宝林脸上,杨宝林居然嘿嘿笑了。真是不要脸!韩青青记得,杨宝林居然笑着说,没想到老婆还这么烈,说完就把灯关掉。房间里一下子变成了一片黑暗,杨宝林紧紧地抱住还十分娇小的韩青青说,没事了老婆,老公爱你,咱们睡吧。韩青青不停地啜泣,几次想挣扎起来将衣服穿上,都被杨宝林拉住了。韩青青从记事起,还没光着身子和任何人在一起这样睡过,包括跟妈妈好像也没这样过,而眼下,她不止光着身子和杨宝林睡在一个被窝,而且被他紧紧地搂着、肆意地摸着、不断地亲着,韩青青觉得羞死了,难受难堪死了,她使劲地缩着身子,想从杨宝林的怀里挣脱开来,但无奈杨宝林的劲太大了,任她怎么挣扎也无济于事。时间一分一秒地过去了,韩青青以为已经没事了,也就忍着气任杨宝林抱着,心想只要杨宝林睡着了,她就立即将衣服穿上。可谁知又过了一阵子,半天不动的杨宝林,竟在突然间又爬上了韩青青的身子,还没等韩青青完全明白过来,杨宝林就再次鲁莽地进入了。韩青青气得要死,却无力抵抗。从这时起几乎到天亮,杨宝林再也没有睡觉,就这样爬上去又滚下来,三番五次地折腾着韩青青,韩青青到后来,就终于全线失守了,只能任杨宝林肆意地作为了……韩青青望着弯弯曲曲的公路,长长地出了一口气,脑子里忽然冒出了昨天晚上爹在电话里叮咛她的话,便不由得伤心了起来,又无声地流下了眼泪。韩青青恨恨地想,杨宝林就是一个大流氓,一个凶狠的大流氓。眼看就到自己乡上的地面了,这时杨宝林再次央求韩青青,老婆不要生气了,好不好?老公给你赔罪了!韩青青恨恨地咬了咬牙,将脸扭向车窗外。杨宝林说,记住到家后,这件事对谁也不能说,说了咱俩的名誉就都坏了,你也念不成书了。韩青青不理杨宝林。杨宝林又问韩青青,马上就要到乡上了,你是先回家里,还是直接去学校?韩青青始终没吱声。当汽车行至乡中学附近时,韩青青突然叫了声,停车!杨宝林一激灵,急忙刹住了车,恍然说道,想回学校是吗?我送你过去。韩青青一把拉开车门跳下了车,径直朝着学校的方向走去了。杨宝林喊,把学习用品和书拿上吧!韩青青依然没搭理,顾自往前走着。这时她才感觉到,她的下身肿胀灼痛,两条腿又酸又困,几乎要走不动路了。

从县城回来后,尽管韩学文和房小琴再三对韩青青进行了盘问,韩青青始终没有说出那晚发生的事情。而杨宝林,出车比过去更少了,几乎将全部时间都用在了韩青青家里,表现得比以往更乖顺、更殷勤了。就这样,一切似乎平静地过去了。

到了八月份,正在家里度暑假的韩青青,身体已经出现了些许的变化,肚子稍稍地有些隆起了。但这点,却没有引起韩学文和房小琴的注意,也没有使韩青青感到有啥异样和不适。其实从韩青青从县城回来后的第一个月,韩青青就没有来例假了。但十四岁的韩青青,并不知道那个东西不来将会对她意味着什么,反而觉得不来正好,还少去了许多麻烦。在暑假期间,杨宝林曾几次在去市里出车时,想带着韩青青一起出去玩耍,并说当天去当天就回来了,韩青青却始终回避着杨宝林,不正面和杨宝林说一句话。为此房小琴还说过韩青青,说如今已经订婚了,人家宝林对咱家和你也这么好,不管高兴不高兴,怎么连句话也不和宝林说?直到九月份开学后,有一天韩青青吃午饭时还好好的,可下午第一节课刚上了不久,韩青青就突然就呕吐开了,老师让几个同学将韩青青扶到学校医务室,校医检查后,说是可能中暑了,给了一点药,就让韩青青去宿舍休息。韩青青躺到宿舍后,病情不但没有减轻,而且吐得更厉害了。韩青青就给他爹打了个电话,杨宝林已经出车了,韩学文骑了个自行车,慌忙赶到了学校,带韩青青来到乡医院。一个男医生对韩青青做了一番化验和检查后,把韩学文叫到自己的办公室,沉默了一下对韩学文说,是这样,建议你带孩子去县医院再检查一下,那里的医生和仪器,要比乡上好,检查的结果也会更准确。韩学文一惊,说,医生你就直说啊,娃娃是不是得了啥不好的病?医生说,那倒没有,你不要乱想。听我的话就是了。韩学文想想,说,医生你就实话实说,检查结果究竟是啥,我能撑得住。看韩学文这样说,医生犹豫了一下,终于说道,你女儿怀孕了,而且已经五个月了。啥?

韩学文脑子轰地一响,眼前金星直冒,靠在椅子上半天没有说话。良久,韩学文慢慢站起身,对医生说,你已经检查清楚了,那还去县上做什么?只是……我求你,不要把这个丢人败兴的事情说出去……看着韩学文虚弱恳切的神情,医生说,这你就放心吧,不会的。不过我也要给你说一句,事情已经这样了,不要太为难娃娃。韩学文无力地握了握医生的手,说,谢谢你,我知道了。就用自行车带着女儿直接回家了。

Vol. 14

　　回到家里后,听到自己怀孕的消息,还没等爹和妈说话,韩青青就一下子昏死过去了。怒火冲心的韩学文和房小琴还未来得及责问和打骂女儿,就被韩青青的昏厥吓掉了魂。韩学文说,快,快掐人中!房小琴手忙脚乱地掐住韩青青的人中,过了好一会儿韩青青才终于换上了一口气,紧接着就号啕大哭了起来。女儿救过来了,房小琴说,这、这该怎么办啊?还没等得韩学文说话,韩青青就大叫了一声,我要去做人流!我要去死!说着爬起来就要朝门口扑去。韩学文伸手紧紧扯住韩青青的胳膊,将韩青青推到了炕上。韩青青不住地哭泣着,韩学文和房小琴站在地上望着大哭大闹的女儿不吱声。过了许久,韩青青渐渐止住了哭声,这时房小琴小心地问:小青你告诉妈实话,这肚子里的小东西,是宝林的还是……韩青青没听完,又大声地哭了起来,两只乱蹬乱踢的脚跟将炕面擂得咚咚作响。

　　就在这时候,刚刚出车回到村里的杨宝林,听说韩青青病了,当即连颠带跑地赶到了韩青青家里。杨宝林在这时候的突然出现,让韩学文、房小琴和韩青青不由得一愣。杨宝林急急问道,青青怎么啦……话还没说完,就被从炕上一跃而下的韩青青扑上来朝脸上连续打了好几巴掌,接着,韩学文和房小琴也不分青红皂白一齐上了手,将杨宝林拳打脚踢得歪倒在了地上。这时杨宝林已经基本明白是什么事情了,便没有还手,任韩学文三个人对他连打

带骂。杨宝林顺势爬起来,跪倒在了三个人面前,将头磕在了地上一动不动。看见杨宝林跪倒了,三个人便住了手。这时杨宝林仰起头,一边搧着自个的脸,一边惨兮兮地说道,爹,妈,女婿给你二老赔罪了,那件事儿不怪青青,全怪我一人,我不是人,你们就打我骂我吧……看着杨宝林自打自招的这副嘴脸,韩学文站在地上,房小琴靠在炕沿上,斜着眼珠看着他,不知道该怎么办,屋子里一时寂静极了。这时韩青青突然又哭喊着扑向了杨宝林,嘴里叫道,杨宝林你这个猪头害了我,我要退婚,我要念书,我要打胎,我要你赔、你给我赔……

什么什么?打胎?杨宝林觉得眼前倏然闪过了一道雷电,浑身止不住抖了一下,接着嗖地站起身来,转身一把抓住房小琴的胳膊,急急地说,妈,这是真的吗?青青真的怀孕了吗?房小琴没理杨宝林,将脸卖向了一边。这时杨宝林突然转过身,迅速出了屋门,朝着大门的方向奔去了。

不一会儿,杨宝林就带着他爹杨福才和她妈袁莉萍,三个人一起赶到韩学文家里来了。杨福才一进门,居然乐天喜地地一边朝着韩学文和房小琴拱手,一边大声地说道,大福大喜,咱家的大福大喜啊!亲家、亲家母,听宝林说咱家青青有喜了,是真的啊?谢谢你们啦!谢谢青青娃啦!韩学文和房小琴冷冷地看着杨福才一家三口不说话。杨福才接着又呵呵一笑说,怎么不高兴啊?应该是大福大喜啊,真是咱们两家的大福大喜啊!青青娃是我们两家的大功臣啊!这时袁莉萍也爬到炕上,攥住韩青青的手说,小青我娃受苦了!妈要把你接过去亲自伺候,好好地伺候,直到我的宝贝孙子生出来。听袁丽萍这样说,韩青青又忍不住哇哇地大哭起来。这时,杨宝林再次给韩学文和房小琴噗通跪下了,说,爹,妈,看在我爹我妈的脸上,一定不能让青青打胎,一定要让青青把娃娃生下来。我爹我妈整天就盼着他们这个孙子哩!爹,妈,青青,我求求你们了!

杨福才一家人的态度和行为,让韩学文和房小琴既生气,又吃惊,也让他们两口子感动。韩青青也完全没有想到,杨宝林对她的那次凌辱,他和杨宝林的那次见不得人的丑事,竟会让她莫名其妙地怀上了孕,竟然会让一向眉高眼高、威风八面的杨福才两口子,如此地高兴和激动,她实在弄不清是怎么回事了。

杨福才说,学文、小琴,不,亲家亲家母,你俩听老哥说话,咱们青青怀的这个娃娃,可是咱们两家的亲亲宝贝,坚决不能去做人流啊!你们就答应了老哥吧。看见韩学文和房小琴不说话,杨福才又说,你们要是不答应,那我杨福才和你老嫂子,也给你们跪下了!跪下就不起来了!说着,杨福才拉了趴在炕上的袁莉萍一把,说,下来吧,咱老两口也跪下吧。眼看杨福才两口子真的要跪下去了,韩学文和房小琴急忙上前扶住他们,韩学文说,有啥话慢慢说,做这个干啥呀?房小琴却皱着鼻子哼了一声说,还以为你老村长抓计划生育见胎就打哩,这个娃娃咋就不打了?杨福才一愣,转而讪笑着说,老妹子说笑了,这个娃娃咱就不打了,坚决不打了。房小琴说,他可没有生育指标,也没有准生证,能生吗?杨福才又笑着说,能生,当然能生!

就在这天晚上,杨福才设了一桌酒席,一家人隆重地宴请了韩学文一家。也就是在这个宴席上,两家最后说定,韩青青肚子里的这个孩子,坚决不能打,一定要生下来。鉴于韩青青已经怀了孕,本来应该让杨宝林和韩青青正式结婚,但韩青青还没到法定结婚年龄,扯不出来结婚证,那就先由两家给杨宝林和韩青青圆个房,就算结婚了,由杨宝林家将韩青青接过去,在杨宝林家里养身体和生孩子。至于韩青青依然坚持要念书,杨福才表示,决不让怀孕和分娩影响青青娃上学,孩子分娩前,韩青青依然可以念书,到了分娩的时候再回家坐月子。待月子出来了,身体恢复了,抓养娃娃的事情就交由袁莉萍,韩青青只管去念书,韩青青的书能念到哪里,他们保证供给到哪里。等到韩青青大学毕业了,再和杨宝林正式举行结婚仪式。在宴席上还说定了,这次杨宝林和韩青青圆房,由杨家送给韩家两万块钱作为彩礼。

就在大人们在席间商谈这一切事情的时候,坐在一旁的韩青青,瞪着一双滴溜溜水汪汪的大眼睛,一会儿看看眉飞色舞的杨福才和袁莉萍,一会儿看看多少有点忧郁、有点不太开心的自己的爹和妈,一会又看看那个平时装得老实恭顺、勤快体贴的大流氓杨宝林,一句话也插不上嘴,也不知道自己该说什么话好。最后,房小琴问韩青青,青青我娃说说,大人们说的一切你都听到了,你还有啥意见?韩青青轻轻地扫视了一下所有人,接着就低下了头,想了老半天,嗫嚅着说道,爹和妈说咋做我就咋做。末了又说,反正我要念书。这时杨福才哈哈一笑,好说好说,只要我家青青娃能把书念到美国,老公爹就

把你供给到美国,好不好？韩青青看着杨福才的脸,听着他的话,有点羞涩地笑了笑。

　　不久,杨福才家就给杨宝林和韩青青举行了个盛大的圆房仪式,其规模甚至超过了平常人家的结婚大礼。从此韩青青就正式作为杨家的媳妇,搬到了杨福才的家里,和杨宝林住在了一起。

Vol. 15

就在那年春节过后,也就是韩青青初三学年第二学期开学前,韩青青在乡医院,顺利地生下了她的儿子小虎。十五岁的韩青青,名副其实地做妈妈了。

韩青青怀孕后,一直没有停学。由于她的身材比较高,肚子隆起不是很明显,后来的妊娠反应,也不是很强烈,她的身体看起来,也就和其他女生没什么差别。虽然班里的同学都知道韩青青已经嫁给了比她大十多岁的杨宝林,但这类事情在这一带农村并不是十分罕见,大家也就见怪不怪,直至初三下学期开学后,同学们没有见到韩青青前来报到,接着就听到韩青青已经坐月子的消息,这才感到有些惊讶。

韩青青生下了一个儿子,让杨福才和袁莉萍的多年夙愿如愿以偿了,全家人高兴得不得了,打发杨宝林在孩子生下的第三天,给全村每户人家送了十个红鸡蛋和一斤糕点。女儿生了个儿子,也给韩学文和房小琴长脸了,也让他们高兴得了不得,房小琴整天往杨宝林家里端吃端喝,和袁莉萍一起精心伺候着韩青青,照料着小宝宝。孩子满月后,杨福才请全村人喝了一次酒,将他们一家人的喜悦和幸福心情,再次夸张地表达了一番。

在这个天大的喜事当中,唯一让杨福才和杨宝林感到有些遗憾的,那就是,韩青青不让孩子吃母乳。当护士推着韩青青从产房回到病房后,韩青青

就对杨宝林说,我已经让医生给我开下止奶药了,快去把药取出来。杨宝林听了心里一惊,但他不敢违背韩青青的话,不是拿着药单去了药房,而是将此事告诉了杨福才和袁莉萍。杨福才一听就急眼了,说,这怎么成?简直是胡整。转脸对儿子说,你去告诉你老婆,孩子不能不吃母亲的奶,这个止奶药不能取。杨宝林说,我不去,你去说。杨福才恨恨地说,狗食一个,这话我能去说吗?说着看着袁莉萍,你去,把这话明确告诉她。袁莉萍说,我去说她也未必听,我去找找小琴吧,让她妈去说。袁莉萍和房小琴一块找到韩青青,把娃娃必须吃母乳的意思告诉了韩青青,韩青青听了没说话,当即就流泪了。看见韩青青哭了,想到月婆子是不敢受气的,两个人就赶紧退了出来。听说韩青青哭了,杨宝林心痛得不得了,当即去药房将止奶药取了出来,交给了韩青青。杨福才大骂儿子是软蛋,是婆娘孝子,只担心孙子的身体将来长不好,气愤得在地上打转转。杨宝林对他爹的唾骂不理睬,立即开车去了趟县城,给儿子买回了两箱婴儿圣元奶粉。

月子坐满后,韩青青就立即下炕了。她不听婆婆和母亲的劝阻,就开始洗头洗身子了,也开始出门在风里雨里行走了。婆婆软言软语劝阻说,你日子还浅,不敢这样不管不顾的,将来会落下毛病的。韩青青说,我身体好着呢,我很快就要上学去。自从韩青青怀孕并答应愿意生娃后,一家人一切就顺着她了,如今月子刚坐满,韩青青就提出要上学,尽管大家的心里觉得不合适,但当初对韩青青有过这样的承诺,心里明白既然她要去上学,那就谁也挡不住,何况如今她还是一个小孩子,原本就应该让她去读书。就这样,在初三下学期的第六周,韩青青又回到了她原来的班级,和同学们一起上课了。

是啊,韩青青毕竟还是个孩子。来到学校一开心,韩青青就把家里的事情全忘了。儿子小虎子因为不需要她喂奶水,她就很少想孩子、念孩子、疼孩子和抱孩子。周末回到家里,孩子有婆婆袁莉萍精心照料,吃得好,睡得好,长得胖乎乎的,很是惹人怜爱,韩青青最多只是站在婆婆身边,低头看看孩子,伸手摸摸孩子的脸,孩子开始对她张嘴笑了,她也对孩子笑笑,然后就转身离开了。韩青青很少抱孩子,一来她不会抱孩子,抱上孩子后,不光自己难受,而且弄得孩子难受;二来自从生下小虎子后,明明知道这孩子是她生下的,但韩青青一想到这点,就会有一种不太真实的感觉,加上看到班里的女生至今一个个天真无邪的样子,想想自己却已经做了母亲,抱孩子时总会让韩

56

青青略微有些无措和羞赧。因此,韩青青只管心无旁鹜地念书了,她的书念得无牵无挂,也无忧无虑。只是有时过周末,只要杨宝林在家,总免不了要和她做那个事。如今孩子都生下了,对那个事韩青青也已经无所谓了,杨宝林要做,也行;不做,更好。何况杨宝林真的对韩青青特别关爱和呵护,这一点韩青青是真切感受到了的,所以只要杨宝林有要求,韩青青也不会反对,好在杨宝林每次几乎都是蜻蜓点水,韩青青还没有啥感觉,杨宝林就完事了,使得韩青青对这件事完全能够应付自如。当然,这时的韩青青,已经懂得避孕了,她告诉自己,在大学没毕业之前,决不能稀里糊涂再怀孕。

　　日子过得很快。不久韩青青就考上了高中,而且是县上的重点高中。韩青青去县上念书后,回家更少了,一学期就回那么一次两次,他的吃穿花用,都由杨宝林给她送,有时是专门来送,大多数则是杨宝林出车时绕道经过县城来送。此外,除了专门来送东西,杨宝林还常常会来县城看望韩青青。此时的韩青青,已经出落得十分地美丽了,生育不但没有给韩青青的身体带来任何影响,甚至还在一定程度上激活了韩青青身体中那些美丽的基因,唤醒了韩青青身体中的那些美丽的元素,从而使得她的发育明显优越于其他女同学,越来越漂亮,越来越光彩照人了。此时的韩青青,不论是身材、肤色、容貌,还是胖瘦的适度、比例的协调度,一切都似乎恰到好处。十七、八岁的韩青青,在偌大一个校园里,成了一朵令人瞩目和仰慕的水灵灵的校花了。这时的杨宝林,却因为常年跑运输奔波劳累,已经显得十分粗糙和老相了。杨宝林经常来学校,同学们总会问韩青青,那个经常给你送东西的男人是你爸吗？韩青青说,是我男人。然而没有人会这样相信,他们甚至会将杨宝林说成是韩青青的叔叔和舅舅。韩青青经常不回家,也让杨宝林失去了与韩青青相聚相亲的机会。一个星期天,杨宝林又来看韩青青,在交给韩青青一千块钱之后,对韩青青说,能出去转转吗？韩青青便和杨宝林坐到了车上。韩青青问,虎子乖吗？杨宝林说,乖着呢。韩青青说,家里大人都好吗？杨宝林说,都好着呢。杨宝林沉默了一下,脸稍微一红说,老婆我想你。韩青青看了看杨宝林,吭地就笑了,说,你没眉眼！胡想啥呢？杨宝林哼哧着说,我、我……韩青青又笑了,说,你怎么啦？这不是大白天吗？弄不成嘛！嘴里虽这样说,却和杨宝林一起来到他们当年住过的那家宾馆。韩青青说,还记得吗？记得你第一次在这里对我使坏吗？杨宝林脸红了一下,却笑着说,那是我这辈子

最最幸福,最最难忘的一次。韩青青也笑着说,你真是没眉眼!但就是这次,不知道怎么了,杨宝林突然就不行了。韩青青说,不要急,慢慢来。杨宝林脸红了,说,我晓得,可不知道是怎么了?最后还是没有把事情做成。韩青青心疼地说,往后别跑那么多了,跑跑歇歇,把人累坏了,挣那么多钱有啥用?杨宝林望着韩青青,说,老婆真的不嫌弃我?韩青青愣怔了一下,在杨宝林脸上亲了一下,说,胡想什么呀,韩青青这个人永远都是你杨宝林的老婆。杨宝林含着眼泪,突然将韩青青抱起来,接着用两只手将韩青青一下一下地往空里撂着,弄得韩青青不住地哇哇乱叫。

  后来,韩青青就陷入了一群疯狂男生狂轰滥炸般的追求当中,其中不乏一些年轻的刚从大学毕业上岗的老师。韩青青不断地向他们解释,说她已经结婚了,家里有老公,她的老公就是那个常来学校看她并给她送东西的那个人,但那些人并不相信她,即使有人相信,可他们却说,有老公怕什么?我们也有爱你、追求你的权力啊!就是在这样的环境中,韩青青结束了她的高中生活,但至高考时,她的学习成绩已经明显下降了,最后,她只收到了省旅游职业技术学院的入学通知书。

Vol. 16

　　结束了省旅游职业技术学院的三年学习后,韩青青怀着一颗激动兴奋却又忐忑不安的心情,走上了社会。然而二十一岁的韩青青,却不知道自己前面的路该如何走。还在没有毕业之前,韩青青花钱为自己制作了一份精美的求职报告,向多家用人单位进行了投递。从此,韩青青的每天都是在期待和不安中度过的,每天晚上做梦,也是自己如何幸运地接到了哪家知名单位让她前去面试或者上班的通知这样一些事情。但现实并不像人们想象的那么如意。韩青青毕业前,许多老师和同学都说,按着韩青青的学习成绩,加上她的超群美貌,韩青青在毕业后找一份称心的工作,应该不成问题。但事实是,美丽的韩青青在毕业后,并没有如愿找到一份称心的工作,倒是那些原来看起来各方面条件都不如韩青青,甚至各方面都很差的男生和女生,一个一个都去不错的单位报到了。这一下就将韩青青打懵了。韩青青思来想去,最后终于想明白了,主要是自己没有那些人所具有的骄人的社会背景,还有她那张太过一般的旅游大专毕业证,并不会对人们产生多大的吸引力,加之自己入职的愿望和眼头又高了点吧,才是导致后来无处可去的主要原因。直至毕业后两个月,韩青青的一切还毫无着落,韩青青成了这个繁华都市里一个无足轻重的流浪者了。韩青青毕业后,杨宝林来过省城一次,那是在韩青青几乎要绝粮断水的时刻,韩青青给杨宝林打了个电话,杨宝林来省城给韩青青

送了一万块钱,并顺便看望了一下韩青青,帮着韩青青终于从学校宿舍搬了出来,在东郊城乡结合部一带为韩青青租了一间农民房,也就是韩青青如今依然住着的这个房子。这时的杨宝林已经不跑运输了,因为在一年前,杨宝林在一次倒车中,不小心将邻村的一个小女孩撞死了,此事最终给受害者家里赔了十五万块钱,算是私了了,但杨宝林从此不再开车了,在离杨家沟村不远的一个村子承包了一个很大的苹果园,整天忙得昏天黑地的。韩青青感到自己待在省城孤单无助,央求杨宝林也来省城和她一起创业,但杨宝林说,苹果园弄了一年了,眼下到了快要收获的时候了,今年的果子长得很好,可不能让它打了水漂,他必须马上赶回去,小心果园遭到偷抢和破坏,至于来省城,待苹果摘收了以后再说吧。说完与韩青青温存了一番,就又急匆匆地赶回去了。

  手头有了钱,也有了睡觉的地方,这让韩青青心里踏实多了。想着没有从学校搬出来之前,学校总务处的人一天里会来催促她们十几次,要求尚未从学校搬走的已经毕业同学必须尽快搬出去,扬言如果继续不搬,就会将他们的铺盖扔大街上。想到这里,韩青青止不住心里发酸,眼眶禁不住都湿了。杨宝林走后,韩青青休整了三天,然后就上街继续求职了。

  韩青青在报纸广告勾画了一些意向单位,然后一家一家的上门跑。韩青青虽然学的是旅游,而且以她的长相,许多旅游部门倒是很愿意要她,想让她做一些主要旅游线路的导游,但韩青青却不想去旅游部门,觉得在那个行当做本来就不够稳定,再加上是干导游,整天东跑西颠不说,带一帮五王八侯的生人喋喋不休地讲呀讲,虽然收入可能会高点,但层次似乎太低了点。韩青青跑了三、四天,依然没有跑出什么结果,这时候韩青青就又得出了一个感想,那就是看起来工作很风光、很体面的一些单位,工资待遇并不是想象中那么高。当然,这些单位也不是人人收入都很低,也有很高的,但那都是一些什么主管、经理的岗位,像自己这样一个刚刚走出校门的大专生,就只能从普通职员岗位做起,而那些岗位的待遇实在是太过微薄了,甚至还没有她在上大学期间杨宝林每月给她的生活费高。怎么办?韩青青又有些挠心了,心想是不是还是回到旅游系统再走走看看。也就在这时候,一天韩青青吃过晚饭,躺在床上翻着下午回家时购买的广告专刊,突然间看到一家公司招收办公室秘书和文员的广告。韩青青一激灵,仔细将广告读了一遍,不由得兴奋了起来,招人的单位叫银座豪城,是一家不小的商业地产公司,招聘总经理秘书一名,文员三名,具体要求:女性,未婚,大专以上文化,擅长文字撰写和计算机应用,身高一米六五以上,年龄二十五岁以下,容貌气质俱佳。在待遇方面,这家公司明显要优厚于其他公司,秘书月薪四千元,文员三千五百元,且均是底薪。看完广告,韩青青一下子坐了起来,接着又将广告从头至尾一字一句阅读了一遍,心想这不是写给我韩青青的广告吗?韩青青清楚,她唯一不符合广告要求的只有一条,那就是她的婚姻关系,但韩青青想,她至今并没有和杨宝林正式领结婚证,从上高中起,在填写所有个人资料时,她都填写的是未婚,虽然如今儿子已经六岁了,但韩青青没有正式结婚却是不争的事实。韩青青跳下床,兴奋得不由自主地在地上转着圈子,两只拳头握在胸前不住地摇动着。最后,韩青青扬了扬头,甩了甩秀美的披肩发,忍不住低声喊了一句,坚决拿下!

　　那一晚韩青青没有睡好,做梦全是在一些不认识的地方应聘。她梦见她在应聘时被一道很简单的题难住了,望着眼前一排正襟危坐的面试考官,怎么想也想不起答案,她一急突然就觉得憋尿了,接着就忍不住尿裤子了,羞得她当场就大哭了起来。韩青青醒来时,周身都是湿淋淋的汗水。从此韩青青再也没有睡着觉,只觉得这个梦是个特不吉祥的征兆,直至天亮,韩青青的心里都充满着一种莫名的惊恐。

　　韩青青早早地起床了,为了给自己冲喜,韩青青怀着不安的心情将自己洗漱干净,学着母亲房小琴的做法,小心翼翼地来到房屋外面,用手在墙上画了一个圆圈,圆圈内画了个十字,边画边默声念道:做梦不祥,画在西墙,太阳一襄,百事无妨。接着,韩青青给自己画了一副比往日要浓了许多的艳妆。然后出门赶往附近一家昼夜服装商场,给自己买了一身价格不是很高但却十分时尚合身的夏季裙装,到附近的一个花卉批发市场,买了一束象征大吉大利的大丽花和十支象征大富大贵的富贵竹,回到家将花卉插好、摆好,将买来的新衣裳换上,觉得心里稍微踏实了一些,这才从门前一个小摊位买了两个豆沙包和一杯酸奶,一边走一边吃着,按照广告提示的应聘地点,匆匆地朝着银座豪城的方向奔去了。

Vol. 17

来到银座豪城,韩青青才知道,这是一个由九幢高楼组成的一个庞大的商业写字楼群。楼群的中间是一个融花、草、树、湖、山于一体的美丽广场,广场的周围是一应从 A 座到 L 座九座单独的高楼。韩青青走进楼群后,忽然感到有点眼晕,她发现自己站在这个庞大的楼群中间,实在显得太渺小了。韩青青深呼吸了两下,努力让自己平静了下来,再次举目瞭望了一下这一圈高楼,心想这里的员工工资会比其他地方高出许多,原来这里的气魄大啊。此时韩青青再次在心里给自己打气,哪也不去,就这里了。同时又在心里默默念叨:求老天爷保佑,保佑我韩青青今天应聘成功。韩青青从包里取出那张广告,明确了招聘报名的地点在 L 座的 15018 房间,又看看目前所站的位置在 D 座,就开始往前走了。上午的太阳已经很毒了,院子里给人一种燠热难耐的感觉,人们都躲在房间里享受着空调机带给自己的凉爽。只有不多的几个人会偶尔在不同的高楼里匆匆忙忙地进出。韩青青经过 F 座时,一个衣着华贵,身材袅袅婷婷的年轻女人从楼里走了出来,朝着一辆宝马车走去,韩青青的目光和这个女人的目光忽然碰在了一起,韩青青礼貌性地朝那女人点了下头,觉得有必要向这个人打听一下去 L 座的路线,还没等她开口,那个女人已经微笑着向她问话了,小姑娘,请问你要找谁?韩青青立即往前走了两步,笑着说道,请问阿姨,这里离 L 座还有多远?女人止住脚步,上下打量了一下韩青青,笑着回道,不远了,一直往前走,经过 G 座和 H 座,就是了。韩青青说,谢谢阿姨。说完就要转头走了,这时女人说,能告诉我,你去那里做什么?是去应聘吗?韩青青立住脚,看了女人一眼,脸红了一下,说,是,阿姨怎么知道?我是从报纸上看到应征广告的。说完不自觉地低下了头。女人呵呵笑了一下,说,一看就知道是前来应聘的,是新毕业的大学生吧?韩青青点点头。女人扭头对站在她身边的司机说,你去忙吧,我不出去了。说完又对韩青青说,我们公司也在招人,小姑娘愿意和我上楼谈谈吗?韩青青心里一动,说,是吗阿姨?当然愿意。女人说,那好,咱们上楼吧。

女人将韩青青带到了 F 座的二十二楼,下了电梯,韩青青感到,有一股幽幽的香气扑鼻而来,楼道里干净、整洁、明亮、清凉,让韩青青身上的那层微汗,一下子就落了下来。走了不到半程楼道,韩青青看见,在一间像是会议室的大门旁边的墙壁上,挂着一个铮光闪亮、制作精致的金属牌子:唯美度国际美容集团(中国)公司。女人将距离大门不远处的一间屋子打开,将韩青青让进了屋。女人说,这就是我的办公室。我们是一家国际美容集团公司,我叫白毓秀,是这里的总经理。白毓秀说着,倒了一杯凉白开递到韩青青手里,笑着说,你还没告诉我你的名字呢。韩青青小心而又恭谨地说,我叫韩青青,省旅游职业技术学院今年毕业的学生,目前正在求职。白毓秀说,小姑娘很漂亮,做我们这行很合适,愿意来我们这里吗?韩青青没有思索,说,愿意。接着又说,不瞒阿姨,其实我今天是来银座豪城应聘秘书职位的,因为那个职位的薪资我比较理想……白毓秀打断韩青青的话,笑眯眯地说,我给你和他们同样的工资,你看怎样?另外,他们给你秘书职位,我给你总经办主任职位。韩青青简直不敢相信自己的耳朵,她不明白这个白总为什么突然要将她留下,而且给她那么高的职位和工资,她也不知道自己将来能给公司带来多大的效益。韩青青双手抱着杯子,感激而又有点迟疑地望着白毓秀。白毓秀说,就工作量讲,咱们这边肯定要比银座豪城那边轻松许多。韩青青好半天才嗫嚅着说道,白总为什么要这样对我?您让我受宠若惊了,我一个刚毕业的大专生,没有任何公司业务方面的专业知识和工作经验,更没有行政工作方面的领导和协调能力,即便是给白总做秘书,我也觉得难以胜任。白毓秀笑着说,可能是感觉,是缘分吧,今天一见到你,我就决定要将你留下,下决心不让你走了。韩青青突然心里一热,眼泪止不住涌了出来,她站起来朝白毓

秀鞠了个躬,说,谢谢您阿姨,你就是我韩青青天大的恩人,韩青青愿意跟着您学习和进步。白毓秀呵呵地笑了起来,说,看来你很会说话嘛！这样吧,既然已经决定加盟咱们公司了,就不要想那么多了,是缘分让咱俩走到了一起。另外,以后一起共事了,就不要叫我阿姨了,我今年也不过三十八岁,当不起你的阿姨,以后就叫我白姐吧。白毓秀的话,让韩青青感到很温暖,韩青青开心地笑了,笑着对白毓秀说,那我以后就叫你白总行不？白毓秀说,好,叫白总也行。

韩青青来到唯美度公司后,真的当了总经办主任,真的每月的工资底薪是四千块,加上全勤奖、业绩提成什么的,拿个五千多块甚至更多钱不成问题。唯美度公司虽然从事的是美容,但公司的规模并不小,除了从事专业美容的一支队伍外,还有一支庞大的推销相关国际知名美容产品的队伍。由于公司投入宣传和广告的费用一直很高,加之公司位置又坐落在大名鼎鼎的银座豪城,这就使得唯美度在省城有着相当的知名度,一些上层社会的各类女性以及追赶时尚的各类女性,就都闻风蜂拥而来了,这些人一个个惜美如命,一个个怕老怕得要死,因此一个个也就挥金如土,从而使得唯美度公司的效益在省城的美容化妆界,一直处于领先的地位。而在唯美度公司从业的这支庞大的年轻女性队伍,不论是美容技师还是产品推销师,不论是专业技能还是个人姿色,也都是省城美容化妆界里的佼佼者。所以当韩青青一踏进这家公司,当白毓秀在一次中层管理人员会议上宣布了韩青青的任职后,立即在整个公司引起了一场不小的波澜。凭什么就让她一个刚刚毕业的小女孩坐上了总经办主任的位置？她有什么能耐啊？就凭她长得漂亮吗？得是白总的脑子进水啦？几乎所有的人都在为此愤愤不平。为此许多人在不厌其烦的猜测和打听着韩青青的背景。好在有总经理白毓秀在前面罩着,不管其他人怎么想、怎么说和怎么议论,白毓秀不论去哪儿,身边总会带着韩青青,巡查工作带着韩青青,外出应酬更是每场都要带着韩青青,这就使得韩青青在公司处于了一种让人瞩目的地位,也让韩青青很快在公司站稳了脚跟。慢慢地,当初那些怀疑、反对甚至敌视韩青青的人,也就不得不放弃了他们的态度,开始尝试着接触和接受着韩青青,开始与韩青青和平共处,甚至还有一些人,开始想着法子主动接近和巴结韩青青。

Vol. 18

入职唯美度公司三个月后,韩青青已经完全适应了这里的工作和生活,她和白毓秀的关系也处得更加亲密了。在一次人事调整中,白毓秀让原来的总经办主任,后来成为韩青青副手的蒙梦,又恢复了她总经办主任的职务,将韩青青提拔为了总经理助理。韩青青对白毓秀说,白总,我该怎么报答您啊?白毓秀拉着韩青青的手,轻轻地拍了拍,笑着说,做好工作,就是最好的报答。韩青青立即立正了一下,大声说,是,白总,青青一定做到!逗得白毓秀咯咯地笑了。

来唯美度公司时间长了,韩青青慢慢了解到了公司发展的一些历史,也从周围人们的津津乐道中,听到了关于总经理白毓秀的一些传言和故事。

还在唯美度公司成立之前,白毓秀一直就是这座雄伟的银座豪城老板楚剑雄的贴身秘书兼副总经理。十六年前,白毓秀从一所知名的大学毕业后,被分配在了市土地管理局上班。不久,白毓秀就接触并认识了大她十六岁的、前来申请和办理土地审批手续的楚剑雄。此前楚剑雄也是个上班族,在市轻工局上班,改革开放后,楚剑雄就办理了停薪留职手续,去下海经商了。下海后的楚剑雄经过几年打拼,给自己赚下了第一桶金后,雄心就更大了,他要涉猎房地产领域,准备在这个新的战场一展自己的宏图和雄风。白毓秀见到楚剑雄,一下子就被楚剑雄的大度、豪气和富有吸引了,而楚剑雄,也被白

毓秀的年轻美貌和超人气质打动了,两个人一见如故,相见恨晚,有着说不完的共同话题。在土地申报和审批中,白毓秀作为一名普通工作人员,虽然给楚剑雄帮不上啥大忙,但可以为楚剑雄通通消息报报信,这就让楚剑雄十分地感激了。加上楚剑雄的这个地产项目,属于市政府的支持项目,所以没费很大的周折,楚剑雄就以比较低廉的价格,将所申请的土地拿到手了。事情办完后,楚剑雄很大方地宴请了一次市土地管理局的领导和为他出过力的工作人员,并给每个人送了一件羊绒衫,但让白毓秀没有想到的是,就在白毓秀打开她的那个羊毛衫袋子时,她还发现了另外两件东西,一件是一个字条,上面写着五个字:我很仰慕你。一件是一个小纸包,里面包着五万块钱。楚剑雄的这两件东西,让白毓秀整个晚上失眠了,第二天上午,白毓秀给楚剑雄手机发去了一条信息,也是五个字:我更仰慕你!就这样,一个月后的一个双休日,白毓秀和楚剑雄一起去了一趟与本省毗连的一个著名的牧场景点休闲了两天,将两个人的身心交融在了一起;三个月后的一天,白毓秀辞去了市土地管理局的公职,做了楚剑雄的贴身秘书。从此白毓秀跟在楚剑雄身边寸步不离,和楚剑雄一起开始了开发银座豪城的事业,以她的超人美貌和超人智慧,为楚剑雄开展着方方面面的公关工作,发挥着特殊而又至关重要的作用。白毓秀与楚剑雄这种在事业上珠联璧合,以及在情感上的相濡以沫,使得白毓秀获得了楚剑雄的"如夫人"的称谓。这期间,也发生过一些曲曲折折,首先是楚剑雄和白毓秀的这种关系,终于为楚剑雄的原配夫人,他的大学同学钟美双所不能接受,为此钟美双经常来公司大吵大闹,并将楚剑雄和白毓秀的恶行写成传单,到处张贴和散发,搞得楚剑雄和白毓秀焦头烂额。直到有一次,钟美双将她的一些亲戚纠集起来,突如其来将白毓秀暴打了一顿,致使白毓秀不得不在医院住了半个多月,后来三个打人者被公安机关统统拘留。也就是在这次后,楚剑雄下决心与钟美双离了婚,当了当代的陈世美。楚剑雄和钟美双离婚后,本打算与白毓秀结婚。就在这时候,银座豪城竣工落成了,楚剑雄和银座豪城的声名,在省城一时鹊起了,为了搞好对整个商城的管理,楚剑雄决定对现有的管理人员队伍进行清理和整顿,这件事情在白毓秀的亲自主持下,进行得井井有条,该辞的人辞掉了,该招的人招来了,形成了一支以年轻女性为主体的二百多人的管理团队。这让楚剑雄十分高兴,他首先为公司办公室亲自挑选了几个年轻漂亮的女孩子。这件事一开始就让白毓秀感到不舒服,但白毓秀并没有制止,直至后来就有了楚剑雄和这些女孩子一些不雅传言,到这时候白毓秀还是不相信,找楚剑雄谈了一次话,楚剑雄对此事矢口否认,白毓秀不好说什么,但提出将办公室几个女孩子的工作变动一下,却遭到了楚剑雄的坚决反对。后来有一次,楚剑雄去外地出差了,白毓秀将楚剑雄的电脑密码破解后,在一个隐藏很深的文件夹里,发现了楚剑雄与办公室那几个女孩子的性爱视频。楚剑雄出差回来后,气愤不已的白毓秀将这件事向楚剑雄摊了牌,没想到这竟将楚剑雄激怒了。楚剑雄恼羞成怒地指着白毓秀的鼻子破口大骂道,是,她们一个个都是小婊子!可你以为你是什么?你和他们一个球样,你就是一个老婊子!白毓秀没想到楚剑雄会说出这样无情和伤人的话,当时就失声痛哭了。可楚剑雄依然不解气,他接着吼道,哭什么哭?你就是第二个钟美双!我最恨的就是这种老女人!你给我滚,我永远不想见到你!就这样,白毓秀一气之下离开了银座豪城。事情过去半年后,楚剑雄打发人找到白毓秀,请白毓秀吃了一顿饭,在饭桌上给白毓秀道了歉,说他那些臭毛病他坚决改,并提出要和白毓秀结婚。白毓秀沉吟了一下说,我相信你是真诚的,因此我要谢谢你,谢谢你没有忘记我,不过,白毓秀说着,眼泪突然流了下来,她扯了两张面巾纸,沾了沾自己的眼睛,接着说,我也相信你想改,但是,男人什么毛病都可以改,唯独搞女人、赌博和吸毒的毛病,是很难改掉的。而每个女人又都会是钟美双,我也是,只要她还对这个男人在意的话。所以我不愿意让你讨厌我一辈子。听了白毓秀的话,楚剑雄觉得她说的似乎没错,自己的这个臭毛病好像确实很难改掉,眼望着满眼泪痕的白毓秀,楚剑雄想,也罢,看来这女人一老,都一个球样子,随她去吧!

  那次饭局后,楚剑雄花了一千万元,以白毓秀的名义在F座二十二楼注册成立了唯美度美容集团(中国)公司,将一切准备就绪后,便将公司交给了白毓秀经营和管理,同时将一张两千万元的储蓄卡,交给了白毓秀。白毓秀明白楚剑雄这是在打发自己,便毫无愧意地接过了唯美度公司和储蓄卡,一心一意地忙活起了自己的事情。

  女人的心毕竟是软的。时日一久,往日十多年间和楚剑雄一起走过的那些点点滴滴和风风雨雨,就老在白毓秀心里翻滚浮动。这时白毓秀才知道,她的那颗心,早已经被楚剑雄占满了。况且,这银座豪城的一砖一瓦,都渗透着她白毓秀的心血。随着唯美度公司的经营状况越来越好,白毓秀越来越思

念楚剑雄。但是楚剑雄却好像真的把她忘了,既不和她联系,也不过问唯美度的经营,更不过来到F座走动,整天就和一帮年轻的女孩子泡在一起,浑浑噩噩地打发着日子。白毓秀忽然心疼起楚剑雄了,觉得她应该回到楚剑雄身边,照顾他的生活起居。她放下架子,低声下气地试着给楚剑雄打了几次电话,说有空想请楚老板吃一顿饭,可楚剑雄都是嘻嘻哈哈地应付说好好好,然后就没有下文了。以至半年多时间过去了,这顿饭还是没有吃成。一次,白毓秀在电话里哭了,说,在你眼里,我白毓秀真的人老珠黄了吗?真是个老婊子吗?楚剑雄又是一笑搪塞过去了,弄得白毓秀直后悔当初没有答应和楚剑雄结婚。

就在韩青青前来银座豪城应聘前,白毓秀也看到了银座豪城招聘女秘书和女文员的广告,便知道楚剑雄又要为自己物色一些年轻漂亮的女孩子了,她的心里又恨又急。而当白毓秀那天在楼下意外碰到前来应聘的韩青青后,一方面,她瞬间就被韩青青的美艳惊住了,另一方面,她竟立即生出了要用这个年轻美丽的女孩子,在她和楚剑雄之间,搭起一架修复关系的桥梁。

Vol. 19

  韩青青来到唯美度半年后,也就是韩青青已经担任总经理助理后的一天早晨,白毓秀刚刚吃完早餐,去卫生间洗手,这时她的手机响了起来。白毓秀慢条斯理地洗着手,电话铃声在不住地响着,一分钟时间响满后,几乎没间断,接着又继续呼叫,这时韩青青急忙从外面走了进来,说,听见您手机响,以为您没在,我就赶紧过来了。白毓秀说,看看是谁来电?生人还是熟人?韩青青看了下电话,抬头对白毓秀说,是银座楚总。白毓秀一激灵,慌忙放下手里的毛巾,说,我来。白毓秀拿起电话,刚要接通,却对韩青青示意了一下,韩青青很快拉上门,退了出去。白毓秀摁了一下接通键,立马就传来了楚剑雄浑厚的、略带磁性的声音,宝贝啊,怎么不接电话啊?白毓秀说,刚才去洗手了。楚剑雄说,听说唯美度经营很好,事实再次证明了宝贝你的能力。最近忙什么啊?白毓秀说,谢谢楚老板关心。白毓秀说着,心里一酸说,知道吗?这是你第一次主动给我打电话。楚剑雄呵呵一笑说,是吗?有那么严重吗?白毓秀说,装什么装!接着又说,楚老板亲自打电话,有什么吩咐吗?楚剑雄说,没吩咐就不能打个电话啦?又说,听说宝贝给自己整了个什么助理,有这回事吗?白毓秀心里一动,似乎一下子意识到了什么,立即不热不冷地说,有这个助理,已经到职很久了,楚老板才知道呀?楚剑雄说,听说天姿国色,沉鱼落雁是吗?白毓秀笑了一下说,你听谁说的,很一般般啦,比不上你办公

室那帮女孩子。楚剑雄说,怎么啦宝贝,还要金屋藏娇吗?哪天也让我这老朽一睹芳容好不好?白毓秀想了想说道,那好啊,不过有的是机会,以后再说好不好?接着又说,楚老板我还有点急事要办,咱们找时间再聊好不好?楚剑雄哼唧了一下,话还没有说出来,白毓秀就将电话挂断了。挂断电话,白毓秀呆呆地站着,心想,看来男人都是色狼,老男人也不例外。

  这次通话后没几天,一天下午,楚剑雄又将电话打来了。白毓秀说,楚老板有事吗?楚剑雄说,呵呵,当然有事,当然有事。白毓秀说,有事就说吧,我正开着车呢。楚剑雄说,如果白总有时间的话,楚某想请白总吃一顿饭,不知白总肯赏脸不?白毓秀呵呵一笑说,不年不节的,吃什么饭啊?楚剑雄也笑着说,记得白总曾经说过咱们一起吃饭的事,不是一直抽不出时间吗?这几天有些空,就一起聚聚好不好?再说了,今天是老朽的出生纪念日,想必白总已经将它忘记了吧?白毓秀心里一惊,立即说,好啊,楚老板请饭还敢不吃吗?不过,如今给楚老板过生日的人多了去了,还能轮的上我白某人啊?说吧,啥时间?在哪里?楚剑雄说,就今晚,六点半,金阳酒店,不见不散。

  白毓秀说,那好吧,预祝楚老板生日快乐!说着就要挂断电话,这时楚剑雄忽然大声说了一句,记着将你的助理也带来啊!白毓秀鼻头皱了一下,没回声,将电话挂了。

  就在那天晚上,白毓秀第一次带着韩青青和楚剑雄一起吃了一顿饭。当二十二岁的韩青青犹如一朵出水芙蓉,出现在楚剑雄的面前时,楚剑雄不由得惊呆了。他走上前握住了韩青青的手,不住地轻轻地摇着,眼睛始终盯着韩青青的脸没有离开。韩青青被楚剑雄看得脸红了,扭头看了看白毓秀,白毓秀说,今天是楚总的生日,咱们一起为楚总祝贺生日。韩青青立刻高兴地说,是真的吗?太好了!祝楚总生日快乐,生意兴隆,身体健康,万事顺意!楚剑雄高兴得两只眼睛挤在了一起,不断地摇着韩青青的手说,谢谢小韩助理,谢谢小韩助理!白毓秀这时说,楚总,菜都点好了,直接上座吧。楚剑雄这才仿佛醒了过来,乐呵着放开了韩青青的手,说,好,好,上坐,上座。

  整整一顿饭,楚剑雄的眼珠始终都在韩青青的身上打转子,没话找话地与韩青青说了许多话,不断地逗韩青青开心。韩青青则显得很矜持,很胆小,很羞涩,不敢大胆应和楚剑雄的问话,这让楚剑雄更对韩青青产生了一股怜爱之心。散席前,白毓秀去前台结账后,楚剑雄对白毓秀说,咱们谈谈吧。白毓秀让司机和韩青青先回了,回到前台登记了一间房,和楚剑雄一起上了楼。进到房间,楚剑雄刚将门关上,白毓秀就坐在沙发上嘤嘤地哭了起来,白毓秀这一哭,楚剑雄有点不知所措,走到白毓秀身边,一只手将白毓秀的肩膀搂住,一只手轻轻地拍着。白毓秀哽咽着说,当初不顾一切跟了你,不知道你楚剑雄是个狠心狼,银座建起来了,一个唯美度就将我打发了?这句话似乎触动了楚剑雄,他一下子将白毓秀紧紧抱了起来,说,谁说是那样啊?其实在我心里,你白毓秀永远是我的宝贝。白毓秀哇地放声大哭了起来,哭着说,想想看,多长时间不理人家了?楚剑雄说,谁叫你把事做得那么绝,把话说得那么绝?我楚总也有面子啊!白毓秀哭着说,你和那些女人那样瞎整,还把那些场面录下来,你想过我心里的感受吗?楚剑雄沉默了一会,说,不哭了好不好,都是过去的事了,不要提它了,如果你答应,咱俩立马结婚。你不答应我也没办法,反正我楚剑雄这辈子不会再娶其他女人了。楚剑雄这句话让白毓秀心里一热,她一把抱住楚剑雄,不断用拳头捶打着,却将嘴巴送到了楚剑雄的嘴上。那一晚,他们就睡在了那里。事毕后,白毓秀说,你看上了那个丫头?楚剑雄说,她真的很美,你从哪里弄到她的?白毓秀说,是不是没有她,你永远也不理我了?楚剑雄说,随你咋想吧,反正我在你心里已经倒牌子啦!其实说句心里话,找她,也是找你。白毓秀轻轻拧了楚剑雄一下,你这个臭毛病至死也改不了!楚剑雄却振振有词地说道,怎么改不了?改,为了宝贝你,坚决改。末了却又说道,能不能将这丫头调到银座这边来?白毓秀心里一跳,说,又死相啦!你真的不怕把你名声搞臭啊?楚剑雄说,有那么严重吗?调味品而已,放在身边方便些,能惹出个啥乱子来嘛?白毓秀说,你这个老色鬼,还是慢慢来吧,只要是你锅里的饭,迟早会吃到肚子里。让我再做做她的工作,最好不要霸王硬上弓。楚剑雄说,也好,谢谢宝贝。今晚我向你打保证,从她之后,楚剑雄真的金盆洗手了。白毓秀撇了一下嘴唇说,鬼才相信你!狗改不了吃屎!楚剑雄嘿嘿地笑了。

后来白毓秀相继寻找机会,安排楚剑雄和韩青青在一起又吃过几次饭,还唱过几次歌,使得楚剑雄和韩青青之间进一步熟识了起来。直到今天上午韩青青要回家过春节了,按照楚剑雄和白毓秀的计划,白毓秀亲自驾车将韩青青送到了车站,在下车前,白毓秀对韩青青说,青青,我想跟你商量个事情?

韩青青说,有啥话白总你照直说,我一定会按着你的话去做。白毓秀满脸含笑地看着韩青青,说,你觉得楚总这个人怎么样?韩青青说,很好呀,几次吃饭还有唱歌,给人的印象风趣、幽默,大度,也挺随和的。白毓秀说,楚总对你的印象很好,几次在我面前提到你,说你长得甜美,性子温柔,说他好喜欢你,还说过要把你往银座那边调呢。韩青青心里跳跳的,说,是吗?不过我在唯美度做得很好,主要是白总待我不薄,只要白总不嫌弃青青,我愿意永远跟着白总做。白毓秀很满意韩青青的话,说,他也只是说说而已,他有那样的想法,不见得我就有那样的想法,我已经给他明确表态了,这点他就别想!韩青青咯咯地笑了,说,真不知道该怎么感谢白总。白毓秀说,是这样,春节期间,光待在家里或者城里也没多大意思,楚总想另外安排一些活动休闲一下,希望你能够陪着他一起去。韩青青心里一动,说,什么活动?白毓秀说,去一趟海南,那边不是暖和吗?韩青青不说话了,半天问道,同去的还有谁?白总去吗?白毓秀犹豫了一下说,同去的当然还有人,他是老总,没有人服侍怎么行?我本来也是要去的,但眼下家里又有了一些事,脱不开身子,我就不去了。看见韩青青不说话,白毓秀又说,其实也没啥,就是陪楚总说说话,散散步,让他不感到寂寞就行了。韩青青还是不说话。白毓秀这时说,话说到这个份上了,我就对你实话实说了吧,楚总真的好喜欢你,他的意思是,只要你愿意陪陪他,从此后他每月会给你三万块钱。韩青青一下子抬起了头,藏在心中的疑窦一下子被解开了,脑子里立即跳出了两个字:小三。白毓秀说,愿意吗?韩青青低下了头,心里进行着激烈的斗争。她明白,这是一件非常下作和被人唾弃的事情,但是,他会给她三万块钱,三万块钱对于韩青青这个农村女孩子来说,诱惑力不能说不大。何况,这可是对她恩惠无限的白总给她安排的事儿呀,韩青青有胆量、有勇气拒绝吗?韩青青心里乱乱的,一时理不出个头绪,她知道此时白毓秀正在殷殷地望着她,但她不知道该怎么给白毓秀回话。这时白毓秀说,青青你大概也听说了我和楚剑雄的关系,我在很年轻的时候就跟了他,将我的一切全给他了,但我并不后悔。他其实是一个很能干、很重情义的男人,就是有这个臭毛病,不过我有时也想,男人嘛……白毓秀停顿了一下,接着说,和他在一起,他绝对不会伤害你,而且,你也不是时刻和他在一起,你依然在咱们唯美度上班,只是偶尔陪他一下,偶尔,偶尔你懂吗?韩青青始终没说话。白毓秀静默了一会儿,说,就这个事,你再想想吧,这事大姐不为难你。旋即又说,不过就看你怎么想了,要我说,这不是个坏事儿。好了不说了,你上路吧,回去后和家人快快乐乐团个年,初三下午,至晚初四上午你就返回来,去海南的机票楚总已经订好了,四号下午你们就可以出发了。白毓秀看见,韩青青的眼睛里,已经涌满了泪水。白毓秀说,我说的这些,你都听明白了吗?韩青青望着白毓秀,点了点头,两行泪水突然就落了下来……

Vol. 20

  电褥子的热量使得被窝里逐渐暖和了起来,韩青青将笼在头上的被子掀开来,呼吸了一口周围依然冰冷的空气。怎么也睡不着啊,她伸手想将放在床头柜上的手机拿过来看看时间,却抓了个空,这才想起为了切断和家里的联系,她在白天时已经将手机关掉了,伸头望了望窗子,外面依旧是一片黑暗,只有从远处传来的一点微弱的光亮,给了窗口一丝灰暗朦胧的轮廓。人常说,饥屁冷尿热瞌睡,这时的韩青青,虽然白天几乎没喝啥水,但被冷冻一直袭击着的她,此时却觉得有些憋尿了,她忍耐着不想起床,因为那个厕所是公用的,而且在走廊的尽头,韩青青不想受这个冷冻。

  韩青青望着黑乎乎的屋顶,觉得头还是那样疼痛,身子还是那样酸软,而脑子里,也还是那样翻江倒海。此时韩青青已经不再流泪了,她反复在想,她明天该去哪里?即使关掉了手机,关掉了 QQ,但只要她继续待在这个出租屋,家里的人就有可能找到这里来。韩青青想,此时的她,已经真的成了无家可归,无处收留的流浪者了。她怎么也不敢相信,就在这日出日落的一天时间里,她竟失去了自己温暖的家,并且即将失去往日那种虽然清贫但却充满尊严和快乐的岁月。

  韩青青知道,正是因为家里贫穷,她不得不在十三岁时与大她十三四岁的杨宝林定了亲,十四岁时便被杨宝林强暴了,十五岁时就生下了自己的儿子。这一切回头细想一下，是那样的不可思议和令人心痛，但一路走来的韩青青，因为那时懂得的事情并不多，这条路，就让韩青青这么不知不觉地走下来了，也没有觉得有什么特别的苦和难。在韩青青的心里，人的命，天注定，老天给了她韩青青这样的命运，就是要她这样来活人间的世事的。和杨宝林订婚直至后来圆房、同居，虽然并不是韩青青心里所愿，但正是因为有了她和杨宝林之间发生的这一切，她家的日子才逐渐地稳定了下来，爹妈超生佩佩和瑶瑶的罚款才会有人替他们缴付，她们姐妹三个的学费才会有人替他们负担，爹和妈也才会在后来如愿以偿地生下了他们梦寐以求的儿子龙龙，而爹妈生下龙龙后，也没有因此受到很严重的惩罚，仍然是由杨宝林替代他们向村里和乡里替交了一些罚款便了事了。在和杨宝林为妻为夫的这些年里，韩青青知道，杨宝林一直对她很好，也对韩青青的爹妈和她的家里很好。韩青青能感觉到，对杨宝林来说，韩青青就是他心里的一尊美神，为了爱韩青青，杨宝林什么都愿意做，哪怕吃再大的苦、受再大的罪、出再多的钱，杨宝林都在所不惜。正是因为这样，韩青青不愿意给孩子哺乳，杨宝林默许了；韩青青喜欢念书，杨宝林答应了；只要韩青青需要什么，杨宝林都会想尽一切办法来满足她。所以在这些年里，杨宝林就是韩青青心里的靠山。虽然韩青青并没有像有些书里或者电影里描绘的那样，对杨宝林有着多么深入骨髓的情和蓬勃燃烧的爱，但韩青青觉得，她对杨宝林还是有感情的，这种感情，既来自她对杨宝林的感恩，也来自她对杨宝林的回报，还来自她对杨宝林的怜悯。韩青青从来没有想过，哪一天她会和杨宝林分开，从没有想过，还有另外的哪个男人能够替代杨宝林。即便她如今大学毕业了，即便她如今已经在省城生活着，她时常所能想到的，就是能够有一天，让杨宝林带着他们的儿子虎子也来到省城，一家人好在这里团团圆圆地生活下去。如果真能这样了，韩青青就满足了；韩青青觉得，她的这一生有了杨宝林和儿子，她也就满足了。韩青青是带着满心的思念和喜悦去回家过年的，虽然在去汽车站的路上，白毓秀给她安排了春节过后要她陪同楚剑雄去海南的行程，而且明白无误要她去给楚剑雄做小三，这使她有点不知所措，心里感到既无奈又难过，甚至有些乱糟糟地，但很快，她就努力地将这件事抛到了脑后。要与丈夫和儿子相会的期盼和激动，涌满了韩青青的胸腔。但是，谁能想到啊，根本就没有任何征兆啊，杨宝林竟在突然间就与妹妹韩佩佩结婚了，而且是正式结婚了，将红彤彤的

　　结婚证领回来并且贴在了墙上,一时间竟使得韩青青在那个家里没有了立足之地。这究竟是为什么?难道韩佩佩也是看上了杨福才手里的权力和杨宝林手里的银钱,急于安顿自己的终身,从而不顾一切地从姐姐手里将自己的姐夫抢夺了过去?真的好可耻啊!韩青青恨恨地想,韩佩佩你做出了欺天害理、人神共愤的事情,你都不怕遭报应吗?另外,让韩青青怎么也想不通的是,即便是韩佩佩想要这样做,杨宝林也乐意这样做,爹和妈为什么不去阻挠他们呢?就韩青青回到家里的所见所闻,爹妈好像不但没阻止他们那样做,竟然表现得很乐意、很平和,见到韩青青后居然没有一点儿愧色。韩青青怎么想也想不明白其中的缘由。韩青青想呀想,最后她终于想明白了,妹妹韩佩佩之所以会这么做,爹和妈之所以会任其所为,最有可能、最为根本的原因,那就是两个字:贫穷。马瘦毛长,人穷志短,肯定又是杨宝林那个狗东西仗着他爹的权势,向爹妈、向韩佩佩提出了这样无耻的要求。杨宝林好色,韩青青一向这么认为,别看他表面上老实,其实他特色了,仗着自己手里有钱,想欺负谁就欺负谁。赵岭村的魏月婵不就被他欺负了吗?她韩青青不也被他霸王硬上弓了吗?如今,他和她还没有正式结婚,而妹妹韩佩佩又长得比当初的韩青青还要漂亮,这样一来,杨宝林能不动他的歪心思吗?杨宝林要是动了这个心思,杨福才和袁莉萍肯定又是宠着他。遇着这样的事,即使心里再不乐意,可怜的爹和妈,还有尚不懂事的佩佩,他们又能怎么样呢?韩青青心里升起了一股无奈和悲哀。她认定事情就是这样的。她从心里恨死了有权有势的杨福才,恨死了淫乱无度的杨宝林。

　　韩青青想,现在我该怎么办?韩青青真不知道她该怎么办了。韩青青在心里恨恨地骂道:狗东西杨福才和杨宝林,我们可怜的一家人,被你们父子就这样践踏和欺负了这么多年,等着吧,等到有朝一日老娘我有了钱,发达了,老娘就回来报复你们,而且要你们拿了一升得还一斗。你们等着瞧吧!

　　想到这里,韩青青心里咯噔了一下:她韩青青的钱又在哪里?她将来能从哪里弄到钱?韩青青又想到了白毓秀给她说的那些话,心里顿时感到了一阵难受。韩青青明白,在白毓秀的眼里,压根儿就把她韩青青没当人看,她韩青青不过是白毓秀讨好楚剑雄的一个献品和玩意。韩青青心里禁不住再次涌上了一丝伤悲。不过,这时的韩青青已经将一切看透了,也将白毓秀给她讲的那些话想透了:也罢,眼下摆在她和全家人面前最大的难题,不就是一个穷字吗,而破解这个难题,也就成了她韩青青的难辞之咎和当务之急,如今既然他楚剑雄愿意给她钱,那么,她韩青青也就愿意给他楚剑雄人了,两下里平等交易,无所谓谁吃亏谁占便宜。何况白毓秀说得明白,只是偶尔,偶尔是什么?偶尔就是隔三岔五,偶尔就是有一搭没一搭,所以偶尔去陪一下楚剑雄,楚剑雄喜欢,白毓秀也高兴,而自己,也能拿回那三万块钱,说到底也不是个啥大不了的事儿。再说了,天底下有那么多的小三和二奶,有她韩青青一个不多,没她韩青青一个不少,傍上楚剑雄,总比傍上杨宝林更要实惠一点吧?人活一世,也就那么回事了!

　　韩青青觉得自己终于把问题想清楚了,她爬起来,裹着被子上了一趟厕所,发现东边天上已经发白了,已经看不见星星了,天马上就要亮了,韩青青回到屋子,没有上床,她将衣服穿好,洗漱了一番,给自己又撕开一个方便面饼吃了,冲一袋奶粉喝了,就准备起身离开租屋了。就在韩青青再次思索着她今天究竟应该去哪里时,她的脑子里忽然冒出了一个连她自己也颇感吃惊和意外的想法:去常荣市,去那里会会网友钟情一生。

Vol. 21

  韩青青和其他的年轻女孩一样,平时喜欢上网,也喜欢 QQ 聊天。
  韩青青给自己起了个网名叫萤火虫,以示她内心世界的美丽和柔弱。上 QQ 聊天时,韩青青一直比较谨慎,开始只和一些熟悉的小姐妹,以及少数几个陌生的同行女性网友聊。媒体上关于一些女孩子被异性网友欺骗和伤害,甚至由此失去性命的报道,让韩青青感到很是惊秋。况且,网络这个虚拟的世界,坐在那边电脑前,或者拿着手机和你聊天的人,你怎么能够相信和断定对方一定是个男人或者女人,一定是个帅哥或者靓妹。所以韩青青聊天时,给自己定了几个原则:不加陌生人为好友,不和陌生网友视频,不给陌生网友发照片,甚至还有一点,聊天时不主动说话。遇到有陌生的网友,特别是陌生男性网友请求加她好友时,韩青青一律不予回应,对于个别反复请求的,干脆就直接将对方拉黑了。后来时日久了,韩青青慢慢觉得,上网聊天,其实就是如今人们进行相互沟通甚至是业余消遣的一种新的方式,似乎并没有报纸和电视上说的那么邪乎和可怕,社会上的确发生过一些令人惊骇的案子,但那几乎都是由于出事的女孩子太过马虎大意,或者轻易相信对方,或者根本不对自己管制和约束造成的,应属意外和偶然的事件,绝大部分上网聊天的人,和自己一样,只是将聊天作为工作和生活之余的一种休闲方式而已,对方并非都是坏人。如此一来,韩青青就将自定的原则放松了一点,有选择性地加了几个她自认为谈吐比较文明、对人比较尊重、有一定知识水准和幽默感、恳切请求加她的男士。在这些男士里面,有一个叫钟情一生的网友,是最早请求她为好友的人。从他第一次提出请求到现在,韩青青先是不理不睬,后来干脆拒绝他了。但是这个人锲而不舍,在遭到韩青青数次拒绝后,依然不断想方设法为韩青青留言,请求韩青青能够加他,并一再追问韩青青,为什么要一而再、再而三地拒绝于他?韩青青没有回答他,但韩青青心里想,你的网名为什么要叫钟情一生?难道对每个异性网友都要钟情一生吗?就因为他的这个网名,韩青青认为他的思想意识不够好,上网聊天的目的不够纯,觉得他使用这个网名聊天,就是想对与她聊天的女性网友发出一种信号,进而迷惑对方,其最终目的则在于猎艳,甚至企图寻找愿意和他搞一夜情的女人也未可知。韩青青很讨厌这个网名,也就很讨厌钟情一生这个人,所以一直回避着他和拒绝着他,一直对他置之不理,甚至有几次将他拉黑了,弄不懂他用什么法子又跳了出来。由此韩青青认为,这个钟情一生是个没脸没皮的人。以至于到了后来,他居然给韩青青的 QQ 邮箱里,留下了他的个人资料,说他的真实姓名叫刘希亚,今年 27 岁,老家在常荣市流川县五岭镇小刘村三组,××大学历史系毕业,大学本科文化,工作单位在常荣市地方志办公室,恳切希望与萤火虫成为网络好友。令韩青青感到惊讶的是,就是这个刘希亚,最后居然还向韩青青留下了他的身份证号码,说完全可以上网查询。刘希亚的这种做法,让韩青青感到有些纠结,觉得这个人实在是个死打烂缠的主,绝对不是个省油的灯。网上聊天嘛,不就是虚拟着闹着玩玩嘛,值得那么认真吗?同时她又慢慢地觉得,这个人可能不是个坏人吧,甚至多少为他的这种真诚和执着有点感动。韩青青真的上网查了查那个身份证号码,果真查出了他的姓氏、性别和出生日期,发证地点也明白无误是常荣市流川县。韩青青依然没理他。谁知接着,这个钟情一生就将自己的照片给韩青青发来了,一张是大头照,一张是半身照。韩青青看了照片,觉得人长得还可以,有些书卷气,气质还不错。那张半身照笑得很厉害,可能是照相时被身旁的人逗的吧,韩青青打开照片看着,觉得他仿佛是对着她笑,竟不由得脸红了一下,忍不住也笑了。就这样,在一次韩青青在线时,又看到钟情一生发来了问候:你好萤火虫。韩青青朝着这个问候凝视了好久,最后打出了"你好"两个字,发了过去。很快,就有一串字又发了过来:天哪,终于把这两个字盼来了!韩青青等待了

片刻,又发过去一句话:你为什么要这样?钟情一生:越是办不到的事情,越是要把它办到。萤火虫:……钟情一生:谢谢你没有再次拒绝我。萤火虫:……钟情一生:今下午我要吃顿好饭,好好犒劳自己一下。萤火虫:你了解我吗?钟情一生:了解,直觉告诉我,你是个美丽善良的好女人。韩青青不知道说什么了,心里感到有点热热的。

　　从此,韩青青和钟情一生就互相加为了好友。但每次在线上相遇,他们聊得并不多,因为每次韩青青的话说得很少,聊过那么几句后,钟情一生就等不到萤火虫的回音了,聊天也只好就此中断了。但就是在这期间,通过与钟情一生的聊天,韩青青第一次感受到了一个陌生年轻男性的率真、热情和幽默,也感受到了一种从未有过的来自对方的关照、呵护和暧昧。虽然每次聊得不是很深入,但韩青青感到,他们互相间的感觉都不错,而且渐渐有了一些默契和灵犀。到后来,钟情一生偶尔还会蹦出那么一句:喜欢你了怎么办?好喜欢你萤火虫!尽管韩青青对来自对方的这一类聊语统统采取了视而不见的态度,但韩青青的心里,却禁不住感到暖洋洋、甜滋滋的。再后来,钟情一生纠缠着要求与韩青青视频,被韩青青拒绝了,多次要求韩青青给他发一张照片过去,也被韩青青婉拒了。最后,钟情一生首先将自己的手机号码发过来,接着就索要韩青青的号码,韩青青记住了他的号码,却始终没有将自己的号码发过去。无奈之下,有一天钟情一生便将视频打开了,大度地说:不让我看你,那你看看我,这总该行了吧?让韩青青看着他的画面与他聊天。有一次上线后,刚打过招呼,钟情一生就说他明天要来省城出一趟差,希望到时能请韩青青吃一顿饭。钟情一生的这个邀请,竟将韩青青吓着了,韩青青不仅没有答应和他见面吃饭,而且下线后,一个多星期没有上线。当两个人再次在线上见到时,钟情一生已经出差结束回到了常荣。钟情一生问:为什么躲我?萤火虫:在忙。钟情一生:萤火虫我爱你,知道吗?我已经深深地爱上你了!真的真的好爱你!萤火虫:你傻了吧?我儿子已经七岁了。钟情一生:那也不影响我爱你嘛!钟情一生这句话,让韩青青想起了上高中时追求她的那些人,便说:好好珍惜身边人吧。钟情一生:身边人如今远在首都,人家已经研究生毕业,成京城人啦,咱不配啦。萤火虫:还留恋市志办那份工作吗?立即追到首都去!钟情一生:热脸贴冷屁股吗?韩青青望着电脑上钟情一生有点郁闷的视频画面,忍不住笑了下:该贴就得贴,不贴也不对。钟情一生:感谢谆谆教导。萤火虫:这才是乖孩子。钟情一生:有机会来常荣吗?在下翘首以盼,保证高规格接待。萤火虫:常荣那儿没有我们的业务。钟情一生:我要唱了:一个小小的萤火虫,把男孩的心儿悄悄拿走了……韩青青心里一烫,立即关掉了视频:别贫了,我要忙了。接着就下线了。想着坐在那边电脑前怅然若失的钟情一生,韩青青忍不住轻轻地笑了。

Vol. 22

  就在韩青青离开自己的租屋,决定前往常荣市的时候,老家杨家沟的三个人,已经开始动身前往省城寻找她来了。

  自从昨天中午韩青青负气离开家里后,杨福才就组织全村人开始到处找寻她。杨福才将人马分为三路,一路由韩学文带领,负责从他家亲戚和韩青青的中学同学家里找,一路由房贵仓带领,负责在杨家沟周围所有的大路、小路、山峁、沟豁、树林,包括到附近的村镇寻找,一路由杨宝林带领,开着大车上县城去找。韩佩佩跟着杨宝林来到县城,又将一伙人分为三组,分头一个一个宾馆、一个一个酒店、一个一个歌厅、一个一个洗脚房、一个一个发廊、一个一个家庭旅店,地毯式地进行搜寻。杨宝林带着韩佩佩,一起来到他和韩青青曾经先后两次住过的那家酒店,询问了酒店工作人员,工作人员说没有见到过这样一个顾客,但杨宝林不放心,不光查看了酒店入住人员登记簿,还在酒店人员的陪同下,将每个房间仔细查看寻找了一遍。由于马上要过年了,许多小的歌厅、发廊、洗脚房和旅馆,都歇业关门了,但他俩非要找到这些门脸的主家把话问清楚才算。寻找的过程中,杨宝林不断地给韩青青拨电话、发短信,依然杳无音信。韩佩佩知道韩青青有QQ账号,就来到一家网吧,上线与韩青青联系,还是一无所获,只好流着泪给韩青青留了一段话,向姐姐检讨,劝姐姐回来。就这样一直找到天黑,回到家里已经是晚上九点钟了。

派出去的三路人马也都先后回来了,均未得到有关韩青青的任何消息。韩学文和房小琴急得快要发疯了,房小琴愁苦的脸上自始至终挂着眼泪,杨福才也觉得心里特别地不安。这时袁丽萍打发女儿杨腊花将韩青青中午回家时带回来的行李给韩学文送了过来。房小琴一看见韩青青的这些东西,忍不住又号啕大哭了起来。她打开韩青青的旅行箱,一边翻看着韩青青给家里买回来的年货和给每个人带回来的礼物,一边颤抖着两只手,睹物思人般地哭得越发伤心了,仿佛她的女儿已经不在这人世了一样。房小琴的情绪感染了屋里的每一个人,所有人都忍不住流下了眼泪,当杨宝林看见韩青青给他买回来的一双金利来皮鞋时,也忍不住哭出了声。房小琴一边哭一边一声接一声地问:我该怎么办啊?我该怎么办啊?韩佩佩扑通跪在房小琴面前,哭着对母亲说,妈,我明天就去和姐夫离婚,我明天就去和姐夫离婚……

韩佩佩的话触动了在场的人,房小琴忽然不哭了,定定地望着韩佩佩,就那样望了半天,突然抱着韩佩佩又哭了起来,哎呀呀呀,我家佩佩娃啊,你也老恓惶,你也老可怜啊……

这时杨福才说,小琴甭哭了,商量一下事情怎么办吧。一屋子人睁着一双双泪眼望着杨福才,杨福才说,学文小琴也别太担心,想来小青娃不会做出啥傻事,今天大伙跑了半天没找到她,说明她已经离开了咱们老家这一带了,可能跑回省城了。明天是二十九,赶紧派几个人去省城她的单位和住地再找找吧。大家依然不说话。杨福才说,去省城人不要多,我、学文、青青她舅贵仓,三个人就行了。这时杨宝林说,我也要去,我知道青青住的地方。杨福才说,你跑去干啥?你是嫌青青跑得还不够远是不是?青青见了你,她能有好气?猪脑子!杨宝林不说话了。杨福才对着杨宝林说,将青青在省城的住处写下来交给贵仓,再给你爹(韩学文)带些钱,明早起早些,把我们三个送到县城汽车站,一定要赶上去省城的第一班车。杨福才说完后,说,学文小琴你们还有啥说的。房小琴又哇哇地哭了。杨福才说,那就这样定了,各自早早歇息吧,明早咱们三个打早出发。

杨福才几个人从韩学文家里离开后。韩学文对房小琴说,甭哭了,哭能顶啥用?待我们去省城找了再说,时间不早了,咱也赶紧睡吧。说着转脸对韩佩佩和杨宝林说,你俩也回去睡吧。这时房小琴突然抬起一张泪脸,朝韩佩佩说,你去哪睡?别去宝林家睡了,就睡在咱家吧。又对杨宝林说,你回家

睡吧,明天起早点,送你爹他们去县城。杨宝林眼看着自己不能和新婚的媳妇韩佩佩一块回家睡觉,心里顿时升起了一股不舒服,心想,青青跑是她自己跑了,但我已经和佩佩结婚了,佩佩是我媳妇啊,况且今天是我俩的新婚之夜啊,为啥不让我俩一起睡觉。心里这样想,但嘴里不敢说出去,杨宝林用热辣辣的眼光朝新娘韩佩佩望去,却见韩佩佩根本没有理睬他,流着泪拉着韩瑶瑶到另一个窑洞去睡了,知道自己这个新婚之夜泡汤了,也就转身离开了,悻悻地回了自己的家。按照当地风俗,新人结婚当晚,村里的年轻人都要跑来耍新房、耍新媳妇,这是嫁娶喜事当中的一个十分热闹喜庆的节目,可在这天晚上,在杨家沟,人们似乎已经完全忘记了还有杨宝林和韩佩佩结婚这档子事情。

　　第二天一早,杨福才三个人出发了,赶十一点来到了省城。就在他们从长途汽车站走出来,按照杨宝林写的地址,打问怎样才能找到韩青青的住处时,杨福才的手机响了,杨福才一看,是乡政府留守春节值班的雷秘书打来的。杨福才以为乡上又有什么紧急工作要布置了,立即接通了电话:喂,雷秘书啊,我福才,有啥事吗?雷秘书说,是我,没啥事,你现在在那里?杨福才说,我在省城。雷秘书说,是吗?是不是还在寻找韩青青?杨福才一时语塞,没有开口。雷秘书说,昨天就有人来乡里找了,没找到是吗?杨福才哼唧了一下说,可不是怎的?这不来这里又找吗?雷秘书说,我说老杨啊,你一个办事挺稳当的人,这件事怎么弄的?当初你儿子娶的是人家老二,娃娃都好六七岁了,如今怎么又换成要娶老三?再说了,既然要这样做,事先就得把工作做扎实,到如今弄成啥事了吗?满乡里都议论纷纷,说你们父子欺男霸女哩,这件事有人已经捅到书记和乡长那里了,书记还打过来电话,了解到底怎么回事?你这个老杨啊,啥都听儿子的,我的意思是,赶紧找人吧,千万不要弄出啥大乱子来。杨福才半天说,雷秘书你批评得对,是我犯浑了,这事弄得满城风雨,影响确实不好,你在乡上还得给老兄多担待点,在书记和乡长面前给老兄开脱开脱。雷秘书说,那是当然,你放心吧。你最好拿捏住,事情到此就为止吧,再不要惹出啥新麻烦来。杨福才一向与雷秘书走得很近,两个人私交不浅,昨天雷秘书就领着一帮人,带着厚礼专程前来贺喜了,谁知道事情竟闹了个不欢而散。杨福才明白,雷秘书打来电话,不是嘲笑和戏弄自己,是从心眼里关心他。不过,听了雷秘书的一番话,让杨福才心里更堵了一层。他对韩学文和房贵仓说,今天不管见了谁,都不要说家里发生了啥事情,就只说找人。三个人按照车站警察的提示,在出租车司机的带领下,按着杨宝林写下的地址,七拐八拐地找到了韩青青的租屋。三个人先找到租屋房东,问房东看没看见韩青青,房东说,好像昨天上午一大早回老家了,既然回家了,眼看就要过年了,她还跑回来干啥?三个人来到三楼韩青青的屋门和窗子前,努力地朝屋里望了望,除了感到这里的寒风要比乡下还冷还利之外,连韩青青的影子也没看见。房贵仓发现距离韩青青门口不远的地方,好像有不久前倒的一摊水,说,说不定青青就在这里。杨福才和韩学文看了看,也觉得这事不好确定。房东却说,肯定那姑娘没回来,回来我还能看不到吗?看不到还听不到吗?

　　三个人又按照杨宝林写下的地址,摸寻到了银座豪城F楼。刚走到楼门前,没等他们三个人开口说话,两个身着崭新安保服装的安保员,就从F楼里走了出来,两个人各提一只警棍,不由分说便朝着他们大声喊道,干什么的?出去!出去!举着警棍将他们往外驱赶。在这些安保人员心里,眼前这三个乡下模样、土头土脸的农民来这里瞎转悠,便将他们当成了那些手头十分拮据,无法度过年关,于是跑到一些豪华地带图谋实施偷窃的贼盗。杨福才大声喊,你们这是怎么了,话没说一句就赶人啦?安保人员一边赶一边说,这大年关关的,人们都回家过年了,你们不回家却跑到这银座来,一个个贼眉鼠眼的,这不是明摆着的事吗?不赶你们该赶谁呀?不赶你们还要将你们供着啊?说着举起警棍用力摇着,示意如果你们还要纠缠,可别说我们不客气啦。这时韩学文大喊了一声:我们不是贼!两个安保人员似乎吃了一惊,一个说,你们不是贼是啥人?韩学文说,一句话不问就赶人,啥个弄法嘛!乡下人就那么下贱吗?杨福才却赔着笑脸说,我们打听唯美度公司哩?这里是不是有个唯美度公司?安保人员说,哟呵,你们还知道唯美度?有个唯美度又怎么样?没有唯美度又怎么样?得是你们还想来这里美容啊?杨福才说,同志别说笑话了,韩青青是不是在唯美度上班?我们是韩青青的家里人。一听杨福才提到了韩青青,安保人员态度一下子变软了,一个说,唯美度是有个韩青青,是唯美度的总经理助理,你们是她的什么人?杨福才说,真的是她的家里人。安保员说,韩助理好像昨天上午回了老家了。另一个安保人员依然用怀疑的目光看着他们三个人。杨福才说,我们确实是韩青青的家人,来这里有

重要事情要办,麻烦你们帮我们联系一下韩青青的领导,不论哪个领导都行。看见杨福才话说得恳切,安保人员这才收回警棍,其中一个说,你们进楼吧,坐在大厅等,我们马上帮你联系。

不大工夫,白毓秀就急急忙忙地赶来了,一进楼就问:是不是韩助理家里来人了?人在哪里?转脸就看见了坐在大厅一角的三个人。安保人员恭谨地说,是,来了三个人,就在那里。说着朝三个人指了指。杨福才他们急忙站立起来,小心地看着白毓秀,安保人员说,这就是韩助理的领导,唯美度公司的白总。白毓秀将杨福才他们领上了二十二楼唯美度的接待室,路过韩青青的办公室时,白毓秀还说,这间屋子就是韩助理的办公室。白毓秀热情地接待了三个人。白毓秀问,你们都是韩助理的什么人?杨福才说,他们两个,一个是青青的爹,一个是青青的舅舅,我是青青村里的村长,杨福才。白毓秀一边给他们沏茶,一边问,你们来这里有什么事?韩助理不是昨天上午回家了吗?杨福才吭哧了半天说,是,青青昨个是回家了,可回家没多久,可能省城这边哪个人给她来了电话,她又急急地回省城了。我们担心这边有啥事,今天就赶到这里来了。白总没有见到青青吗?白毓秀哦了一声,说,是这么回事?没看见她回来,也没和我联系。韩学文说,白总估计,青青可能会到哪里去?白毓秀摇摇头,接着拿出手机,给韩青青拨打电话,电话始终自动回音:你所拨叫的号码已经关机。白毓秀说,电话也打不通,她关机了。白毓秀抬起头,用探寻的目光看着三个人,良久说,家里、家里没出什么事儿吧?这时杨福才立即说,没,没出什么事。话说得十分干脆,不容分辩。那青青为什么会离开家呢?白毓秀仿佛自言自语地说道,按理说,她不管去哪里,总得给家里打个招呼吧!望着三个人有些紧张的神色,白毓秀心想,肯定家里发生啥事情了,只是他们不愿意说出来而已。白毓秀的心情一下子也紧张了起来,她向三个人问道,你们打算怎么办?杨福才说,麻烦白总组织人在省城这边寻找一下好不好?白毓秀说,好,我马上安排人去找。又说,在这里找人,你们就不要参与了,你们还没吃饭吧,先吃饭吧。

白毓秀领着三个人来到G楼的酒店,将三个安顿住了下来,叮嘱酒店管理人员三个人的消费全部记账,然后带着他们一起去吃了午饭。白毓秀对三个人说,青青目前联系不上,对她我还是很了解的,她不会做下啥糊涂事,应该不会有啥问题,你们就放心吧。

从G楼出来后,白毓秀给楚剑雄打了个电话,将这件事告诉了他。楚剑雄听了后,一下子就急了,慌忙问,这个小丫头会不会为了逃避咱们年后的安排,才使出了这一招?白毓秀心里一震,她的确还没有想到这一点,立即说,不会不会,绝对不会,昨天我和她谈话时,她没有表示出任何一丝不同意的意思啊,肯定是她家里出了什么事?楚剑雄说,你没问她家人吗?白毓秀说,怎么没问,他们坚持说没有出啥事。楚剑雄有点气馁地说,这该怎么办?去海南的机票都订好了。我说你这个人呀,工作做得特别不扎实,看看,这不是又出问题了吗?要我想,她这个出走,肯定和咱们的行动有关。白毓秀深深呼吸了一下,咬了咬牙说,你放心吧,我已经组织人开始寻找了,挖地三尺,也要把她给你找回来。楚剑雄落落不欢地挂掉了电话。

白毓秀不光组织了F楼的安保人员,还从其他每座楼都抽调了人,组成了一支庞大的队伍,分成几个组分别在省城的不同方位进行寻找。寻找一直持续到第二天中午,始终没有得到韩青青的任何线索。其间不断有楚剑雄的电话打过来,询问寻找的进展情况,这让白毓秀不知道应该怎么向楚剑雄汇报,心想一个小丫头,值当你这么上心吗?对我白毓秀,啥时候也没有见你这样上心过,却也急得她一身一身地出汗,这件事也让白毓秀进一步意识到,韩青青在楚剑雄心目中是个什么样的位置,能否找到韩青青,将会对她和楚剑雄的复合,产生什么样的影响?

尽管白毓秀费了九牛二虎之力,找寻韩青青的行动还是无果而终。腊月三十中午,杨福才、韩学文和房贵仓觉得,即使坚持再找下去,恐怕也不会有啥结果,明天又是大年初一了,三个人都惦记着家里的事,心里也都乱糟糟的,三个人合计了一下,就提出要回老家去。看三个人这样说,满心失落的白毓秀便给三个人每人带了一份不轻不重的年礼,安排自己的司机,将他们送回了杨家沟老家。

Vol. 23

  韩青青只带了随身的一个小包包,里面装着自己的日常小用品,小心地将储蓄卡藏好,就出门了。她首先来到移动公司,给自己开通了一个新手机号码,然后去了一个网吧,申请了个新的QQ号,立即给钟情一生写了个留言:今日乘火车到常荣,随身带一白色LV女包,请下午接站,萤火虫。然后就直奔火车站了。

  已经是腊月二十九了,火车站依然是人满为患,根本买不上车票,韩青青又搭乘出租车来到城南长途汽车站,想不到这里也是人群熙攘,拥挤不堪。看到每辆汽车上超载了那么多人,就那么摇摇晃晃地开出了车站,又想到要走那么多山路,韩青青有点不寒而栗,便折身又回到火车站。买不上火车票,站台票已经停售了,韩青青直接来到候车室,挤在了在去常荣的旅客队伍里。每天开往常荣的火车只有上午十点和晚上九点两趟,人人都想坐白天的这趟,这就使得十点的这趟火车特别拥挤。不过这样也好,就在大家蜂拥进站的那一刻,面对身负大包小裹、跌跌撞撞的乘客,列车员也无法一个一个检票了,韩青青趁着混乱,挤进了车站。

  在车上,韩青青补了车票,站在七号车厢与八号车厢连接过道的车门旁,继续想着自己的心事。直至这时候,韩青青的心才稍微地平静了下来,家里杨宝林和妹妹韩佩佩结婚的事,还有公司白毓秀要她去陪楚剑雄的事,都是一堆让人不堪去想的破烂事,韩青青对自己说:随它去吧,爱咋咋去,不去想它了,坚决不去想它了!韩青青痛苦地摇摇头,下意识地扫视了一下过道中间拥挤的人群,又将眼光移向了车外。随着火车一步步地接近终点站,韩青青的心不由得变得紧张了起来。她想,怎么会做出如此荒唐的决定啊?哪里不能去,偏要来常荣找钟情一生,实在是太荒唐了!韩青青想,怎么也不用脑子想想,那个钟情一生他会来陪你吗?他有时间来陪你吗?他有胆量来陪你吗?他也有家啊,有女朋友、有父母、有兄弟姐妹啊。所有人都急吼吼地回家过年了,他能不回吗?唉,网上聊天胡说乱侃是一回事,到现实中又是另一码事了,你韩青青怎么那么傻啊?怎么如此地不动脑子?这不是自讨没趣来了吗?韩青青想着,心里再次感到了一种痛苦和一种失望。韩青青问自己,你这样胡思乱想,你这样破罐子破摔,你这样做了,也不怕自己将来后悔吗?韩青青下意识地摇了摇头,在瞬间就做出了新的决定:坚决不与钟情一生见面了!韩青青想,既然已经到常荣了,相信春节期间常荣的酒店不会全部关门,找一间酒店悄悄住下,只要能躲过家里人的寻找,也就达到目的了,就这样在常荣待过几天后,大年初三就返回省城,初四陪楚剑雄一起去海南吧。有了这样的想法,韩青青又希望钟情一生看不到自己的留言。心想已经有将近二十天没有和钟情一生上网聊天了,相信他已经回老家去了,肯定看不到自己的留言。想到这里,韩青青心里感到一阵轻松,扭头望了望有点骚动的人群,抬手看了看腕上的表,哦,已经是下午四点了,马上就到常荣站了。

　　火车到站后,随着出站的人流,韩青青左肩挎着自己的小包,很轻松就来到了出站口。常荣是个小城市,地处全省的最南端,且以山区为主,除了自然风光很美之外,经济并不是很发达,这里的火车站和省城比起来,不但窄小,而且简陋陈旧。韩青青没有来过常荣,一下火车便有一股强烈的陌生感包围了她,冬天的白天短,眼看已经是傍晚了,韩青青打算一出站先找个酒店住下来,然后再去吃晚饭。走出车站,韩青青抬头将眼前的常荣市轮廓性地扫视了一下,然后有意识地将包包往胸前掩饰性地一抱,径直朝着一辆离出站口不远的出租车走去了。就在韩青青开口要向出租车司机问话的时候,忽然有一只手搭在了韩青青的右肩上,韩青青一惊,浑身一抖,刚要转过头,整个身子就被一双有力的臂膀紧紧地抱住了,耳边同时传来略微颤抖的声音:你是萤火虫……韩青青的心在瞬间剧烈地跳了起来。她低着头,半天没有吱声,

89

就那么一动不动地任对方抱着。良久,韩青青问:你看到留言了?钟情一生点了点头。为什么没回家?钟情一生说,在这里等你……这时韩青青忽然转过身,一把将钟情一生也紧紧抱住,竟忍不住呜呜地哭了起来。

钟情一生带着韩青青来到一个饭店吃晚饭。这时两个人已经平静了下来。钟情一生有点调侃地说,我的美女啊,感觉你失踪快要半个世纪了,怎么想到来常荣啊?韩青青矜持地笑了笑,说,夸张了些吧,也就不到三个星期没有上网,什么半个世纪?钟情一生说,没听说过一日不见,如隔三秋兮,咱有十九天没联系了,超过半个世纪了吧?韩青青默默地看着他说话,脸上挂着淡淡的笑意。钟情一生说,这些天干什么去了?韩青青说,我们一个员工得了急症,住了一个星期院,就去世了,我去处理这件事了。钟情一生哦了一下,说,知道吗美女,这些天里,对你的思念就如滔滔江水,连绵不绝?韩青青心里想:这个人还真能掰喝。却看见眼前的钟情一生,神情要比视频上生动一些,但身高没有想象的那么高,好像比韩青青高不了多少吧。韩青青说,说吧?怎么认出的我?钟情一生说,凭感觉呗,当时我并没有看见你的包,你为什么要将你的包包藏起来?不过,当我一眼看见一个娇艳如花的绝代佳人时,我便断定是你了。韩青青说,你就吹吧,第一印象如何?钟情一生说,这样说吧,让一个女人的美貌惊呆了,对我还真是第一次。韩青青说,净说瞎话。钟情一生想辩解,韩青青说,告诉我,为什么没回家?钟情一生说,想听真话吗?韩青青没置可否。钟情一生说,我那女友信誓旦旦说她今天回到常荣,然后和我一起回老家过年,谁知她又变卦了,说领导要她必须将年后出国的事情准备好,又回不了啦。我等她时,打开QQ一直等你上线,却看见一个陌生的QQ账号的留言。韩青青说,谢谢你,现在咱们已经见过面了,你走吧,或者回家,或者到首都去,一会我就在这间酒店登个房间,在这里住三两天就走,我这里不需要你了。钟情一生目不转睛地看着韩青青,说,萤火虫我也告诉你,首都方面我已经说过了,她不想回别回,我也去不了她那里。同时也给家里说了,我要去首都过年了。所以你就放心吧,我会留在常荣一心一意地陪你。韩青青坚持说,你去哪里不去哪里我管不着,但我这里确实不需要你了,你走吧。钟情一生哼了一下说,想赶我走是吗萤火虫?可惜你把问题想简单啦,忘了当初在网上怎么追杀你的吗?除非你报警,否则我是不会走的。见钟情一生这样说,韩青青不再吱声了,却将一双眼睛忍不住变得潮红了。

韩青青说,那这样吧,我就在这里登间房子。钟情一生马上阻止道,别、可别,这里的房子既贵又脏,还是去别的地方吧,给美女找一个好去处。他们走出酒店,钟情一生挡了一辆出租车,转眼间就将韩青青带到了他的出租屋。韩青青将整个房子转了一圈,问道,不就这一个小房间吗,打算让我怎么住啊?钟情一生你什么意思?钟情一生翻了个白眼说,做贼心虚了吧,我啥意思也没有,因为你是朋友啊,才让你到我的小窝住,上大学时没见过男女同学合租吗?作为对女士的特别优待,你住卧室大床,我住客厅沙发,这总可以了吧?韩青青思索了一会儿,说,也罢,人到求人处,只得听人的。说着不客气地拎着包包就走进了卧室,然后关上门,在里面静寂了好一阵后,韩青青对屋外喊道,帮我开下热水器,两天没洗澡了,身上脏死了,我想洗个澡。钟情一生想,你还真是不客气呢!当即去卫生间开了热水器,靠在沙发上打开电视,不断地切换着电视频道,不知道心里在想些什么。

　　韩青青穿着睡衣袅袅婷婷地进了卫生间,不大一会就洗完了,当韩青青犹如出水芙蓉般地从卫生间出来时,眼睛恰好与正在朝着卫生间方向睨视的钟情一生的目光碰在了一起,两个人不由得愣了片刻,韩青青很快收回目光,红着脸低着头快步冲进了卧室,嘴里悄悄嘟囔道:看什么看?真是啊!大约过了半个钟头,钟情一生正在看着中央电视台的今日关注,韩青青略有羞涩的从卧室走了出来,穿戴得整整齐齐,轻坐在了另一张单人沙发上,对旁边的钟情一生说,我今天真的有点累,早点休息好不好?这时屋子里的气氛又恢复了融洽,钟情一生说,美女说吧,明天怎么安排?韩青青说,听说常荣的风光很美,那就随便转转呗。好嘞!钟情一生愉快地叫了一声,你只管明早睡个懒觉,十点半咱们准时出发。两个人便分开休息了。

Vol. 24

  第二天,钟情一生早早起来问同事借了一辆捷达车,带着韩青青把常荣城边两个有名的景点游玩了一番。在去第一个景点上山时,因为天冷路陡,有时还会遇到一些冰凌茬子,韩青青不小心连续打了好几个趔趄,当韩青青再次打了个趔趄时,钟情一生便一把拉住韩青青的手,从此再没有放开,一直将她带上了山,起先韩青青还有些躲避,待两个小时过后下山的时候,两个人的手已经紧紧地握在了一起。下午去一个水库坐船,没想到湖面上会寒风凛洌,令人彻骨。早晨吃饭时,韩青青觉得常荣的天气并不怎么冷,要比省城暖和多了,出发时便没有穿外衣,待这时船到了湖中心,不光寒风吹得人发抖,时不时还会有一些小浪花随风飘上了船,直扑人脸,冻得韩青青嘴唇青紫,浑身战栗,这时钟情一生便脱下自己的风衣遮在韩青青身上,与韩青青一起用风衣挡风遮浪。两个人的身子同时蛰伏在一件风衣之下,这让韩青青羞怯不已,但钟情一生却借此机会,把韩青青搂在了自己怀里。在从景点回来的路上,两个人的关系已超过了普通朋友的界限,相互间的交流也是无话不谈了。钟情一生对韩青青说,他和女友是大学同学,也同是常荣人,大学毕业后一起在常荣上班,眼看就要筹备结婚了,女友突然提出要考研,钟情一生以为她会考不上,就让她去考了,谁知她不但考上了,而且考上了首都的学校,从那以后,女友就慢慢地对他开始变得冷淡了,如今研究生已经毕业,又在首都一个不错的外贸单位上班了,对他既不说分手,也不说结婚,既不说她回常荣来,也不说要他到首都去,就那样不冷不热地吊着他,他真的不知道该怎么办,心里充满了自卑、愤懑和嫉恨,有时简直纠结得不想活下去了。望着钟情一生痛苦扭曲的面孔,韩青青也将她的苦水倒了出来,说她家如何被杨福才欺负,说她如何被杨宝林强暴,十五岁时就给杨宝林生下了孩子,如今她和杨宝林的儿子已经七岁了,她已经不打算与杨宝林分开了,谁知可恶的杨宝林又看上了她正在上高中的三妹妹,就强迫着她的爹妈将三妹嫁给了他,昨天她回到老家时,他们正在大张旗鼓地办婚礼呢,她就哭着离开了家,为了躲开家里人找她,她才来到了常荣。

说这些的时候,韩青青在副驾驶位子上哭成了个泪人,嘴里不停地说,怎么家里会这么穷,如果不是这么穷,就不会出这样的事情了,她怎么这么无能,不能帮家里解决一点问题,一路上把车上的面巾纸都用完了,也没有把眼泪收起来。兴许是因为玩了一天,或许是因为哭了一路,韩青青太累了,回到城里后,两个人简单吃了一点饭,回到钟情一生的租屋,韩青青就直接进了卧室,关上门睡了。钟情一生看看时间,九点还不到呢,便打开电视机,无聊地倚在沙发上看着节目,也不知道过了多久,钟情一生也倒在沙发上睡着了。等钟情一生再睁开眼睛时,韩青青已经安静地坐在了沙发上,看到钟情一生醒了,韩青青像个孩子一样笑了起来:你睡觉时可真够难看的,想什么呢,口水都流出来啦。钟情一生正了正身子,想也没想就蹦出一句,当然是想我的萤火虫啦,都说秀色可餐,现在美味就在眼前,可就是有的看,没的吃,能不流口水么?韩青青说,怎么又不正经了,不理你了,洗洗后睡去了,站起来走进了卧室。不一会儿,又穿着睡衣,拿着内衣内裤走了出来,对钟情一生笑着说,你就坏吧,就是让你有的看没的吃,看你怎么着!转身走进了卫生间。钟情一生看看时间,已经是凌晨两点多了,听着卫生间哗啦啦的水响声,不由得瞪着瓷愣愣的眼珠,朝卫生间的方向傻傻地望着。就在韩青青带着一身浴香从卫生间款款走出来的时候,钟情一生再也按捺不住自己了,起身一步跨到了韩青青面前,挡住韩青青的去路,静静地望着韩青青的脸,韩青青心里一咯噔,说,你在看什么?钟情一生有点戏谑地说,既然有的看,没的吃,我当然要里里外外,上上下下把我的美味看个够,对不起自己的嘴,也要对得起自己的眼是不是?看着钟情一生饿狼般的眼睛,韩青青的心在咚咚跳着,说,看够了

没啊？快让开点,我要回房间了啊！韩青青向前走了一步,想从钟情一生身边闪了过去,这时两个人距离不过半米了,韩青青只听钟情一生模糊地说了句,还没看够呢。突然就如饿虎扑食一般,将韩青青揽进了怀里,接着就将韩青青抱了起来,大踏步地走进了卧室。韩青青吃了一惊,身子抖瞬了一下,呢喃着说道,别,别这样,刚才是逗你玩的啦。在这夜深人静的时候,已经将韩青青抱在了怀里的钟情一生,此时此刻什么也不再想了,什么也听不见了,韩青青只听见他喘着粗气反复地说着,别怕,别怕,让我抱抱你,让我抱抱你……韩青青还想挣扎反抗,无奈浑身已经没有了一点气力。

就这样,两个疯狂的男女,一下子就跌入了一团熊熊的烈火之中。让韩青青没想到的是,就是这个钟情一生,看起来并不怎么高大的一个男人,他怎么会有那么大的力气啊,他就像一头饿狼,一旦将猎物衔进口里后,就再也没有放开过。他就那样没完没了地,从抱上韩青青的那一刻起,直到天色大亮,疯狂而又肆意地折腾着韩青青,就那么让韩青青一次又一次地晕死过去。韩青青不明白,杨宝林怎么从来就没有这样过啊？

直到第二天下午,两个人才起床到外面吃了一顿饭。这天是大年初一,本来说好还要去一个比较远点的景点玩,但这时两个人都没有力气了。钟情一生问,还去玩不？韩青青嗔怨地说,没看见吗？我的腿都要断了,两只脚几乎不能下地了,还怎么玩嘛？钟情一生却笑着坏坏地说,感觉怎么样？还比较陶醉吧？韩青青脸上飞起两片红晕,说,你是个大坏蛋,你就是我的头号阶级敌人！钟情一生笑笑说,那就回屋歇着吧,老实说,我也快要挪不动脚了。又说,你也别委屈了好不好？为了把你伺候好,我也是奋不顾身、舍生忘死啦,真的快到死亡的边缘啦！韩青青伸手在钟情一生胳膊上轻轻拧了一下,别胡说了。从此,韩青青再也没有走出那间租屋,由钟情一生将所有吃的和喝的买回来,就在租屋随时吃随时喝。两个人就这样一直赤裸着身子,如痴如醉地畅游在波涛汹涌的欲河里,忘记了屋外的世界。

正月初二下午,钟情一生忽然接到了家里电话,说他父亲初一酒喝多了,初二上午胆石症又犯了,已经送到县医院了,医生说必须立即开刀,让他带上五千块钱,赶紧赶到医院来。听到这个消息后,韩青青说,赶紧回去吧,老人的病要紧。钟情一生说,那你怎么办？韩青青说,不要管我了,赶紧回去吧,我等着你回来。钟情一生说,我马上去外面取钱。韩青青说,钱够不？我包里卡上有。钟情一生说,不用,我有。又说,要不要你也跟我一起去?韩青青使劲摇着头,不,我不去,我去了会让你分心,我就在这里等着你。钟情一生说,那好吧,钱取出来我就直接去我们县城了。胆结石手术是个小手术,钱送到了,安排好那边,我会很快回来的,一定安心地等着我。两个人都穿好衣裳,韩青青抱着钟情一生深吻了好久,钟情一生就出发了。

正月初三一大早,韩青青接到钟情一生的电话,说手术做得很成功,他已经将医院的事情安顿好了,下午就能回到常荣来。放下手里的电话,韩青青却开始打点自己的行装了。她决定离开这里了。临行前,韩青青找到一张纸,草草地给钟情一生留下了下面这些话:

爱,我走了。请原谅我的不辞而别。本来想在走以前再听一下你的声音,可是却成了奢望。这阵子,我好想好想你。

爱,在这分离的时刻,我要告诉你,我已经很爱很爱你了。这是因为,你是第一个真正让我尝到了爱情滋味和性爱滋味的男人,也是最后的一个。我曾经的婚姻是我不懂爱情的经历,而未来的一切,又将会成为功利的追逐,再也不会有真情了。

爱,知道么?在来见你之前,我已经答应我的老板,去做她的老板兼情夫的小蜜。我没有其他的选择,除了这个还算漂亮的躯壳,我想不出还有其他什么办法,能够把我可怜的家人从贫困里拯救出来,我不想让我的妹妹和弟弟们跟我一样,要用屈辱去换取自己的生存。

爱,那个老男人已经将机票订好了,大概在明天下午吧,我就要陪着他一起出行了。给你写着离别的话,回忆我们两天来的甜蜜,泪水又一次涌出来了。

爱,感谢你给了我生命中最美好的回忆,它将陪伴我走完一生!而在我的心里,永远也有了你的一块绿地。

爱,我走了,我将手机卡扔了,不再让你能够找到我,不然,我怕我抗拒不了你的诱惑。在这里,向你的女朋友致以歉意,把你从她那里偷来了两天,真的很对不起她。爱,跟她和好吧,这是我希望看到的你们的结局。

爱,我放纵了一次自己,但我不后悔,我庆幸我遇到了你……

最后一次吻你、吻你、吻你……

Vol. 25

从钟情一生的租屋出来后,韩青青坐上出租车,径直来到长途汽车站,很快搭乘了一趟开往省城的班车出发了。韩青青本来打算仍然坐火车返程,因为她晓得,今天的火车上肯定不会拥挤,坐着会很舒服的,但下午去省城的火车得等到晚上才能发车,韩青青担心到时钟情一生会找到那里去。她要很快离开常荣市。

下午四点,韩青青回到了省城。下车后,韩青青犹豫了一下,没有回她的租屋,在一家小饭馆填饱了肚子,直接来到了唯美度公司。刚踏进 F 楼,就有一个保安员惊讶地对韩青青说道,韩助理,您可回来啦!韩青青说,怎么啦?保安员说,过年您跑哪儿去了?腊月二十九那天,您家里来人找您了,说您那天到家后,没停点又离开了。我们联系上了白总,白总安顿您的家人在 G 楼酒店住下来,然后不断给你打电话,可你始终关机,上 QQ 找您,您也不在线。您究竟到哪里去了?可把大家担心死啦!韩青青说,我就在城里一个朋友家里,哪里也没去嘛。又说,我家里都来谁了?保安员说,那就不太清楚了,好像来了好几个呢。你现在要去办公室是吗?韩青青说,是。说完就上楼了。

韩青青来到办公室没多久,白毓秀就急匆匆地赶来了,一进门就惊呼道,哎呀小青,你去哪里了呀?害得我们大家好找。韩青青矜持地笑笑,朝着白毓秀鞠了一躬,说,白总春节快乐!青青给您拜年了!白毓秀说,好,好,快乐,快乐,现在最大的快乐就是终于看到了你!接着又说,你告诉我,怎么到家里没呆又离开了?而且突然就给失踪了!你呀,究竟去哪了?韩青青说,哪也没去嘛白总,就在城里一个同学家里,她从国外回来,嫌一个人寂寞,要我陪她一起过年。白毓秀说,来城里就来了呗,为啥不给家里人说一声,害得他们为你担心,到处找你?他们还在城里住了一夜,除夕那天怎么也留不住了,只好又回去了,我派了个车,将他们送回了老家。韩青青说,家里都来谁了?白毓秀说,三个男人,一个是你爹,还有一个是村长,另外还有一个三四十岁的男人。我具体没问。韩青青说,他们都说什么了?白毓秀说,说倒没说什么,就说你回家没待又走了,想找你回家过年呗,看起来他们怪担心你的,一个个紧张兮兮的。告诉我,家里究竟发生了什么事?韩青青说,真的啥事也没发生,真的白总,您还不相信我吗?白毓秀说,骗人,还在骗人。啥事也没有,为什么要关机?知道吗,光我给你打电话,不下二百个!韩青青说,对不起,麻烦白总了。又说,白总怎么知道我回来?白毓秀说,腊月二十九和除夕那两天,我把留守的所有安保员打发出去找你了。我告诉他们,不论谁,只要有了韩助理的消息,必须在第一时间告诉我。韩青青说,真给大家伙添麻烦了。白毓秀说,你今晚住哪里?韩青青说,还去我同学那里。白毓秀说,别去那里了,就住我家吧。韩青青未置可否。白毓秀又说,快把你回来的消息告诉你家里吧,这也是我答应了你爸他们的,好让他们也把心放下。韩青青说,白总放心,我会和家里联系的。白毓秀静静地看了韩青青一会,说,小青你的气色很好啊,红光满面,水嫩水嫩的,这几天你同学给你吃什么了?听白毓秀这样说,韩青青心里升起了一股温情,脸不由得红了一下,笑着说,吃的当然很好啦,都是从国外带回来的食品,高蛋白营养,大补呢。白毓秀说,是吗?啥时也让我尝尝,也给我补一补。韩青青笑笑,心想,要补让楚剑雄给你补去!这时白毓秀又问道,小青啊,出行的事准备好了吧,明天下午能不能随楚总登机?韩青青沉默了一会,说,这不是按时间回来了吗?白毓秀哈哈地笑了,说,我就知道我们小青绝不是那种言而无信的人。知道吗?你家来人找你的消息,不知怎么也让楚总听到了,他也很担心你会出啥事情,给我打了好几次电话询问情况,这下好了,你回来了就好了。韩青青心想:他是关心我吗?他是在关心他自己,关心他的那个东西能不能满足?说话间,白毓秀给楚剑雄打去了电话,告诉他韩青青回来了,明天下午按时登机肯定没问题。

没想到楚剑雄接到白毓秀的电话后,竟一下子兴奋起来了,对白毓秀说,好啊好啊,这下我就把心放下了。这样吧,今晚我来安排饭,你和小丫头一起来,我要给小丫头压压惊、洗洗尘。听楚剑雄这样说,白毓秀心里涌上来了一股醋意,说,我看算了吧,别忘了今天是初三,饭恐怕不好定吧?楚剑雄哈哈一笑,这个你就别操心了,只管到时带着小丫头吃饭就好,饭我来定。

晚上这顿饭,楚剑雄将饭局安排在一家五星级酒店。楚剑雄和酒店老板是老熟人,所以受到了特别的照顾。老板将他们的饭安排在自己用餐的小饭厅,让三个人围了个小饭桌,亲亲密密地吃饭、饮酒和交谈。白毓秀带着韩青青赶到后,楚剑雄将韩青青的手拉住摩挲了好久,看着韩青青的眼睛温情地说,小丫头呀,你到底跑哪去了,可真让人想、让人担心啊。饭局结束时,楚剑雄和白毓秀商量,想要韩青青晚上就住在这家酒店,但遭到了白毓秀的反对,白毓秀说,死相,明天出发后,她就是你的了,一天时间也等不得了?你要是今晚将她弄翻了,明天登不了机可别怪我!楚剑雄涎着脸说,那好,那好,就听老婆的吧。说着在白毓秀的屁股上抓了一把,要不今晚咱俩住这里吧?白毓秀说,小丫头本来要去她同学那里住,我没让她去,专意让她住我家里,知道为什么吗?我要给你看住她,小心到时她又跑掉了。你不怕她又跑了吗?楚剑雄恍然了一下,说,是,是,还是老婆想得周到。说着又将白毓秀拥抱了一下。

正月初四下午,白毓秀亲自驾车将楚剑雄和韩青青送到了机场,待楚剑雄一伙人经过安检并且顺利地登上了飞机,白毓秀的心才放了下来,驾着车离开了机场。尽管白毓秀的心里酸溜溜地特不好受,但她只能这样做,因为白毓秀明白,只有将这件事办成了,她和楚剑雄的事情才可能有希望,也才可能有结果。

Vol. 26

  飞机起飞后,楚剑雄和韩青青坐在头等舱靠右手的最后一排,这是楚剑雄事先安排好的位置。韩青青坐在靠窗的位置,楚剑雄坐在靠过道一边。从一坐上飞机,楚剑雄就将韩青青的手拉在自己的手里不断地抚摸。待飞机起飞后,楚剑雄便伸手将韩青青揽在了怀里,时不时热烈地亲吻着。感受着楚剑雄嘴里呼出的哈咻哈咻的热气,感受着楚剑雄虽然刮了毛发但却仍然十分涩扎的肉乎乎的脸庞,韩青青有一种说不出的难受,她用力地挣扎着,低声说道:有人。楚剑雄却嘿嘿地一笑,说,放心,没人看咱们的。当飞机飞了大概一半行程时,楚剑雄的身子已经完全倾斜依偎在了韩青青那边,并给他和青青身上要了条毯子盖上,用右手从韩青青的腋下掀开了韩青青的胸罩,将韩青青的乳房牢牢地握在了手里,不断用力地揉搓着。韩青青喘着气轻轻说道,轻点,有人,好了吧。楚剑雄却不管不顾,该怎么摸还是怎么摸。就在楚剑雄终于从韩青青的乳房上将她的右手取开后,谁知他又将左手伸进韩青青的腹部,进而滑向了大腿根,并在那里不断地摩挲,就在韩青青感到忍无可忍,极力地进行阻挡的时候,播音员提示说,再过十分钟飞机就要着陆了,楚剑雄这才意犹未尽地放开了韩青青。

  到达海口后,楚剑雄一行下榻在了一家著名的豪华酒店。楚剑雄和韩青青住进了一个三百多平方米的套间。韩青青从来没见过这样的房间,一时有

点眼花缭乱,觉得有点不太真实。楚剑雄亲了一下韩青青,说,宝贝满意吗?韩青青笑了笑,没有说话。楚剑雄说,还害羞吗?和老公在一起还有啥害羞的?不过你这样我喜欢。老婆等着吧,老公晚上会让你特别甜蜜和幸福的。韩青青将脸转过去,默默地望着窗外的大海。

晚饭是丰盛的海味宴。看着餐桌上那些令人望而生畏的还在蠕动着的海生动物,从小生长在北方的韩青青,一口也吃不下去。这可把楚剑雄乐坏了,不住地将那些动物肉往韩青青的嘴边送,吓得韩青青皱着眉头一再地躲让,却逗得楚剑雄一次又一次哈哈大笑着。

回到酒店后,楚剑雄对随行的办公室主任廖飞和保镖孟亮说,今晚给你们放假了,去自由活动吧,然后挽着韩青青的胳膊走进房间,一进门就迫不及待地抱住韩青青乱亲乱摸了一气,接着就要上床睡觉,拽着韩青青就要解衣服。韩青青压着自己的衣裳,红着脸哀求说,你急什么啦,让我上网玩一会儿好不好嘛?看楚剑雄还想继续纠缠,韩青青说,你快去洗个澡吧,跑一天了,不洗洗怎么能上床?楚剑雄涎着脸说,那咱俩一起洗好不好?韩青青站在原地,红着脸不吱声。楚剑雄呵呵一笑说,好吧宝贝,不难为你了,你去上网,我去洗澡,我洗完你洗。说着凑上去在韩青青脸上热吻了一下,说,知道吗丫头,我都等了你好久啦,谁叫你长得那么撩拨人嘛?嘿嘿。

楚剑雄去洗澡了。韩青青坐在写字台前,脑袋里一时有些混乱,眼前交织地跳动着钟情一生和楚剑雄两张不同的笑脸,韩青青伸手打开电脑,却不知道干什么好,筹思了一下,她觉定登陆自己的QQ,已经好多天没有上线了,她想知道她离开常荣后,钟情一生给她留下什么话没有?谁知一上线,我的老天,竟有铺天盖地的众多留言不断在眼前跳跃和闪烁,其中有钟情一生的,有白毓秀的,有小姐妹们的,有其他QQ好友的,还有妹妹韩佩佩的,大多是向她祝福春节的。韩青青点开钟情一生的留言:萤火虫啊,你就像一阵虚无缥缈的风,就那样在倏忽间来了又去了,你把我的魂灵带走了,没有了你,钟情一生便是一具行尸走肉了!她点开白毓秀的留言:小青你告诉我,究竟发生了什么事?有啥事就告诉我,我一定会帮助你解决,千万千万不要做傻事,赶快回来吧小青。

接着,韩青青点开了妹妹韩佩佩的留言:姐,佩佩给你跪着赔罪了。姐,我知道你恨我,对我有气,但是,请你能耐心看完我写的这些话好不好?在这里，我就将我为什么要与杨宝林结婚的原因告诉你吧。你知道吗姐，咱爹和咱妈，他们心里特别看重你，他们终于看到你大学毕业了，在省城也找到了工作，就不想让你再回到这个破山村，跟着杨宝林一辈子围着柴米油盐打转转。咱妈说，咱们这个穷家，最亏的就是青青娃了，为这个家，青青娃遭了那么多罪，啥时候想起来都叫人心碎。因此咱爹和咱妈就想叫你退了与村长家的亲事。可想到村长家对咱家也不薄，这些年咱家的大小事情都是杨宝林操持的，就觉得咱这个想法张不开口跟人家去说。家里商量这个事情时，我当时多了一句嘴，说咱这样做是忘恩负义，说姐夫对咱家那么好，咱不是白眼狼是什么？爹听我这样说，当时就生气了，爹对我说，照你这说法，那就让你姐又回到这破山沟么？我和爹争执了起来，爹说不过我，就骂我说，一个还没过门女娃子，开口姐夫这好那好，把个男人夸成了那样，你不害臊我都害臊！你要是觉得你姐夫好，你嫁你姐夫得了，把你姐从村长家换出来，也算你为咱家立功了，让你姐在城里安安心心干她的事去！我当时也带着气对爹说，嫁给他就嫁给他，还以为我不敢嫁怎的？第二天我就直接就找姐夫去了，姐你也知道，我从小念书不怎么行，日后也不会有啥大出息，只要能让姐好，做啥事我都愿意。我把我愿意嫁他的想法对姐夫说了，姐夫和村长都不乐意，说我是胡想胡来哩，我说了许多劝他们的话，姐夫说，要是你姐不乐意咋办？我说这你放一百个心吧，这事我已经和我二姐说好了。事情就这样说定了，爹和妈又商量要不要告诉你，咱妈说，不要说给青青了，说了不定她又不乐意，倒让事情难办了。于是咱爹咱妈就决定，让我和姐夫赶在你过年回来前，尽快把结婚证领了，把事情办了。姐，这就是事情的全部经过，我没有对二姐撒谎，我说的全是实话。如果姐真的还爱姐夫，这件事佩佩做错了，我马上和杨宝林打离婚，我不想二姐在心里恨我骂我。不管怎么样，你赶快回家来吧，爹和妈都快要急疯了……

　　韩青青读到了这里，已经忍不住满脸泪水了，事情原来是这样啊！原来全家人，竟是如此地看重她，为了她在城里能有更大的出息和发展，才想出了那样的主意，可怜的妹妹，为了姐姐，甘愿把自己的青春牺牲了。韩青青伸手抽出几张纸巾，一边擦着泪水，一边在心里说：佩佩，是姐错怪了你，姐不恨你了，原谅姐吧！爹、妈，青青永远感激你们，永远做你们有出息的乖女儿……也就在这时候，韩青青听见盥洗室的水声停止了，她立即关掉了QQ，咬牙忍

住了滚滚落下的泪水。韩青青忽然恨恨地想,韩青青啊韩青青,一家老小对你寄托了多大的期望,他们都在为你着想,而你眼下的所作所为,算是个什么事儿啊?你对得起爹妈吗?对得起妹妹吗?对得起你自己吗?你不觉得惭愧吗?韩青青的脑子里飞速地转动着,瞬间做出了一个决定:她必须想办法,立刻离开这个地方!

Vol. 27

不大一会工夫,楚剑雄腰间裹着一条浴巾,挺着毛茸茸的胸脯和白花花的肚皮,从热烘烘的洗澡间走出来了。楚剑雄乐呵呵地说,来吧宝贝,摸摸老公的肚皮,试试手感怎么样?这肚皮以后就是你的啦!说着来到写字台旁边,发现韩青青好像在流眼泪,便道,宝贝怎么啦,有什么事吗?韩青青摇了摇头,楚剑雄忽然又笑了,说,看宝贝悲悲戚戚的样子,更惹人怜爱嘛,来,让老公心疼一下,说着努起嘴唇就要亲韩青青。这时韩青青顿了下神,起身走上前去,换上一副娇滴滴的笑脸,羞报地将头顶在楚剑雄毛茸茸的胸膛上说,刚才看了一个视频,情节太悲惨了,就不由得流泪了。楚剑雄呵呵地笑了,是这样啊?女娃娃家就是这么心软,我喜欢。韩青青用一只手在楚剑雄软囊囊的肚皮上轻轻地摩挲了几下,嘴里喃喃地说,好绵好软哩,摸着好舒服。楚剑雄呵呵地一笑,在韩青青脸上连续亲了几口,抓住韩青青的手,突然就放在了他的那个东西上,说,一会老公会让你更舒服。韩青青一颤,抽回了手,红着脸说,老公真坏,从下午坐飞机时就给人家使坏。楚剑雄哈哈大笑说,不喜欢吗?韩青青低声说,喜欢,只是好让人难为情。楚剑雄说,老公忍不住了嘛,谁叫你长得这么骚人?韩青青拍打了一下楚剑雄的肚皮,说,不许这样说人家!楚剑雄说,好好好,不说,不说。又说,老婆现在去洗吧,洗完赶紧上床。韩青青有点耍赖地说,老婆还想上会儿网,就一会会儿,好不好嘛?韩青青主

动这样做,让楚剑雄特别高兴,突然将韩青青抱起来在地上转了一圈,乐呵呵地说,看来这小老婆还真是难伺候,没事儿,你就再上一会网吧,老公躺在床上等你。

楚剑雄上床了,韩青青坐在写字台前,眼睛茫然地看着电脑屏幕,脑子里紧张地思索着如何脱身的办法。楚剑雄在床上抽完了一支烟,又哇哇叫道,老婆快上来吧,老公难受啊,等不得啦。韩青青说,马上就好了老公,再等一会儿嘛!楚剑雄说,要不将电脑弄到床上耍,老公想让你坐我跟前嘛。韩青青说,床上哪来的网线?楚剑雄说,真讨厌。又说,我不喜欢弄那东西,干脆这样吧,老公明天给你买个大笔记本回来,以后你就坐在被窝里上网。韩青青说,真的老公?那我得感谢老公啦。却又说,听说老公见了漂亮小姑娘眼睛就发直发绿,是真的吗?楚剑雄一愣,立刻说,你听谁说的?得是白毓秀那个恶婆子说的?韩青青没吱声。楚剑雄说,甭听她胡嘞嘞,那人就那个臭毛病,醋罐、醋桶、醋缸!老公给你说实话,以前还真有几个女娃娃缠过我,但你老公我历来坐怀不乱,只有这次对你,确实有点眼睛发直发绿了。韩青青咯咯地笑了,说,是吗?鬼才信你!楚剑雄急眼了,说,之前的事咱不说了,我楚剑雄在床上向灯发誓,从今往后心里只装你韩青青一个,若再有别人,让我遭天打五雷劈!韩青青忍不住大笑起来,说,好啦好啦,我只是随便问问,别发假毒誓了好不好?我才不想那样咒你。又过了一会儿,楚剑雄再次叫道,宝贝老婆快来吧,先来和老公干一炮,我就睡觉了,你再接着上你的网好不好?老婆行行好事嘛!韩青青心里一激灵:这应该是个办法,但旋即就否定了。韩青青离开写字台,款款地走到楚剑雄床边,伸头在楚剑雄的脸上轻轻亲着,一边用手抚摸着楚剑雄胸膛上的软毛,一边撒娇地说,你是怎么啦老公?怎么这么心急啊?不知道人家是第一次吗?总得让人家有个心理准备是不是?人家心里好怕嘛!楚剑雄拉着韩青青的手,说,老公真的忍不了啦!不要怕,老公会温柔地对你。韩青青笑盈盈地说,好老公,知道啦。老公跑一天了,肯定累了,先眯瞪一会儿吧,恢复恢复体力。我上会儿网,然后去洗澡,上床后我会叫醒你。楚剑雄伸手摸了摸韩青青的脸,又抓了抓韩青青的大腿和屁股,觉得自己确实有些疲惫,就应和着韩青青的话说道,小丫头事儿事儿的,上个床也这么麻烦,也好,那我就躺一阵吧。不过不要上网太久,赶快洗个澡,做好思想准备,歇好了咱们大战它一场。

韩青青又坐回到了写字台前,心里面又是焦又是慌,整个人急得火烧火燎。韩青青一直侧耳悉心地听着楚剑雄那边的动静。终于在一刻钟之后,传来了楚剑雄的鼾声。韩青青没有动,轻轻地吐了一口气,一颗心止不住咚咚地跳了起来。又等待了一会儿,楚剑雄的鼾声越来越响了,韩青青觉得到了该行动的时候了。韩青青走进卫生间,将灯打开,将洗澡水哗哗地放了出来,然后将卫生间的门反锁后拉上,蹑手蹑脚回到卧室,轻轻拎起自己的包包,悄悄地从房间里走了出来。

韩青青仰头望了望黑乎乎的夜空,深深地呼吸了一口带着浓重海腥味的空气,按捺着一颗剧烈乱撞的心,猫下腰身,了无声息地顺着一条两边长着冬青的石子甬道,迅速地来到了大街上。一迈出酒店大门,韩青青就飞奔了起来,她要以最快的速度离开这家酒店。就在这时候,一辆出租车开过来了,韩青青伸手将它拦住,迅速坐上了车,司机问,请问您要去哪里?韩青青喘了几口粗气,颤抖着牙齿说,快走快走,哪里都行,先离开这里,越远越好。司机惊讶地看了看韩青青,将车开动了。二十多分钟之后,司机说,您总得说个地点吧,难道就这样转悠一个晚上吗?韩青青想了想,问道,师傅你说,去哪里最安全?司机再次扭头看了看韩青青,不冷不热地说,哪里最安全?公安局最安全。韩青青说,那就去公安局。司机说,真的吗?我和你开玩笑!韩青青说,真的,就去公安局,派出所也行,越快越好。司机立即调转车头,没过几分钟,就将韩青青带到了一家公安派出所门前。韩青青跳下车,撒腿就往派出所里面跑,这时司机朝韩青青喊道,哎姑娘,钱,你的打车费?随即下车也跟着韩青青进了派出所。值班警官看着惊慌失措、气喘吁吁的韩青青和追赶上来的出租车司机,不知道他们之间发生了什么事。这时韩青青掏出三百块钱,对司机说,谢谢师傅,您是个好人,真的很感谢您。司机望着韩青青,笑了笑说,不用客气,应该的,没看见吗?我这车是椰城劳模号。接着又说,您的打车费是九十五块,我不能收您那么多。说完从韩青青手里抽出一百块钱,又找回了五块,就转身走了。这时值班民警问韩青青,请问您需要什么帮助?韩青青依然显得十分惊慌,眼睛里噙着泪花说,是这样,警察同志,我受到了别人的胁迫,趁机偷偷跑出来了,他们人多势众,我害怕,就跑到这里来了。警察说,他们是些什么人?怎么胁迫您?请您慢慢讲,讲清楚。看到韩青青满脸惊恐,警官给韩青青倒了一杯热水,说,不要紧张,不要害怕,坐下来慢慢

讲。韩青青端起杯子啜了几口水,让心情平静了一下,便将事情的原委如实讲述了一遍,说完之后,从包里取出自己的身份证交给了警察。可能是韩青青的话比较真实,没啥破绽,警察相信了韩青青,同时觉得这件事没必要出警处理,笑了笑说,您现在别担心了,到了这里,您肯定就安全了。听警察这样说,韩青青不好意思地笑了笑,说,谢谢您。俄而又说,我在这里人生地不熟,我想……尽快离开这里,明天一大早就想离开,可以吗?这时电话铃响了,警察没有回答韩青青的问话,忙着去接电话了。

就在这时候,韩青青取出手机,给她爹打了个电话。电话那边的韩学文半夜突然接到一个电话,用一种怀疑和警惕的声音问,喂,请问你是谁?一听到父亲的声音,韩青青忍不住哇地哭了,哽咽着说,爹,是我,青青。韩学文一听是女儿,声音一下子大了起来,着急地喊,喂,青青,爹听出来是你,告诉爹,你在哪里?你现在在哪里……韩青青哭着说,你和妈等着我,明天晚上,我就回到咱家了。说完这句话,就将电话挂断了。过了一会儿,韩学文又将电话打了过来,韩青青没有接,将手机关掉了。

爹的声音忽然让韩青青泪如泉涌。韩青青咬了咬牙,心想:大年初一没在家里过,明天是正月初五,初五一过就没年味儿了,无论如何明天都要赶回杨家沟,她要和家人一起团圆一下。同时韩青青想,过完年后,她要将她的小虎子接出来带在她的身边,让儿子永远跟着她一起生活。

警察接完电话,来到韩青青身边,看她泪流满面地与家里通电话,一时不知道说什么好。

Vol. 28

　　虽然楚剑雄已经睡过去了,但在他心头萦绕的,还是要和韩青青在一起做那件事,听起来似乎鼾声如雷,事实上睡得朦朦胧胧,并不怎么瓷实。约莫过了二十多分钟,突如其来的两声憋气的咳嗽,让楚剑雄一下子从睡梦中醒了过来。伸手朝身边摸了摸,没有发现韩青青的人影,楚剑雄抬头望了望,房间里内外灯光通明,他一个鲤鱼打挺坐了起来,接着将肥胖的身子翻到了床下,来不及趿鞋,光着脚片来到厅里的写字台前,也没看见韩青青的人影。这时洗浴间里有水流响的声音,转身来到卫生间门口,嘴里一边喊着:宝贝,怎么还没洗完啊?一边抓住门柄使劲推拉,发现门从里面上锁了,但并没有传来韩青青的声音。楚剑雄一边砰砰地用力捶打着门板,一边连声地呼叫着宝贝、宝贝,你怎么啦?赶快开门啊!楚剑雄心里忽然升起了一股不祥的感觉,他迅速穿好衣服,拿起手机喊廖飞和孟亮,好久,廖飞和孟亮才气喘吁吁地赶了过来,一进门廖飞便问,楚总有事吗?楚剑雄一看见他们,不由得气不打一处来,责问道,怎么半天不见个人,跑哪儿去了?孟亮说,我们看了会电视,觉得没啥意思,出去到海边溜达了一圈。楚剑雄说,啥?到海边去了?让你们来这里,就为了到海边溜达?不怕冻死淹死你们?看见楚剑雄这种态度,两个人不敢吱声了。楚剑雄说,她在里面洗澡,怎么就打不开门了,怎么叫也不吭声,不知道是怎么了?廖飞说,我去喊下服务员吧。孟亮说,不用,我来吧。

说着做了个助力的姿势,右肩猛地用力一撞,用他高大结实的身躯,就将卫生间的门给轰开了。楚剑雄对廖飞和孟亮说,你们别进来,说着自己走进了卫生间。楚剑雄看见,卫生间里热气蒸腾,水汽弥漫,啥也看不清楚,楚剑雄大声喊道,宝贝,青青,韩青青,你怎么啦?洗澡为啥要关门嘛?老公进来了,你没事儿吧?这时孟亮在外面喊,将抽风机打开吧,说着将手伸进门内,在墙上摸索了几下便将抽风打开了。也就在这时候,突然从卫生间里传出了楚剑雄气急败坏地喊声:廖飞孟亮,她人不见啦!听楚剑雄这样喊,廖飞和孟亮立刻冲进卫生间,真的没有看到韩青青。楚剑雄叫道,快找找看,看她去哪里了?

楚剑雄从卫生间走出来,看了看韩青青的行李,只有那个拉杆箱还在房间放着,她那个随身的小包包,已经不见了。楚剑雄用颤抖的声音说,她逃走了,真的逃走了,这个小婊子,她跑掉了啊!廖飞和孟亮呆呆地望着楚剑雄,廖飞说,这一路上不是好好的嘛,没看出她要跑的任何迹象啊!楚剑雄却朝着廖飞和孟亮骂道:你两个狗屁,让你们来这里,是专门为了你们玩啊?还心欢酒乐地跑到海边逛去了?这里的事情一点也不管了吗?廖飞小心翼翼地说,其实我也想过,我和孟亮就待在您房间外面警戒,但又觉得有些不大合适,所以就没有……孟亮端正地站在一旁,任听楚剑雄斥骂。廖飞问楚剑雄,现在怎么办?楚剑雄说,还能怎么办?人行一条线,这大半夜的,该去哪里找?即便找,能找得到吗?孟亮说,不管找得到找不到,都得去找,我和廖主任现在就去找,说着就要动身出去。楚剑雄说,你们在外面瞎逛荡,也没看见她的人影?廖飞摇了摇头,却说,要不要去报个警?孟亮眼睛一亮,看着楚剑雄说,对呀,赶紧去报警。楚剑雄说,报什么警?这种破事儿警察那里会管吗?廖飞说,怎么会不管,咱们从外地来海南旅游,他们这里治安不好,把我们随行的一个团员弄丢了,他们有什么理由不管?楚剑雄说,算了算了,越抹越黑,别没事找事,她想跑谁也挡不住,这个可恶的小婊子!孟亮说,不管怎么样,我和廖主任还是出去找找吧,楚剑雄未置可否,孟亮就和廖飞就出门走了。

两个小时后,廖飞和孟亮回来了。楚剑雄没有理他们,廖飞说,真的没办法找,街上一个人也没有,这大半夜的,她能跑到那里去?楚剑雄说,偌大一个城市,随便哪里藏一个人,即使是警察带着警犬,恐怕也很难找得到。廖飞一激灵,说,她会不会跑到公安局去了,寻求警察保护了。楚剑雄心里一震,说,这也说不定,很可能是吧。接着垂头丧气地说,不说了,你们睡去吧,简直晦气透顶,明天打道回府吧。

　　廖飞和孟亮离开后,楚剑雄憋着一肚子的闷气,拨通了白毓秀的电话。白毓秀在凌晨睡梦中被楚剑雄的电话惊醒,感到既高兴,又酸心。白毓秀用黏黏的口气有点醋意地说,怎么啦？把瘾过足啦？新人的滋味怎么样？是不是激动得睡不下,忍不住想给我炫耀,还是想给我谈你的感想？听见楚剑雄始终不说话,白毓秀心里有点犯嘀咕,说,你怎么啦,半夜把人弄醒,又不说话,是啥意思？楚剑雄还是不吭声,这让白毓秀急了：到底怎么啦？是不是发生啥事啦？不管有啥事,你总得开口吧,你想把我急死啊？这时楚剑雄开口了,他用十分不满而又低沉的声音说：发生了什么事,你白毓秀应该心明如镜吧？我真的很佩服你,简直佩服得五体投地！白毓秀说,你胡嘞嘞啥啊楚剑雄,到底发生了什么事？你快说。楚剑雄说,发生了什么事,还需要我说吗？这不都是你一手策划的吗？我今天才彻底看清楚了,你和钟美双真的一球样！白毓秀大声喊,楚剑雄你疯了吗？如此半夜打电话欺负人,你究竟想干啥？我怎么和钟美双一球样了？是不是新人到手了,又想将老娘一脚踢是吗？想咋咋去,老娘我不在乎,大白眼狼一个！说完就愤愤地将电话挂了。不大一会儿,楚剑雄的电话又打来了,白毓秀喊道,还想不想叫人睡啦？从刚才白毓秀的一番话里,楚剑雄觉韩青青的逃跑,好像不是白毓秀在其中捣的暗鬼,便说：真的不是你和那个小丫头合谋好的吗？白毓秀说,我和小丫头合谋啥了？她不是跟着你上飞机了吗？怎么啦,到底出了啥事了？楚剑雄说,出啥事啦？说来气死人,那小婊子又逃跑了！白毓秀大吃一惊,一下子从被窝坐了起来,大声说,什么什么,你说什么？你再说一遍！楚剑雄说,大约十一点半不到十二点吧,那个小丫头趁机从酒店逃走了。白毓秀简直不敢相信自己的耳朵,说,逃跑了,真的吗？怎么可能呢？没有任何征兆嘛！你们没出去找找？楚剑雄说,出去找？出去怎么找？白毓秀说,她从没出过啥远门,晕脑迷路了也说不定？楚剑雄说,廖飞和孟亮去找了,跑了几小时无功而返。白毓秀说,你是怎么搞的嘛,煮熟的鸭子又让飞了？她要跑,难道没有一丝丝迹象？楚剑雄说,说的是啥嘛？在她逃走前,她还主动跟我调情了,谁知道,就在我刚在床头打了个迷糊,她就在瞬间逃走了。白毓秀说,跟你去的那两个家伙呢,他们是吃干饭的？连个小丫头都看不住！楚剑雄丧气地说,嗨,谁又能想到她会逃啊？再说了,她真的想逃,你能看住她啊？你说这个小东西,

最近为啥动不动就玩失踪啊？她到底想干啥？白毓秀老半天没吱声,最后她气呼呼地说,我看这丫头是疯了,可能她家出啥事了吧,反正最近她有点心神不宁。跑了就让她跑了吧,你也别生气了,不想在那边玩,明天就回来吧。她跑得了和尚跑不了庙,料她跑得了初一,跑不了十五,不信迟早找不到她？这事交给我得了！白毓秀的这番话,让楚剑雄气恨难忍的心,略微得到一点宽慰,楚剑雄说,我想是这样,这小婊子可能在这里寻求警察保护了,最近几天她肯定要回咱们那边,你到时组织些人,在火车站和机场守候着,说不定还真能碰到她,不管怎么样,得教训一下这个小妖精！奶奶的！白毓秀沉默了一下说,绅士点好不好？一个大老板,张口闭口婊子、妖精什么的,多难听。又说,知道了,放心吧,明天一早我就布置。

Vol. 29

值班警察将韩青青安置在隔壁休息室过夜,及时将这一情况向所长做了汇报。所长指示说,注意当事人安全,防范有人前来闹事和抢人,并立刻向值班室增派了一名警员。韩青青心里有事,翻来覆去怎么也睡不着,凌晨三点她又来到值班室,隔着玻璃看见两名警察靠在各自的椅子上打盹。韩青青敲了敲门,开始接待韩青青的警察站起身将门打开,揉了揉眼睛,问道,小韩女士有什么事吗?韩青青说,对不起,打搅你们休息了。新增派的警察这时也站了起来,笑着说,我们在值班,谁说我们在休息啊。韩青青笑了笑,说,怎么又多了个人?新来的警察笑着说,所长派我来支援龚警长,保护好你嘛。韩青青被他的话逗笑了,脸红了一下说,我有那么重要吗?新来的警察很年轻,说,当然,没看当事人多漂亮啊?漂亮指数越高,危险系数越大。韩青青笑着说:你说话真逗,谢谢你们,警察同志。龚警长说,说吧小韩,有什么事?韩青青说,还是刚才给您讲过的,明天一早我想回家,我怕那伙人在机场拦我……龚警长说,不是已经安排好了吗?早晨六点,由小鲁警官护送你去机场,直接从VIP通道登机,不会有问题的。年轻警察插嘴说,我就是小鲁,到时由我送你上飞机。韩青青看看小鲁,又看看警长,说,谢谢你们。接着又说,只是……警长说,有什么话,你就说吧。韩青青犹豫了一下说,只是我想,到了我们那边机场后,他们肯定还会有人在那里拦截我,那该怎么办?他们在那边的势

力更大，人也更多，想想都让人害怕，这边登机没问题了，可那边下飞机时，会不会不安全，想到这里，我就睡不着觉。小鲁说，不知道该怎么办，难不成让我们将你护送到你们那边机场？看见警长瞪了他一眼，小鲁又说，要是这样当然更好了，那就由我随机护送，做一回名副其实的护花使者。韩青青的脸又红了一下。警长说，你的担心也不是没有道理，当然，小鲁说的护送也是个办法，只是容我们再想想，看能不能找到一个既简便又有效的办法，那样不是更好？韩青青静静地望着警长。龚警长想了一阵说，小韩你考虑一下，看这样行不行，小鲁去机场后，先与机场派出所或者警务室的联系，然后向他们讲明情况，由他们与对方机场派出所或者警务室取得联系，将小韩的情况告诉对方，要求他们到时派人将小韩从飞机上接下来，安全护送出机场。韩青青小心地说，这样能行吗？小鲁说，怎么不行？当然行了。龚警长是老警察了，经验丰富，点子稠，办法多，再说了，天下警察是一家，谁不听话收拾他。警长说，小鲁胡掰掰些啥呀！韩青青不好意思地笑了笑，说，那就拜托小鲁把话给我们那边机场一定说到，说不到的话到时我就抓了瞎了。警长呵呵一笑说，小韩放心，小鲁给美女办事最操心啦，再说了，这事要是真的没办好，我告所长好好收拾收拾他。小鲁说，小韩听听，家法多硬啊，我敢马虎吗？又说，小韩登机后，我会一直跟踪对方机场的行动，有一点小韩你得记牢，飞机着陆后，如果没有人前来接你，绝对不要急着下飞机好不好？一句话，这件事要是出了问题，你唯我小鲁是问就是了。韩青青和小鲁互留了手机号码，放心地离开值班室，回休息室去了，然而回到休息室后，韩青青辗转反侧，还是始终合不上眼，五点钟刚过，她就起来了。小鲁跑到街上买了一盒海南粉，还有两根油条和一份皮蛋粥，让韩青青吃过早点后，就驾驶着一辆警车，带着韩青青去了海口美兰机场。

早晨四点半钟，在这边省城，白毓秀也早早地起床了，草草洗漱一番后，白毓秀来到了银座豪城F楼，她迅速将全部九座楼宇留守值班的安保人员集中起来，很严肃地作了一次讲话，向他们发布了任务指示。白毓秀对安保人员讲，受楚总委托，我现在给你们讲话。就在昨天晚上，××市发生了一起重大的盗窃杀人案件，根据公安部门判断，该案犯罪嫌疑人很可能会逃亡至我市潜藏，市、区公安局领导要求我们银座豪城出动安保人员协助公安人员破案。这是一项十分光荣而又艰巨的政治任务，市局领导能把这样重要的政治任务交给我们银座豪城,是对我们银座豪城全体员工的信任,我们绝不能辜负领导的期望,要以高度的责任感和敢打敢拼的精神,把领导交给我们的任务完成好,确保给市、区公安局交出一份满意的答卷。上级分配给我们银座豪城的具体任务是,把守和监控火车站和机场的两个出站口,发现并拦截犯罪嫌疑人。为此楚总要求,除过本日当值的安保人员外,其余安保人员全部参加这次行动,不许请假,不许缺席。具体实施的办法是,将参加行动的安保人员分成一组和二组,同时分成早、晚两个班,一组负责在火车站出站口执行任务,二组负责在机场出站口执行任务。一组两个班分别由D楼和G楼的两名安保主管带领,二组两个班分别由B楼和F楼的两名安保主管带领。行动时间从现在起,全天候执勤,共三天七十二个小时。希望全体安保人员振奋精神,遵守纪律,听从指挥,敢打敢拼,拿出自己的火眼金睛和过人本领,做出自己的应有贡献。在执行任务中,对于发现和控制住犯罪嫌疑人的有功人员,除上级领导机关奖励外,公司将会给予一万元的重奖,并会在公司年终总评中额外加分。白毓秀的讲话,获得了全体安保人员的热烈鼓掌。给全体安保人员讲话后,白毓秀又分别找带队执行任务的四个安保主管谈了话,给每人发了一个两千块钱的红包,明确指出我们今天所要拦截、控制的对象,实际上就是唯美度公司的总经理助理韩青青,并将韩青青的大头照片给每人发了一张,最后,白毓秀强调说,对拦截、控制韩青青一事,楚总特别要求,必须绝对保密,对失密者,无论原因如何,公司将会从重予以处罚。

  部署结束后,一组、二组执行早班任务的安保人员,在各自组长的带领下,迅速来到了火车站和机场出站口,于上午六点天还尚未完全放亮时,完成了站位。随后,白毓秀亲自驾车前往火车站和机场,对执行任务的安保人员进行了视察,觉得比较满意后,便向楚剑雄拨去了电话,就她所进行的安排部署做了汇报。

Vol. 30

按照海口公安派出所的安排,韩青青在民警小鲁的秘密护送下,顺利地登上了返回省城第一个航班。在飞机上,韩青青担心楚剑雄会在这个航班安排他的打手与她同行,从上飞机的那一刻起,韩青青就从乘务员要了一个毯子,将自己从头到身用毛毯严严实实地蒙了起来佯装睡觉,一路上没吃也没喝,直到飞机在省城机场着陆后,下飞机的人已经走得差不多了时,韩青青才将捂在头上毛毯掀了下来。令韩青青忐忑不安的是,当她站起身子时,飞机上已经没有多少顾客了,却并没看到前来接她下机的人。韩青青不住地左顾右盼,只害怕所有顾客下完后,乘务员会催促她下飞机,那该怎么办?也就在这时候,两个警察走到了韩青青身旁,一个乘警笑着问道,您就是韩青青女士?韩青青知道是接她下机的警察到了,微笑着点了点头,却忍不住眼泪突然就涌了出来。这名乘警说,一直没看到接您的人,让您担心了是吗?我就是这班飞机的乘警,机场派出所决定让我一路护送你,其实你一直就在我的视线内。这位是这边机场接您的警察同志,你跟着她下飞机吧。此时韩青青不知道为什么,止不住自己泪如泉涌,她含泪微笑着点了点头,含混地说了声谢谢,不由自主走上前与这位乘警拥抱了一下,然后跟着这边的警察下了飞机。下了地面后,韩青青看见,就在离飞机不远的地方,停着一辆警车,警察将韩青青带上警车,问韩青青说,请问你要去哪个方向?韩青青说,我想回老家,您能把我送到城北汽车客运站吗?警察说,没问题,咱们出发吧。就在离开机场后,韩青青打开了手机。手机一开,就有电话打来了:你是韩青青女士吗?我是海口的小鲁警察啊,那边接上你了没有?韩青青笑着说,接上了接上了,现在刚从机场出来,谢谢你啊小鲁警官,也谢谢龚警长,代我谢谢他!小鲁说,好好好,这我就放心了,我也不会受到所长修理了,漂亮美女再见了。韩青青说,再见了,再见了……竟忍不住再次流下了眼泪。警察一边开车一边问,怎么,在海南那边遇到麻烦了是吗?韩青青说,是,多亏了警察保护我,我今天才知道,你们警察都是好人,都是最最可爱的人。韩青青说出如此书面、如此动情的话,让开车的警察听起来似乎有点硌拧和肉麻,他扭头看了看韩青青,说,小姑娘学校刚毕业吧?说话文绉绉的。韩青青也看看警察,吭地笑了,说,我真有那么年轻吗?警察说,怎么,难道你很大吗?看着确实很小嘛!

韩青青来到城北客运站,在警察的陪同下,很快买到了回老家县城的车票,警察将她送上了车,韩青青摇手让警察走,但警察始终站着没动身,直到汽车开动了,韩青青看到,警察才转身坐上了他那辆警车。韩青青的心里,再次涌过了一股暖流。

当汽车距离县城五十公里的时候,韩青青给郝书成拨了个电话。郝书成没见过韩青青的这个号码,拿起电话说:喂,您好,我是3068号出租车司机郝书成,请问您要订车吗?韩青青说,是,老板,我要订车。郝书成说,您什么时候用车?要走哪条线路?请告知我好吗?韩青青说,四十分钟后你能不能在县城客运站等我?至于我的行车路线,见面再说好吗?郝书成犹豫了一下,说,好,知道了,请您放心,我正在沙柳镇出车,四十分钟后保证在县城客运站等你,不见不散。

五十分钟后,韩青青来到了县城客运站,她刚下车,就接到了郝书成的电话:您好,我是3068号出租车司机郝书成,五十分钟前您曾电话订车,我现在已经如约到达县城客运站,请问您现在的位置?什么时候能够赶到?韩青青忍不住笑了,她已经看到了郝书成停在车站门口的汽车,边走边说,老板真守时啊,谢谢您,我马上就到。当韩青青站在了郝书成的汽车旁边时,郝书成刚准备下车接客,却不料跳进眼睛里的竟会是他朝思

暮想的韩青青。郝书成的嘴巴一下子张大了：怎么会是你呀，青青？韩青青笑吟吟地望着郝书成，不说话。郝书成脸红了一下说，你看看我，我的耳朵可真拙啊！韩青青笑着说，怎么就不会是我呀？要我说，你的耳朵可不是一般的拙，简直拙到家了！郝书成说，从省城回来吗？快上车吧。韩青青坐上了车，郝书成说，怪道来你不给我说你的行车路线，又将声音拿捏得那么细嫩，任谁也想不到会是你。韩青青说，服务用语挺规范的嘛，还一套一套的，真有你的，普通话虽说有点醋熘，也还说得过去。郝书成不好意思地笑了，说，县上规范出租车司机行为，包括文明用语，要求必须使用普通话，咱就领先来呗。这不，县上搞了一次出租车内评和外评，我这车被评为了十大标兵车之一，再一经宣传，许多人都愿意坐我的车，如今的生意，比过去那是好多多了。韩青青说，能干啊郝书成，我向你祝贺。郝书成说，不说了，已经快四点了，先去吃点饭吧，吃了再上路。经过上次坐郝书成的车，两个人心里已经没有啥隔膜了，韩青青说，那就随便吃点吧，人心里急着呢，想早点到家。郝书成便将韩青青拉到一家春节没关门的饭馆，点了三个菜，每人要了一碗米饭，郝书成还开了一瓶红酒，就和韩青青吃了起来。郝书成说，青青真有你的，上次离开时，还给我车上偷偷塞了钱，有一天我坐在驾驶座上伸手从手套箱取东西，将钱带拉出来，掉在副驾驶座位下边，后来被一个乘客发现了，捡起来给了我，我一时还有点懵，硬说是乘客自己的钱，你呀你韩青青，啥人嘛！韩青青笑着说，我说过了，你不收钱就不坐你的车了，这是规矩。郝书成端起酒杯和韩青青碰了下，连续说了四句祝福的话：祝你春节快乐！祝你健康美丽！祝你前程似锦！祝你爱情如虹！韩青青咯咯地笑了，你呀你郝书成，你一张口就把话说完了，让我怎么祝福你嘛！郝书成说，我不要祝福，我只希望我心里最爱的女人，活得比世界上的任何女人都好，我就心满意足了！如果真这样，那才是对我最大的祝福！韩青青心里一热，眼睛不由一红，嘴里却说，郝书成你怎么了，还没喝酒呢，怎么就满嘴跑舌头啦！郝书成说，我说的是心里话，知道吗青青，自那天你就那样悲悲戚戚地走了后，我的心整天就像刀子在劈，不知道你在外面怎么样了？我给你天天打电话，天天给你发短信，就是不见你的回音，你知道吗，我的心都碎了，真的都碎了……韩青青端着酒杯不动了，两行眼泪缓缓地从双颊滚落了下来。俄而韩青青说道,郝书成,往后说话,再不允许你这样煽情好不好,弄得人家心里怪不好受的。看见韩青青流泪了,嘴里又这样说话,郝书成心里好高兴,嘴里却说,不知道我一贯说话就这样吗?好好好,以后就听美女的,不再满嘴里跑舌头了。看见郝书成这样说,韩青青说,这样做就对啦,这才算是真正的标兵车司机。说完又咯咯地笑了。

Vol. 31

回到了自己的老家县城,韩青青觉得,一路上笼罩在心头那种令她胆战心惊的威胁和惧怕,一下子烟消云散了,加上又见到了热情率真的老同学郝书成,韩青青的心情就彻底放松了。

郝书成端起酒杯说,来青青,再喝一杯吧,这酒可是专意为你开的,我是司机,不能喝酒,这你知道。韩青青说,今天心里高兴,已经喝得不少了,一会儿还要见家里人,不敢再喝了,其实我平时很少喝酒,今天已经是例外了。真的很感谢你书成,每次回来都麻烦你,已经快五点了,咱们赶紧上路吧。郝书成说,那好吧,有机会咱们再接着喝。说着话一边拾掇酒瓶一边问韩青青,我说青青,以后不允许你再对我这么客气,好不好?韩青青没说话,却将鼻子轻轻哼了一下,顾自起身朝酒店门口走去了。

在路上,郝书成说,青青,能告诉我吗,这些天你是怎么过的?韩青青沉默了一会,说,知道我那天为什么刚回到家,下午又要那样离开吗?郝书成看了韩青青一眼,没有吱声,等待着韩青青说下去。韩青青沉吟了一下说,因为那天回到家里时,正好碰见了我老公和我妹妹正在举行婚礼。什么?郝书成脸上浮起惊讶不已的神情说,你说什么?韩青青说,我十四岁和我老公圆房,虽然如今儿子已经上小学了,但我们一直没有领结婚证。我老公虽然在我很小时欺负了我,但他后来一直对我很好,对我爹我妈也很好。我知道他很爱我,为了我,他任何事情都愿意做,所以在我心里,他就是我的男人,他就是我一辈子的依靠,尽管他是一个农民,而我大学毕业又待在城里,但我从来没有想过,有一天我们两个人会分开。那天我回家,是高高兴兴与老公和儿子团聚过年的呀,可谁能想到,当我一踏进院门时,看到的却是老公和妹妹的婚礼。郝书成你想想,我当时会是什么心情?而在此之前,有关他们结婚的事,我压根儿一点儿消息也不知道,家里也没人向我提起过,所以这件事情就刺激了我,我一下子被气晕了,在家里大吵大闹了一通后,然后就负气离开了。郝书成说,你妹妹多大了?韩青青说,十七,正在念高二。郝书成说,这不是胡闹吗?还那么小,怎么能让她结婚?大学不要上了啊?再说了,即使要结婚,这世上的男人多的是,为啥非得和自己的姐夫?青青,这到底是怎么一回事?韩青青说,后来,我从QQ上看到了我妹妹的留言,说我爹我妈不想让我再回农村,就想出了让我妹妹去将我从杨宝林家替换出来,害怕我不乐意,便没告诉我,急急忙忙来了个先斩后奏。郝书成说,这样做你老公愿意吗?韩青青说,不知道,也许愿意也许不愿意,不过,我妹妹比我还漂亮,男人嘛,没有老牛不喜欢吃嫩草的。郝书成说,这你爹你妈也太自作主张了,不过,如今事情弄明白了,你就原谅了他们是吗?韩青青沉默了一下说,不原谅又能怎么样?开弓没有回头箭了,我已经认了,只是我妹妹,把自己的青春就那样不明不白地搭上了,也让我心疼。郝书成说,是啊,一件剪不断理还乱的事情,其实家里人都可怜,他们完全是一片好心。郝书成的话,让韩青青忽然难过了起来,忍不住眼泪流下来了。郝书成却忽然说道,这件事对你韩青青来说,让你纠结和难过,可对我郝书成来说,谁又说它不是个福音?我如今心里就特别高兴。韩青青抬起泪眼,忽然破涕为笑了,朝郝书成说,去,尽想好事儿。

　　郝书成说,继续讲,离开家之后呢?韩青青却说,我说郝书成,你这人怎么这么麻缠,忘了你是个只拉客挣钱的司机怎的啦?人家顾客的隐私,老是抠来挖去的什么意思嘛?得是想当乐子来听?郝书成笑着说,话可叫你说着了。知道吗,出租车司机就这毛病,没一个不喜欢与顾客没话找话说,说那些天南地北没边没沿的事情,不然整天把拉着一个方向盘,那还不把人呕死了?韩青青说,我看你真的越来越油了,已经成了大油子了。郝书成说,不过现在想知道你的事,绝对不是想听啥乐子,而是郝书成他爱你,心里放不下你。韩青青再没有说话,正了正依在靠背上的身子,眼睛静静地望着前方。许久,韩

青青说,后边发生的事,恐怕就让你更咋舌了。郝书成望了一眼韩青青,没吱声。韩青青说,我大学毕业后,一段时间找不到工作,一次偶然的机会,遇到了我现在老板白毓秀,这个人对我很好,给了我体面的职位和不菲的薪资,在她那里我干得很开心,因此我觉得自己很幸运,觉得自己遇到了贵人。但我不知道,就在我去她的公司之前,她已经和她的老板兼情夫闹翻了,她的这个公司,就是老板给她的分手补偿。他们闹翻的原因,是她接受不了那个男人到处猎艳,太过好色。他们分手后,那男人根本不理我们老板了,整天和身边的一帮女孩子泡在一起,可我们老板时日一久,忍不住念起了旧情,又想和人家和好了。要和好就得有筹码,而这个筹码就是我,她便将我献给了她的那个男人。她和那男人说好,要我去给他做小三,条件是那男人每月给我三万块钱。碍于我们老板对我有恩的情面,我抹不开面子拒绝她,加上后来家里又出了婚变这档子事,我的心情一时烂透了,就想破罐子破摔了,就在昨天下午稀里糊涂陪着那个男人去了海口。昨天晚上眼看要和那个男人上床时,我突然在我的QQ上看到了我妹妹写给我的留言,一下子就后悔了,后悔自己鬼迷心窍居然做出了这档子事情。于是又趁机从酒店逃了出来,跑到了一个派出所,请求警察将我保护起来。就这样,害怕他们对我围追堵截,今天早晨,海口的警察护送我上了飞机,到省城后,咱们这边的警察又将我接下飞机,护送我坐上了回咱们县城的班车,我才算是真正脱离了他们的威胁。说到这里,韩青青望望郝书成,说,说完了,还想听什么,就接着问吧?这时韩青青看见,郝书成眼睛里竟溢上了泪水,他扭头看了看韩青青,说,真的好精彩啊,就像听一部悬疑惊秫侦探故事一样。韩青青说,我知道,我闪了他们,他们肯定特别恨我,正在到处寻找我呢。郝书成说,很恐惧吧?韩青青说,能不恐惧吗?一路上一颗心始终悬在喉咙眼里,只怕他们哪个人会在不意间突然出现在我的面前,直至到了县城客运站,一颗悬在空里的心才总算是落地了。郝书成说,青青,你真的好可怜,你让人心疼死了!韩青青笑笑说,郝书成啥时候也变得如此敏感和脆弱了?别价别价,让你那么难受,我于心不忍,甭说话了,好好开车。

从此,两个人再没有说话。这时天已经麻麻黑了,汽车已经到了小南河沟底,上个坡就是杨家沟村了。郝书成说,回来有什么打算?韩青青说,在家里待一段时日再说吧,省城,这一段时间是不能去了。郝书成说,要不干脆回咱们县城干吧,哪里黄土不养人,哪个城市不挣钱?省城除了比咱们县城大,我看也没啥特别优越的。韩青青说,我现在心里特别乱,其他事情暂时统统不想了,以后再说吧。说话间汽车已经到了坡顶,在村东头,郝书成将车停下来,韩青青说,去家里坐坐吧。郝书成说,不了,到家里后,好好和家人相处,不要埋怨他们。韩青青点点头,说,晓得,回去路上小心。说着要给郝书成掏钱,被郝书成将手按住了,郝书成趁机抓住了韩青青的手,就那么静静地抓了一会儿,说,你下车吧,有事打电话。韩青青下了车,看着郝书成调转了车头,朝坡下奔去了。

望着已经跑远了的黑乎乎的汽车影子,韩青青忽然想:为什么要对郝书成说那些事呢?

Vol. 32

　　韩青青顿了顿神,想想如果还和往常一样,走那条老路进村,那就得经过杨宝林家的大门,她不想走那条路了,便迈步朝北走去,从村子的北头绕了一个大圈,才来到了她家的巷子。

　　正月里的天气还十分寒冷,这时天上已经出现了密密麻麻的星星。韩青青走进院子时,看见爹和妈住的那间窑洞门紧闭着,便和以往每次回到家里一样,边走边甜甜地叫了一声:爹,妈,我回来了。这时屋门忽然打开了,瞬间一束光亮从屋子里流淌了出来,只听韩龙龙喊了一声:我二姐回来啦!说完就拉着小侄儿虎子,和四姐韩瑶瑶从屋里奔了出来。接着,韩青青看见,爹和妈出来了,杨宝林和韩佩佩出来了,杨福才和袁丽萍出来了,韩彩彩和杨腊花出来了,一时间院子里涌了一大堆人,团团地将韩青青围住。儿子虎子抱着韩青青的腿,不断地摇着,房小琴一把将韩青青搂住,伤心地啜泣了起来,站在人群后面的韩佩佩,则用手拽着杨宝林的手,两个人齐齐地跪在了地上。站在房小琴身后的韩学文,望着眼前的韩青青,不住地用手背抹着自己的眼窝。这时韩青青早已经哭得泪流满面了,抱住妈妈的肩膀,浑身不住地颤抖。杨福才说,都别哭了,黑天黑地的,站在院子里干啥?快回家吧。就在人们转身要回家时,韩青青这才看见韩佩佩和杨宝林还跪在地上,韩青青立刻放开妈妈,走过去一把抱住妹妹的头,哇地大哭了。韩青青说,佩佩你俩这是干啥？是在诅咒姐姐吗？赶快起来，和宝林一起站起来。杨宝林和韩佩佩站了起来，一伙人才相拥着走进了屋子。

每个人找了个地方坐了下来，韩青青看见，虎子始终依着自己的腿，便流着泪伸手将儿子抱在了怀里，嘴里却问道：大家都在啊？袁丽萍说，听你爹说你昨晚打电话，今天要回到家里来，大家守在一起等了你一天，如今回来了，所有人都放心了，那就赶紧吃饭吧。韩青青有点歉意地说，路上紧赶慢赶的，回到家都这般时候了。杨福才说，不晚不晚，回来了就好，回来了就好。韩学文说，做饭的人，赶快动手吧。于是韩彩彩、杨腊花、韩佩佩、韩瑶瑶、还有杨宝林几个人，分别烧水的烧水，包饺子的包饺子，弄炒菜的弄炒菜，齐齐儿忙活了起来。韩青青的归来，仿佛让家里的气氛一下子活跃和欢乐了起来。房小琴朝着面案方向说，今天是"破五"，咱们这里也把这天当小年过呢。饺子包好后，再搓些面条，面条和饺子一起下，意思是吃钱串子呢，你二姐过年没在家，吃钱串子就是给你二姐过年哩。包饺子的几个女人应了声，韩瑶瑶说，看妈你说的，这谁还不知道嘛！房小琴笑着说，这小丫头，晓得再叮咛一下，还不行吗？说完又朝杨宝林问道，炮仗准备好了没？杨宝林说，准备好了，两大卷呢，够用。袁丽萍说，今晚必须得放炮，破五就是要"赶穷鬼"，只有放炮才能将穷鬼赶走。房小琴说，破五这天的讲究多呢，这天一过，许多的禁忌就被破掉了，再个就是打穷鬼，今天的炮一放，躲在角角落落的穷鬼都被打跑了，全年就会五谷丰登，招财进宝。这时杨腊花说，还这么多讲究啊，我怎么就不懂，给我哥说留点炮，回家后也给咱家放放嘛，不能光赶学文叔家里的穷鬼，咱家的穷鬼也要赶哩。房小琴笑着说，别担心，没听见你哥说有两卷炮吗，到时给你们家留一卷还不行，如今的女娃子都精得很很。房小琴的话，惹得大家都笑了。

这顿饭吃得很欢乐，大家心里好像一下子没有了芥蒂，有的只是幸福和欢乐。吃完饭放炮时，韩青青要韩佩佩和自己一起放，韩青青把炮放在地上，将炮捻子抽了出来，让韩佩佩去点炮，韩佩佩胆子小，手里拿着个已经点着的纸媒，战战兢兢地伸长胳膊点了三四次，都没有将炮点响。韩青青说，佩佩你怎么这么没用啊，来，让姐抓着你的手，咱俩一起点。韩青青用手抓住韩佩佩拿着纸媒的手，韩佩佩尽量躲在韩青青的怀里，两个人小心翼翼地走到炮仗跟前，韩青青稳住神，使劲将手往前伸去，就这样终于将炮捻点着了，随着震

耳欲聋的炮声响起,韩佩佩再次将头埋进了韩青青的胸脯,这让姐妹两个想起了小时候韩佩佩经常拉着韩青青的手一起去上学的情景,两个人便互相抱住,呜呜地哭了起来。

饭吃了炮也放了,大家再说了一阵话,杨福才说,青青娃如今回来了,那就好好在家里待上一阵,好好陪陪你爹和你妈,还有虎子娃,甭急着去城里上班。说完,对袁丽萍和杨宝林说,走吧,咱一家也该回了,回去还要放炮呢。说着就和袁丽萍还有杨腊花便走出了屋门,韩学文和房小琴要起身出去送客,却见杨宝林站在地上朝韩佩佩望着,房小琴见此情景,对韩佩佩低声说,佩佩,赶快和宝林回去吧。韩佩佩的脸一下子红了,有点扭捏地说,今晚我就在这边睡。韩青青也赶忙说,甭胡说了佩佩,快跟宝林走吧。杨宝林这时也涨红了脸,不知道该走还是该留。韩学文说,佩佩,听话……韩佩佩却打断了爹的话,忽然拉着哭声说,怎么你们都要赶我走?我今晚要和二姐睡。看韩佩佩不愿意走,杨宝林只好说了句,那你在吧,我回去了。说完扭头又看着虎子:虎子你回不回?和爸爸一起回。虎子说,我不回,我要跟我妈睡。杨宝林就和韩学文、房小琴一起走了出去送人了。

韩学文和房小琴回到屋里后,一家人又挤在暖暖的炕上一起说话,只有韩学文坐在炕对面的那把圈椅上。韩青青问韩彩彩,姐,姐夫的腿好点了吗?韩彩彩说,能比过去好点吧,两次手术做过后,能扶着拐子下地慢慢走几步了,但医生说,要扔掉拐子,至少还得做两次手术。韩青青说,那就好,只要不卧床,坚持见天走动着,腿的功能就不会退化。又问,手术费那矿主管吗?韩彩彩说,不好好管,每次都是千要万要才能要下那么一点,还多亏政府帮忙,这人是个无赖。韩佩佩说,我看就得盯死他,要看病要吃饭就去找他,不能让他消停了。房小琴说,咋说也是个难场事,你大姐如今是遭难了。眼下你大姐有喜了,将来再赘个娃儿,日子该怎么办啊?韩青青高兴地说,是吗大姐有喜了?这是好事啊,祝福大姐了,我等这个外甥已经等好久了呀。韩彩彩说,多一张嘴多受一份罪。韩青青说,大姐你甭犯熬煎了,这不是还有我和佩佩吗?往后我每月资助你一点,宝林的苹果生意也还不错,佩佩给宝林说说,你们也资助大姐一些。韩佩佩红着脸,点了点头。房小琴说,小青你过年去哪了?怎么连手机也关了?让全家人多替你操心!韩青青说,就在省城我一个同学家里,对不起爹和妈,让你们担惊受怕了。韩学文说,佩佩和宝林这件事,家里确实做得有些仓促,想得也不是很周到,你不要怨你爹你妈,也不要怨佩佩,这心思最先是你妈起的,她心里也是为你好,不想让你回到这山沟沟,不管怎样,如今事情已经做了,做得对与不对,你就包涵了吧。韩青青朝坐在对面圈椅里的韩学文望着,照在桌椅那边的灯光很灰暗,韩青青看不清爹的脸,只模糊看见他就那样窝坐在圈椅上一边说话一边抽着旱烟,随着说话就有浓浓的烟雾从他嘴里散发了开来,韩青青心里不由得一疼,眼泪瞬间就流下来了,他说,爹,你甭说了,佩佩留给我的话我看到了,我让你们操心了,事情已经过去了,就不要再提它了,只是让佩佩牺牲前途那样做,我心里实在不安,而且那天我回家时那样闹腾,确实很丢人的,爹妈和佩佩应该罪责我才是。韩青青这样一说,韩佩佩忍不住哭了,房小琴和韩学文也哭了,韩瑶瑶也跟着哭了。半天房小琴说,今天把话说开了,小青能这样想,我和你爹也就把心放下了,从此后,青青和佩佩你们两个依然是亲姊和热妹,咱们全家人也要和和睦睦,挽着劲齐心协力把咱家的光景往好的过。韩学文说,青青你也不小了,很快在城里找个人吧,你结了婚,我和你妈就把心头的一个大疙瘩解了。韩青青说,这件事慢慢来吧,我会操心的,但也不急。又说,爹,妈,我想了一下,是不是往后让我将虎子带在身边?韩青青的话,让全家人一惊,房小琴马上说,带那么大个儿子在身边,你咋找对象啊?不行不行,虎子就由我和你爹带吧。韩佩佩忽然又哭了,说,姐,你是不是将我看成后娘了,怕我虐待虎子?你如果不让我带虎子,我就和姐夫,不,我就和宝林离婚,让你们复婚。韩青青说,佩佩你怎么会这么想,姐绝对不是那意思……韩佩佩说,姐要是怕我对虎子不好,我一辈子不要孩子好不好?这时韩青青就哭了,说,好好好,虎子我不带了,就给佩佩和妈带好了。

Vol. 33

看见全家人坐在一起哭哭笑笑、亲亲热热地说话,尤其看到韩青青和韩佩佩姐妹俩心里已经没有了疙瘩,韩学文和房小琴的心里,感到格外地高兴。两个人不再吱声,静静地看着他们的孩子们说话。韩青青说,虎子,你愿意跟妈去城里,还是愿意跟佩佩姨妈在家里。虎子看了看韩青青,又看了看韩佩佩,说,愿意跟佩佩姨妈在家里。韩青青说,为啥?虎子不喜欢妈妈吗?虎子说,城里的人我一个都认不得,我要和我们班的同学玩儿。韩瑶瑶说,虎子羞,是舍不得你的那个同桌女生吧?虎子说,小姨坏,我的同桌是个男生。惹得全家人都笑了起来。这时韩青青说,佩佩如今结婚了,往后就和宝林好好过,把你们的日子过得红红火火的,让我和瑶瑶、龙龙还有虎子,都能跟着你们沾光,姐也盼望你们能早生贵子,给爹和妈再添一个小外孙。听韩青青这样说话,韩佩佩的脸呼啦红了。韩青青接着说,瑶瑶、龙龙还有虎子,你们三个的任务是啥,你们知道吗?你们最大的任务就是好好听大人的话,努力把书念好,力争都当好学生,将来都能成为大学生,好不好?韩瑶瑶望着韩青青,一双美丽的大眼睛扑扑闪闪的,放着熠熠的亮光,韩龙龙说,我将来保证上北大,虎子望了一圈大家,嗫嚅着说,我将来保证上、上……虎子不知道怎么说了,韩瑶瑶突然插嘴说,我们虎子将来保证上清华!满屋的人就开心地笑了起来。这时韩学文说,已经到后半夜了,不敢再说话了,赶紧睡觉吧。房小琴也说,对,有话明天再说,赶紧睡觉吧。接着就将大家的住处分配了一下:她、韩学文和虎子三个人睡上屋,韩彩彩、韩瑶瑶和韩龙龙三个人睡西偏窑,韩青青和韩佩佩姐妹两个睡东屋。

韩青青和韩佩佩脱衣躺下后,将灯熄灭,两个人好一阵子没有说话,屋子里漆黑而又静寂。良久,韩青青说,佩佩困了是吗?韩佩佩说,没,我睡不着。韩青青说,过来吧,到姐被窝来。韩佩佩没犹豫,立即缩着身子钻进了韩青青的被窝,嘴里说,好冷啊。韩青青说,你身上怎么这么凉,来,把姐抱住会暖和些。韩佩佩说,还以为你累了想睡觉,一上炕我就想到你被窝来。韩青青说,那为啥不来?韩佩佩说,我小的时候,爹和妈常年在外面,每天晚上我和瑶瑶就在你的被窝睡觉。韩佩佩的话让韩青青的眼睛忽然湿了,她拍了拍韩佩佩的脊背,说,那些年里,咱姊妹几个把苦受扎咧。韩佩佩抱着韩青青,说,姐,你真的不怨我?韩青青说,姐说过了,姐不怨你。韩佩佩说,真的吗?我怕姐怨我、恨我,我不想让姐怨我、恨我。韩青青使劲搂了下韩佩佩,说,姐不怨你、不恨你,自从看到你给我的留言后,就一点儿也不怨、不恨了。韩佩佩嘤嘤地哭了起来。韩青青拍着妹妹的背说,不要哭了,只是无辜把你搭进去了,这让姐好心疼。韩佩佩哭得更厉害了。韩青青轻轻抚摸着韩佩佩,韩佩佩渐渐不哭了,韩青青说,其实,宝林是个不错的男人,他勤劳、吃苦、顾家,对咱家、对咱爹咱妈都很好,你跟了他,不会受苦的,踏踏实实跟他过吧。韩佩佩说,姐在外面,有合适的对象没有?韩青青说,没有,不过你相信姐,这件事情会解决好的。韩佩佩说,爹和妈特心疼你,说你为了咱们家,吃尽了苦,他们盼望你很快能有个新家。韩青青说,我知道,我会认真考虑的。说着话锋一转,如今和宝林结婚了,你还打算念书不?韩佩佩说,我学习本来就不是很好,如今又结了婚,再去学校,我怕同学笑话我,不想再念了。韩青青说,姐的意思,书还是必须念,咱姐妹两个命运怎么这般相像,你忘了吗?姐当初还不是怀着孕去念书的?佩佩,听姐的话,你还年轻,无论如何不能辍学,不能不考大学。韩佩佩说,我只怕考不上。韩青青说,还没考,怎么就知道考不上,一定要有信心,姐支持你,不能因为一个结婚,将自己一辈子断送了,听姐话好吗?韩佩佩说,姐夫她会答应吗?韩青青说,会的,他不答应,姐去给他说,这件事就这样说定了,好不好?韩佩佩说,那我听姐的。韩青青说,你年龄不到,结婚证是怎么领下的?韩佩佩说,我也不知道,可能是村长和乡里事先说

好了吧,只是我和姐夫去领证时,将我的年龄虚报了三岁,人家也没说啥,就把证发了。韩青青说,虎子往后你就别管了,交给宝林妈和咱妈就行了,集中精力把你的书念好,准备明年参加高考。韩佩佩说,我结婚就是为了把姐从村长家换出来,只要姐好了,我也就心安了,其他我都无所谓。韩青青将韩佩佩搂了搂,又拍了拍,说,姐对不起你。韩佩佩说,姐这次回来能待多久?韩青青想了一下说,得一段吧,最近不想回省城了。韩佩佩放开韩青青,说,不想回省城?为什么?姐你不会有啥事吧?韩青青说,没啥事儿。韩佩佩说,有啥事姐就说,啥事情都压在自己一个人心里,那怎么行?韩青青犹豫了一下,轻轻叹了口气说,要说吧,确实有点小麻烦,但也没啥要紧。韩佩佩抓住韩青青的胳膊使劲摇着,说,啥小麻烦,姐快说说。韩青青说,我们老板想让我给一个更大的老板当小三,我没答应,跑回来了。韩佩佩"啊"了一声,说,你不是说你们老板人很好吗?她怎么会这样?韩青青说,是啊,原来觉得她人不错,但是……事情比较复杂,那个大老板也是她的情夫。韩佩佩说,什么?情妇给情夫找小三啊?啥事情嘛!韩青青说,佩佩你说,都这样了,我们那个公司我还能回去吗?不能回去了,所以我打算在家里休整一段时间再说。韩佩佩说,这该怎么办?韩青青说,没事儿,大不了另外再找一份工作。这件事你知道就行了,不要告诉爹和妈,别给他们心里添堵。韩佩佩说,我晓得,姐好可怜。韩青青说,不说这事了,一想它我就特别心烦。韩佩佩说,现在的人咋都变坏坏了,自己明明有老公有老婆,却还要找另外的男人和女人,为了啥呀?真让人想不通。韩青青说,你还小,长大就明白了。姐告你一句话,你一定要记住,你长得很美,往后不论到哪里,要学会识别男人和懂得保护自己。韩佩佩说,姐比我更美、更漂亮。韩青青说,女人太美、太漂亮,不一定是自己的福分,没听人常说红颜薄命吗?女人要走完自己一辈子,总会有这样那样的坎坎坷坷在等着你,不容易啊。韩佩佩说,以后姐给我多说说这方面的话,好让佩佩开窍。韩青青说,告诉姐,和宝林结婚后,觉得怎么样?韩佩佩不说话了。韩青青说,不好意思说是吗?韩佩佩说,就那样。韩青青说,那样是怎样?韩佩佩说,就那样嘛。韩青青说,他动你了吗?韩佩佩吭哧了一下说,能不动吗?韩青青笑了,说,给姐说,感觉怎么样?韩佩佩又犹豫了一下说,没感觉。韩青青说,啥叫没感觉?他动你多吗?韩佩佩嗯了一下。韩青青笑着说,夫妻之间就这样,有那回事是正常的,她动你是喜欢你,不要羞羞答答,好好配合人家,慢慢就习惯了。韩佩佩许久却说了句,他……好像、不行……韩青青一愣,半天说,是吗? 真不行吗? 韩佩佩说,对这事我也不太懂,反正、反正,他好像总在不断忙活,可总是没能……弄得成……韩青青不吱声了,良久说,一次都没弄成吗? 韩佩佩点点头,低声说,没弄进去过。韩青青沉默了一阵说,可能是他平时太过劳累了,这人干活从来不知道惜力气,加上他年龄毕竟大了点,还有,你那么年轻,你们结婚这件事,肯定对他也有压力等等原因吧,可能使得他心有余力不足了。男人干那事,情绪和心理一定得稳定。韩青青说着,搂了搂韩佩佩,说,委屈我家佩佩了。韩佩佩说,弄成弄不成我真的无所谓,倒是每次把他的心情弄得很坏,总是垂头丧气的,也弄得我整个晚上睡不好觉。韩青青说,要知道,他现在很可怜,不要埋怨他,多安慰、多鼓励他,慢慢地会好起来的,实在不行,就去找个大夫看看。韩佩佩轻轻叹了口气,说,姐你当时和她订婚后,就一直弄那事了吗? 韩青青说,胡说,订婚时我才刚上初二,我一直不搭理他,问题发生在那次我左肘脱臼后,他带我去县城医院看病,就在那天晚上他将我弄了,也就是那一次,我就怀上虎子了。韩佩佩说,你们后来弄得好吗? 韩青青说,也就那样吧……不知道为什么,他一直都不怎么强。韩佩佩说,姐遇到过很强的男人嘛? 韩青青一激灵,在韩佩佩背上掐了一下,说,又胡说了哈。韩佩佩咯咯地笑了,说,从姐的话音里听出来的嘛。韩青青又掐了妹妹一下说,怎么小坏小坏的? 韩佩佩又说,二姐你说怪不怪,大姐结婚这么些年,一直怀不上娃,如今姐夫残废成了那样,大姐却怀上了,你说这人腿都断了,还能弄那事吗? 大姐怀的不会不是姐夫的娃吧? 韩青青嗔怨地说道,说什么哪坏丫头? 怎么连大姐也敢乱说? 姐夫腿坏了,那个东西又没坏,这该有啥奇怪的? 韩佩佩啧啧了几下,说,了不起,大姐夫真了不起,说完又咯咯地笑了。韩青青使劲拧了一下韩佩佩,说,别眼馋人家了,操心自己的事吧,好好给你家宝林补养补养,或者找个大夫看看,让他尽快恢复恢复元气,好伺候我家佩佩,不然我家佩佩就要受苦啦!这回轮到韩佩佩反击了,她胳肢着韩青青的腋窝,弄得韩青青喘气大笑不止,直至最后求饶才算了事。

Vol. 34

　　给白毓秀打完电话后,楚剑雄心里的不但怒气未消,还升起了一股狠气,他发誓要在白毓秀的配合下,想尽千方百计将韩青青抓住,狠狠地教训一下这个臭女人。

　　楚剑雄打电话又将廖飞和孟亮喊了来,对他俩说,想来这小东西的去处只有两种可能,一是自己找了个地方躲藏了起来,二是跑到公安局请求警察保护了,但不管怎样,她肯定不会在海口待下去,一来她胆小,二来她没钱,会很快回到咱们那边去的,眼下咱们不可能在海口大张旗鼓地组织人寻找她,但我们可以想办法去拦她、堵她、抓她。你俩不要睡觉了,去换一身衣服,再弄个帽子戴上,立即赶到美兰机场,分别躲在暗处,牢牢盯住售票处和安检处两个地方,待她来到机场后将她截住,我在旅客服务簿上查了下,明天由海口飞往咱们那边共有六个航班,每个航班都要盯稳、盯准、盯实。截住她之后,不要打她骂她,也不要恐吓她,将她带回酒店就是了。楚剑雄问,听明白了没有?两个人同时答道,听明白了。楚剑雄说,衣服和帽子都带了吗?孟亮说,我带了,不知道廖主任带没带?廖飞说,我也带了,这都是出差必带的东西。楚剑雄说,那就好,你们去准备吧,有情况立即报告。廖飞说,好,我们马上就出发。想想又说,海口机场这边我和孟亮一定会按您的要求严密堵截,但要是万一咱们没有截住她,让她溜进了机场,咱们省城机场那边是不是也得安排人防堵？楚剑雄笑了下，说，你俩只管把这边的事情办好，省城那边不用你们操心。廖飞说，那就好，还有火车站也不得不防。楚剑雄说，乘火车路途太遥远了，还要过琼州海峡的轮渡，估计她不会坐火车的，即便坐，咱们这边人手少，也没有力量顾及火车站，所以海口火车站，就不要管它了。

廖飞和孟亮迅速换好衣服，戴上帽子，尽量将自己做了一番遮掩和伪装，就搭乘出租车来到了美兰机场航站楼。此时已是将近凌晨四点时分，进出机场的航班已经完全停飞了，两个人来到购票大厅，在一个角落找了一排连椅，准备躺下来休息。廖飞说，这样整来整去，白天忙活了一天，晚上又几乎没有睡觉，我浑身都要散架了，赶天亮发出航班还有一点时间，咱们抓紧歇一会吧，要不然，明天还得战斗一整天，没有精力怎么成？孟亮没说话已经在连椅上躺了下来。廖飞又说，从一路上情形看，那个女孩挺乖巧的，没看出有啥不对劲嘛，怎么突然间说跑就跑了？孟亮自责地说，要我说，怪就怪咱俩警惕性不高，吃完饭怎么能将楚总撂在酒店，跑去了海边？结果弄出了这么大个乱子，这是咱俩的失职，尤其是我的失职，我真不敢面对楚总。廖飞说，说咱俩失职也可，说不失职我看也说得过去，一来吃完饭后，你忘了楚总说啥话了，明确告诉咱俩自由了；二来那女的成心要跑，能拦住她吗？我是这样想的，既然她跑了，就让她跑去呗，就凭咱们楚总，从哪里找不到个漂亮女人，用得着花这么大气力拦她、抓她吗？再说了，即便使法子将她弄回来，不见得她就乐意哈，不见得就是件好事情，强扭的瓜不甜，弄不好还会惹出啥乱子来，小孟你说呢？孟亮说，廖主任说这话，我完全不同意，楚总让咱俩来海南是为了啥？不就是要把老板保护好，伺候好？如今没把老板伺候好，你还要说这样的话？你这些话让楚总听到了，看不把你这个主任给撸了去。啥话都别说了，楚总怎么说，咱们就怎么干。食人之禄，忠人之事，这是我来咱们公司时，楚总给我讲的第一句话。咱们已经犯下了错误，只有将这个小妮子抓住，才能将功补过，才能对得起楚总。话听到这里，廖飞再没有吭声，他突然担心，他刚才那番话，孟亮会不会报告给老板，想想便说，小孟你说得非常对，我那些话只是一时胡想乱说而已，当然咱们必须听楚总的，必须鼓足干劲，想尽千方百计把那小妮子抓回来，力争将功补过。孟亮说，不说话了，赶紧睡觉。

　　天还没有亮，航站楼里就有了动静，一伙保洁员前来清扫卫生了。廖飞和孟亮一骨碌翻起身，在洗手间洗了把脸，又到小商店买了四个面包和两瓶水，站着边吃边喝，算是将早点打发了。孟亮说，廖主任，开始吧，咱俩咋分工？廖飞说，你是专业安保员，就给咱把守安检处吧，那里有七八个安检入口，能站七八条队伍，必须眼观六路、耳听八方，时时刻刻把眼睛盯准，一个人也不许盯漏。我给咱把守售票处，这里相对人少一些，许多顾客进站前已经将机票买好了，进站后只是换个登机牌，但任务也够重的了。盯守的方法是，既要全天全时盯守，更要盯住每个航班，全天六个去往咱们省城的航班，是咱们防控的重中之重。孟亮说，廖主任讲得对，我保证完成任务。廖飞说，从现在起，咱俩就分开，各就各位执行任务，有事电话及时联系。又说，千万要注意，要善于隐蔽，不要暴露了自己。孟亮说，知道了。两个人就分开了。

　　机场航站楼里永远是个喧嚣热闹的地方，待廖飞和孟亮完成分工后，航站楼里已经开始热闹起来了。廖飞坐在东方航空售票处对面顾客临时休息的一排沙发上，盯看着前往售票窗口购票以及换登机牌的每一位顾客。孟亮则远远站在安检处挡绳之外，有一搭没一搭地转悠着，眼睛牢牢盯住进入安检出入口的每一位乘客，同时盯看着等待安检的每一条队伍。这时候，廖飞接到了楚剑雄的电话，询问情况怎么样？廖飞说，我和小孟做了分工，他盯安检处，我盯售票处，已经分别站位执行任务了，楚总放心吧，我俩一定不辱使命，只要她小妮子从这里登机，就会有天罗地网在等着她。楚剑雄笑了笑，说，好，这我就放心了。又说，小孟忠诚可靠，办事没有问题，只是有时有点猛愣，让他冷静灵活处事。廖飞说，小孟对楚总的忠诚毋庸置疑，请楚总放心，我会和小孟合作很好的。

　　一个上午很快过去了，飞往省城的三个航班已经完成起飞了，但令廖飞和孟亮遗憾的是，他们并没有发现韩青青的踪影。两点时，孟亮饿得实在不行了，抓紧时间跑去小商店买了六个面包和两瓶矿泉水，他将面包和水给廖飞送去时，廖飞问，累不累？孟亮说，累啥？不累，就是有点烦。廖飞说，烦什么？没见过电视上演公安人员破案时那个蹲守，一蹲就是十天半拉月，你说那该有多烦？孟亮说，都大半天了，眼睛都盯酸了，也没见她个人影子，我心里就想，是不是她根本就没到机场来，咱在这里完全就是空等哩，还有可能是不是咱们没将她盯住,让她已经漏网了,一想到这里,我心里就特烦,特怕再次犯错误。廖飞说,千万别烦好不好,只有让自己平心静气了,才有可能将每个人盯住,带着一肚子的心烦和火气,那还怎么盯人嘛?楚总专门打来电话,让你冷静灵活处事呢。孟亮说,知道了。廖飞说,下午还有三个航班,最晚一班要到晚上九点啦,咱们还得盯很久,一定一定得有耐心,一定一定要逐人盯死,你说呢?孟亮说,没问题,那就继续盯呗。说完就离开了。

Vol. 35

  到今天孟亮才真切地体会到,盯人真不是个好干的活。孟亮出生在常荣大山里的一个名叫抠毛岨的小山村,孟亮的祖祖辈辈就待在那里以种地和打猎为生,他爹告诉他,他的爷爷除了走亲戚,一辈子没有走出过小山村之外三十里地的地方。一条腿有点残疾的孟亮爹,身残脑不残,曾经当过几天村民组长,有机会跟着村里的干部们进过一次县城。自那次后,孟亮爹就把他在县城那一天多时间的所见所闻,当成他经历的一件惊天动地的大事件,整天挂在嘴角,见人就喋喋不休地说道。孟亮爹生孟亮有些晚,四十三岁时才终于得了这个宝贝蛋儿,孟亮生下来身体就很健壮,据说他爹用他家的一杆十六两老秤称了一下,足足八斤四两秤杆还冒得老高,但他长大后只喜欢玩,不喜欢念书,硬是让他爹逼着念完了初一,就说啥再也不愿意去学校了。孟亮爹当过干部,上过县城,觉得不管儿子爱不爱念书,将来都得让儿子出去闯荡一番,绝不能让儿子跟他爹和他爷一样,一辈子就窝在这个抠毛岨,那该有啥出息?孟亮十八岁时,村里要征兵,孟亮爹找到了支书和村长,让孟亮出去当兵了。孟亮没文化,到了部队后,其他事情干不了,给连队喂了两年猪,两年服役期一满,又复原回家了。但就像孟亮爹想的那样,虽然孟亮在部队没干出啥让爹妈荣耀长脸的大成绩,但孟亮为人忠厚,体力饱满,做事吃苦,喂的猪一个个膘肥体壮,竟也深得部队首长的喜爱,转业前得了团里一个嘉奖,更重要的是,当兵让孟亮得到了历练,开阔了眼界,复原回到家里后,孟亮就觉得他在那个抠毛岇一天也待不下去了,在家里待了不到半个月,他就穿着一套旧军装,怀揣复员证和嘉奖令来到了常荣,很快被一家娱乐城老板看上了,一月一千块钱工资给娱乐城当安保,在这里干了三个月,活干得很出色,老板也很赏识他,但就是拖着两个月工资不发,孟亮毅然决然离开娱乐城,坐了几个小时火车来到了省城,在省城孟亮先后干了六份工作,洗过碗,洗过车,看过门,送过报,送过水,最后来到一家很大的浴足城当安保,在一次楚剑雄去浴足城消费时,竟一眼看上了孟亮,就将孟亮挖到了银座豪城当安保员,孟亮当安保员勇敢、负责,很得楚剑雄赏识,便很快当了个小领班,进而又当了队长。在担任安保队长后,一次 G 楼酒店库房突然发生火灾,当时情况十分危急,是孟亮带着一帮安保员,义无反顾地冲入火海,奋不顾身将大火扑灭,孟亮的头发几乎全被烧光了,他和三个队员都不同程度地受了伤,才使得酒店乃至整个 G 楼转危为安。这以后,楚剑雄便将孟亮送出去培训了一个月,回来后就调到自己身边,给自己当了贴身保镖。从此孟亮几乎昼夜不离楚剑雄身边,忠实而又精心地守护着老板的安全,就连老板和那些女孩子在一起笑闹玩耍,孟亮也会坚定、心无旁骛地守卫在门外而丝毫不敢马虎,如今孟亮每月工资一万块,遥遥领先于许多部门的副经理,安保工作干得深得老板楚剑雄的信任和放心。

　　孟亮揉了揉又酸又涩的眼睛,下意识地往下拉了拉头上的帽子,一刻不敢松懈地扫视着每一个进入安检处的乘客,一刻不敢松懈地遥望着站在几条安检队伍里的每一个人。孟亮几次想越过挡绳进入安检场所,都被站在那里的机场安保人员挡住了。第四趟飞往省城的航班再过一个多小时就要登机了,这时孟亮接到了廖飞的电话:小孟,第四个航班很快就要起飞了,必须进一步提高警惕。孟亮回复说,知道了,请廖主任放心。忽然觉得浑身上下又来了力气。但直至第四个航班起飞之后,孟亮依然没有看到韩青青的影子。孟亮找了一个椅子稍微地歇息了一会会,喝了几口冰凉的矿泉水,又起身站在了他一直盯看和瞭望的位置上。这时孟亮忽然感到有点气馁:心想恐怕今天很难有啥收获了。孟亮想,要是万一抓不住人,该怎么办?老板肯定会大发雷霆的。想到这里,孟亮心里不由一紧,止不住有点急慌。终于,下午快五点时,第五趟航班的乘客又开始换登机牌和安检了。孟亮再次紧张了起来,

集中注意力盯看着安检处,就在这时,孟亮突然发现,有个个子高高的、亭亭玉立的女乘客出现在了安检处的入口,孟亮觉得,她的体型和韩青青十分相像,便立即举步朝着安检处入口方向跑来,这时那名顾客已经走到了安检乘客的队伍里了,孟亮看见,这个女子没带行李箱,只有右肩挂着一个女用小包包,孟亮全身不由一震,立即断定,这女人就是韩青青。孟亮忍耐着剧烈的心跳,迅速给廖飞拨了个电话:廖主任快来,我看见人了!断掉电话,孟亮立即对安检入口处安保员说,同志我要进去一下,与我们登机的同志说几句话。安保人员说,你喊他一声,让他出来和你说话不可以吗?正在纠缠时,廖飞跑过来了。孟亮朝第五个安检口指了下,就是她,肩头挂小包包的那个,你觉得呢?廖非一看,心里也不由一惊:真的是她呀!就说了一句:没错。廖飞也对安保人员说,同志,你就让我们进去一下,和我们的同志说几句话很快就出来了。安保人员依然不愿放行,这时孟亮看见,那个女人已经开始安检了,他还看见,可能是应安检人员要求吧,那女人将包裹在自己头上的围巾慢慢取了下来,这使孟亮和廖飞进一步断定,她千真万确就是韩青青。这一发现让孟亮在刹那间全身血液奔腾、疯狂颤抖,他不理安保人员了,扭头对廖飞说了句:别理他们,往进冲吧。说时迟,那时快,孟亮和廖飞便一前一后冲进了安检处,进而撞开挡在他们前面的安检队伍,直直地朝安检口闯了过去。孟亮和廖飞的举动,将所有在场的安保人员和乘客吓了一跳,更将正在进行安检的女工作人员吓了个半昏,整个安检处一时混乱了起来,只见几个机场安保人员边往进奔跑边大声喊:有坏人,抓住他们两个!这时那位女顾客已经安检完毕,拎起刚安检过的小包包径自往登机口走去了。孟亮和廖飞同时冲过安检人员的阻挡,直奔那个女顾客而去,当赶到那个女顾客身边时,孟亮更是使用了他在安保培训班上学到的擒拿术,一下子就将那位女士扑倒在地,接着不分青红皂白,又将女士一把提溜在了空中,女士在不经意间忽遭突袭,没来得及喊叫一声就吓得昏厥了过去。这时候,就有一队手持器械的机场警务人员赶了过来,很快将孟亮和廖飞分别摁倒在地,并给他们戴上了手铐。直至这时候,孟亮和廖飞才看清楚,那个女顾客根本就不是他们要找的韩青青,两个人一时后悔不迭,廖飞不断哆嗦着嘴唇向机场警务人员说,对不起同志,是我们看错人了,请原谅我们。同时又朝那个半昏半醒的女士道歉说,真的很对不起,怪我们看错人了。

孟亮和廖飞的做法，惹得机场方面大为不满，机场派出所立即将他们两个带回所里做了笔录，然后由他们的上级机关分别做出了对孟亮处以十五天行政拘留，罚款人民币伍佰元；对廖飞处以行政拘留十天，罚款人民币伍佰元的决定。四个小时后，女乘客的爱人乘飞机从外地赶来了海口，张口就要起诉孟亮和廖飞，经机场警察从中调解，孟亮和廖飞共同赔偿受伤害女事主以及他爱人往来机票费用、治疗费用、损坏衣物费用共计人民币两万元，另外赔偿女事主精神损害费人民币一万五千元。廖飞将这件事报告给楚剑雄的时候，楚剑雄一下子哑然了，心里不由得生出了一股恨气。沉默了好久，楚剑雄用低沉的声音说，你们没有给警察说什么吧？廖飞说，没有，啥话也没说过，只说是自己家里有人出走了，赶来这里寻找，没想到将人认错了。楚剑雄说，这个孟亮其他都好，就是太冒失了。又说，只要不过分，对方要啥要求，都答应吧。廖飞说，我知道了，楚总请保重，事情没办好，我和孟亮给楚总检讨。楚剑雄说，好啦好啦，安安生生在里面待几天吧，再不要节外生枝啦，到时顺顺当当出来就行了。接着又说，这样吧，明天上午我就回省城了，很快会打发一个人过来处理这边的事。廖飞说，好，谢谢楚总、谢谢楚总。接着又说，楚总，孟亮要和你说话。电话里传来了孟亮哇哇啦啦的哭声，哭得特别难过特别伤心，孟亮边哭边顿着气说，楚总，我给您闯祸了，我对不起您啊，您能原谅我吗……楚剑雄心里微微一酸，说，小孟，不要哭了，我不会怪你，记住，在里面不要和警察犟嘴，小心自己吃亏。孟亮哭着说，谢谢楚总、谢谢楚总……

在省城这边，尽管白毓秀心急火燎地开着车一整天里一会儿在火车站跑跑，一会儿又在机场跑跑，不断督促安保人员严密进行盯控，从大早晨一直忙到了大半夜，也终是没有丝毫收获。半夜时，白毓秀给楚剑雄打去了电话，报告了自己这边的情况。楚剑雄听了后败兴地说，这小婊子真把人害惨了！真他妈的倒血霉了，海口这边不光没啥收获，廖飞和孟亮还在机场惹了事，已经被公安机关行政拘留了，一个十天，一个十五天，真气死人啦。白毓秀心里忽然觉得一阵拥堵，急忙问，没出啥大事吧？楚剑雄说，还能出啥大事？罚了些款，赔了些钱呗，这人还不得在局子里待一阵子？白毓秀小心地说，下一步怎么办？我想你还是很快回来，回来后咱们再打商量。楚剑雄说，待这里也是白待，我明天上午就回，等我回来后再说吧。又说，你马上安排一下，让银座办公室的小马带一些钱，明天上午赶来海口，处理廖飞和孟亮在这里的事情。

Vol. 36

上午十点半,楚剑雄返程的飞机在省城机场着了陆。白毓秀和机场联系后,让司机直接将汽车开进了停机坪,楚剑雄下了飞机后,没走多远就坐进了自己的小车,和白毓秀一起出了机场。白毓秀说,机场出口处还有咱们的安保人员在那里盯控,你不要去看看吗?楚剑雄说,不看了,直接回城。想想又问,火车站那边也有人吗?白毓秀说,有,那边乘客流量大,就是人手有点偏少。要是收了假,人都回来了,那就好办了。楚剑雄说,不是过了十五才收假吗?还早呢。白毓秀说,要不要给有些人通知一下,让他们提前回公司?楚剑雄对白毓秀的话未置可否,却问,小马你安排了没有?白毓秀说,安排了,早晨和你同时起飞的吧,现在也差不多到海口了。一路上,楚剑雄再没有说话,靠在座椅上假寐。白毓秀看了看楚剑雄,对司机说,直接去美然宫宴吧。

美然宫宴是享誉省城的一家美食馆,虽然不大,但以菜肴质量上乘、制作精致美味闻名,大凡有钱有权有地位的大佬们,都喜欢来这里消费。白毓秀让司机自己自便,给她和楚剑雄要了一个小包间,服务员伺候两个人将外衣脱掉挂好,将茶水倒好,将餐前小点备好,白毓秀又将饭菜点好,便对服务员说,你们去外面候着吧,有事我会喊你们。服务员出去后,白毓秀在楚剑雄身旁坐下来,将楚剑雄轻轻抱住,说,让你受苦了。楚剑雄气哼哼地半天不吭声,任白毓秀在他的脸和耳朵上亲吻着。白毓秀说,不要生气了好吗?楚剑雄忽然说,你给我说实话,你是不是和那个小婊子在演双簧?白毓秀一下子放开楚剑雄,说,你说什么呀?怎么又来了?你怎么能这样想?楚剑雄说,她不是你的得意门生吗?她不是对你言听计从吗?而你又不是一直对我玩女人耿耿于怀吗?我不相信你从心里愿意我和她搞在一起,所以你就和她商量好,就给我唱了这么一出,我难道说得不对吗?白毓秀一时无言答对,两行眼泪却十分委屈地涌了出来,她哀哀地说,你怎么想我都可以,如果真的是我和她合谋,让我横遭天打雷劈,出门让汽车撞死总可以吧。楚剑雄说,说那些狠话有啥用?白毓秀又说,反正她的人,我是交给你了,这点总不假吧?你不是说她是晚上十二点逃走的吗?和她在一起待了一整天,在酒店也待了很久嘛,怎么就没有对她下手?让煮熟的鸭子就那么飞了,这事咋说也怪不到我吧!楚剑雄想想也是,确实怪自己当时疏忽了,也心软了,便说道,好了好了,你说你没有,就算没有吧,只要你没涮弄我就好,现在不说尿床了,只说怎么晒毡吧。白毓秀说,还这样怀疑我,是不是要我将这颗心掏出来给你看看?这时服务员敲门了,白毓秀喊了声,请进。服务员将饭菜酒水一应上齐后,说了句,请慢用吧,又悄悄地退了出去。

白毓秀不高兴地说,起来吃饭吧,人家在这边没黑没明地给你找人、拦人,你却那样想人家,这不把人冤枉死了吗?那丫头是把你晃荡了,可她也把我晃荡了呀!你生气,难道我就不生气吗?楚剑雄站起身,在饭桌前坐了下来,说,你这人真麻缠,我不就说了那么几句话,怎么就没完没了了?两个人便低头开始吃饭。几口饭菜垫底后,白毓秀端起一杯白酒,眼睛红红地说,来吧坏蛋,这杯酒既给你洗尘又给你压惊。楚剑雄端起酒杯,和白毓秀的酒杯碰了一下,没说话,仰头将酒一饮而尽。几杯酒下肚,楚剑雄说,你是不晓得,真是窝囊透顶了,一趟海南不光白跑了,不光将钱搭进去了,还将人也搭进去了,这小婊子真是个催命鬼、害人精。白毓秀又说,不管怎么说,这事说到底还是怪你,既然她人已经到你手里了,你还客气啥?先将她收拾了再说,将她的现成吃了后,她跑了咱也不后悔是不是?真不知道你当时是咋想的?楚剑雄重重地"嗨"了一声,说,别提啦!白毓秀说,你打算怎么办?楚剑雄说,该怎么办?有时想想拉球倒算了,跑她跑了去,为了一个小婊子没必要花费那么大的心思,哪里找不到一个中看的女人?可有时又觉得被一个小女娃子就这样白白给耍弄了,心里就硌得慌,还真有点咽不下这口恶气。白毓秀

说,既然这样想,那就继续找她呗,找到她不是为了睡她,而是为了出这口恶气。眼下这件事,这丫头也把我气坏了,你想想,我平时对她那么好,给她工资地位那么高,在唯美度,她可是活得人模狗样的,感动得她整天叨叨着不知道该怎样报答我才好,可一到真的有事了,真的想用到她了,不但一下子塌台了,干脆翻脸不认人了。你说说,这样的人,不是白眼狼是啥?不是狗娘养的是啥?说完气呼呼地长吁了一口气:真是气死人了!

听白毓秀把话说到这里,楚剑雄这才完全相信了白毓秀,他挪了一下身子,坐到白毓秀身边,将白毓秀搂抱住,在白毓秀脸上亲了几口,说,老婆不要生气了。楚剑雄的举动,让白毓秀心里一热,转过身也就势将楚剑雄抱住,将嘴巴送给了楚剑雄,两个人就这样热吻了一阵,最后白毓秀咬牙切齿地说,老公你放心,这事你就交给我办吧,我保证到时给你将人带回来,至于怎么处置她,那就看你的本事了。是吗?楚剑雄突然哈哈一笑说,那好,老婆办事,老公放心,这件事就交给你办了。说完又说,要我说,这人不是在气头上吗?说到底也就那么一回事,出去找找,尽一下心也就行了,万一找不到就算了,别到最后弄得乌烟瘴气的,真那样了倒不好。白毓秀说,没事儿,你就放心吧。

和楚剑雄分手后,当天下午,白毓秀来到了唯美度公司自己的办公室,将办公室主任蒙梦喊了来。蒙梦家就在省城,见到白毓秀后,笑着说,白总春节快乐,祝白总万事如意!白毓秀也笑着说,好好好,说吧,春节去哪里了?蒙梦说,春节前跟随我爸回老家坟上烧了一次纸,春节后哪儿也没去了,整天待在家里看电视,也挺烦人的哈,看来这人啊,真还得上班,整天忙忙碌碌地才好。白毓秀说,可不是吗?你还和我不太一样,你莫愁小女女一个,心里没愁强装愁,我一个老单身女人,那才叫烦呢,我啊,最烦的就是过春节。蒙梦咯咯地笑了,说,是吗?其实过春节还是蛮好的,过春节尽管有点忙乱有点累,但过啥节也没过春节让人心里面放松,是一种真正的放松。白毓秀说,没和男朋友一起过吗?蒙梦脸红了一下,点了点头。白毓秀说,多幸福啊,真羡慕你们年轻人。蒙梦说,白总喊我来,有什么事吗?白毓秀说,是这样,收假后咱们不是要招聘一些人吗?这几天没事,我想做做这方面的准备,你将咱们现有员工的个人档案拿来让我看看,就这件事儿。蒙梦说,好,我马上去拿。蒙梦回到自己办公室,不一会儿,就将一摞资料放在了白毓秀面前,说,全体员工的资料都有,一个不差,其实网上也有。白毓秀说,那好了,你放下,我抽空慢慢看,我不喜欢上网,就看纸质的吧。没你的事了,回去继续休假。蒙梦说,真的吗？有啥事情白总就说,其实回到家里也还是闲着。白毓秀笑着说,真的没啥事,你回家吧,这里有事,我会随时喊你。蒙梦脸上浮上了甜甜地笑容,说,谢谢白总。说完就转身离开了。

蒙梦离开后,白毓秀立即将韩青青的个人登记表找了出来,韩青青的这张登记表,是韩青青办理入职手续时按照公司要求填写,填好后由蒙梦提交给她做审批签字的,但当时她并没有很认真地看过这张表,现在重新拿来再看,觉得韩青青的字儿真的还有点宛如其人,工整而又娟秀。但她现在想看的,并不是韩青青的字写得怎么样,而是想看看她究竟住在这座城市的什么地方,还要看看韩青青的老家究竟在哪里？白毓秀将韩青青在省城的详细住址认真地抄写了下来,接着又将韩青青老家的县乡村名也抄了下来,然后就将韩青青的表格与其他人事档案装在一起,重新整好,放回了自己的抽屉。

Vol. 37

  白毓秀下了楼,她没喊司机,自己驾车摸到了韩青青租住的地方。白毓秀没想到,这里会是一个离城很远的偌大的城乡结合部,所到之处既破破烂烂,又拥挤不堪,许许多多这里的老住户们,在自家狭小的院落里,争先恐后地盖起了那么多房子,这些房子既简陋,又削薄,有的虽然占地很小,却将房子盖得高了一层又高一层,给人一种摇摇欲坠的感觉。加上路的两边是一家挨一家的小饭店、小商店、小宾馆等各种门市和大大小小的摆卖摊位,路的中间又是穿梭来往的车辆和川流不息的行人,将本来十分狭窄的路面,拥挤得水泄不通了。白毓秀知道,这些被不断扩张的城市逐渐吃掉村庄和土地的人们,如今就是依靠出租这些房子过生活,他们盖的房子越多,家里的收入就会越高。同时,他们还算计着另外一笔更大的账,即一边加紧给自己盖更多的房子,一边期待着国家哪一天能来征用他们这里的土地,以便在征用时用盖起来的这些房子和国家讨价还价,得到更大的拆迁补偿。白毓秀想,韩青青怎么会住在这种破烂的地方?白毓秀照着她抄来的门牌号码,好不容易找到了韩青青租住的地方。白毓秀来到房东家,敲开了门,看见家里只有一个中学生模样的女孩子在上网玩游戏,便问,请问你家里的大人在吗?小女孩扭头望了望白毓秀,说,你觉得我不是大人吗?白毓秀一怔,笑了笑说,当然,看样子你还是个孩子。小姑娘不理白毓秀了,头也没回地说,那你想找哪个大人,你去找好了。白毓秀在门口站了一会儿,小女孩也不给她让座,让她觉得有些没趣。良久,白毓秀笑笑说,那好,请问你小大人,有没有一个姓韩的女士租住你家的房子?小姑娘没动身子,半天说道,租住我家房子的人十好几个呢,我知道你说的是哪个?白毓秀说,我说的这个人姓韩,是个女的。小女孩说,三个姓韩的呢。白毓秀赶紧说,是个女的,二十岁出头,高高的个子,长得很漂亮。小女孩转过脸,说,你说的得是小青姐姐吧?白毓秀高兴地说,是,就是她,她最近回来过吗?小女孩说,她腊月二十八一早就回老家了,说好正月十五过后才来上班,今天才初六,她跑来干啥?你是她的什么人?白毓秀觉得,看来房东女孩和韩青青的感情很要好,马上笑着说,呵呵,我是韩青青的朋友,前来找她想一起玩儿,既然她没有回来,那就算了,我走了小大人,再见了。说完就离开了房东家里。

  离开城乡结合部,白毓秀直接来到楚剑雄的住处。自从有了楚剑雄和韩青青之间的这档子事,一下子将楚剑雄和白毓秀之间的距离拉近了,两个人之前的所有矛盾和隔阂,似乎一下子烟消云散了。楚剑雄说,下午干什么了?白毓秀说,去了一趟韩青青租住的地方,打听她回来过没有?楚剑雄哦了一声,说,有结果吗?白毓秀说,听房东小女孩说,没有回来过。楚剑雄将头高高地仰起来,闭着眼睛思索了一会说,既然没回来过,那她会去了哪里?难道还会待在海南不成?白毓秀说,我是这样想的,她肯定离开海南了,至于去处嘛,不外乎两个,一是躲在城里,二是回了老家。因此我想,干脆将机场和火车站的安保员撤掉算了,从今天起,派人坚持在东郊城乡结合部她的租屋附近日夜蹲守,那个地方是她的老巢,相信她迟早会去哪里。另外,我明天想去一趟韩青青老家,看她会不会待在家里,只要她在家,我就想办法将她带来。楚剑雄没想到白毓秀还真的为这件事大动了脑筋,心里感到很是受用,却说,怎么,为这件事,你还真下这么大的茬口啊?白毓秀说,那可不?不下大的茬口找不到她的人嘛!楚剑雄说,好好好,那你就看着办吧,不过处处还是小心谨慎一点为好。明天去乡下,打算怎么走法?白毓秀说,这事知悉范围还是越小越好,就我自己一个人去吧。楚剑雄说,别,那么远的路,你又不熟悉,还是把司机带上,不管怎么说,首先得保证自己安全,再说了,有司机在身边,不定还能派上啥用场。白毓秀说,那好吧。反正这次我是下决心了,找不到她决不罢休。楚剑雄说,到乡下有情况,及时联系。又说,我也同意你的想法,

将机场和火车站的人撤了,挑选几个靠得住、比较机灵的安保员,在那丫头住处附近给他们登记一家小旅馆,吃住就放在那里,昼夜进行蹲守,不信十年等不到他个润腊月?白毓秀说,好,我马上去做安排。楚剑雄笑着说,先别急,还没吃饭吧?老婆你说,晚饭想去哪里吃?白毓秀说,哪里也不想去,外面的饭再贵再高级,也没家里的饭菜吃着舒坦可口。楚剑雄说,那这样吧,我这里柴米油盐还有炊具一应齐全,你就亲自动手给咱做一顿饭怎么样?咱们就在家里吃。听楚剑雄这样说,白毓秀的脸一下子泛起了红晕,这可是她和楚剑雄分开这么久以来,楚剑雄第一次提出要吃她做的饭。白毓秀说,你多久没吃我做的饭了?楚剑雄说,你这个人呀,就是事儿事儿的,这不是又吃了吗?白毓秀嗔怨地望了楚剑雄一眼,说吧,想吃什么?楚剑雄说,啥都不想吃,就想吃你做的麻食面。白毓秀眼里忽然溢上了泪水,一转身去了厨房。这时楚剑雄说,如果你愿意,从今天起,你就搬我这里住吧。厨房里传来了白毓秀嘤嘤咛咛的哭声。楚剑雄愣了一阵神,伸手拿起遥控器,将电视打了开来,心里却在想,等孟亮回来后,就让他去负责蹲守吧。

当天晚上,白毓秀就在楚剑雄的屋子里住了下来。第二天上午,白毓秀将火车站和机场的安保人员全部撤了下来,同时安排F楼安保主管带着两名安保员住进了韩青青租屋隔壁的一个简陋的家庭旅馆,部署他们昼夜轮班对韩青青的住处进行全天候监控,一旦发现韩青青的踪迹,立即对其进行控制。上午十点多钟,白毓秀就和司机一起,驾车摸索着朝韩青青的老家出发了。

Vol. 38

  好些天的奔波让韩青青终于累了。虽然回到家里后,使得韩青青惊恐紧张的心情逐渐趋于了平静,但昨天晚上先是和全家人一起说话,后来又和妹妹佩佩说了许多私房话,至睡觉时,韩青青已经困乏到了极点,好像韩佩佩还问了她一句什么话,她心里还想着要答应佩佩,可嘴巴就那么蠕动了一下,就沉沉地睡去了。第二天,韩佩佩一大早就起来了,和妈妈、大姐一起,忙碌着要给这次全家团圆再弄一桌饭。房小琴对韩瑶瑶说,你和龙龙、虎子几个人,要么悄悄待在家里玩,要么就到大门外面玩,不要惊搅了你二姐睡觉,让她多睡一会。直到饭已经做好了,房小琴才让韩佩佩去将韩青青叫醒。韩青青懒懒地睁开眼,问韩佩佩,天亮了吗?韩佩佩笑着说,亮了,姐要是没睡够,起来吃点东西,接着再睡。韩青青说,我不想吃早饭,你们去吃吧,我还想睡觉。这时韩瑶瑶领着韩龙龙和虎子进来了,一进门虎子就冲韩青青炕上的喊,妈快起床,你不起床我奶不让我们玩儿。韩瑶瑶说,二姐,饭已经做好了,妈给你做了你最爱吃的麦子粉汤,可香哩。这时韩青青已经清醒了,虽然还想继续睡,但浓浓的睡意已经被韩佩佩一伙人给驱散了,也就伸了伸懒腰,一边说,还真是没有睡够呢,一边伸手将放在枕头旁边的手机拿了过来,一看,不由惊呼一声:我的天,快十二点了呀。说着看着韩佩佩:你起床怎么不叫我一声?韩佩佩说,看你累成那样了,就想让你多睡一会。韩青青一下子坐了起

来,很快将毛衣披在了身上,扭头对韩瑶瑶几个人说,你们都出去,让姐穿衣服。这时韩彩彩也赶了过来,说,青青还没起啊,动作快点,饭都打好放在桌上了。韩青青一边穿衣服一边笑着说,看我这一觉睡的?怎么会睡了这么久?也真是,都没有人来喊我一声。韩青青草草洗漱了一下,就和全家人坐在一起吃饭。韩青青低头闻了一下放在眼前的一碗麦子汤,由衷地赞叹:真香啊,妈你手艺真好哇!说着拿起筷子在汤里搅拌了一下,高兴地说,哇噻,这么多的肉啊,又红又油的,真把人能馋死。麦子粉汤是当地农村过节时的一种普通美食,用大麦仁、凉粉作为主料,以猪下水肉如猪肠、猪肝、猪心、猪头肉等作为辅料,加上各类香料、调料,还有红辣面,通过炒、炸、烩、煮,然后将其作为主菜汤,泡着馍馍或者就着馍馍吃。韩学文说,你妈就知道你爱吃这个。房小琴说,如今城里人不太吃辣子了,我把辣子少放了一些。韩青青说,吃麦子粉汤讲究的就是吃辣子,没辣子,白拉拉的一碗汤,甭说吃了,看着都不香。又红又油,又辣又烫,吃了美美地出上一身汗,图的就是这个劲儿。韩青青这样说,一家人都笑了。韩学文心疼地望着韩青青,说,这不简单吗,爱吃就多吃点,爱吃就让你妈给你多做几顿。

　　刚吃完午饭,人还没离饭桌,就见翠芬和另外一个年轻女子走了进来。三个人一见面,就叽叽呱呱地说笑开了。韩青青对韩佩佩说,去弄些水和果子送到东屋来,便引着两个人去了东屋。由于天气寒冷,三个人一进门,就急急地爬到了热烘烘的炕上围坐在了一起,拉了一床被子盖在了腿上。三个人是发小,手拉着手一起长大,见面就有说不完的话。翠芬说,一大早就听说你回来了,当时我就来找你了,到你家门前,听瑶瑶说你还在睡觉呢。韩青青说,可不是吗,跑了一天路,可把人累坏了,就多睡了一会。说着对另外那个女子问道,歪歪你怎么还在娘家啊?不回婆家啦?歪歪说,娘家是生咱长咱的地方,就不兴咱待啦?韩青青觉得歪歪的话味不大对头,拿眼睛朝翠芬望着。翠芬说,青青你还不知道,他那狗东西男人,在翟镇干活时,把人家一个碎女娃的肚子搞大了,直到女娃家里人找到了门上,歪歪才知道了这件事,如今给女方赔了五千块钱,人家还不答应哩,这事可把歪歪气美了,就提出和那家伙打离婚,这不就住回娘家了。韩青青说,是吗,还有这档子事?歪歪你真打算离呀?听说你两口一直过得挺好嘛。歪歪说,把人家女娃肚子都弄大了,这还能叫过得好?翠芬说,我也劝歪歪了,其实她男人对她还真的挺好,只是眼下弄出了这码子事,还是先走着瞧瞧,能不离就尽量不要离,离了又咋办?让娃跟着受罪呀?歪歪愤愤地说,离了又咋办?不信离了他红萝卜,还不做席了?如今看来,他对我的那些好,全是糊弄我这个傻子哩!再说了,离不离,先把势给他扎下再说,反正老娘这次饶不了他狗东西。韩青青说,人这一辈子不容易,说不定你走着走着,就会遇到什么事,把事情看开些,看淡些,歪歪别上火。歪歪说,如今世事瞎了呗,其实我心里也明白,那女娃我见过,那才真是个小妖精,才十几岁就骚成了那样,真是少见哩,要我看,是个男人都招不住她勾引。韩青青笑了,说,心里明白就好,不管怎样,要思前想后,千万不要一气之下做下后悔的事。翠芬说,那就借这件事,好好整整狗东西,只要人家真改了,那就好好往下过吧。

翠芬说着,从衣兜里摸出了一副花花牌,说,多年没玩这个了,咱仨今天好好玩玩吧。韩青青望着花花牌,从心里溢出了一种童趣和甜蜜,记得她们还小时,三个人经常玩这个东西,笑着说,你家还有这个呀?翠芬说,我妈给她藏了一副,许多人来借,她都舍不得。韩青青说,我好久没看我外婆了,原来打算今天去一下崔家峁呢。翠芬说,这次回来待几天,哪天收假?韩青青说,正月十五后收假。翠芬说,那时间不还长着呢,今天去明天去还不都一样?今儿个咱仨好好玩玩牌、好好说说话。这时韩佩佩端着一个盘子走了进来,给三个人送来了核桃、花生、大枣、水果、炸果,还有杯子和茶水。翠芬说,佩佩妹子越出息越漂亮了,佩佩后晌干啥,要不要和姐姐们一起玩玩牌。韩佩佩脸红了一下,看看韩青青,笑着说,你们和我二姐玩吧,我妈还给我安排有事。韩青青说,不要磨蹭了,快回宝林家里去吧。韩佩佩略微一羞,扭身出门了。

花花牌纸质和扑克牌差不多,形状为窄长型,牌面中间画着人物和花草图案,牌的两头有黑红两色的椭圆点,有点儿像盲文,椭圆点的多少代表牌面的大小,牌面上没有汉字、数字和字母,不识字的人照样可以玩,玩法基本和扑克一样,也是大压小,每局三个人,分别叫头家、挨家、尾家,是流传当地农村老少咸宜的一种休闲娱乐活动。翠芬将牌洗好,三个人就玩了起来。牌打过几圈后,翠芬一边洗牌一边说,青青,你给我和歪歪说实话,你家佩佩和宝林忽然就把婚结了,究竟是怎么一回事?韩青青看看翠芬,又看看歪歪,说,没怎么回事?就那么回事。歪歪咯咯地笑了,说,青青说的是啥话呀?就像

话在嘴里打转转哩。翠芬说,村里人原以为你青青进了城,变了心不要人家宝林咧,可经你回来那么一闹腾,又让人看不明白咧。韩青青说,谁想咋看咋看去,谁想咋说咋说去吧,事情已经过去了,就不要再去说它了。歪歪说,村里人也议论,村长家里人做事太残火,他一个杨宝林,当初占了人家的姐,如今又娶了人家的妹,杨宝林比佩佩大多少,没二十岁也差不多吧,他家宝林是皇上啊?你家水灵灵两朵花,就这样败在了杨宝林手里。韩青青听着,不知怎么的,忽然就流下了眼泪。翠芬说,村长家不光有权有势,村长家男人球也比普通百姓的大呗!歪歪又咯咯地笑了,打了一下翠芬说,一样的话,从翠芬嘴里说出来,就格外的难听。韩青青说,其实论起来,宝林也不是啥坏人,但要说到佩佩,我这当姐的心里就特别难受,说着更是泪如泉涌了。翠芬说,那到底是怎么一回事?你能不能给我俩说清楚?韩青青说,翠芬你从小就这么贱烦,啥事总要打破沙锅问到底,赶快揭牌吧,不要总说我家的事了,说说你自己的事吧。

　　歪歪说,我那烂事一进门就说过了,让翠芬说说她的事吧。韩青青对翠芬说,是,现在轮到你说了,说你的事吧。翠芬说,我该有啥事?我一辈子没有出过杨家沟,这辈子就死到这杨家沟了。歪歪说,你书本来念得那么好,为啥就死活不念了?要是像青青那样,坚持把书念下来,你还能是今天这个样子吗?韩青青说,是翠芬人家醒事太早了,早早地就知道了谈恋爱。翠芬说,去你的,那还不和你家宝林对你一样,让我家那狗东西早早把果子给摘了,现在想起来,那狗东西从小就是个精猴。歪歪说,青青人家是迫不得已,怀了孕还把书能坚持念下来,可你和你那狗东西,恋得一个比一个热火,你说你能和青青一样吗?翠芬说,要不怎么说,如今我都要后悔死了,肠子都要悔青了,为啥就要早早结婚嘛?不知道当初怎么弄的,叫那狗东西把我给迷惑住了。韩青青说,那是遗传,你那老公还不和他爹一样?翠芬吭地就笑了,你这话说得可没错,我那公爹老了老了还是不安分,时不时就偷偷地和他那老相好钻弄到一起了,可把我那婆婆给气坏了。我就给我那狗东西说了,你要是敢学你爹的样,看我不把你阉了去!听翠芬这样说,歪歪又忍不住咯咯地笑了,说,你说这些男人哈,不管老的还是小的,怎么都那样不安分啊,真把咱们女人亏死了,下辈子托生,说啥也不做女人了。韩青青问翠芬,听说你和你婆婆弄不到一块?有这事吗?翠芬说,啥呀啥呀?外面人都是里黑外不明,都以为我是个胡搅蛮缠的媳妇,哪知道我那婆婆才是个麻眯儿!当初我和我那狗东西谈恋爱,后来早早地把婚结了,可我那婆婆总认为是我将她儿子勾引坏了,害得他儿子没念成书,打我进到他家门里那天起,她就看我上下左右不顺眼,让人更气愤的事还有……翠芬说着,扔下了三张牌,说,都快出牌吧,不说了,说起来能把人气死。歪歪说,怎么不说了,说嘛,就咱仨,还有啥说不出口的?韩青青说,说说吧,说了心里就松宽了,也好让我和歪歪给你参谋参谋嘛。翠芬沉吟了半天说,这事连我妈都不知道哩,就是我婆婆那老东西,肯定你们想都想不到,我俩结婚后,她特不愿意我和我老公在一起睡觉。歪歪说,这老太婆是个神经病,也管得太宽了,再说了,你和你老公睡觉,她管得住吗?翠芬说,哼,她就是想管住,只要我老公在我们屋子多待了会儿,只要我老公多和我说几句话,那老东西就摔门跺脚给我发邪火,吃饭时就给我使脸子,而且怪了,我多次发现,只要我两口子每次弄那事,不管是啥时候,好像她都一清二楚,你正弄到了高兴处,她就在你门口不是喊叫着轰猪,就是喊叫着赶鸡,总要给你弄个动静出来,每次把人的心情弄得凉巴巴的。歪歪说,半夜她也那样吗?翠芬说,那可不是吗,我怀疑她就不睡觉,黑明昼夜都在监视我。韩青青对翠芬说,该不是你太敏感了吧?翠芬说,我大红太阳挂在天上说这话,亏了人让我不得好死,没有那回事,我不会那样说。到如今我没有生下娃,她又话里话外给我带把子,骂我是个不下蛋的鸡。我就想问那老东西,你不让我和你儿子干那事,你的孙子是从天上往下下呀,还是从石头缝里往出蹦呀?你俩说,这事能不能把人气死?翠芬说着,将手里的牌一把扔在了被子上,说,不打了,不打了,一提这事我就气愤得不行行!歪歪说,听说那个事弄得太早了,会影响以后生娃娃,是不是你俩弄那事太早了?翠芬说,青青不也很早呀,她不是没事吗?歪歪说,青青人家是偶尔,可你俩天天在瞎整。韩青青说,说到底生娃娃是大事,应该找医生看看才对。翠芬说,谁说没看呢,那些药汤都喝得我想吐啦……

Vol. 39

不知不觉,四个多小时一会儿就过去了。歪歪说,翠芬咱俩走吧,正月天黑得早,眼看要到喝晚汤的时候了。翠芬一边动身,一边嘴里说道,这要是一辈子真没个娃娃,该怎么办呀?我心里都犯熬煎了。韩青青说,你俩走啥啊,就在我家吃顿饭吧,咱姐妹仨遇到一起不容易,说着就朝门外喊了声:瑶瑶!韩瑶瑶就跑进屋来了,说,二姐有啥事?韩青青说,告妈跟大姐一声,多做两个人的饭,你翠芬姐和歪歪姐在咱家吃晚饭。韩瑶瑶出去了,韩青青又问两个人:不回家吃饭不要紧吧。歪歪说,我当然没事儿,就看翠芬惹得下她那婆婆不?翠芬哼了一声说,不回去就不回去,她还能把我吃了不成?歪歪说,遇下这么个婆婆,还真是个骨眼,这一辈子长着呢,还不把人耷乱死。韩青青问翠芬,你俩口只管吃药,去医院检查化验过吗?翠芬感到有点奇怪,问,化啥验?没化验过,找的都是一些老中医,开了些中药让我俩喝呢。韩青青说,这不是胡闹吗?怎么能稀里糊涂乱吃药啊?先得查明原因,查明你俩口到底是谁有问题,然后才能对症治疗。翠芬说,那该是怎么个化验法?疼不疼,难受不难受?韩青青说,很简单的,找个大医院,至少是县医院,让医生给你做个全面妇科检查,比如说看你的输卵管通还是不通,另外让你老公把他的精子化验下,看精子的成活率高不高,这样就会知道是谁、是什么病影响你们不生育?歪歪啧啧着嘴巴说,看看,看看,念书和不念书不一样吧?你就按青青说的办吧,十五过了去县医院做个检查和化验,一切不都明白了?翠芬仿佛已经很激动了,她红着脸说,那我们十五一过就去了,这话始终没有人给我提过,青青你真好。韩青青说,你两口子都很健康,没生育估计是哪个人有啥小毛病,不会有大问题的,不要太担心。太担心、太焦虑反而会影响怀孕。翠芬朝韩青青点点头,接着红着脸又说,我要是真的有了娃,就让他认青青做干妈,好不好?歪歪忽然叫道,翠芬你坏,那我咋办啊?翠芬笑着说,你没有啥贡献,就让娃把你叫个干姐吧。歪歪一下子扑上去胳肢翠芬,将韩青青也给撞到了,三个人就嘻嘻哈哈地翻滚在了一起。

就在这时候,韩佩佩突然推开了门,领着一位女人走了进来。韩佩佩说,二姐,这个女人她要找你。韩青青认真看了一下,站在屋门口黑暗处的女人原来是白毓秀。韩青青顿时吃了一惊,张口结舌地说,白、白总,您、您怎么……找到这儿来了……这时白毓秀往前走了两步,笑着说,没想到我会来看你吧?韩青青立即站起身,手脚无措地立在炕上,翠芬和歪歪看见来客人了,互相使了个眼色,也就很快下了炕,翠芬对韩青青说,青青你忙,有空咱们再玩,我们回家了。韩青青也跟着下了炕,说,你们慌什么呀?就在我家吃饭吧。白毓秀笑着说,三个小姐妹在一起玩啊?对不起,我将你们搅乱了。翠芬和歪歪出门走了,韩青青穿上鞋,走到白毓秀身边,说,白总您怎么来的?还有谁一起来了?司机呢?白毓秀说,就我和司机。韩青青说,是小郑吗?他人在哪里?白毓秀说,他在车上,没有过来。韩青青将白毓秀让到椅子上坐了下来,对韩佩佩说,去倒些茶水来。韩青青也在桌子另一边椅子上坐下来,说,白总怎么会想到来我家?这一路您不熟悉,不很好走吧?白毓秀说,还好吧,路面还可以,就是路不熟,一边走一边打听,走走停停,从上午十一点一直走到了现在。这时,房小琴和韩学文还有韩彩彩,以及韩瑶瑶、韩龙龙和虎子,听韩佩佩说二姐的老总来看二姐了,也都跟着韩佩佩来到了东屋。韩青青将家里人一一向白毓秀作了介绍。房小琴和韩学文在白毓秀面前显得有些拘谨,房小琴说,不知道您会来,啥也没做准备……白毓秀说,做什么准备啊,这就和回到自家里一样啊!大叔我见过,大婶的身体也很好啊。在省城,我和青青整天在一起上班,处得就和亲姐妹一样,现在到了家里,看到你们一家人这么热闹,这么和睦,从心里羡慕你们。房小琴说,听我家青青常说,白总待她就和亲妹妹一样,真不知道该怎么报答您。白毓秀说,哪里哪里呀?应该的嘛,

是你家青青自己能干啊,你和大叔生了个好女儿。说着看了看韩佩佩和韩瑶瑶,又说,不,是你和大叔生了一群美丽的天使,看看你们的几个女儿吧,一个个貌如天仙,大叔阿姨你们有福啊!韩学文恭谨地笑着,不断地点头应承着。房小琴说,都是些乡下娃娃,没有啥见识,白总不笑话,我就谢天谢地了。接着又说,只顾着说话了,快给白总弄些水洗洗脸,然后就吃晚饭吧。韩学文说,跑这么远路,肯定让白总累着了,早点吃完饭早点歇息吧。韩青青对韩学文说,还有司机小郑在车上呢,你快把他叫回来吧。

所有人都退了出去,白毓秀说,小青,那天在海口,你怎么不吱声就离开了,楚剑雄他对你做什么了?你不要怕,只管告诉我,我和他算账。韩青青脸一红,说,啥事也没有发生,只是临时我的想法又变了,就想离开了,让白总操心了,请白总原谅。白毓秀笑笑说,想法变了就说出来嘛,谁也不会强迫你是不是?你走了后,可让楚总和我担心死啦。楚总害怕你出啥事,就打发我前来看看你,他仍然希望你回来,仍然希望你在唯美度上班,你不同意做那件事,他绝对会尊重你的意见,绝对不会强迫你。韩青青看着白毓秀,心里想,真的会是那样吗?你就别鬼话连篇了。便笑着说道,谢谢楚总和白总关心,我肯定会回唯美度上班的,离了唯美度,我还能去哪里?唯美度已经把我的心牵住了。只是今天才初六,公司不是十六收假吗?到了十六那天,我一定回到公司来。白毓秀说,你能不能今天就跟我回去?吃了饭咱们就去县城,今晚住县上,明天一起回省城。韩青青说,这不是昨天才从海南回来吗?我还没和我爹我妈在一起待呢,我还是想到十六回省城。韩青青话说到这里,白毓秀不再吭气了。韩青青说,白总回去一定代我向楚总道个歉,就说青青请求他原谅。

Vol. 40

  这时韩佩佩端过来了一盆热水,手里拿着一条新毛巾,一进门就说,白总您先洗洗脸吧。白毓秀便脱掉外衣洗了起来。这时韩学文领着司机小郑进来了,小郑说,韩助理好。韩青青说,小郑快进来,一路辛苦了,外面很冷是吧,一会也洗洗,洗完咱们就吃饭。韩青青转脸对韩佩佩说,再去烧些水。韩佩佩应声出门后,韩青青想了一下,便也跟着出去了。韩青青一出门,白毓秀心里突然一紧,只担心韩青青这一出门,又会逃跑了,便立即给小郑使了个眼色,小声说,出去看看,盯住她。小郑装作吐痰和擤鼻涕,迅速从屋里走出来,却瞅见韩青青和韩佩佩正在站在西屋门口低声说话,便又回了东屋,对白毓秀说,看起来很正常,韩助理很平静,没有惊慌的样子,正在和她妹妹站在院子说话呢。白毓秀说,不管怎么样,总得多操个心眼才是。小郑你用我手机马上给楚总发个信息,就说已经到韩青青家了,她人就在家里待着,同时告诉楚总,有事发信息,不要打电话。说完却又说,算了,还是我一会发吧。在院子里,韩青青对韩佩佩说,告诉咱爹咱妈还有瑶瑶他们,关于咱家的任何事情,一句话也不要告诉他们,这白总就是专门跑来骗我回去的,是她那个老男人打发她来的。韩佩佩一听心里十分地紧张,说,那二姐打算怎么办?韩青青说,你只管放稳当,把他俩稳住就行了,二姐自有安排,今晚我就要离开咱家,让咱爹咱妈别

担心,二姐在外面不会有事的,有事我会和家里联系。韩佩佩突然流下了眼泪,说,二姐不走不行吗?韩青青说,不要哭,忍住。不走肯定不行,谁知道他们还带其他人来没有?白毓秀刚才就对我说,要我马上随她走,今晚住县城,明天回省城。你说二姐能不走吗?韩佩佩眼泪流得更凶了,哽咽着说,二姐就躲在村里,难道他们敢从村里抢人抓人不成?韩青青说,傻妹妹,抢人抓人他们不一定敢,但这事要是传出去了,那二姐成啥人了,往后还在村里咋活人啊?韩佩佩只是哭,不出声了。韩青青说,佩佩别哭,忍住别哭,快去烧水吧。韩青青又回到了东屋,这时白毓秀已经洗完了,韩青青说,用热水洗洗,就会觉得暖和一些,我再去端盆水,让小郑洗洗。接着又笑着说,白总没到过乡下吧,农村比不得省城,这里的天干冷干冷的,风刮过来像刀子一样,吹得人的脸都发疼,所到之处又都乱糟糟、脏兮兮的,白总不要笑话。白毓秀也笑着说,很好呀,你家里不就很干净吗,虽然有点冷,但给人感觉很卫生、很清爽。韩青青说,农村人的讲究是,不管你穷还是富,都得把家里收拾清爽,这就叫穷干净。说着咯咯地笑了起来,弯下身子端起了水盆,说,今晚您和小郑就睡在我家,让你们体验一下农村的热炕和农民的生活。韩青青走到院子将盆里的水倒掉,又从西屋端了一盆热水过来,说,小郑快洗吧。看韩青青这样忙忙呼呼地里外张罗着,觉得韩青青没有异常的表现,白毓秀的心便稍微放下了一些。就在司机小郑洗脸的当儿,白毓秀用手机给楚剑雄发短信,韩青青也走到院子里,给郝书成拨了个电话。电话拨通了,韩青青说,书成你别吭声,只听我说话,我这里有事了,你马上把车开到我村里来,我一会儿要去县城,听清楚了吗?郝书成说,听清楚了。韩青青说,你很快出发,来了照样给我震个铃声。郝书成说,放心吧,知道了。说完就挂断了电话。

　　白毓秀的短信发出不久,楚剑雄立即回信了:态度怎么样?能带回来吗?白毓秀:态度还正常,但不愿回来。楚剑雄:再做做工作,想想办法,最好不要硬下手。白毓秀:知道了,我想在这里住几天,和她好好谈一谈,尽量让她主动跟着我回来,万一不行再说吧。楚剑雄:好,相机行事,等待你的好消息。这时韩青青进来了,说,现在咱们吃饭吧,咱仨就在这里吃。白毓秀笑着说,好啊,吃啥好东西?韩青青说,昨天是小年,明天是"人七",当地风俗初六就随意吃了,你俩今天跑长路,辛苦了,也受冷了,我妈要给您吃一顿"拴魂面",也就是将肉馅馄饨和搓成老鼠尾巴形状的面条一起煮,然后和着香喷喷的臊子一起吃,吃了后就能让您的神魂和身体清静和安宁下来。白毓秀说,是吗,真能这样啊?韩青青说,当然能,也是主人的一片心意啊,白总您试着吃吃,反正我觉得很好吃,说不定您吃了后,还会馋上呢。这时韩佩佩端着一个大木盘子走了进来,盘子里放着三碗拴魂面,还有一碗臊子、几碟小菜以及油盐酱醋等,三个人就热热乎乎地吃了起来。一碗饭下肚,白毓秀笑着说,不错不错,别有风味,吃着很过瘾,要我说,要是有人慧眼在省城开个店,专门经营这道美食,不怕生意火不了!说得韩青青美滋滋地笑了起来。这时白毓秀说,小青啊,短短几个小时,我已经爱上你们这里啦!既然公司还有几天时间才收假,既然我已经来到了这里,可不可以让我在你们家里多住几天,过一过如今农村人的美生活?韩青青一听,先是一愣,接着就轻轻地拍起了手,高兴地说,真的吗?青青巴不得呢,那咱们就说定了,你最少在这里的住一星期,白天让我领你到处转转,过两天再去翟镇赶一次大集,翟镇可是我们这里最大的镇子,那里的集市可热闹哩,真的比省城还热闹。白毓秀嘿嘿地笑了,两个人如同回到了以前她们之间姐妹情深的那个时候。

  这样说了一会话,韩青青就让白毓秀在东屋歇息看电视,自己则和小郑一起去巷子东头的打麦场看汽车去了,到了那里时,韩青青看见,韩学文已经在那里守着汽车了。韩青青心里一酸,说,爹,汽车放这里会很安全的,不会有谁动它,你不用看了。韩学文说,村里娃娃见识少,小心有谁胡摸乱动了,把啥机关整坏就麻烦了,你们走吧,我给咱盯着。小郑说,大叔没事儿,只要不是有人故意破坏,这东西是摸不坏动不坏的,天太冷了,还是回家吧。三个人又一起回到家里。房小琴安排,韩青青和白毓秀住东屋,韩学文和小郑住偏窑,韩佩佩去杨宝林那里住,其余韩瑶瑶、韩龙龙和虎子,随房小琴一起住西屋。晚上九点时,各人都进了自己的屋子,韩青青和白毓秀说了一阵话,就安顿白毓秀先躺下了,然后对白毓秀说,白总,我去西屋一下,马上就过来了。杨家沟村冬天的黑夜,刺骨的西北风一直呼呼地吼叫着,到处显得漆黑、苍凉而又狰狞,白毓秀相信韩青青不会跑了,也就安心地靠在被窝里继续看电视。韩青青从东屋出来后,打发韩佩佩将自己的包包从西屋取出来,便和韩佩佩一起来到巷子东头的小

坡下面,韩青青说,佩佩,你回去吧,二姐走了。韩佩佩抓住韩青青的手,哽咽着说不出话来。韩青青推开妹妹的手,说了句,回宝林家去吧,听话,说完转身就将自己消失在了一片黑暗里。韩青青听见,韩佩佩哭着喊了一声:二姐。韩青青没理韩佩佩,突然快步跑了起来,韩青青知道,郝书成的车早已等在那里了。

Vol. 41

韩青青上了郝书成的车,两个人没说话,郝书成就将车子开动了。当车子跑下这边的大坡又翻上了那边的大坡,来在大沟对面的蒋庄村时,两个人的心里才稍微地安静了下来。郝书成问,家里又出啥事了?韩青青没吱声。过了半晌,郝书成又说,怎么不说话?韩青青说,啥事也没出,都好着呢。郝书成看看韩青青,说,没啥事怎么刚回家一天,又要失急慌忙跑出来。韩青青说,小心开你的车,甭刨根问底了好不好?郝书成沉默了一下又说,到县城你打算怎么办?韩青青说,流浪呀!路程走过一半后,郝书成说,青青,有啥事你就说,说了兴许我还多少能帮你,你这样憋着,我心里难受。韩青青依然不说话。郝书成试探着问,是不是省城那边知道你回家了?韩青青心里一惊,扭头不解地看着郝书成,半天说,那边有人赶到我家找我来了。郝书成说,看看,看看,我就估计是这样。你那样不明不白跑掉了,那帮人不会善罢甘休的。这么大的事情,你也不想告诉我?韩青青说,告诉了你又能怎么样?郝书成说,告诉了我,我就会帮你想办法,你现在说,很快就到县城了,到县城后你打算怎么办?韩青青说,到县城你将我放下来,这事就与你无关了,我一个人流浪去。郝书成说,啥流浪?一句一个流浪,天寒地冻的,你该去那里流浪?告诉我,今晚打算住哪里?韩青青说,住宾馆。郝书成说,宾馆你觉得能住吗?他们能跑几百里路赶到你家来,你相信县城的宾馆他们能放过吗?能

不到处找你吗？韩青青心里一紧，心想，是啊，谁知道他们在县城还有没有布置下人手？便说，那要不就麻烦你将我送到市里去。郝书成说，送你到市里当然没问题，只是到市里你就安全了吗？如今那些大亨，一个个胆大心黑，凶残斗狠，啥事都能做出来，你如今把他们惹下了，他们会善罢甘休吗？你该去哪儿躲藏啊？恐怕到处都会有他们的眼线。再说，你就这样走了，我也不放心你。韩青青思索了一阵，说，那要不这样，县城有咱们两个女同学小妮和王琳，你就将我送她们家吧，谁家里都行。郝书成说，具体地址你清楚吗？你和她俩有联系吗？你知道她们如今在家里还是在外地？虽然我一直在县上，但并不知道她俩的行踪。韩青青不说话了。郝书成说，别犹豫了，别躲躲闪闪了，也别不好意思了，干脆上我家去吧，我家有的是地方，只有我爸我妈两个人，你想住多久就住多久，绝对会很安全的。韩青青不吱声。郝书成说，没有人知道咱们之间有联系，相信他们就是将县城挖地三尺，也找不到你韩青青的一根汗毛。韩青青想，郝书成讲的不是没有道理，但她就是不想到郝书成的家里去，她不想让郝书成的爸妈知道有她这么一个人，不想让人家知道发生在自己身上的这些烂事，不想给郝书成带来不好的影响，更不想让郝书成对她产生分外的想法。郝书成说，已经到县城了，青青我求你了，就去我家好不好？韩青青想了想，说，老这样麻烦你怎么成？郝书成说，如今到了这步田地，你不麻烦我，还能麻烦谁？韩青青说，谢谢你郝书成，谢谢你对我这么好，只是我……郝书成说，不要只是只是了，说这些废话干什么？那就直接去我家吧。韩青青使劲摇了摇头，突然想，也罢。就朝郝书成点了点头。郝书成打了一把方向盘，掉转了车头，就风驰电掣地跑起来了。韩青青说，郝书成，既然要去你家，有几件事你得听我的。郝书成说，你说吧。韩青青说，不能给你爸你妈说关于我的任何事情。郝书成说，没问题。韩青青说，不能说我是你的女朋友，不能误导你爸和你妈。郝书成说，没问题，你尽管放心。

就这样，在这天晚上的十一点钟，韩青青来到了郝书成的家，在郝书成父母亲手忙脚乱的接待下，住进了一间布置得很漂亮的客房。

躺在韩青青家里东屋的白毓秀看完了一集电视剧，还没见韩青青回来，忽然觉得自己有些憋尿了，却不知道应该去哪里解手好，便慢慢地摸下了床，来到院子后，眼前突然一片漆黑，伸手不见五指，西北风在空中呼啸着打着旋儿，一股寒气直逼她而来，白毓秀打了个寒战，小心地摸到西屋门前，只见屋里一片静寂,她又摸到偏窑门前,窑内也无任何音迹,白毓秀不知道厕所在哪里,在黑咕隆咚的院子里站立了半天,心里忽然涌上了一股孤独和害怕,不由得再次打了个寒战。她望了望周围,下决心解开裤子,就地蹲下身子,将一泡尿就那么嘘嘘了,然后急慌慌地赶回了东屋。这时白毓秀越想越不对劲:好久不见韩青青了?她会不会又跑了?白毓秀没有上炕,马上拿起手机,给司机小郑拨了个电话。这时小郑已经进入了梦乡,突然被一阵尖锐的手机铃声惊醒,一骨碌爬了起来。躺在小郑身旁的韩学文也从被窝里坐起身来,伸手将灯拉亮,看见小郑正在懵懵懂懂地摸索电话。小郑捉起电话,一听是白毓秀喊他,立即穿上衣服,出门来到了东屋。小郑问,怎么啦白总?白毓秀说,韩青青出去好久了,一直没有回来,会不会……小郑"啊"了一声,当即跑出去敲打西屋的门。这时韩学文和房小琴都起来了,房小琴问小郑,发生啥事了?小郑脱口说,韩助理不见人了,她没来西屋吗?房小琴说,没有啊。小郑说,知道她会去哪里?韩学文一惊:你说啥?房小琴却似乎并没十分惊慌,问,青青走了多久了?白毓秀说,好久了。房小琴说,是不是送佩佩回家了,在那边和佩佩说话,一时还没有过来?白毓秀听不明白房小琴的话,忍不住说,不管怎样,先将青青找回来吧。韩学文立刻跑去杨宝林家,将韩佩佩找了过来,杨宝林也跟着来了。房小琴问韩佩佩,你二姐没去送你吗?韩佩佩说,送了呀,送到后和我说了一会话,就离开了。我二姐怎么啦?这时白毓秀突然恨恨地说了句,小郑,拿行李,咱们立即走人!说完拦也拦不住,便愤愤然地和小郑离开了韩青青家,他们径直来到打麦场,将汽车发动起来,从巷子东头小坡开下去了,弄得站在旁边的韩学文不明就里,呆呆地看着汽车不知道该说啥好。

　　韩学文心里忽然升起了一种不祥之兆,他转身一口气跑回家里,来到东屋,看见房小琴、韩彩彩、韩佩佩还有杨宝林几个人都在,就问,这到底是怎么一回事?许久,韩佩佩说,咱们都以为这个白总是好人,其实她可坏呢,她把我二姐介绍给她那个老相好男人,让我姐给那个男人当小三……房小琴打断韩佩佩的话,问,啥?小三?啥叫小三?韩佩佩顿了顿神,说,小三就是二奶,就是给男人偷偷做小,人们常说包二奶,就是那种女人,没听说过吗?房小琴不吱声了。韩佩佩说,他们将我二姐弄到了外地,我二姐是偷着跑回来的,这不,她就追咱家找人来了。韩学文一下子无力地坐在了椅子上。房小琴忽然就流泪了,哀哀地说,我这小青命怎么这么苦啊,无论走到哪里,都要遭人欺

负和践踏。韩学文抬起头问,你姐没说她要去哪里?韩佩佩摇摇头,说,二姐没说,只说让你和我妈放心,她在外面不会有事的,有事她会和家里联系。听完韩佩佩的话,房小琴动身来到屋子最里面的祖先牌位前面,伸手点着了两只小蜡烛,又点着了三炷香,扑通一声就跪到了地上,其他人看见她这样,也都一起跪在了地上,房小琴流着泪,用悲哀颤抖的声音说,各位神灵、各位先祖,我家青青娃没做亏人事情,如今却遇到了坏人坑害,祈求各位神灵各位先祖,能保佑我家青青平安无事,你们的神威和恩德,我们全家将永记在心,来日定当报还。至房小琴说完话时,跪在地上的每个人,都已经泪流满面了。韩学文刻满皱纹的脸上,无声地滚落着一个男人悲哀、伤情和无奈的泪水。

这边白毓秀一坐上车,就给楚剑雄拨了个电话。楚剑雄说,老婆,还没睡啊?兴奋什么呀?白毓秀说,睡什么睡,那个小婊子又跑掉了!楚剑雄仿佛吃了一惊,当即问道,天黑时她不是还在吗?还不是和你一起吃饭了吗?怎么说跑就跑了?白毓秀说,是啊,怎么也看不出要逃跑的样子。楚剑雄说,那么个破山沟,她该跑到哪里去?是不是藏在哪个人家了?白毓秀说,这就很难说了,这小婊子是越来越精了,看来还真是个幺蛾子,动不动就撒腿跑了,前后没几天,已经跑了三趟了,真不是个啥好鸟!楚剑雄说,你现在在哪里?白毓秀说,离开那个村子了,在去县城的路上。楚剑雄,打算怎么办?白毓秀说,我估计她跑县城了,那个小山沟沟,她不敢躲藏,一来村里没有不透风的墙,二来她还怕把她的名声搞臭了不是,我打算将县城的宾馆细细摸一遍。楚剑雄想了一阵说,我看还是算了吧,那县城你人生地不熟,恐怕摸不出个啥结果来,重要的是要小心,弄不好,会像廖飞和孟亮那样,让人家反过来把咱们给整了,还是回来从长计议吧。白毓秀说,那怎么办?不找了吗?楚剑雄说,回省城吧。白毓秀说,那好吧,我们连夜就赶回来了。

Vol. 42

躺在郝书成家的客房里,韩青青始终睡不瓷实,总在朦朦胧胧不断做梦,天还没有怎么亮,韩青青就起来了。韩青青将衣裳穿好,简单洗漱了一下,又爬上了床,将被子盖在腿上,就那么静静地呆坐着。

大约七点半,郝书成来敲韩青青的门。韩青青喊了声,请进,门开着呢。郝书成推门走了进来,笑着说,怎么都起床了呀,天色还很早,还能睡一会呢。韩青青似乎有点难为情,脸红了一下,说,睡不着嘛。郝书成说,洗漱了吗,洗漱了就吃早点吧。韩青青没动身,说,郝书成,就这样待在你家,我怎么都觉着特别扭,我特别不好意思见你爸和你妈,这样吧,一会你把我送到车站,愿意的话,就把我送到市里,我包你一趟车好不好?郝书成说,胡想些什么呀,怎么老说见外的话,你现在的处境这么危险,那样没目的胡跑乱撞,我无论如何也放不下心。既来之则安之,再不要胡思乱想了。韩青青说,人家难为情嘛。郝书成说,咱俩是同学,同学有了难,出力相帮下,该有啥难为情?是你把问题想复杂了。韩青青说,郝书成我对你说实话,我肯定不会在你家里待……韩青青话还没有说完,这时门忽然就被推开了,郝书成母亲手里端着一个瓷盘,笑吟吟地走了进来,一进门就说,还以为你会多睡一会呢,怎么这么早就起来了,看你已经洗漱过了,那就赶紧吃早饭吧。韩青青看见,郝书成的母亲给她端来了一杯牛奶,一杯热茶,一个煎鸡蛋,两个小肉包,另外还有一小碗

又煎又嫩的豆花。韩青青见状慌忙从床上跳了下来，红着脸一迭声地说，阿姨，你怎么亲自给我端饭来了，我、我……这该多不好意思啊！郝书成母亲说，该有啥不好意思的，听书城说你们是同学，既然是同学，到了这里就应该和到自己家里一样是不是？不要客气了，趁热赶紧吃吧。说完看了郝书成一眼，就转身出去了。韩青青说，书成你怎么能让你妈这样伺候我，这让我该怎么受啊？郝书成笑笑说，没什么，我妈这人就这个特点，不但人特别好，待人也特别热情，你慢慢就知道了，也会习惯了。韩青青说，书成你吃什么？就我一个人吃呀？郝书成说，我都吃过了，刚才吃过了，你赶紧吃吧，你吃完我就出车去了。哦，韩青青看了一眼郝书成，就慢慢地吃了起来。韩青青说，郝书成，你从来没说过，你家里条件很好啊。郝书成说，还可以吧，我爸他爱折腾，先前在翟镇开了个饭店，后来买了个车，在县里跑出租，再后来又弄了个建筑公司，挣了一些钱，他几乎常年不着家，也不怎么管我，我高中毕业后胡混了几年，他怕我学坏了，就将家搬到了县城，也给我买了这辆迈腾让我跑出租，我这车在县城出租行当里，算是数一数二的好车了，所以生意也就比较好。韩青青说，你们家庭很幸福。郝书成说，可眼下在我们家上空还笼罩着一片阴霾，怎么也驱散不掉它！韩青青望着郝书成，说，什么阴霾？郝书成你说话总是这样言过其实！郝书成说，真的呀！韩青青笑了，说，什么真的假的？到底怎么回事？郝书成说，那就是我的婚姻大事，我至今还没有结婚啊！郝书成这话一出口，就让韩青青一下子噤若寒蝉了。郝书成说，我妈整天在我耳边叨叨这件事，我爸整天到处央媒人给我说亲，动不动就让我前去相亲，青青你知道吗，我真的要烦死啦！韩青青只管低头吃她的饭，待最后将豆浆喝完了，放下筷子后，才抬起了头，却见郝书成眼睛一眨不眨地望着她，脸不由一红，说，看什么看，没见过别人吃饭吗？郝书成苦着脸子说，青青你说，我该怎么办？韩青青说，怎么办？这还不好办？照你爸你妈的安排去做，不信相了那么多亲，就没有一个能相中的？眼头不要太高了，人差不多就行了，只要对方性格好，对你好，就行了，很快把婚结了，一切就都平静了。郝书成说，你倒说了个轻巧，差不多？啥叫差不多？和一个"差不多"的女人，能厮守一辈子吗？想想心里都害怕。韩青青说，郝书成你不了解婚姻，我可是过来人，要我看，真正能有所谓爱情的婚姻，现实生活中并没有几个，谁家不是搭伙过光景哩，搭伙走完这一辈子就了事了。真的郝书成，眼头不要太高了，找个差不多的人,赶紧结婚吧。郝书成说,说什么你是过来人,你是过来人吗?你结过婚吗?你领过结婚证吗?青青你不要这么想,你只是有过一些不幸的遭遇,你并没有结过婚呀,你还是一个美丽的大姑娘,不要那么想自己好不好?你应该从那些噩梦中走出来,大胆地追求自己的爱情才对。韩青青没想到,郝书成居然会对她说出这么一番话,这些话她从来没想到过,也没有去想过,今天让郝书成一说出口,竟惹得韩青青在瞬间就泪流满面了。韩青青想努力忍住自己,但怎么忍也忍不住啊,一时间,就咬牙忍声地嘤嘤地泣哭了起来。这时郝书成走上去,扯出几张纸巾替韩青青擦着眼泪,韩青青从郝书成手里接过了纸巾,郝书成却就势将韩青青抱了起来。

　　韩青青渐渐不哭了,可郝书成依然紧紧地抱着韩青青。就这样沉默了一阵,韩青青从郝书成怀里挣开,轻声说道,书成,不要这样。郝书成说,青青,我爱你,真的爱你,知道我相了那么多亲,为什么总相不中呢?因为我心里有你,哪怕在我心里,你永远只是一个美丽的影子,但它已经将我的心占满了,哪里还会有什么"差不多"的人啊?韩青青说,书成,谢谢你能这样看我,我现在也知道了,你是一个好男人,你应该娶一个美丽纯洁的女孩子结婚,至于我,你心里再不要纠结了,放下吧,只有这样,才对你公平,也才会让我心安。郝书成说,青青,不要那样想,除了你,我会终身不娶,真的。韩青青沉默了许久,说,我永远也不会答应你,这句话也是真的。郝书成又将韩青青抱住,想亲吻韩青青,韩青青推开郝书成,说,郝书成,不要这样了,好不好?片刻又说,好了,时间不早了,你赶紧去出车吧。郝书成愣怔了半天,说,我不去出车了。韩青青看着郝书成,有点惊讶地说,为什么?郝书成说,在家陪陪你。韩青青说,郝书成,你再这样的话,我马上就走,离开你家。郝书成说,我怕你孤独。韩青青笑了笑,说,我怎么会孤独?家里不是有电视看吗?再者说了,我可以睡觉呀,这几年里,我欠下的觉太多了,让我连续睡十天十夜,我也不会觉得烦的。郝书成说,那好吧,你在家安心休息,别胡思乱想,我出车去了,有事给我打电话。韩青青起身收拾自己用过的杯碟碗筷,郝书成说,你别弄了,我来吧。韩青青说,快去出你的车吧,还真的要把我养着啊?想诚心让我在你妈面前丢人现眼是不是?郝书成朝门外喊了一声,妈,我出车了。郝书成的母亲应了一声,就朝韩青青的房间走过来了。

Vol. 43

白毓秀凌晨三点半回到了省城。小郑说,白总回哪里?白毓秀说,去楚总那里吧,他等着我呢。小郑就将白毓秀送到了楚剑雄的住地。白毓秀有楚剑雄小区大门的门禁,只是很久没有用了,这门禁她一直就戴在身边,所以很方便就进了小区的大门。来到楚剑雄房子门前,白毓秀刚要伸手去按门铃,不料身上的手机却响了,白毓秀打开手机,看见是楚剑雄的电话,便说,你还没睡吗?楚剑雄说,睡不着,你现在到哪了?路上注意安全。白毓秀说,谢谢你,我已经到你的门口了,快来开门吧。楚剑雄吃了一惊,说,什么?到了我门口?你在开玩笑吧?白毓秀说,回程路熟悉,加上车又少,就快多了嘛,你怎么啦?好半天没等来楚剑雄开门,白毓秀便伸手按响了门铃。又等了一会儿,楚剑雄才磨磨蹭蹭地走了出来,打开了门,将白毓秀让了进去。楚剑雄说,真没想到你会这么快?白毓秀一边脱着大衣,一边用嘴哈着气说,真是又累又冷,屋子里好暖和啊!楚剑雄说,来来来,到卧室来吧,卧室里更暖和,厅里空间大,真还怪冷的。白毓秀跟着楚剑雄来到了卧室。白毓秀看见,卧室的床上一片狼藉,被子就那么随意地窝成一团,一只枕头歪歪扭扭地放在床的正中。白毓秀使劲吸了吸鼻子,觉得屋子里有种怪怪的味道,就问楚剑雄,刚才屋子里得是有人?楚剑雄说,又怎么啦?我在看电视在等你哩,该有什么人啊?一张嘴怎么就胡嘞嘞!白毓秀警惕地在屋子里四处张望着,就在这时候,忽然传来了砰的一下关门声,白毓秀一惊,转身就往门外走去,却见屋门依然紧闭,楼道里传来了一声电梯铃声。白毓秀想开门看个究竟,却被楚剑雄拉住了,楚剑雄说,你这是怎么啦?一进门就像个警察,你是回家来了还是破案来了?白毓秀没吱声,眼泪就流下来了。她走回卧室,坐在了床边,不住地用纸巾擦拭着眼睛。楚剑雄倒了一杯热水送了进来,殷勤地说,快喝点热水,暖暖身子。看白毓秀不理他,又说,要么去洗洗,洗了就睡吧,累一天了,好好睡上一觉。白毓秀依然不理他,半天却问,你给我说实话,刚才走了的人是谁?楚剑雄说,是你疑心生暗鬼嘛,这家里明明就我一个人,你要硬说有其他人,我该给你咋回答?白毓秀说,我为你的事奔前跑后,吃苦受累,这件事如今还没了呢,你又在偷着吃腥了,你到底想干什么啊?你怎么是这样一个人?楚剑雄说,不要胡思乱想了好不好?根本没有的事儿,一切都是你猜想的。说着也坐在床边,将白毓秀搂住,在白毓秀脸上亲吻了一阵,又说,别这样好不好,快去洗一把,喝口水,咱们就睡吧。白毓秀坐着不动,也不理楚剑雄。就这样又坐了一会,楚剑雄便伸手替白毓秀宽衣解带了,说,那就不洗了,就这样睡吧。两个人睡下后,白毓秀还是不理楚剑雄,楚剑雄就主动地抚摸和讨好白毓秀,单方面很激情地把那件事做了。好事一毕,白毓秀心里的怒气消去了大半,这时楚剑雄说,现在乖乖睡吧,我知道你累了,明天睡他个自然醒,说完就将灯灭了。这时白毓秀倒没有了丝毫睡意,伸手在楚剑雄身上摸索着,嘴里却说,你给我说清楚,刚才那女人是谁?说不清楚我睡不着。楚剑雄忽然有点气恼,说,我说你今晚怎么啦?没完没了啦?给你说过了,真的没有人嘛!难道要我给你编故事不成?白毓秀说,不要你编故事,只要你把事情说清楚,说清楚这事就算过去了,我也保证不追究。楚剑雄无奈地说,真的没有人嘛。白毓秀突然就恼了,说,咱们已经决定结婚了,我已经打算好好跟你过一辈子,可你仍要这样对我,我也就无话可说了。白毓秀说着,忽地坐了起来,伸手将灯拉亮说,那你在吧,我马上就走。看见白毓秀这样了,楚剑雄一把拽住白毓秀的胳膊,说,快躺下吧,怎么说风就是雨啊,这深更半夜的,你要去哪里嘛?白毓秀说,这件事你如果不说清楚,咱们就不要结婚,你爱咋咋地,从此你我之间没有任何牵连了。看白毓秀话说得如此决绝,楚剑雄沉思了一下,说,你先躺下,别着凉了,我给你说清楚还不行吗?白毓秀依然不愿意躺,就那么光着身子坐着,说,你说吧,不许说谎。楚剑雄说,你

躺下我说。白毓秀躺了下来。楚剑雄说,我说了,你不许追究,也不许生气,这是你刚才说的。白毓秀没吱声。楚剑雄说,我今天……再给你表一次态,这真的是最后一次了,以后绝不这样了好不好?白毓秀长长地嘘了一口气:别啰唆了,快点说吧。楚剑雄磨蹭了半天,依然没说出来什么。白毓秀说,你到底打算说,还是不打算说?楚剑雄说,我要是说了,你真的不会生气?白毓秀不耐烦地说,我真的不生气,好不好?楚剑雄哼哼唧唧、断断续续地说,刚、刚才那、那个、那个人是、是……白毓秀说,是谁快说,怎么吞吞吐吐、挤牙膏啊?楚剑雄沉默了片刻,似乎猛下了一下决心,脱口而出说,是蒙梦。啊!白毓秀忍不住惊叫了一声,是她啊?楚剑雄不吭声了。良久,白毓秀慢慢地,仿佛自言自语地说,你怎么会和她搞在一起?你们啥时候搞在一起的?你为什么老打我身边女孩子的主意?半天里楚剑雄结巴着说,我、我身边的那、那几个,不是都没意思了吗?白毓秀突然伸手在楚剑雄下身恨恨地拧抓了一把,咬牙切齿地说,你怎么是个禽兽啊!楚剑雄弓着身子嗷叫了一声,倒吸了一口凉气说,下手不要那么狠嘛!白毓秀说,说吧,你们到底怎么回事?楚剑雄说,还记得几个月前,有一次你派她来我办公室来送资料,我一时忍不住,就将她抱住了,但她死活不从,说要是让你知道了,她就不得活了。后来我就不断给她发信息,说开和她只来一次,条件是给她五千块钱。她还是不答应,我就威胁她说,你再不答应我就告你们白总,说你勾引我。就这样,有天晚上下班后,她就来了我办公室。从那后我再怎么叫她,她也不理我了,我便许诺真的是最后一次,答应给她一万块钱。但她不愿意来我办公室了,这样一直找不到机会。直到前天,在银座楼下意外遇见了她,我就让她到我家里来,恰好昨天你去乡下了,我就给她打了电话,谁知道你半夜会来这里……白毓秀说,这丫头看起来挺稳重正派,居然还干这种事?楚剑雄说,谁不爱钱啊?不过她很怕你,刚才一听说你来了,吓得当时就哭了,要从窗子跳下去,你就不要追究她了,这事不怪人家女孩,你答应我,就装作你不知道这件事,好不好?白毓秀说,要我这样做,是不是你们就可以瞒着我明来暗往了?楚剑雄说,怎么会嘛,这件事到此为止了,真的为止了,人家娃娃本来就不同意,我也不想毁了人家女娃,就让她在你那里继续做吧。白毓秀揶揄地说,楚总心地倒蛮善良的嘛!楚剑雄嘿嘿笑了两声,说,求你了老婆,这事你就随了老公,我以后啥都听你的好不好?白毓秀想想说,告诉我,你的谎话究竟有多少?听白毓秀这样说,楚剑雄立即发誓说,以后若是发现我和她有往来,你就把我这个东西阉了去。白毓秀憋不住笑了下,恨声地说,不要说了,真让人恶心啊,真想把你阉了去!楚剑雄搂了搂白毓秀,涎着脸说,眼看天要亮了,老婆是睡呢,还是想再来一次?让老公好好伺候你。白毓秀说,伺候你个头,滚一边去,气死我了!说着顾自转过身睡去了。

楚剑雄从后面抱住白毓秀,良久又问道,老婆你说,那小婊子真会躲到县城吗?白毓秀将身子又转过来,说,我想应该是吧,省城她不敢来,那小山沟又没法躲,只能在县城。楚剑雄说,她家境怎么样?白毓秀说,一个破山沟沟的农民家庭,你说能怎么样?楚剑雄说,很穷是吗?白毓秀说,不穷还能富吗,老老小小一大家子人,挨个儿向我介绍了一遍,我也没弄清谁到底是谁,有两个小男娃,也不知道是她家什么人?可能是老大女儿的孩子吧。接着白毓秀又说,哎,你还别说,就这样个穷兮兮的农家里,抓养的四个小姐妹,一个个长得天仙一样,还真是少见。楚剑雄说,是吗?那你把她们弄来培养培养,帮你做化妆品不正合适吗?白毓秀哼了一声说,又流哈喇子了,弄来又成你一口菜了是不是?告诉你别想,光韩青青这一个幺蛾子就够我受的了。楚剑雄仿佛自语道,既然家里那么穷苦,每月给她三万块钱,居然还不乐意干,究竟是咋想的?白毓秀,以为她真是天仙了呗,尾巴翘到天上啦!楚剑雄说,你说这幺蛾子会回省城吗?白毓秀说,肯定会,她不会在农村待下去,那种人还能受那种罪吗?但啥时候回来,就很难说了。楚剑雄说,那干脆这样吧,咱们给她来个放长线钓大鱼,就让那三个安保员在她租屋附近守着,等孟亮从海口回来后,也去那边盯着,不信她能逃脱我的手心。白毓秀说,孟亮是不错,就是有些孟浪。楚剑雄说,孟浪是孟浪点,但主要是靠得住。白毓秀说,看来只有守株待兔这一条路了。廖飞和孟亮在那边怎么样,有消息吗?楚剑雄说,小马传回话了,说他俩在里面表现还不错,小马交涉了一下,那边说,若再能多交些罚款,人就可以提前放出来,我让小马看着办,多交点钱就多交点钱吧,咱这边不是需要人吗?白毓秀又抓了一把楚剑雄的下身,说,都是这个坏家伙惹的祸,它要是再不乖,有朝一日我真的会摘了它,你可给我当心点!楚剑雄嘿嘿笑着,等你当了它的女主人,它保证就乖乖的了。

Vol. 44

  郝书成还没走出屋门,他母亲就应声来到了客房,笑吟吟地从韩青青手里接过了放着杯碟碗筷的瓷盘,说,你歇着,我来吧。韩青青慌忙说,阿姨,这些东西让我来洗,怎么能让你这样忙前忙后呢?郝书成说,家里的环境你不熟悉,就让我妈洗吧。郝书成母亲说,屋子暖气怎么样,冷不冷?冷的话就坐到床上去,拉条被子盖在腿上。韩青青说,暖气挺好,一点也不冷。郝书成母亲说,那就好,那就好,说完就走出了门。郝书成对韩青青说,青青你在,那我出车去了。韩青青说,快去吧,开车注意安全。郝书成好像有点依依不舍,在地上又立了一阵,就转身出去了。

  郝书成出门后,韩青青来到厨房,看见郝书成母亲将她用过的餐具放在洗菜池旁边,还没来得及洗,就走上去伸手要洗,却被郝书成母亲拦住了,说,你歇着去,一会儿我洗。韩青青说,阿姨别见外,就让我洗吧,我来了给您增添了这么多麻烦,真过意不去。说着又要伸手洗,这次老太太拉着韩青青的手,一直将韩青青送到了客房,说,别那么客气了,书成说你俩打小就同学,你能来我家,我心里高兴,有啥麻烦不麻烦的,你就坐着看电视吧。说完又出去了。韩青青有点百无聊赖,将挂在墙上两个镜框里的大大小小的相片,从头到尾仔细浏览了一遍,看到其中有一张郝书成儿时骑马的相片,让韩青青立刻想起了刚上初中时的郝书成,那时的郝书成又矮、又黑、又瘦,但特活跃,特爱起哄和咋呼,女同学都有点害怕他,韩青青默默地笑了,转身打开电视机,电视里正播着一部春节期间热播的电视连续剧,但由于韩青青并没有看这部剧,所以瞅着画面里人们哭哭笑笑的,也就不明就里了。就在这时候,郝书成的母亲又走了进来,手里提着一个菜篮子,说,听书成说你的名字叫青青,那阿姨也就叫你小青好吗?韩青青笑着说,好啊,阿姨就叫我小青吧。郝书成母亲说,小青长得好俊美,阿姨喜欢你。韩青青说,阿姨这么夸我,我都不好意思了。郝书成母亲说着将一串钥匙塞到韩青青手里,说,这是家门上的钥匙,你拿着吧,阿姨想去街上一趟。韩青青脸微微一红,说,我用不上钥匙的,你想上街你就去吧,我在家里等你回来,又要将钥匙还给郝书成母亲。郝书成母亲说,你拿着吧,拿着方便些。说完就下楼去了。听着郝书成母亲下楼的脚步声,韩青青心想,看来这家人挺好的,再看看放在桌面上的那串钥匙,心里升起了一股温暖。这时韩青青取出手机,给韩佩佩拨了个电话:佩佩吗?韩佩佩说,二姐,是我。韩青青说,他们人呢?韩佩佩说,走了,昨晚你走后没多久,那女人等不见你回来,就着急了,两个人连夜就离开了,我估计他们这阵子到了县城,二姐你现在在哪里?韩青青说,我也在县城。韩佩佩啊了一声说,你待的地方安全吗?千万不要到街上来,不要让他们发现了。韩青青说,姐待的地方很安全,你放心,姐不会有事,也让咱爹咱妈放心,爹和妈知道二姐的情况吗?韩佩佩说,知道一点,我给他们说了,妈一听就哭了,立马烧香求神保佑你了,你在外面要多保重。韩青青心里止不住一阵难过,却说,姐知道了,有事我会和你联系,挂了。

没过多久,郝书成却和他母亲一起回家来了。韩青青急忙迎了出去,没想到郝书成的母亲竟是给她采购东西去了。不一会儿,郝书成母亲就给韩青青的屋子端来了四个大果盘,里面分别放着采购回来的脐橙、芒果、香蕉、火龙果、蛇果和红提,另外还有巴达木果、开心果、腰果、葡萄干、核桃仁、瓜子等干果,还有软糖、硬糖、威化饼干、小香面包等甜点,以及王老吉、可口可乐、伊利奶等饮品,韩青青一看,琳琅满目一大堆,将四个果盘装得满满当当,不由惊讶地说,阿姨,您这是……郝书成母亲笑着说,听书成说你要在这里待一些天,一个人就这样待着,阿姨怕你会闲得慌,就给你买了一些小零食,没事时吃一点,至少能打发心慌不是吗?韩青青一脸尴尬和为难地说,书成,你看阿姨……这怎么行呢,不行不行……郝书成笑着说,一点点小吃小喝的小零食,

就怎么不行嘛？你管你吃你的，你吃了，我妈才高兴。郝书成母亲也说，对呀，只有小青不嫌弃，将这些东西高高兴兴地吃了，阿姨心里才高兴。只是阿姨不知道你的口味，就将书成喊来，让他帮着我挑了这些东西，满意不满意只能这样了，你就捡合口味的吃吧，不合口味的就别吃。韩青青说，阿姨，我怎么会嫌弃呢，喜欢都来不及呢，只是您这样对我，让我觉得……郝书成母亲说，小青说这话就见外了，是阿姨喜欢你嘛！听阿姨话，别客气了好不好？说着又说，书成你跟小青聊着，妈要做饭去，眼看午饭时节就要到了，今天是"人七"，咱们中午吃饺子，我现在给咱们弄去。

　　郝书成母亲离开后，韩青青说，郝书成你说，是你让你妈这样弄的吗？你到底给你妈说啥了？你究竟想干什么嘛？这不是把我放火上烤吗？郝书成笑着说，又多疑了不是？我给我妈啥也没说，只是你长得太美了，我妈一见就喜欢了，爱美之心人皆有之，这也不能怪她老人家吧。韩青青说，郝书成你别耍贫嘴好不好？你再这样弄下去，我还在你家能待吗？郝书成说，好好好，我一定告诉我妈，不许她这样弄了。韩青青说，我落难在你家躲藏几天，这也是迫不得已啊，我的心情已经够糟的了，你就让我安安宁宁待几天吧，让你和你妈这样弄着，我心里能安宁下来吗？不然的话，干脆让我离开你家好不好？郝书成看着韩青青，诚恳地说，青青你别生气了，是我不好，我改还不行吗？韩青青说，你不去出车，又跑回来干啥？郝书成说，这不是我妈喊我帮她买东西吗？再说马上就到午饭时节了，让我吃了饭再去行不行？你管我比我妈管我还要严，太过分了吧？韩青青忍不住笑了，说，去你的吧，我才懒得管你哪！郝书成说，来吧，想吃什么，我来给你弄。说着用手剥了一堆巴达木果仁送到韩青青面前，又将两个脐橙用刀切开来，又打算切开一个火龙果，韩青青说，好啦，别弄那么多，想吃我自己弄吧。郝书成说，其实到了我家，你绝对没必要这么拘束，我爸我妈都是很随意、很可亲的人，和他们相处之后，你就知道了。韩青青说，对了，昨晚还看见你爸爸了，今天怎么没见他人？郝书成说，市里有他的两个工程项目，一大早他就跑市里去了，他每天都这样奔波着，今天是"人七"，我妈说他晚上肯定会赶回来，一家人要在一起吃顿饭，好吗？韩青青有点忧虑地说，让我和你爸妈一起吃饭，我心里总有点犯怵，不管怎么说，待在你家，我就是感到不自然。

170

Vol. 45

  这天晚上,郝书成的父亲从市里赶回家里,由郝书成的母亲做了一桌丰盛的饭菜,一家人和韩青青一起吃了一顿饭。

  郝书成的父亲当过几年兵,当兵前夕和郝书成的母亲结了婚。从部队复员后,做过几年副村长,后来就去翟镇开饭店了。郝书成的父亲看起来很诚厚,脑袋上只有稀疏的一些头发,有点发福的脸上挂着平实祥和的微笑,这给了韩青青不错的印象。郝书成的父亲生意做得很本分,钱也赚得很踏实,虽然没有大发起来,但也将自己的家经营得殷实而又富足。郝书成的母亲初中毕业就停学了,和郝书成父亲结婚后,就精心地服侍着郝书成的爷爷和卧病在床多年的奶奶,直至两个老人去世,是个性情温和、夫唱妇随的女人。

  在饭桌上,四个人围坐了一圈,气氛显得很轻松,也很温馨。郝书成父子喜欢喝酒,桌子上放了一瓶茅台酒和一瓶张裕干红。郝书成母亲将做好的鸡鸭鱼肉各种菜品摆上桌后,就开始上主食了。第一道主食是油煎菜盒子,郝书成母亲一边给每个人面前的小碟子放菜盒子,一边说,今天是人七节,据说女娲当初创世,她先是造出了鸡狗猪羊牛马六畜后,在第七天才造出了人,以后人们就把正月初七这天看成是人的生日,这天的讲究是吃"七菜粥",象征着今年五谷丰收,我今天没做菜粥,菜粥稀拉拉的,喝多了会影响吃其他菜,咱就吃个菜盒子,意思到了就行了。接着,郝书成母亲又给每人端来了一小

碗面条,说,吃了菜盒子,接着再吃一点面条,吃面条的讲究是,用长长的面条将岁月老人的腿拴住,让他慢慢地走,取健康长寿之意。郝书成说,啧啧,没想到讲究还真多啊。韩青青说,没看出阿姨知道的事情还真多,这些故事听起来真的很美好,这样一来,好像这些饭菜吃起来就更香、更有意思了。郝书成说,没看我妈只是初中毕业,一肚子的书香和墨香哩。郝书成的话让母亲脸红了,说,书成你胡说啥哩?在人家青青大学生面前还敢胡卖弄?韩青青说,阿姨不要这样说,像这些美好的习俗,就得让你们这些老人给我们年轻人说道说道,不然真的就失传了,那该多可惜啊。郝书成说,这些事情,也没见我妈给我说过。郝书成妈妈说,这家里不是一直没有个女人嘛,我给谁去说呀,我给你说你听吗?一直笑眯眯地悉心听着其他人说话的郝书成爸爸,这时也笑着说,这些故事也就是个传说,如今的人都很忙,没多少人讲究那些东西了,只是这些讲究能流传下来,肯定自有它的道理。说着对韩青青说,青青别客气,到这里就和你家里一样,少吃点主食,下面还要喝酒吃菜呢。

吃过菜盒子和面条,郝书成迫不及待将两酒瓶打开,给每个人倒了一杯白酒和一杯红酒。然后端起白酒说,今天是人类的生日,来,首先为人类健康和长寿,为了人类的文明和进步,干了这一杯!韩青青突然笑了,说,郝书成,没想到你这几句话说得蛮有水平嘛。郝书成看了一眼韩青青说,这几句话算啥?我开车时的文明用语多了去了,县上还把我创造的许多文明用语印到出租车司机手册里去了呢。来,青青,快把酒端起来。韩青青脸红了一下,朝身旁的郝书成父母看了看说,对不起书成,我不会喝酒。郝书成说,已经有饭菜垫底了,喝一点儿没事。韩青青还在犹豫,郝书成说,不管怎么样,祝福人类生日的这杯酒,你不能不喝吧?郝书成母亲说,青青不能喝,就不要勉强了,用饮料替代一下也行。郝书成父亲说,喝不了白酒,就喝点红酒吧,红酒度数低,喝点不会有事的。看见郝书成父亲这样说,韩青青就端起了红酒杯,四个人碰了一下杯,就把红酒喝下了。看着韩青青喝下酒之后,一边皱眉头一边吐舌头,郝书成说,怎么样没事吧,喝点红酒还软化血管呢。郝书成母亲说,你和你爸喜欢喝酒,不见得别人也喜欢喝,青青你别听他乱说,你觉得你能喝就喝点,觉得不能喝就别喝。郝书成父亲也说,你阿姨说的对,喝酒凭感觉,感觉好就多喝点,感觉不好就少喝点。韩青青说,我一直没喝过酒,也没有机会喝酒,喝了只觉得苦涩苦涩的,好像再没有啥其他的感觉。韩青青想起当年杨宝林带她到县城看左肘脱臼时,吃饭时曾经让她喝过两次红酒,但那时她才十三岁,更没有啥感觉。郝书成一边给每个人空了的酒杯倒酒一边说,喝了没感觉,就证明你耐酒力强,有一定的酒量呗。大家一边说着一边吃菜,郝书成母亲不断向韩青青的碟子夹菜,将韩青青面前的小碟子放得满满的。这时郝书成又端起了酒杯,说,我提议,为了我们在座的四个人的健康长寿,一生顺意,再干一杯。郝书成这样说,韩青青觉得她要是不喝,那肯定不太好,也就将酒杯端了起来,四个人又一饮而尽了。酒刚下肚,韩青青又赶忙端起眼前的水杯喝了几口,说,这酒不知道有啥好喝的,竟有那么多人喜欢喝它。郝书成母亲说,看看你眼前这两个男人,没有一个不爱喝这个东西。韩青青知道说话走了板,立即不好意思地笑了笑,说,对不起叔叔。韩青青这一声叔叔,叫得郝书成父亲当时就哈哈大笑了起来,他笑着说,没事儿丫头,反正爱喝酒的人名声都不怎么好,人们不是常把我们这些人叫"酒鬼"吗?郝书成父亲的这一声丫头,也将韩青青心里听得有点暖暖儿的。几个人吃了一会菜,郝书成又端起了酒杯,说,这第三杯酒,衷心祝愿韩青青女士一生幸福、健康美丽!郝书成话音一落,郝书成父母就端起了酒杯,郝书成母亲说,书成这杯酒提得好,我也代表你叔叔,祝青青今年流年吉利,万事如意!韩青青双手端着酒杯,突然眼睛有点发红了,她不住地点着头,嘴里说道,谢谢叔叔,谢谢阿姨,谢谢书成,谢谢,谢谢你们!这时四个人都站起了身,将杯中的酒喝了下去。

　　韩青青已经三杯酒下肚了,韩青青隐约觉得,她已经多少有点眼花,脑袋也有点儿发木,但韩青青并没有在意,她甚至觉得,喝酒也就是那么回事,并没有一些人说的那么可怕。韩青青继续吃了些菜,喝了些茶水,然后就礼节性地端起酒杯对郝书成父母说,叔叔,阿姨,我这次的不速造访,给你们二老带来了诸多不便,而阿姨对我却是百般关心和照顾,青青从心里感激不尽,在这里,我衷心地敬你们二老一杯薄酒,祝你们在新的一年身体健康,万事如意!郝书成父母也站起身端起酒杯,嘴里不断说着谢谢,谢谢,就将酒喝了下去。这时郝书成却叫道,不行不行,青青偷懒了,敬两位老人不能只喝一杯酒啊,青青还得再喝一杯才行。郝书成母亲说,喝一杯就行了,别让青青再喝了。郝书成说,那青青你看着办吧,让两位老人合着喝你一杯酒,你看这合适吗?郝书成的话将韩青青将住了,便没加思索地说,那好吧,我再喝一杯,书

成你倒酒。郝书成给韩青青将酒杯倒满,韩青青又举杯喝下了。这时韩青青明显有些醉意了,脸色已经有些发白了,嘴里的话也少了许多。郝书成父亲说,书成,将红酒撤了吧,不要让青青再喝了,你要想喝咱俩喝白酒吧。可郝书成却说,不不不,我还有最后一杯酒没敬呢。说着又给自己和韩青青分别将酒倒满,站起身端着酒杯说,我这最后一杯酒,就是要敬给青青,青青和我自小是同学,直到高中毕业才分开,这六年的中学情谊,让我一生不能忘怀,借今天人七节这个好日子,我要真诚地敬老同学一杯,愿你生命如花,事业如虹,用这一生走出你韩青青别样的绝代风华! 韩青青虽然有些醉,但郝书成的话还是能够听明白,不知为什么,郝书成的这番话,竟让韩青青忽然哽咽饮泣了起来。韩青青站起身,流着泪和郝书成碰了一下杯,便将杯中酒灌进了喉咙。郝书成父母看到,韩青青手里的酒杯还没有放下,身子好像软了一下,接着就扑通坐在了椅子里。郝书成母亲立即伸手将韩青青扶住。郝书成父亲有点埋怨地说,你这个书成,怎么能将人灌成这样? 青青真的已经醉了。说着又对郝书成母亲说,算了,将饭菜撤了吧,先让青青在椅子里将息一阵,看看情况再说,要是不行的话,恐怕还得去医院。

Vol. 46

韩青青跌在椅子里后,一下子就醉过去了。郝书成母亲对儿子说,你怎么弄着哩,她喝不了酒,就不要让她喝,末了还将人家弄哭了,喜欢人家,也不是这样个喜欢法,这不是整人嘛,笨家伙一个!看着韩青青就那么窝在椅子里一动也不动,郝书成父亲说,好在这个娃醉了不叫也不闹,那就让她安安静静睡一觉吧,到明天早晨就好了。郝书成母亲说,那书成来搭把手,将青青扶到她屋里去。将韩青青弄得醉成这样,是郝书成事先并没想到的,看着韩青青不省人事的醉态,郝书成不由得有点发怔。母亲叫他来搭把手,他仿佛没听见一样,站在原地根本没动。母亲说,还发什么愣?快帮我把青青送到她屋里去!郝书成哦了一下,赶忙走过来帮母亲,郝书成和母亲每人架了韩青青一只胳膊,但并没有将韩青青架起来。郝书成没想到,要将一个自己完全不使力的人搀扶起来,并不是一件轻而易举的事情,韩青青虽然不胖,但身材却很高挑,而郝书成母亲个子又很矮小,母子俩根本用不上力。母亲说,想不到这丫头还这么重,这该怎么办?要不这样吧,书成你将她背过去吧。郝书成父亲说,这种情况只能背了,书成背吧。就这样,在父母亲的帮助下,郝书成将韩青青背进了屋子,放在了床上。安置好韩青青,郝书成父母就从韩青青房间走了出来,这时郝书成也跟着出来了,不料母亲却说,你怎么也出来了?郝书成脸有难色地说,那我还能留着?母亲说,你不留谁留啊?你得留

下来看着她呀,伺候她呀,咱们都走人了,她要是醒了,谁来帮她啊?郝书成父亲望着郝书成的母亲不说话,郝书成母亲说,通过这一天接触,我看出来了,这是个好女子,书成你既然爱她,就应该对她好是不是?就应该想办法将她娶回来是不是?你自己的事情还得你自己来解决,还要你这老妈教你呀?今天这事情,说不定还是个时机哩,难道让煮熟的鸭子又从手心飞了不成?说完就和郝书成父亲走出去了。

母亲的一番话,让郝书成有点眯瞪,但母亲的意思,他还是听明白了,想了想便留了下来。郝书成也喝醉过酒,知道茶水能醒酒,就泡了一杯茶,上到床上把韩青青抱在怀里,一匙一匙地将茶水给韩青青灌了进去。韩青青依然沉睡不醒,郝书成就一直抱着韩青青。母亲临睡前来了一次客房,看见郝书成这样抱着韩青青,就对郝书成说,这样抱着多难受,给青青把衣服解开让她睡,那样睡着要舒服些,醒酒也会快一些。说完就回房睡去了。看见郝书成母亲回来了,郝书成父亲问,那丫头醒了吗?郝书成母亲说,早着呢,醉得好像挺厉害,一时半会醒不了,那丫头真的好像没喝过酒。郝书成父亲问,书成干啥呢?郝书成母亲说,你这儿子算是你的真传,整天叽叽呱呱喊叫个不停,好像只有他灵醒,可到了关键时刻,又有点不大开窍了。真是皇上不急太监急。

郝书成抱着韩青青,心里溢满着一种前所未有的甜蜜感和幸福感。韩青青是他在十四岁时就看上的女孩子,尽管韩青青自始至终没有搭理过他,尽管他晓得韩青青已经为杨宝林生下了孩子,尽管自从高中毕业后他再没有见到过韩青青,尽管他也想到这一生里可能很难再见到韩青青了,但韩青青却在郝书成的心里扎下了根,而且毫无疑义地成了他唯一钟情的对象,成了他相亲择偶唯一的参照。这几年父母亲一再催促他赶紧结婚,他却一而再再而三地拖延下来了,原因就是他所相亲的对象里,没有一个长得像韩青青或者能赶上韩青青。他很早就将他爱慕韩青青的事告诉了父母亲,也将韩青青的情况告诉了他们,父母亲并不认同他的想法,母亲说他是做梦哩,父亲说他是鬼迷心窍。他却信誓旦旦地说,离了韩青青,他就终身不娶了。他的话让父母亲伤心了,母亲哀哀地说,你傻了呀,已经坐在了旁人炕头上的女人,已经为旁人生了娃娃的女人,怎么能和你结婚呢?几年来,郝书成就是在这样一种浑浑噩噩和痴痴迷迷中走过来的,看得他的父母亲既生气又心疼,却又拿他没有奈何。最近意外地与韩青青的重逢,无疑再次勾起了郝书成对韩青青的向往,燃起了他要再次追求韩青青的希望。自从郝书成爱上韩青青之后,他不仅没有接触过韩青青的身体,包括没有与韩青青握过一次手,甚至连与韩青青说话的机会都没有,可谁能想到就在最近,她不仅如愿见到了韩青青,如愿与韩青青说了话,为韩青青帮了忙,而且有机会让韩青青住到了自己的家里。此时此刻,郝书成抱着韩青青,看着韩青青美丽的略微发白的脸庞,聆听着韩青青轻微短促的呼吸,感受着从韩青青身上散发出来的温热,郝书成好像在做梦,他不敢相信这会是真的。此时此刻,郝书成的心里涌动着一种难以述说的感动,他目不转睛地望着韩青青的脸,当他看见韩青青轻轻地皱了一下眉头,两片有些干燥的嘴唇轻轻地蠕动了一下时,忽然就有两颗泪珠滴在了韩青青的额头上。郝书成明白妈妈刚才说的那些话,但郝书成觉得,他绝对不能对韩青青有任何非分的想法,此时郝书成的心里,除了圣洁,还是圣洁。

　　看着韩青青有些干燥的嘴唇,郝书成想着要不要再给她喂些水喝,这时韩青青突然扭动了一下身子,接着下颚往上翘了翘,双腮鼓胀了几下,似乎很难受的样子,郝书成立即轻轻叫道,青青,你醒醒!青青,你怎么了?郝书成的话音还未落下,韩青青就哇地呕吐出来了,将一堆污秽物吐在了自己的胸前和脖子上,郝书成赶忙抽了一沓纸巾,给韩青青擦了擦嘴,顺手抓过一条枕巾,将韩青青胸前的污秽物抓裹起来扔到了床下,谁知道就在刚将枕巾扔出手后,韩青青又哇哇地吐了几口,这就使得郝书成手忙脚乱了起来,他先给韩青青把嘴擦擦干净,又拉来一条枕巾想将韩青青胸前的污秽物抓裹起来,但无奈这时韩青青的胸前已经被一大片黏啦啦的赃物糊满了,任一条枕巾怎么也抓不干净,而且气味十分熏人。郝书成想了想,就将韩青青的上衣和已经被弄脏了的高领毛衣脱掉了,只给上身留下了一件薄薄的内衣。隔着薄薄的内衣,郝书成清晰地感觉到了韩青青温热绵软的肌体,也就是在这一瞬间,郝书成的一颗心,止不住咚咚地跳了起来。

　　可能是呕吐后变得轻松了一些,不一会儿,沉醉中的韩青青略微有些苏醒了。韩青青使劲摇了摇头,使劲睁了睁眼睛,但实际上眼睛只是睁开了一条细细的缝。郝书成说,青青,你好点了吗?韩青青喉咙响了几下,黏黏糊糊地说,水,水。郝书成将韩青青放下,下床给韩青青倒了杯热水,又上床将韩

青青抱起来,一匙一匙地喂了起来。没多久,韩青青又清醒了一些,但觉得浑身乏困无力,韩青青睁开眼,看见郝书成抱着她,似乎有点惊讶,似乎想挣开或者推开郝书成,但一切都是徒劳,她的手臂根本使不上力。韩青青喝水后,静静地躺在了郝书成怀里。郝书成说,青青,你快醒醒,你喝醉了。韩青青不说话。郝书成又说,不知道你真的不能喝酒,真对不起。又过了一阵子,韩青青说话了,她无力地说,你……走……郝书成说,你还没有完全醒过来,等你完全醒了我就走。韩青青沉默了一会,又说,你……走……我要、要上……厕、厕……郝书成哦了一声,沉默了一会儿说,你一个人行吗?韩青青说,你……走……郝书成只好将韩青青放下,下床朝门外走去。就在郝书成刚要开门时,企图自己下床的韩青青竟扑通一声跌倒在了地上。郝书成扭头急忙上前,将韩青青扶了起来,他发现,韩青青浑身瘫软,根本无力行走,脑子依然一片混沌。郝书成想了想,便将韩青青抱进厕所,给韩青青褪下裤子,但韩青青还是坐不了便盆。郝书成就将韩青青的两腿把住,帮助韩青青解手,就在一股嘘嘘的水声传进郝书成的耳朵时,就在韩青青半裸的身子完全依偎在郝书成的怀里时,突然就有一股遏制不住的欲望,不可阻挡地冲上了郝书成的脑际,郝书成突然就疯了,就在韩青青刚刚解完小便后,郝书成快速地将韩青青抱到了床上,毫不犹豫地将韩青青仅剩的几件衣物扒掉,接着又将自己的衣服脱光,伸手将灯摁灭,就爬上了床。

Vol. 47

在韩青青的潜意识里,她明白郝书成在对她做什么事,但此时的她,说话无力,阻挡更无力,就那么任由郝书成手忙脚乱地作为。郝书成虽然已经二十五岁了,但他并没有经过人道,搂着眼前这个让他日思夜想的美丽女人,却不知道该怎么办才好,就那么凭着一股子蓬勃燃烧的激情和毫无章法的莽撞,在韩青青身体上胡乱折腾。经过郝书成这番鲁莽的冲击,这时韩青青已经完全清醒了,但周身依然十分酸软和乏困,她拿手用力地掐了一下郝书成,郝书成一激灵,愣怔了一下,停下了自己的动作,却一下子将韩青青抱得更紧了。郝书成语无伦次地说着,青青,青青,我爱你,我想要你,你原谅我吧……韩青青任郝书成就那么搂着,她半天说道,郝书成,你怎么能对我这样?郝书成不吱声,紧紧搂着韩青青的胳膊似乎有些颤抖。韩青青说,将我灌醉,是你事先设计好的是吗?还是你和你妈商量好的?郝书成愧疚地说,你怎么会把我想成那样?把你灌醉了我都后悔死了,我向你道歉好吗?韩青青没吱声,郝书成说,青青,知道我多爱你吗?在我心里,你韩青青就是个圣女,就是个仙女,就是个女神,包括刚才给你灌酒,那也是喜欢你啊,喜欢你就喜欢成了那种样子,结果没有把握住,竟将你弄醉了。知道吗,就在你醉后,我抱着你,我只觉得爱怜和疼惜,心里绝对没有任何污浊的想法,你是我心里的神啊,我不敢玷污你,不

忍心玷污你,舍不得玷污你。当时我就想,只要能让我就像这样抱你抱上一辈子,我真的足矣,真的一生别无所求了。只是到后来,你突然呕吐了,不得已我将你的外衣和毛衣脱掉了,后来又帮着你上厕所,不知道怎么了,就在那个时候,我竟然昏了头,就做出了这种事,其实我也特恨我自己,但我也没有办法啊,你能原谅我吗,青青?韩青青半天说道,事情都已经这样了,你的目的不是已经达到了吗?还让我原谅你什么?在你家里让我做出这样的事情,你爸你妈会怎样看我,他们完全有理由认为是我勾引了你,完全有理由把我看成一个坏女人,我真的无地自容了!郝书成说,青青你别这样想,我给你说句老实话吧,你虽然没来过我家里,但你应该知道,这些年我天天相亲天天吹灯,原因在哪里?你以为我爸我妈他们不知道?他们心里清楚得很,整得他们儿子一颗心悬在空中落不下来,整得他们儿子不愿意和任何女人订婚,整得他们儿子整天魂不守舍的那个女人,就是你韩青青。我将我对你的爱,早就告诉了他们,他们早就对你了如指掌啦,他们早就想见到你了。如今老天爷突然把你送到了我家,你说他们会是啥心情?你说他们该怎样对你?你早就是他们心中的儿媳啦!韩青青说,我的情况,你爸你妈他们都知道吗?郝书成说,对他们,我什么也没有隐瞒,也不想隐瞒,在我们家里,大家天天都会说到你,从昨晚第一眼看到你,他们就喜欢上你了,你昨晚没睡好觉,他们老两口也没睡好觉啊!韩青青又不言语了,过了很久,她说,郝书成,我感谢你对我的一片真情,但我没有资格接受你的这片情,记得我曾对你说过,你应该找一个纯真善良并且爱你的女孩子。郝书成说,我爸我妈真的好喜欢你,从咱们一起吃饭时的情景,就能清楚地看到他们的态度,记得我也曾经说过,你过去的那些事情,只是你经历过的一些磨难,那绝不是你的错,我爸我妈他们是懂理讲理的人,他们也只会心疼你、理解你、接纳你。韩青青说,你知道你在做什么吗?你是在逼迫我,也是在逼迫你爸和你妈,逼我和你爸你妈按照你的意志办,你知道吗,任何事情都应该顺其自然,而不应该强扭硬逼,不要这样做了书成,算我求求你了。郝书成说,青青你为什么总要这样想?韩青青说,我不会嫁给你的书成,好好找一个漂亮能干的女孩子把婚结了吧。韩青青的话,一下子让郝书成伤心了,这个二十五岁的年轻人,竟突然抱着韩青青呜呜地哭了起来。望着黑乎乎的屋顶,韩青青的眼里,也无声地流下了两行热泪。她伸手将郝书成也紧紧地抱住,在郝书成的脊背上轻轻地抚摸着。郝书成停止了哭泣,说,不说其他了,说说眼下吧,你还打算回省城吗?韩青青想了想说,是,我已经在那里生活五六年了,我已经习惯了那里的环境。郝书成说,回县城咱们一起干好不好,县城确实比省城小多了,但要说干事情,也能干出一番事业来的,不一定非得待在省城才能将事业干成。韩青青说,我不会回县城。郝书成将韩青青亲了亲,说,你怎么了青青,你就那么看不上我吗?我虽然长得配不上你,但也不是很差,更重要的是,我会生生世世为你去做任何事情。韩青青说,书成不要那样说,你是一个能干而且优秀的男人,我已经知道了。郝书成说,刚才的事,原谅我好不好?韩青青却笑了,说,要我原谅你什么?你并没有把我怎样啊!郝书成沉默了一下,说,谢谢你。韩青青说,你身边真的没有过女孩子吗?郝书成没吱声,韩青青说,看你笨手笨脚的样子,我就知道了。郝书成说,我真的很笨。韩青青说,你都折腾几次了?可你……郝书成说,我真的不会,咋也找不到地方,激动紧张得不行,根本没办法控制……韩青青说,活在如今这世道,郝书成算是个好男人。韩青青说着,话锋忽然一转,书成,我有个想法,你看行不行?郝书成说,什么行不行?有啥想法你就说吧。韩青青说,明天我想回我家去。什么?郝书成一下子急眼了,说,回家?那怎么成?明明知道不能回,为啥要回呀?我不同意。韩青青说,我给我妹打电话了,我妹说,昨天晚上我离开后不久,白毓秀也连夜离开我家了。如今她不是在县城,就是回省城了。既然她走了,我就回家去,我待在我家,想他们也不能将我怎么样?难道他们还敢抢人抓人不成?郝书成说,不管怎样,待在家里毕竟很危险,何况他们已经知道你家在什么地方,他们要是再来了怎么办?韩青青说,再来了我就给你打电话,你再把我接走呗。郝书成说,是不是怪我今晚对你胡作非为了,我向你保证,以后绝不那样了,请你相信我,原谅我。韩青青说,也不全是为了这个事,不管怎么说,我只能在你家躲一时,不能在你家躲一世啊。明天上午,你就将我送回家好吗?郝书成不吱声了。这时韩青青主动摸到了郝书成的下边,低声对郝书成说,小笨蛋,现在来吧,我帮你。郝书成不知道韩青青心里怎么想,也拿韩青青没办法,他的心里,忽然充满了极度的失望和灰败。在韩青青的帮助下,郝书成含着

泪，完成了他有生以来的第一次性爱活动。

  第二天一大早，吃过早饭后，韩青青告别了郝书成母亲，由郝书成用出租车，将她送回了杨家沟的家里。韩青青一起床忽然执意要走，弄得郝书成的母亲不胜惊讶，一时不明就里，不知道该挽留还是该送行，直在心里后悔她昨晚临睡前说给儿子的那些话，心想是自己把事情搞坏菜了。看着韩青青坐进郝书成的汽车，消失在楼房顶头的拐弯处，郝书成母亲的心里，升起了一股莫名的自责和惆怅。

Vol. 48

一个月后。

二月初二龙抬头。这天一过,沟沟岔岔的迎春花开了,一树一树的桃花也在一夜全都开了,气温虽然有些春寒料峭,但浓浓的暖意已经氤氲着杨家沟的角角落落。随着春耕大忙季节的开始,随着学校的开学,韩学文和房小琴整天忙着下地干活了,韩瑶瑶、韩龙龙、还有虎子都上学了,在韩青青和爹妈的劝说下,结了婚的韩佩佩也去学校继续读书了。此时家里只留下了韩青青一个人,白天,她给全家人做三顿饭,晚上,韩青青就有些辗转反侧了。一个月来,白毓秀和楚剑雄那边没有了任何消息,韩青青心里的那种恐惧感,也终于趋于平静了。因为她将手机号码换掉了,这就和外界完全失去了联系。这天,韩青青去翟镇赶了个集,翟镇她好些年没有去过了,一来她想去那里看看,看这些年来翟镇都发生了哪些变化;二来主要想了解一下省城那边有什么消息。到翟镇后,她来到一家网吧,在那里上了自己的QQ,一上线,就有许多网友的留言跳了出来。其中,白毓秀给她留了这么一段话:小青,正月初六那天我之所以贸然去了你家,是实在担心你离开海南后究竟会去了哪里,担心你会出什么意外,根本没有任何别的意思,楚剑雄对你有想法,那是他自己的事情,这件事对于我来说,会完全尊重你个人的意思,你愿意就做,不愿意就拉倒,凭什么就必须听他楚剑雄的?你不同意做那件事,

我不但不反对,而且感到很欣慰,这说明你是一个有心气、有志气、有自尊的姑娘,我为有你这样的好姐妹和好朋友感到骄傲,我自始至终都会支持你的,会永远站在你这一边。你那天夜里不辞而别后,我虽然感到很难过、很委屈,但也理解你的心情,因为你毕竟不了解我来的真正目的,请你相信,我真的不怪你。今天给你留这些话,是希望你读了它后,能够放下思想包袱,能够解除心理负担。正月十五之后,咱们公司就开始营业了,大家都在打问你的情况,都希望你能尽快回到公司上班,所以小青,不要有任何顾虑,赶紧回唯美度来吧,回到公司,你的工作和安全,一定会得到充分的保障,我以我的人格向你保证。小青,快回来吧,白姐等着你!韩青青又翻了翻,打开了蒙梦给她的一个简短留言:韩助理,春节收假好长时间了,怎么不见你回公司?大家都很想念你。可能因为你没回来的缘故吧,白总的情绪好像不太好,整天耷拉着一张脸,动不动还给我使脾气,弄得我无所适从。你快回来吧,你回来我就心里有底啦!最后,韩青青看到钟情一生的一个留言:萤火虫,你迷人的光亮又照到哪里去了?自从你倏然离开之后,我整天处于一种迷茫和混沌之中,我多么希望,你能再次飞临我的身边,然而我知道,精灵一般缥缈美丽的你,不会属于我。最近,我那远在首都的未婚妻,不知受了哪位神明的启示,她终于向可怜的我伸出了橄榄枝,希望我能随她调到那边去,我受宠若惊,哪有不答应的道理?我就这样就范了,这也曾是你说过的希望看到的结果。萤火虫,你给我留下的那些光亮、感动和话语,将永远地安慰和温暖着我的心,你留下的那片小纸,我会将它看做是你,让它跟随我走遍天涯……

　　那天从翟镇回到家,韩青青的心里就不安了,她的心忽然飞到省城了,飞到了她的那个小租屋。韩青青想,她不能这样日复一日地闲待在家里啊,也不能为了那件烂事就在外面躲藏一辈子,她得回省城工作、上班。白毓秀写给她的那些话,并没有真正感动她,而是让她感到更迷惑了,因为白毓秀和楚剑雄之间的关系,她是最清楚的,她不过是他们两个人之间的一张牌而已。尤其蒙梦给她的留言,让她隐约感到,那件烂事情并没有完。韩青青想到这里,觉得心里乱糟糟的。她使劲甩了甩头发,对自己说,不管怎样,省城我得尽快回,得尽快找一份新的工作再说。一天午饭后,韩青青将回省城的决定告诉了韩学文和房小琴,韩学文和房小琴一听就慌神了,韩学文说,非得回省城吗?干脆就在县上找个工作吧,别去那里了。房小琴说,你爹说的有道理,哪怕不再上班了也行啊,你爹你妈对你没啥奢求,只求你平安就好,就在家里待着吧,哪里也甭去了。韩青青说,我知道爹妈心疼我,但我不能总待在家里,我得出去工作,我得挣钱养家,看着所有人都在忙碌,我实在坐不住了,我不想在县城找工作,我得马上回省城去。房小琴说,那你回去不是自投罗网吗?那些人再找你麻烦怎么办?我都要担心死了。韩学文说,这样吧,既然小青要走,我陪娃一起去省城,等把小青的事安顿妥了,我再回来。韩青青说,不用不用,没有那么严重,煌煌光天化日之下,不信他们能把我怎么样,放心吧,你们的女儿已经不是小孩子了。就在这时候,恰好郝书成给韩青青拨来了电话:青青,忙什么呢?韩青青说,啥也没忙,全村所有人都在忙,就我一个人在家里闲待着,你说闹心不闹心。郝书成说,闹心归闹心,该待就得待,再待上一阵子再说吧。韩青青说,你倒说了个轻巧,我一天也待不下去了,无论如何也待不下去了,我要马上回省城。什么?郝书成说,怎么说急就急了呀,为了自个安全,无论如何也得等到那件事往淡化了再说嘛。韩青青说,啥时间才能是个头?才是个了?不行不行,我都快要急死了,吃饭睡觉都没味道啦,我必须尽快回到省城。郝书成沉思了一下说,那打算啥时候出发?韩青青说,明天或者后天吧。郝书成说,我知道了。说完就将电话挂掉了。房小琴说,谁打的电话?韩青青说,那天送我回来的司机。韩学文说,看来你们好像熟识?韩青青说,是,我们自小是同学,他在县城开出租车,他家原来在郝家堡,如今搬到县城了,他爸是个包工头。韩学文说,是吗?他爸不会是那个郝运来吧?脑袋上没几根头发,当年在翟镇开过饭店,做的羊肉泡馍很有名,后来把生意做大了,咱们这一带人们都知道他。韩青青说,不清楚,可能吧。房小琴说,那个司机看起来精精干干的,他结婚了没有?韩青青看了看母亲,说,妈你怎么了?怎么看见个人,就关心起人家结婚的事来了?房小琴笑着说,这女子,就不许你妈问问吗?韩学文也说,你这个女子,怎么说风就是雨,你说你这一走,我和你妈黑明昼夜心里能安吗?房小琴说,唉,愁死了,愁死了,如今啥世道嘛,长一张能看过眼的眉眼,也犯下罪了,也过不安生了!韩青青笑笑说,妈你说啥呀?如今啥世道?太平盛世啊,啥时候都会有坏人,不要把事情想极端了,你们放心,我不会有事的。就在这时候,郝书成忽然从大门进来了,一进院子就喊,家里有

人吗?房小琴打开门,韩青青看见,是郝书成走进了院子,赶忙迎了出去,低声对郝书成说,给你说过了,不要随便给我打电话,你是怎么了嘛?居然还跑来了?郝书成没停脚步,也没搭理韩青青,径直走进了家门,一进门就笑吟吟地说,大叔婶婶好,我是上个月送青青回来的司机,我叫郝书成,你们就叫我书成吧,我和青青是同学,刚才打电话听说青青要去省城,就赶来了。韩青青看见郝书成如此举动,站在一边说,我要去省城,关你什么事,你跑来做啥?郝书成说,大叔婶婶别见怪,其实我和青青一直有交往,她的事情我全都清楚。她要回省城,确实让人不放心,所以我想,既然她下决心要去,那我就陪她一起去,到时万一有啥事情,也能有个人照应,你们二老就放心吧。郝书成的这番话,让韩学文和房小琴好像听明白了一点啥,两个人就呵呵地笑了,房小琴赶紧说,那当然好,那当然好,这不是正为她一个人上路担心吗?有你送她去,我们也就放心了。只是要耽误你出车,真是过意不去。韩学文也马上为郝书成让座取烟。郝书成笑着说,没事儿,耽误了我出车,让青青给我付车费就是了。韩青青说,我说郝书成,你这是怎么啦?谁说过要你陪人家去省城?你不要这样做好不好?赶紧回县城跑你的车去吧。郝书成却说,我不需要回县城了,一切准备都做好了,只等着和你一起出发。韩青青既好气又好笑地说,谁倒是叫你操这份闲心了呀?真是,你赶快走吧!这时韩学文问郝书成,敢问你爹他是谁?郝书成脱口说,郝运来,绰号好运来。韩学文笑着说,我想就是他,你爸的水盆羊肉做得特好,特有名。郝书成说,大叔和我爸认识?韩学文摇摇头,说,吃过你爸做的水盆。郝书成呵呵地笑了,说,他如今不开饭店了,开建筑公司了。韩学文说,听青青说过了。说话间,韩学文房小琴便离开了,留下韩青青和郝书成待在屋里。韩青青说,郝书成,我说你得是疯了呀?怎么能随随便便来我家啊?郝书成说,我记着你给我叮咛的话,一般情况下我绝对不会来,但眼下你要去省城,你说我能不来吗?韩青青说,还把你一进门八尺拉一丈,大大啦啦赖成了我的老熟人,啥人嘛,你想干啥呀?叫我爹我妈怎么看我?怎么看咱俩?我恨死你了!郝书成说,恨你就恨吧,原谅我青青,我来你家,真的没有啥想法,你不要乱想,只是这次去省城,你一个人太危险了,我想我一定得跟着你去,我害怕你出啥意外。这不,钱、车,我都准备好了,你就说啥时动身吧。韩青青看着郝书成,心里涌过了一股暖流,说,即使有这种想法,也不必你跑到我家来,电话上说好不就行了吗?一起从县上出发不好吗?郝书成说,电话上说?能靠得住吗?

这天晚上,郝书成就留了下来,住在了韩青青家里,韩青青与虎子住东屋,房小琴与韩瑶瑶和韩龙龙住西屋,韩学文和郝书成住偏窑。第二天一早,韩青青就坐着郝书成的出租车,一起赶往省城了。

Vol. 49

  汽车经过县城时,韩青青说,郝书成你当真要去省城吗?干脆把我送到客运站,让我坐长途车好不好?郝书成瞟了一眼韩青青,说,不好,怎么那么矫情啊!韩青青说,真有大禹治水的精神啊,路过家门而不入?你不回家里一下吗?郝书成说,那当然好了,自从你走后,我妈可想你了,天天在念叨你,要不你去慰问慰问她老人家,也让她老人家把你欣赏下。韩青青说,去去去,再别提那晚喝酒的事了,真是把人丢死了,郝书成你真坏,你就是个阴谋家,如今还让我有啥脸去见你爸和你妈?郝书成说,你把事情看重了,其实你走后,为了你喝醉酒的事,我爸我妈心里难过了好多天。韩青青说,你爸你妈是难过了,你难过了吗?你倒是乘机把大便宜占了!郝书成脸红了一下,说,对不起青青,我真的不是故意的。韩青青说,想起这事我就来气。

  两个人不再说话了。郝书成集中精力开了一阵车,韩青青就迷迷糊糊地睡着了。到了市外高速路上的服务区时,郝书成叫醒了韩青青,说,到市里了,午饭时节到了,咱们在服务区凑合下,还是去市里吃?韩青青说,我好像一点也不饿,你随便吧。郝书成便将汽车开下高速,来到了市区,找了一家干净的酒店把饭吃了,接着又将车开到市里最大的商城,想给韩青青买点衣服什么东西,遭到了韩青青的严词拒绝,两个人便又出城上了高速。郝书成说,青青你怎么了,总那么一惊一乍的,害怕我黏上你是吗?你把我看成啥人了?韩青青说,郝书成你得是听不懂人话啊?我一再给你说,你郝书成是个好男人,应该找个相配的好女人和你结婚,听懂了吗?郝书成一脸的苦恼,半天说,嫌我配不上你就明说呗,哪有你这样折磨人的?韩青青不吱声了。半天,郝书成问,青青,到了省城,你打算怎么办?韩青青说,直接去我的租屋,然后集中力量找工作,找一份新工作就去上班。白毓秀的唯美度是不能去了,即使给我每月十万块钱工资,也不能去了。又说,将我送到租屋后,你就可以返程了。郝书成说,找工作的想法我同意,但要回原来的租屋,我觉得有危险。韩青青立即将惊讶的目光投向了郝书成,说,该有啥危险?郝书成说,你不怕他们来那里找你吗?你租屋地址公司有人知道吗?韩青青想了想,说,好像公司个人档案上有记载。郝书成说,那不公开了吗?按我的想法,你首先必须从原来的租屋搬出来,离开那个地方,另外租一间房子,再去找工作不迟。郝书成的话让韩青青也有点惊慌,便同意了郝书成的分析,说,那就把新屋租远点,干脆去西郊租吧。韩青青采纳了郝书成的意见,让郝书成特高兴,便说,租房子的钱我来掏,好不好?韩青青一怔,说,不好,我怎么能让你来掏钱?郝书成说,你这人真是,人家真心对你,你老以为别人要害你!猪婆子吐荞麦花——与食打别儿!郝书成的话,将韩青青惹得扑哧笑了,伸手在郝书成的右肩上打了一拳,嗔怨地说,说什么呀郝书成,什么猪婆子与食打别儿?真是难听死了,郝书成你才是个公猪哪!郝书成呵呵地笑着说,好好好,我这个公猪是当定了,不是有个特漂亮的猪婆在身边吗?韩青青一下子脸红了,伸手又是对郝书成一阵乱打:郝书成你坏死了,瞅空儿占人家的便宜!郝书成说,这能怪我吗?这是你自愿自找的嘛。

　　下午两点,他们到了省城。郝书成直接将车开到了西郊的上官桥,那里也是一大片城乡结合部,许多进城务工人员都租住在这里。郝书成说,这里的条件太差了,还是在城里租吧。韩青青说,省城这地方寸土寸金,你以为这里是咱们县城啊,随便几个钱就能租一间房子?要在城里租房子,我每月的薪水就都填还给房东了,我哪里也不去,就在这里租。郝书成没吭声,调转车头就往城里方向开,韩青青哇哇地叫着,停车停车,郝书成你疯啦!郝书成将车停在一个出租车停车点,马上就有乘客要前来搭

乘,郝书成说,我的车是外地的,来省城办事,不拉客,请您原谅。那乘客悻悻地说,不拉客停这里干啥?神经病!郝书成赶紧将车挪了个地方,对韩青青说,青青,我求你了,那城乡结合部太烂了,绝对不能住,你住在那地方,我会心痛死的。韩青青说,是我住又不是你住,你心痛什么呀?快把车往回开!郝书成说,别,先让我打电话了解一下情况行不行?郝书成打了一阵子电话,了解到在省城南边大学城附近新近建成了四座公寓楼。名字叫宏福苑,专门提供大学生等外来单身租住。两个人很快找到了宏福苑,以每月八百五十块钱租了一间二十二平方米的一室单元房,虽然面积比较小,但里面的设施一应俱全,冬有暖气,夏有冷风,且有互联网宽带接入。这和韩青青在东郊的租屋比,虽然价格贵了三百多块钱,面积也小了二十多平方米,但这里的条件毕竟好多了。这让韩青青心里十分高兴。但嘴里却说,每月贵了这么多钱,郝书成你以为我是富婆啊?郝书成替韩青青交了半年的租金,将一切手续办好后,将房子钥匙交给了韩青青,说,你住在这里,我这才能够放下心。韩青青脸红了一下,接过钥匙说,一口一个你放不下心,以为我是你的啥人呀?郝书成我给你说,今天我才发现了,你郝书成还是个固执己见犟家伙,八头牛也拉不回来你,啥事都得由着你的想法来,我很讨厌你这一点。你记牢吧,今天你替我支付的租金,我一定会还给你。郝书成嘿嘿地笑了,说,好好好,就算我是借给你的。现在房子租下了,我再不犟了,一切由你说了算,好不好?韩青青也笑了,说,不好,你这人真讨厌。接着又说,咱们在家说好的,你今天的任务完成了,你现在可以返程了。郝书成说,房子是租下了,可里面还是空荡荡的,啥啥也没有,你怎么吃呀和睡呀?韩青青说,这不要你管,你赶快回家吧。郝书成说,别犟了青青,咱们一起去买吧,把家里的东西买下了,我马上就走。韩青青说,这些小事我会弄,不要你管,你赶快回吧。郝书成说,那好,你不去我去,我自己去买,你等着,很快就买回来了。韩青青着急了,说,郝书成你就听我一回行不行?别花那些冤枉钱了。郝书成看着韩青青,不说话。韩青青说,我打算将东郊租屋的东西搬过来,那些东西都好好的,真的没有必要再买新的了。郝书成拍了一下脑袋说,哎呀,你看我怎么就给忘了,你为啥不早说?这样也行,把那些东西搬过来,缺啥再补啥。说着就要韩青青坐上车,两个人一起去东郊。韩青青坐上车,郝书成想想又说,不对,你还是别去,把地址和钥匙给我,我一个去,不管怎么样,咱们得以防万一对不对?韩青青说,你一个人去,房东不让你进屋怎么办?郝书成说,你给房东写个条子吧。韩青青给房东写了个便信,郝书成带着它,就向东郊进发了。

郝书成好不容易找到了韩青青租住的房东家里,郝书成将韩青青的便信交给房东,说,韩青青是他妹妹,由于家里有其他的生意了,韩青青已经回到县城上班了,不再来省城了,他今天来城里办事,顺便替妹妹将房租清了,房子退了,然后将妹妹的一些东西带回去。房东看了韩青青的条子,觉得郝书成说得有鼻子有眼,就信了郝书成。郝书成给房东结了账,由房东从大街上叫了一辆小货车,就开始将韩青青的家什往车上装。

就在郝书成指挥一帮人装车时,住在房东隔壁家庭招待所的孟亮几个人,立马就得知了这个消息。孟亮亲自下楼去现场转悠了一圈,并没有看见韩青青的身影,便立即回到招待所,和其他三个安保员开了一个会,孟亮说,可能是韩青青要有行动了,看来她是想逃跑,咱们可不能让她的图谋得逞,在这里辛辛苦苦守了一个多月,终于等来了今天,这个机会咱们一定要抓住,绝不能错过了。但要注意的是,不能打草惊蛇,惊动了对方,要保证咱们的行动秘密进行。孟亮让一个安保员装作租房的客人,直接去韩青青房东家进行探究,打听究竟搬家的是什么人?同时打发另一名安保员与搬家的工人和指挥搬家的郝书成接触,了解和询问是什么人在搬家?如果是韩青青搬家,弄清楚她会往哪里搬?孟亮则与另一个安保员,坐在招待所里静候着消息。一阵工夫后,两个安保员先后回来了,佯装租房的安保员说,房东听说他要租房,显得十分高兴,开口就说,好啊,你来得正好,今天刚好有一位租客退房,等她搬走了,你就可以住进来。安保员说,他问房东,原来的租客是个什么人?房东说,是个很好的姑娘,姓韩,如今她自己家里有了活儿,不来省城了。另一个安保员说,他去打听装车的人了,都说不知道给谁搬家,一个工人说,管他给谁搬,谁给钱咱就给谁搬。打听那个指挥装车的人,说是帮他妹妹搬家,要搬到乡下县城去了。孟亮说,很好,你俩的任务完成得很好,我口头对你俩提出表扬。从了解到的情况看,可以确定楼下的那辆车,就是给韩青青搬家。弟兄们,养兵千日用兵一时,现在到了我们为老板出力,为老板立功的时刻了,每个人都要振奋起来,准备立即投入战斗。具体的行动是,悄悄地盯住那

个指挥装车的家伙,悄悄地盯住那辆小货车,待他们离开时,紧紧地跟踪着他们,记住,千万不能跟丢了,力争神不知鬼不觉地将韩青青的窝藏地点摸清楚,进而将这个小婊子一举抓获。"

将小货车装好后,郝书成开着出租车在前面带路,让小货车载着韩青青的一些日常家庭用具,朝着宏福苑驶去了。而孟亮和三个安保员,则悄悄坐在一辆霸道越野车里,紧紧地尾随在轻型小货车后面不远的地方,悄无声息地行驶着。

Vol. 50

在尾随小货车的路上,孟亮小心地拨通了楚剑雄的电话。孟亮说,楚总,向您报告个重大情况。楚剑雄说,讲吧。孟亮说,韩青青今天有行动了。楚剑雄一激灵,问道,你们看到她了吗?孟亮说,还没有。楚剑雄说,怎么回事?孟亮说,韩青青打发她哥找到房东,把她在东郊的房子退掉了,雇了一辆小货车将她的行囊搬走了,听房东说她已经回老家县城上班了,不在省城待了。楚剑雄说,你现在在哪里?孟亮说,她哥开一辆外地出租车,带着小货车离开了东郊,我们几个人正在开车跟踪着呢。楚剑雄想,这小婊子还真鬼,到底玩的是啥把戏?便对孟亮说,小孟你们做得对,把他们盯紧,但要注意隐蔽,不要让人家把你们甩了,有情况立即报告。孟亮说,是,楚总放心,我们保证完成任务。楚剑雄说,要是抓到了人,不要打骂,态度温和一些。孟亮说,是,楚总。挂掉了电话,孟亮立即对身边的三个安保员说,楚总下达了重要指示,一定要盯住他们,别让人家把咱们给甩了,每个人都将眼珠子瞪圆睁大,一下也不许眨!当初廖飞和孟亮在海口被拘留后,在小马的斡旋下,向警方补交了一笔罚款后,警方让两个人再次写了一份悔过书,在拘留所只待了七天,就被提前释放出来了。廖飞和孟亮出来后,小马将老板如何关心他们,如何不惜花重金救赎他们的经过,告诉了他俩。回到省城后,楚剑雄又将两个人叫到办公室,询问被拘留后的情况,对他们表示了慰问,对他们的勇敢行为再次做

了肯定和赞扬,并亲手给他们每人发了一个装着三千块钱的红包。随后,楚剑雄就将孟亮派往了东郊,让他负责对韩青青住所进行监视。楚剑雄的关爱和信任,给了廖飞和孟亮莫大的感动和激励,孟亮当即向楚剑雄表示,从今往后,孟亮的一切,包括生命都属于公司,为了楚总和公司就是赴汤蹈火,牺牲一切,也在所不辞!

挂断了孟亮的电话,楚剑雄陷入了一阵沉思,他抽了一支烟,拨通了白毓秀的电话。白毓秀说,老公,有啥事儿?楚剑雄说,孟亮他们发现韩青青的行踪了。是吗?白毓秀有点惊讶地说,怎么发现的,抓住她没有?楚剑雄说,还没有。孟亮他们了解到的情况是,韩青青不打算在省城待了,打发他哥将她在这里的租房退了,将屋子里的东西也拉走了,已经离开了住地,孟亮他们正在跟踪。白毓秀忽然笑着说,看来这小东西已经吓破胆了,吓得不敢出家门、不敢见天日了。又说,这样吧,我马上到你那边来,见了面再说。

很快,白毓秀就从F楼下来,来到了楚剑雄的办公室。一进门,白毓秀就说,你说说,难道让这小东西就这样溜走了不成?楚剑雄坐在老板椅上抽烟,没有起身,看了白毓秀一眼,也没有吱声。白毓秀在沙发上坐了下来,说,怎么不说话?楚剑雄将没有抽完的半截纸烟用力地研碎在烟灰缸里,抬起头说,我现在考虑的问题是,如果真的将她抓住了,我们该怎么办?白毓秀说,该怎么办?那还不简单?你抓她为了啥?不就是想收拾她吗?先把她拿下了再说!楚剑雄笑着说,我拿下她,你会乐意?不吃醋吗?白毓秀气昂昂地说,这件事是咱们当初说好了的,咱们的目标是一致的,我该吃什么醋?这丫头这次把我气美了,不收拾她一下,不教训她一下,我这一肚子的气首先落不下!楚剑雄说,她要是执意不从呢?白毓秀说,嘿,你怎么能说出这种怂话来?一个将近二百斤身量的大男人,她不从你就没办法了吗?用你这身肉,压也把她压碎了!楚剑雄说,你把我意思领会错了。我是说,从最近这些事情看,这女人的性格看来确实很执拗,胆子也忒大,这样的女人骨子里比较硬,也比较恶,不像一般女娃娃那样好对付,咱们恐怕得有个思想准备。白毓秀说,这点我也感觉到了,这狗东西平日里时时处处对你温顺得不得了,给你的感觉她就是柔弱无骨、逆来顺受,其实这一切都是伪装的,做给你看的,而且装得、做得天衣无缝,就和真的一样。可一到关键时刻,就翻脸不认人了,心里的主意正得很,该怎么做就怎么做,根本不给你留一丝一毫的面子和余地。

好了,既然她把我白毓秀耍了,惹了,我就要叫她付出耍我惹我的代价,她不要以为,我白毓秀就是吃素的,就是个任谁可以随意欺凌的女人!我要叫她知道,我白毓秀比她韩青青更厉害,更难缠!楚剑雄忽然呵呵地笑了起来,好啦好啦,不就一个小下人嘛,用得着上这么大的气啊?要我想,真要是把她抓住了,你还真得把你这火气往下压一压,先和她正面谈,不要一见面就杀气腾腾,得先从软处来。只要她认错了,归顺了,那事情就好说了,过去对她怎么样,以后还对她怎么样,让她继续做你的助理,甚至升她做个副总都行,不战而屈人之兵,善之善者也。如果她真的不识时务,死硬到底,对抗到底,那就只好敬酒不吃吃罚酒了,那时你再发你的威风吧,觉得怎么收拾她过瘾就怎么收拾。只是有一个原则要把握住,那就是别把事情弄大了,狠狠教训一下她,让她滚人就是了。你说呢?白毓秀说,你这话说得也没错,其实我心里和你想的完全一样,只是叫这小东西把我气晕了,恨不得将她吊起来打个皮开肉绽才解恨!

　　楚剑雄拉开抽屉,从里面取出了一根古巴雪茄,对白毓秀说,你也来一支吧。白毓秀说,你抽你的,我不动那个东西。说着从手包里取出打火机,上前给楚剑雄将雪茄点着,然后从手包里给自己抽出一支中南海牌女士香烟点着吸了起来。楚剑雄说,你不是戒了吗?白毓秀说,是,彻底戒了,这还不是为了你吗?女人长期吸烟,会损害健康不说,更会损害容颜,所以下决心戒了,平时随身带一点,以支应别人,今天破例,忽然想抽一支。说着狠狠吸了一口,随之就吐出了一连串圆圆的烟圈。接着又说,雪茄烟你平时也抽得不多。楚剑雄说,是,相比之下,还是觉得纸烟好抽一些,和你一样,今天突然也想抽一支。两个人正在面对面抽烟和说话,楚剑雄的手机这时响了,楚剑雄一看,是孟亮来电,就朝白毓秀努了努嘴巴,说道,有情况了,孟亮电话。楚剑雄打开电话,里面传来了孟亮紧张兴奋的声音,楚总,我向您报告,韩青青我们已经带回来了,现在就在我们车上,请您指示。楚剑雄说,是吗?那车不是回他们县城了吗?怎么忽然……孟亮说,楚总是这样,原来那家伙在南郊宏福苑另外租了一处房子,打算从东郊往这里搬家,我们一直跟着小货车来到宏福苑,结果那小货车还没停下来,就突然看见了韩青青,这时,我们三个人就冲了上去,迅速将她弄到了我们车上,调转车头就跑,等那外地出租车司机反应过来,为时已晚了,想追我们已经来不及了。现在我们把车停在路边,我下车

给您打电话。楚剑雄说,好样的小孟,我知道了,你稍等下。楚剑雄用手捂着手机话筒,对白毓秀说,没想到小孟他们真的将那小东西抓住了,正在往回赶的路上,你说,将她弄到哪里去合适?白毓秀一怔,这个问题她还真没想过呢,一时愣愣地望着楚剑雄,没有说话。楚剑雄说,弄到银座不论那座楼,恐怕都不是很合适?白毓秀想想,果断地说,那就弄到我北郊蓝岛国际的住处吧。

Vol. 51

郝书成开着出租车,和小货车一起往宏福苑赶。他看到,省城和县城比,真的一个在天上一个在地下,这里不论大街小巷,都是车水马龙,人来人往,所到之处,几乎没有消停和宁静的地方。所以自始至终,郝书成也没有发现有人在跟踪他。在离开东郊租屋后,郝书成给韩青青打了个电话,说,真没想到啊,事情办得很顺利,已经将房子退了,租金清了,东西搬了,马上就会来到宏福苑。韩青青听了也特别高兴,说,谢谢你啦郝书成,需要我雇几个人往楼上搬东西吗?郝书成说,不需要,房东雇车时,已经喊了几个装车的人,他们都跟过来了,一会儿车也由他们卸。韩青青说,那好吧,我在大门口等你。郝书成说,你不要下楼了,就在家里等着往进搬东西吧,下面卸车有我照看。韩青青说,好啦,你管你操点心,别把路跑错了。郝书成说,你放心吧,小货车司机认识宏福苑,其实还是他带我呢。

没想到这样快就在省城将新家租好安好了,这让韩青青心里充满了喜悦,她没有听郝书成的话,早早来到了楼下,站在宏福苑大门前的台阶上,翘首等待着郝书成和小货车的到来。

老远,韩青青望见,郝书成的出租车和一辆小货车,夹在一溜密密匝匝的汽车流的中间,慢慢地行驶过来了。快要到了宏福苑大门前时,郝书成将自己的车开到马路旁边,打算放入一个停车位,小货车则拐头进入宏福苑院子。

就在这时候,一直紧跟在两辆车后面的霸道车里,一个安保员忽然惊叫了一声,孟亮快看那是谁?是不是韩青青?孟亮一惊说,在哪里?安保员用手往车外一指,说,前面大门前台阶上站着的那个女人。车里的所有人,包括司机的头,一下子全都转了过来,接着,四个人不约而同"啊"了一声,同声叫道,就是她!孟亮也清楚地看见了,站在台阶上的女人就是他们要找的韩青青,他感到身上的血液倏地涌到了脑际,一颗心剧烈地跳了起来,孟亮咽了一口唾沫,努力稳了稳神,大声说,考验我们的时刻到了,你们两个跟我冲上去,将她弄到车上来,小李赶快将车掉个头,等着我们上车。说着,三个人就迅速下车,撒腿朝宏福苑大门跑去。站在台阶上的韩青青,看见郝书成去停车了,便打算带着小货车去三号楼那里,就在她刚走下台阶的一刹那间,忽然就被一个男人紧紧地抱住了,并迅速被捂住了嘴巴。韩青青大吃一惊,浑身一抖,奋力地挣扎着,企图大声呼救,但一切都是徒劳的。这个人力道极大,他紧紧地把住韩青青的头,牢牢地捂着她的嘴,另外两个人迅速将韩青青架在空中,一起跌跌撞撞地往前冲着。周围的人被这突然发生的一幕惊呆了,人们讶异地望着三个小伙子在蛮横地劫持一个年轻女孩子,却没有一个人站出来过问或者制止。就在这时候,郝书成已经将车放好了,刚刚转回了宏福苑大门口,而韩青青已经被孟亮他们弄到了霸道车旁边,郝书成不知道发生了什么事,下意识凑近人群,举目一望,才看见几个小伙子正在将韩青青往一辆霸道车里塞。郝书成脑袋轰地一响,大喊了一声:韩青青!挤开人群就要往霸道车跟前奔,可这时霸道车已经关门了,郝书成马上意识到,这样徒步追赶是不行的,便扭头去开自己的出租车,当郝书成将车发动起来,掉头追赶的时候,霸道车已经离他有二百多米了。郝书成心急如焚,不断地鸣笛,但无奈满街都是车辆和行人,就这样他越追,霸道车就离他越远,终于,霸道车在拐了两个弯之后,便不见踪影了。

将韩青青塞进了霸道车,关上车门后,三个人便将韩青青放开了。孟亮一把抓过挂在韩青青右肩上的小包包交给身旁一个安保员,嘴里却说道,对不起韩助理,让您受惊了,请您跟我们走一趟。韩青青定了定神,这时他已经认出了眼前的这几个人,她鄙夷地转过了头,扭了扭被他们弄疼了的肩膀,有点生气地说,孟亮,你们几个究竟想干什么?孟亮说,春节收假好长时间了,韩助理没回公司上班,今天偶尔遇见了您,就跟我们回一趟公司吧。韩青青说,孟亮学乖了哈,会忽悠人啦?说吧,是谁让您来抓我的?孟亮笑笑说,怎么能是抓呢?楚总和白总都很想您啊,他们天天都在念叨您。韩青青知道自己已经不可能下车了,便尽量平和地说,小孟,把我的包包给我好吗?孟亮笑了笑说,还是让我替您保管一会吧。韩青青说,那你把电话给我,我要打个电话。韩青青话音刚落,韩青青的电话就响了,孟亮立即取出韩青青的电话,没思索就将来电掐断了,接着就将手机关掉了。孟亮面带微笑地看着韩青青,又将电话装进了包里。此时韩青青心里忽然焦虑到了极点,她恨恨地看着孟亮,直后悔当初自己为什么那么有顾虑,虽然想到了要谨防意外,但却没有将万一出意外后该如何搭救自己的相关信息告诉郝书成。韩青青说,孟亮你真的要控制我吗?你知道你这样做是犯罪吗?孟亮依然不说话。到了一个十字路口,孟亮对司机说,停一下车,我下去一下,说完给其他两个安保员使了个眼色,就下车给楚剑雄打电话了。孟亮上车后,对司机说,出发吧,直接去白总北郊的住处。说完对韩青青说,韩助理不要乱想了,白总正在家里等着你呢。半天韩青青说道,孟亮你可想清楚,你要为你今天的行动付出代价的!孟亮看看韩青青,不但没有搭理韩青青,而是将脸埋在一边,五音不全地哼唱起了那首由西藏女歌手央金兰泽演唱的《遇上你是我的缘》。

  郝书成终于没有追赶上劫持韩青青的霸道车。郝书成将出租车再次停在路边车位上后,坐在车里半天没有下车。这阵子,他的脑子里一片乱哄哄地,只觉得浑身冒火,脸上发胀,手心出汗。他狠狠地在自己的头上砸了几拳,咬牙切齿地骂自己该死。看来那些人早已经将他盯上了,而且记得有人还直接向他打问过他是给谁搬家,可他居然丝毫没有觉察出来,竟将这伙人直直地带到了宏福苑。他恨自己笨,恨自己没有警惕性,恨自己没能追上那辆车,更恨自己没有记住那辆车的车牌号。他心里乱乱地想着,不知道韩青青现在怎么样了?他们会将她弄到哪里去?她会不会遭到那帮人的毒打?会不会有什么人身危险?一时间,他真的发懵了,真的不知道该怎么办才好。他掏出手机,给韩青青拨了一个电话,可仅仅传来了两声信号,电话就被对方掐断了。就在这时候,一阵敲打车窗的声音将他惊醒了,他打开车门,站在车外的人没好气地说,你这老板真是!东西拉过来怎么不卸车啦?半天等不见你的人,坐在车里发什么呆嘛?快把车卸了,账结了,我们还有急事要办呢!郝书成这才下车和小货车司机来到三号楼,几个人三下五除二将车上的东西

卸下来,胡乱地塞进韩青青的租屋后,郝书成又心急火燎的下楼了。郝书成在楼下漫无目的地转悠了一阵,开始从宏福苑大门附近的一些人打问那辆霸道车的车牌号,打问了好些人,当时在场的人居然没有几个了,有那么三两个在场的人,却没有人能清清楚楚地记下车牌号。其中有个人还说,那女的得是你拐来的吧?又叫人家男人弄走了?郝书成哭笑不得,没法向人家解释。那人看看郝书成的脸,又说,如果这件事你真的占理,有理就能走遍天下,那就只有一条路了,赶紧去公安局报案,让警察帮着你找人。对呀!这句话让郝书成豁然开朗,他急忙向说话的人道了谢,又打听到离宏福苑不远有一家派出所,就连忙开车去了那里。警察接待了郝书成,但郝书成却不能向警察提供真实具体的线索,只是说他偶尔听韩青青说过她在一家叫什么"度"的公司上班,公司的领导是个女的,名字好像叫白玉什么的。警察说,你把事情说得这么含糊,这算是哪门子报案啊?郝书成说,我确实只知道这么一点情况,但警察同志,请你相信,我说的话全是真的,你们一定要帮我啊,帮我找到我的女朋友,不然她真的会出危险的,说着竟流下了眼泪。警察大概看郝书成话说得很真诚,心情也很急迫,便安慰郝书成说,你说的情况我们记录下来了,你放心吧,我们会尽最大的努力帮你,有情况马上和你联系。

Vol. 52

　　白毓秀买了一大袋子水果,就和楚剑雄一起来到了白毓秀在北郊蓝岛国际的住处。

　　这里是白毓秀当初与楚剑雄闹翻后,给自己购买的一处住房。当时白毓秀简直让楚剑雄气疯了,便下决心从此与楚剑雄一刀两断,一气之下就搬了过来。但事实上,由于这地方距离银座豪城比较远,由于白毓秀本来就是单身,跑这么远的路上下班确实不方便,房子弄好后,白毓秀并没有真正在这里住下来,而大多数的时间,还是住在唯美度她自己的办公室里。

　　走进了屋门,楚剑雄说,这个地方好,偏僻,清静,没想到你还给自己弄了这么好个地方。白毓秀说,死相,当初还不是让你气的吗,只想躲在这里一辈子也不再见你了。楚剑雄呵呵地笑了,说,你呀你呀,就是那个霹雳火脾气。白毓秀说,我就这么个人,眼睛里容不了沙子。楚剑雄说,好好好,我知道了,服了你还不行吗?白毓秀说,一会那小东西来了怎么问话?楚剑雄说,这事交给你办,我最好不要出面,你说呢,我就躲在书房看看书,你和她谈吧,谈不拢再说。白毓秀说,那好吧,我来谈。楚剑雄说,基本的原则是先礼后兵,基本的策略是以柔克刚。白毓秀,又来了不是?楚剑雄笑着说,好,我不说了,你看着办。

　　刚刚将水果摆摆好,孟亮的电话就打来了,楚剑雄将手机递给了白毓秀,孟亮说,我们到了。白毓秀说,好,送上来吧,二号楼一单元十五楼东户。又说,不要告诉她楚总在这里。白毓秀将电话还给楚剑雄,说,你快去书房吧,不要弄出啥动静来。楚剑雄立即躲进了书房。不大工夫,孟亮和一名安保员带着韩青青上了楼,白毓秀站在电梯口迎接,当电梯门一打开,三个人出现在白毓秀面前时,白毓秀亲昵地、满脸含笑地叫了一声,小青来啦,白姐好想你啊! 说着伸手将韩青青的手拉住,快进屋吧,外面冷不冷?韩青青笑笑,没有说话,由白毓秀拉着手走下了电梯。白毓秀对孟亮说,快去,弄两份饭上来。孟亮应了一声,和安保员又下楼了。白毓秀将韩青青让进屋,笑着说,快坐吧,白姐给你沏茶。韩青青就在沙发上坐了下来,面前的茶几上摆着四盘新鲜的水果。白毓秀一边沏着茶水,一边说道,收假好久了,你没来上班,白姐心里好像缺了个啥似的,整天里心神不安,平时没啥感觉,只有你这一不在,才觉得你小青的重要了,白姐离不开你呀。韩青青看到,这是一间带有跃层的四室房子,很大很宽敞,装饰得也很时尚、豪华,韩青青只听说过白毓秀在北郊有一套住房,但一直没有来过这里。白毓秀将茶水放在韩青青面前,在韩青青对面坐了下来,说,快喝点水吧,暖暖身子。说着伸手拿起一个苹果,用刀子切成了四块,放在了韩青青面前的小碟子里。韩青青端着茶水慢慢地啜饮着,心里想,茶水里不会下了迷药吧。她没有看白毓秀,而是拿眼睛四下里环视着这个大厅。孟亮上来了,带来了两份热乎乎的酸汤水饺,一荤一素两份菜,外带两份西餐甜点。白毓秀说,已经快四点了,饿不饿都先吃点儿,一会再正式吃晚饭。韩青青这时也确实饿了,既然送来了饭菜,哪有不吃的道理,立即放下手里的茶杯,说,谢谢白总,就端起一碗水饺吃了起来。孟亮要下楼了,白毓秀跟着来到楼道,对孟亮说,你们四个人分下工,两个人在楼下单元门口附近巡守,两个人在这几层楼梯和电梯口巡守。孟亮说,明白,她的包包和手机还在霸道车上,拿上来吗?白毓秀说,先放在车上。孟亮说,我想也是,不能让她和外面联系。白毓秀说,下去吧。

　　白毓秀回到屋里时,韩青青已经差不多将水饺吃完了,白毓秀说,吃完水饺,再将这份点心吃了,最后吃点水果。韩青青放下碗,又吃起了甜点,说,白总你也吃。白毓秀说,好,我也吃。坐下来也吃起了水饺。白毓秀说,味道还不错。韩青青说,还行。白毓秀边吃边说,听孟亮说你另外租了一间房子?韩青青说,是,东郊的租屋设施太差,不是很方便,现在租的这间,是个小标准单元,小是小点,但功能齐全。白毓秀说,我也觉得东郊那地方条件太差了些。韩青青抬起头看着白毓秀说,怎么,白总去过那里?白毓秀有点尴尬,犹豫了一下说,是啊,这不是你没来公司吗?我就去那里找过你一次。韩青青心想,真是把心思用尽了啊!白毓秀简单吃了点,就将碗筷拾掇了,重新给韩青青和自己沏了杯茶,两个人这才算是坐定了。白毓秀说,小青你告诉白姐,咱们之间并没有发生啥不愉快,究竟是啥原因,让你老躲着白姐呀?韩青青说,原因很简单,因为我有错。我当初本不该答应你陪同楚总去海南,但当时出于对您的尊重,我没敢将真实的想法说出来,结果将楚总闪在了海南,让您和楚总好没面子。这件事我觉得自己考虑不周详,做得不妥当,对不住您,也对不住楚总,所以就不想见到你们,也没脸见到你们。请白总能原谅我,也请楚总能原谅我。白毓秀说,你这番话说得很好,白姐爱听。谁做事都有考虑不周,做得不到的时候,只要能认识到自己的错,改了就好了,往后不再犯就好了。韩青青没有说话。白毓秀说,不过,真要说那件事的话,你的做法还真有些欠妥当,就是跟楚总已经到了海南,你同意就同意,不同意就不同意,既然想法变了,把话对楚总说明白不就行了?怎么能不打招呼就那样半夜悄悄跑了?害得楚总和我一天到晚为你担心,你说是不是这回事?韩青青依然没说话。白毓秀说,这样吧小青,心里不要纠结这件事了,我已经原谅了你,楚总也已经原谅了你,过去的事就让它过去吧,来公司上班好不好?咱们公司离不开你。韩青青说,我当然对咱们公司有感情,对您更有感情,只是经过这件事,我觉得我没脸继续在公司待了,也没脸见到楚总和您了。白毓秀说,看来我们小青是个顾大义、讲交情的孩子,白姐就欣赏你这一点。至于这件事,也不要想得太多了,没什么有脸没脸的,楚总他喜欢你,这点你不是不知道,比喜欢任何女孩子都喜欢你,还是当初说的那件事儿,只要你应了他,偶尔去陪陪他,一切不结了吗?韩青青又不说话了。白毓秀说,没什么不好意思的,说透了,不就是男女之间的那点破事儿?钱总不是个坏东西吧,你和他各得其所,不过是一种交易,一个月进账三万块,这种好事去哪找呀?说好听点也就是一项业余活动,何乐而不为?屋子里一时静极了。白毓秀拿起几根牙签,分别插在一些葡萄和切开的橙子上,然后挑起一个葡萄送进嘴里,边吃边说,你再想想吧,白姐不为难你。又说,这种事对许多女孩子来说,可遇而不可求,任何机会都会稍纵即逝,就看你能不能把握住它。韩青青也伸手挑起

了一芽橙子,慢慢地吃了起来。白毓秀问,怎么样,小青？韩青青抬起头望着白毓秀。白毓秀看见,这次韩青青望她的眼光,没有胆怯,没有羞涩,没有回避,而是十分平静,平静中带着某种刚毅和坚定。白毓秀长长地吁了一口气,无奈地摇了摇头。韩青青始终没有说话,但白毓秀已经明白了韩青青的意思。良久,白毓秀问:为什么呀？接着又问了一句,为什么呀你？你这样做,真让人不明白！韩青青端起茶杯喝了口水,低声地对白毓秀说,对不起白总,不为什么。白毓秀忽然愤愤地站起了身,说,我真是不理解,就你目前的状况,就你们家庭那种状况,拮据到了一贫如洗的程度,这样赌气硬挺自己的脖子,有什么意思吗？有那种必要吗？在做给谁看呀？简直是不可思议！说完怒不可遏地看着韩青青。韩青青脸上浮起了一层不经意的笑容,说,对不起白总,请您原谅我。白毓秀忽然就爆发了,请我原谅你？一句原谅就能将一切勾销了吗？你以为你是谁？是皇后娘娘啊？是七仙女啊？韩青青你把事情想得太简单了吧？看着白毓秀忽然愤怒变形的脸,韩青青脸色也严肃了起来,她冷静地说,白总不要生气,坐下慢慢说吧。既然您不肯原谅我,那你说说你想怎么个了法吧。白毓秀也感到自己有些失态,努力镇静了一下,悻悻地在沙发上坐了下来,半天气哼哼地说,怎么个了法？当然会有了结的办法,只是怕你承受不起！

Vol. 53

韩青青轻轻地笑了笑,说,啥了结办法?您说说看。

看着韩青青无事人一般镇静自若的神情,这时白毓秀突然感觉到有点憋尿。白毓秀知道,这是她的一个习惯,凡是遇到让她不愉快,特别是气愤不已的事情时,她就会突然憋尿,甚至在怒不可遏时,还会多少有那么一点遗尿,此时的白毓秀,已经感觉到自己的底裤有点湿了,就在她还未完全坐稳时,她又忽然站了起来,大步流星地朝厕所奔去了。

这时已经是下午六点多钟了,天就要黑了。韩青青不知道郝书成此时此刻在做什么,但她想象得到,他正在为她发急、发慌、发焦。她想联系一下郝书成,但手机被孟亮抢走了。她看见在大厅一隅一个小柜子上有座机,便走过去将电话拿起来,刚刚摁了几个号码,白毓秀就从厕所出来了,当看见韩青青正在用她的座机往外打电话时,她一下子疯了,突然朝韩青青扑了过来,一把夺走了话柄,竟将韩青青猛地撞了个趔趄。她怒吼道,你这是干什么?嗯?韩青青转身在沙发坐下来,说,我打个电话不可以吗?白毓秀喊道,当然不可以!韩青青说,那这样吧白总,我的包包和手机都在孟亮那里,让他把手机还给我,我要打个电话。白毓秀说,你想得倒美!告诉你,事情谈不下个结果出来,你别想打电话,更别想从这里离开!韩青青沉默了一阵子,说,白总你知道你在做什么吗?你在搞非法抓捕和拘禁,你这样做是在犯罪,你明白吗?

你必将为你的行为付出代价！白毓秀哼了一下鼻子，冷笑着说，甭给我上政治课了，请你明白下，你的学历是大专，我的学历是大本！犯罪不犯罪，一切由我来担待，用得着你来操心吗？韩青青说，我说白总，话既然说到了这个份上了，你不是露怯了吗？刚才你不是说得天花乱坠，说你如何如何对我好，怎么一下子我就成了你的敌人了？白毓秀说，对，如今你韩青青就成了我的敌人！不共戴天的敌人！韩青青笑笑，说，那请你接着刚才的话，说说咱们应该怎样个了断法吧？说说怎么开罪我这个不共戴天的敌人吧？

　　白毓秀说，那你仔细听着。既然我提的第一个皆大欢喜的了结法你不愿意接受，那我就再提一个办法，那就是，你必须为你的逃跑承担经济责任。韩青青一激灵，脱口而出：经济责任？我有什么经济责任？白毓秀冷笑说，你当然有经济责任了，你知道不知道，在这件事情中，你给楚总造成了多大的经济损失？韩青青想，又要胡搅蛮缠了，说，什么经济损失？你讲吧。白毓秀说，赴海南这件事，是你应承人家楚总的吧，可由于你无故在中途逃遁，不但造成海南之行劳而无功，而且造成了重大的经济损失。比如，你们同行四个人来回的机票钱是多少，住店钱是多少，你算过这个账吗？整整花了四万多呢；就在你出逃后，孟亮和廖飞在去机场找你的时候，慌忙中与一名女乘客发生意外冲突，共计赔偿对方两个人的机票钱、治疗费等费用共计三万五千元；孟亮和廖飞因此又被公安机关罚款两万元；为了找到你，公司从安保队抽调专门人员连续工作一个多月，各种花费共计四万元，仅上面这几项开支，让楚总就损失了十五万元。按照公司规定，谁给公司无故造成损失，必须由其本人承担全部责任。你不觉得这十五万元经济损失的责任，应该由你来承担吗？这就是我提出的第二个了结办法，拿十五万元出来，你就走人！韩青青看着白毓秀，心里突然升起了一股难耐的恶心和憎恶，她没说话，而是将目光转向了窗外。白毓秀说，你怎么不说话？半天韩青青说，我该说什么？对这个赤裸裸的狮子大张口的无赖图谋，我还能说什么？白毓秀再次突然吼叫了起来，你说什么话？什么叫狮子大张口？什么叫无赖图谋？你这个狗东西，胆敢这样对我说话？韩青青说，楚总去海南，本来就是他已经决定好了的事情，你只是建议我能陪他一起去一下而已，怎么就成了为了我才去的海南？我中途离开后，你说你们组织人找我了，到底找没找，我不知道，在找我过程中都发生了哪些事？都花费了哪些钱？我更不知道。现在由你白总这么一说，我就得承担十五万块钱的赔偿,是不是有些太不靠谱了吧?别说我没钱,即使我有钱,也不能做这种没名堂、无厘头的冤大头啊,白总你说是不是?啪!啪!白毓秀突然伸手朝韩青青脸上掴了两掌,嘴里恶狠狠地骂道,抽死你这个吃里爬外的白眼狼!韩青青嚯地立起身,叫道,你为什么要打人?白毓秀再次伸手朝韩青青抽了过去,韩青青一闪,白毓秀打了个空,嘴里骂道,我为什么要打人,你心里还不明白吗?真是把你白宠白惯白养了!韩青青瞪着眼睛,咬牙望着白毓秀,从她右边的嘴角,渗出了一道殷红的血迹。白毓秀说,闲话少说,就这个条件,有钱马上拿钱,没钱这里有笔,写个欠条也行,这个事情一办,你就马上滚人。韩青青依然站着,她没想到,昔日一贯温文尔雅的白毓秀,居然会这么狠毒和凶恶,居然敢伸手打人。她望着白毓秀,一动不动,一声不吭。白毓秀说,看什么看?不服气怎么着?说着站起身,将大厅的灯光打开来。一刹那间,整个大厅灯火通明,韩青青这才清楚地看见,白毓秀的脸色已经气白了,面部的肌肉好像在突突颤抖。白毓秀说,别硬撑着了,是拿钱还是写欠条,快拿个主意,我没闲工夫和你在这里闲磨牙。韩青青说,我的经济状况怎么样,你白总应该知道,我拿得出十五万元吗?白毓秀说,那就写个欠条吧?韩青青说,这样的无妄之灾,我不能写。白毓秀突然抬起头,盯着韩青青看着,那你说怎么了这个事?既不想出钱又不想写欠条,全都由着你了?片刻又说,你把话说清楚,究竟想了还是不想了?说完一屁股坐在了沙发上,长长地出了一口气,不再说话了。

　　谈判一时僵住了,大厅里显得十分静寂,两个人各自靠在沙发里,各自在心里默默的思忖和盘旋着。

　　时间过去了很久,白毓秀首先说话了:还真没想到哈,你这个家伙居然又愣又犟,不,简直就是茅坑的石头,又臭又硬,你这种脾气和性格,与你柔美惊艳的外表,根本不搭界,你韩青青就是一条美女毒蛇,真后悔我当初看错人了。韩青青良久说,我韩青青出身偏远山区,没受过啥教育,贫穷农家,也没有啥家教,从小就养成了我这低俗粗鄙的脾性,真的,是白总您一直高看我了,像我这样一个女人,根本与你和楚总站不到一个层次上。您大人大量,不管我这次有多大错,看在咱们共事一场的份上,您就放了我这马吧,我会一辈子对您感恩戴德。白毓秀冷笑道,哼哼,要不是那样想的话,我能这样和风细雨与你在这里胡扯八扯吗?你应该知道,解决这样的事儿,楚总那里有的是

人,有的是手段,但我还是请求楚总把这件事交由我处理,目的就是为了保护你。可你,并不领这份情。现在咱俩不要吵也不要闹了,你平心静气地想想,在这件事情上,你真的做得没有错吗?实事求是地讲,你的行为,不仅给人家楚总在经济上造成了莫大的损失,也让楚总在精神上受到了莫大的打击,在他的那个圈子里,让他大大地丢了一次脸,而这件事的始作俑者是我,是我当初向楚总推荐了你,事到如今,让我在楚总面前也仰不起脸说不起话了,而我,说到底吃的还是人家楚总的饭啊!你说你这样生噌冷倔,刀枪不入,不是成心将事情向炸的逼吗?不是把我向死路上逼吗?说实话,我真想平平静静地将这件事情很快了了,可你总得给我个台阶下是不是?白毓秀将话说得悲凉哀婉,说完无可奈何地将头靠在沙发背上,闭着眼睛假寐了起来。韩青青看着白毓秀哀哀的睡相,明白白毓秀打悲情牌的目的,无非还是给她灌迷魂汤,还是想逼她就范。她心里想,如今这样的局面,除了采取这种生噌冷倔,刀枪不入的办法,她还能怎么样?要杀要剐,随她白毓秀吧。下定了这样的决心,韩青青轻轻地咬了咬牙,就那么静静地坐着。

　　这时,时钟打了八点整。韩青青说,白总,时间已经很晚了,您还要休息,是不是让我离开吧?有啥话咱们以后慢慢说吧,我如今在南郊租下了房子,这孟亮他们是知道的,咱们随时可以联系。白毓秀说,哼哼,以后慢慢说?这以后到底有多久?你今天从这里离开了,我还能见到你的金面吗?你韩青青的特点不就是跑吗?韩青青说,我以前跑那也是乱跑,您和楚总天网恢恢,我还能跑到哪里去?跑来跑去还不是让你们给抓到了,往后我不跑了 再也不跑了,请您相信我。

Vol. 54

白毓秀说,即使不跑了,你也不能就这样走,你走了我给楚总怎么交代?好赖,咱们今天得有个说法。听白毓秀这样说话,韩青青拿出一副死猪不怕开水烫的架势,往沙发背上一靠,闭着眼睛假寐了。白毓秀恨恨地瞅了韩青青半天,终于说,那这样吧,我再往后退一步,提最后一个方案,看你依不依,只要你依了,所有事情就一了百了了。韩青青睁开眼,说,啥方案,您说吧,只要能做到,我会依你的。白毓秀说,是这样,楚总喜欢你,那是真喜欢,即便你目前将他整成了这样,他从心里还是喜欢你的。如今想了却这件事情,你总得让楚总多少得到一点安慰吧。想跟你在一起,是楚总长期以来的夙愿,所以嘛,你就受点委屈吧,也稍微往后退那么一小步,满足一下他的这个愿望好不好?韩青青说,白总的话我没有听大明白,什么往后退一小步?这小一步该怎么个退法?白毓秀说,那就把话挑明说吧,你和楚总,既然做不了长久的情人,那就做一次露水夫妻吧,做一次露水夫妻,这件事就到此为止了。韩青青不说话了,她陷入了沉思。她觉得,这虽然仍是一个侮辱性的、让她难以接受的馊主意,但作为了事的条件,是不是有着它一定的现实性和值得考虑的必要性。自从那天从海南逃跑以后,韩青青就没有过过一天安生的日子,无边无际的惊恐和惧怕,无时无刻不在啃咬着她的每一根神经,她知道,楚剑雄在这座城市里根基深厚,爪牙众多,加上他功成名就,肆

无忌惮,她如今惹下了他,他迟早不会放过她的,总有那么一天,或大或小的灾难一定会降临到她的头上。而她今天的意外被抓,不就说明了这一点吗?她逃不出他的魔掌。尤其从白毓秀的话音能听出来,他们为了抓到他,那可是下了大工夫的,甚至是不惜一切代价的。她担心,要是今天她从白毓秀这里脱不了身,了不了这件事,她担心会有更大的令她意想不到的非人折磨和恐吓等待着她。尽管她一直努力保持着镇静和白毓秀说话,但她的心里,始终去除不了莫名的担忧和害怕。想到这里,她对自己说,也罢,为了苟活和偷生,就这么的吧。韩青青的沉默,让白毓秀感觉到了对方的犹豫和无奈,白毓秀觉得韩青青终于要退让了,这使她的脸上浮现出了的一种抑制不住的暗喜以及胜利者脸上惯常会流露出来的轻蔑。韩青青抬起头看着白毓秀,她想问问白毓秀,你刚才说的话算数吗?真的就这么一次吗?话还没有说出口,白毓秀脸上的表情却让韩青青的心不由得颤抖了一下,她的脑子里突然浮上了爹和妈的影子,浮出了妹妹韩佩佩的影子,浮出了儿子虎子的影子,韩青青止不住心里一疼,她用力的皱了皱眉头,朝着白毓秀轻轻地摇了摇头。

  白毓秀在倏忽间就变了脸,说,怎么?这个也不同意吗?你把你看得也忒大了吧!韩青青看着白毓秀,不说话。白毓秀说,这么说你是不想了事了?韩青青还是不说话,心想,反正就这么着了,想咋咋去吧!白毓秀愤愤地想道,小娃儿的牛牛,还越逗越硬了?哼哼,既然不愿吃敬酒,那就去吃罚酒吧。白毓秀说,告诉你韩青青,事情到了这个份上,可不是我白毓秀不给你脸面,是你韩青青给脸不要脸啊!白毓秀说着,努力缓释了一下怒不可遏地情绪,尽量用平和的声音对韩青青说,那好吧,既然你不愿意听我的话,我也没能力处理这件事情,那咱俩就没有谈下去的必要了,事情就交由银座那边处理吧,只是一点,到时你可别后悔和怨我。韩青青说,谢谢白总,既然这样,我是不是可以离开了?白毓秀说,可以啊,当然可以!说着话,两个人同时站起了身。白毓秀说,你不是没来过我这间屋子吗?就是再恨我、怨我,还是看看屋子的结构和装饰再走吧。此时的韩青青心急如焚,听到白毓秀说她可以离开了,便恨不得插上翅膀从窗子飞出去,尽快离开这个如同监牢的魔窟,但白毓秀硬要她看房子,她不得不硬着头皮看一下了。白毓秀带着韩青青,先看了看厨房、饭厅、卫生间,接着又看了看两间大卧室,一个保姆间。从客厅走过时,白毓秀说,最后你再看看书房吧,这可是我重点装饰、着墨最多的一个地方,看了后给我提提意见好不好？这时韩青青看见,书房的灯光居然是亮着的,就在韩青青心生疑惑时,白毓秀推开了书房的门,并将韩青青让进了门,让韩青青万万意想不到的是,当她一抬头,跳入眼帘的,竟会是楚剑雄那张胖乎乎的略带微笑的脸,这让韩青青当时吓了一大跳,不由大惊失色地脱口喊了一声:啊——！喊着便要扭头朝门外走,白毓秀见状立即挡住韩青青的去路,张开双臂将韩青青拥在自己怀里,韩青青便和白毓秀交缠在了一起。韩青青一边挣扎着,一边失声喊道:放开我！放开我！我要离开这里！白毓秀紧紧抱住韩青青不放,并朝楚剑雄喊道:还站着干吗？白毓秀话音一落,楚剑雄就扑了上来,两只手从白毓秀怀里抓过韩青青,一用力将韩青青提溜了起来,转身扔在了那张贵妃榻上。韩青一下子跳了起来,大声哭喊道,你们放开我！放开我！你们这是犯罪！是犯罪！……白毓秀立即跑出去,从卫生间拿来一方小毛巾,想将小毛巾塞进韩青青嘴里,没想到就在她塞毛巾的时候,被韩青青突然将右手咬了一口,食指关节当时就血流如注了。白毓秀甩着疼痛不已地右手,怒火满腔地对楚剑雄说,别犹豫,做了她！楚剑雄走上去,从白毓秀手里接过小毛巾,迅速塞进了疯狂哭喊的韩青青嘴里,用一只手牢牢地控制住韩青青的两只手腕,韩青青身子动不了了,呜呜地踢腾着两只脚,做着苦苦的挣扎。白毓秀走进卫生间,很快对受伤的手指做了简单包扎,又急忙转回书房,看见楚剑雄和韩青青就那么僵持着,白毓秀说,这样怎么成？还不快上了她！说着走上前动手去解韩青青的衣服。就在韩青青拼命反抗和挣扎的过程中,白毓秀将韩青青脱得一丝不挂了。韩青青嘴里不断呜呜地怒吼着,愤怒得变了形的脸上淌满泪水,仍在赤裸裸地踢腾着。楚剑雄将韩青青的两只手交给白毓秀抓牢,腾出手迅速将自己的衣服扒拉了下来。就在韩青青即将挣脱白毓秀束缚的时候,楚剑雄再次将韩青青的两只手用左手牢牢抓住,刹那间就将韩青青推倒在贵妃床上,并将山一样肥硕的一身肉压在了韩青青身上。渐渐地,韩青青的呜呜声变得愈来愈小了,挣扎的力道也愈来愈小了,白毓秀知道韩青青已经失去了反抗的能力,眼看着两条白花花的肉体拥挤在贵妃榻上,白毓秀定了定神,转身从书房走了出来。她将书房的门拉上,无力地坐在了大厅的沙发上,呲着牙齿朝受伤的右手食指哈气。这时她才感觉到,右手的伤口还真疼

得钻心,包扎伤口的纱布已经被鲜血又渗透了。白毓秀恨恨地想,这家伙简直就是条疯狗!想着又站起身,来到卫生间,将渗血的纱布撕下来,重新将伤口包了一下,白毓秀发现,韩青青这一口可下得真狠,竟将一块肉皮利利地撕开了,里面的指骨已经暴露无遗了。白毓秀将手包好,满腔怒火地又来到书房门前,大声地对着屋内喊,甭心软,放开整,弄死她狗日的!听着屋子里楚剑雄呼哧呼哧的喘息声,白毓秀又喊,要我帮忙不?半天没有听到屋内有回声,白毓秀便又悻悻地坐回到大厅的沙发上。

半个多小时后,书房的门打开了,楚剑雄穿戴整齐地从里面走了出来。看着满脸满脖汗津津的楚剑雄,白毓秀朝书房努了努嘴,问道,她怎么样了?楚剑雄说,还能怎样,就那样,她还没穿衣服,你不要进去。半天,白毓秀说,这回满意了吧?想她不是想死你了吗?楚剑雄嘿嘿地笑了,说,谢谢老婆。白毓秀带着醋意地说,死相,大色狼一个!楚剑雄说,这件事就算了结了,一会放她走吧,记着,准备一万块钱让她带上。说着就要下楼去,白毓秀说,你到哪里去?楚剑雄说,我都要饿死了,下去找点饭吃。又说,等把她送走后,你给我打电话。说完就下楼了。

又是半个多小时,韩青青慢慢从贵妃榻上爬起来,将自己的衣服穿上。穿好衣服后,坐在贵妃榻上发了一阵子呆,才从书房走了出来。看见韩青青走出来了,白毓秀站了起来,小心翼翼地朝韩青青说,委屈你了,小青,不过这件事到此就算结束了,你可以走了。说着将一个小信封放在了茶几边沿:这是一万块钱,楚总让我转交给你。韩青青没说话,径直走到大厅茶几跟前,拿起一个火龙果开始剥皮,望着面无表情的韩青青,白毓秀心里有点发憷,她想想说,你可以走了,把钱和火龙果带上走吧。就在这时候,韩青青突然抓起茶几上一个果盘,猛地朝着液晶电视砸了过去,随着果盘的水果滚落了一地,62寸的液晶电视屏幕也哗啦一声变成了一堆碎片。白毓秀一惊,喊道,你要干什么?你疯了吗?同时扑上去要阻止韩青青,却被韩青青迅速抓起另一个果盘朝头上狠狠砸了一下。白毓秀的脑袋轰地一响,瞬间觉得有一道热热的液体从头顶沿着左耳旁边淌落了下来。就在白毓秀一边大喊孟亮一边抱头回避的时刻,韩青青拎着那个果盘,走过去将那个放在墙角的硕大的鱼缸砸碎了,刹那间鱼和水就在大厅地面上流淌了开来。这时传来了急促的打门声,白毓秀跑过去将门打开,孟亮和一个安保员走了进来,看见白毓秀脸上流血了,孟亮吃了一惊,立刻上前要揪打韩青青,被白毓秀喝住了:别动她,将茶几上的信封交给她,让她走。孟亮立即拿起信封递给韩青青,韩青青流着泪抓过信封,狠狠地朝白毓秀扔了过去,信封里的钱便哗啦啦飞扬了出来,韩青青大喊道:白毓秀、孟亮、还有楚剑雄,你们都是强盗,我不会放过你们的!喊完就转身出门了。韩青青下了楼,孟亮追上她,将她的包包还给她,韩青青便头也不回地走了。

Vol. 55

　　就在韩青青刚将手机打开后,立刻就传来了郝书成电话。接着就有郝书成连续发出来的十几条短信,随着手机一声声的短促鸣叫,一条条地钻进了韩青青的手机。郝书成说,是你吗青青?韩青青说,是我,书成。郝书成说,天哪,终于接通了,你的电话一直关机,是不是他们将你的电话控制了?韩青青说,是。郝书成说,你在哪里?告诉我,我来接你。韩青青说,你来吧,北郊蓝岛国际附近。郝书成说,找个安全的地儿等我,我马上过来。不大一会工夫,郝书成来了,韩青青坐上车,两个人朝南郊赶去了。郝书成说,还没吃饭吧?先去哪里吃点东西?韩青青说,你也没吃吧?找个还没关门的店面吧,随便哪里都行。郝书成将车停在一家小面馆外面,每人吃了一碗软面条,喝了点面汤,就又上了车。回到宏福苑租屋后,韩青青看见,郝书成已经将家里的物件全部摆好了,新添置了一个小饭桌,两把木椅,一个长沙发,另外还给韩青青买了一台笔记本电脑和一个移动硬盘。看到这些,韩青青的眼泪止不住流了下来,说,郝书成,你为什么要这样对我?郝书成脸红了一下,有点半开玩笑地说,因为我爱你嘛。赶紧又说,这该有啥嘛,都是些日常用得着东西,哪一样少得了?韩青青说,我不值得你爱,你会后悔的,尽早收心吧。看着韩青青有些肿胀的脸和眼睛,郝书成说,你哭了,他们怎么对你了?怎么这么长时间?韩青青说,没什么。郝书成说,他们挟持你之后,我还去附近的派

214

出所报案了,但由于我提供的线索不具体,警察说不好提供帮助。韩青青说,是吗?郝书成说,是,我只记得你隐约说过你上班的公司叫什么度,你们老板的名字叫什么白玉,加上当时急眼了,也没记下那辆车的牌号,警察询问得很细致,但我给人家说不明白,真是急死人。韩青青说,谢谢你郝书成,你做得很对。要不咱们现在再去一趟派出所,好不好?郝书成说,快半夜了,去派出所做什么?韩青青说,你不是说你报过案了,一些事情没有说清楚?我觉得有必要将有些情况给警察讲讲,劫持人是犯罪,应该让警察查查清楚。郝书成说,也是,应该给警察报告下,让警察好好惩罚一下这伙坏家伙,实在是太嚣张了,光天化日之下敢劫持人,简直是没有王法了!

郝书成便拉着韩青青一起来到了派出所。派出所只有一个警察值班,值班警察对郝书成和韩青青说,你们有什么需要帮助吗?我是今晚当值的王纯警官。郝书成说,这是我女朋友韩青青,下午我女朋友被一伙坏人劫持了,从下午三点多一直到现在,他们才将人放了回来。我下午报案时,有些情况讲得不够清楚,现在我女朋友回来了,让她将有关情况向您讲讲。警察说,是吗?一边翻着报案记录,问道,报案人是郝书成吗?郝书成说,是,就是我。警察说,下午你报案后,我们就立即出警了,由于报案线索不够详细,最后没有明确结果,这些情况都登记在上面。郝书成说,谢谢警察同志。警察说,如果有啥新情况补充报告,那你们就说吧,我可以做记录。韩青青说,郝书成,我要和警察同志谈谈,你出去一下。郝书成显得有点尴尬,磨叽着不想离开。警察看这种情况,说,当事人希望你回避,你就回避一下吧。郝书成看看韩青青,又看看警察,不情不愿地从值班室走了出去。韩青青便将事情的来龙去脉及前因后果向警察仔细进行了陈述,最后控告楚剑雄、白毓秀和孟亮先是对她实施劫持,后来又在白毓秀的协助下,由楚剑雄对她实施了暴力奸淫。韩青青讲完后,警察说,劫持和强奸都要有证据,光有口诉是不够的。韩青青说,他们下午劫持我,有我的同学,也就是刚才和我一起来报案的那个人作证,也可以找到当时在场的目击者作证。警察说,刚才那位男同志,不是你的男朋友吗?韩青青脸红了一下,摇摇头说,不是,他在追求我,但我们并没有确定恋爱关系。警察哦了一声,脸上挂满了疑惑。韩青青说,控告强奸犯罪,要什么证据?警察说,主要有这样几个方面吧,一是对受害人的侵害现场,二是实施侵害时留下的痕迹,比如搏斗受伤的痕迹,三是物证,比如说加害人的

精液,受害人身体及衣物上的精痕,等等吧。韩青青说,施暴地点在本市北郊蓝岛国际二号楼一单元十五楼东户,唯美度公司总经理白毓秀家里书房内的贵妃榻上。侵害现场的痕迹,有我与白毓秀、楚剑雄搏斗时,曾咬烂白毓秀的右手食指,用果盘砸伤的白毓秀头部的伤情,有强暴我之后,我一怒之下砸坏的白毓秀住宅里的一台液晶电视机和一个大鱼缸,另外还有我的胳膊、胸部被他们两人抓扭时留下的印痕,韩青青说着,挽起了自己袖子,扶起了自己的上衣,让警察看见了自己身上的伤痕。警察说,你别动,当即从抽屉里拿出一部照相机,对韩青青进行了拍照。韩青青说,至于物证,韩青青红着脸说,楚剑雄对我施暴,就是一个多小时之前的事情,我身上肯定还有他留下的脏东西。警察说,那好,这应该是最为有力的证据,建议你最好能够将你的底裤留下来,可以吗?韩青青说,可以。警察说,我回避一下,你准备一下吧。警察出去后,韩青青迅速将自己的底裤脱了下来。韩青青将底裤交给警察后,警察小心翼翼地将底裤装进了一个专用的袋子。对韩青青说,希望你尽快写一份报案材料交给我们,最好能写得清楚和仔细一些。韩青青说,好,我今晚就写。另外还有一件事情,楚剑雄对我施暴后,他很快就离开了,安排白毓秀要给我一万块钱了事,我将那些钱扔给了白毓秀,当时有楚剑雄的保镖,也就是挟持我的那个孟亮在场。警察说,对,这个情节很关键,对案件定性至关重要,应该讲清楚。韩青青望着警察,没有说话。警察说,你是一个勇敢的女子,我对你表示深深的同情,我们一定会尽快处理这个案件,希望你回去后,能尽快写出一份材料交给我们。韩青青说,这伙人无法无天,给我造成了严重的伤害,我强烈要求将此案查清,对坏人严惩不贷。警察说,如今就是有这么一些人,手里有了几个钱,就烧得他们忘乎所以了,不可一世,胆大妄为,这些坏人坏事要是得不到应有打击,普通老百姓就不会有安宁的日子过。姑娘你放心,有职责在身,我们会尽力而为。韩青青感激地说,谢谢警察同志,谢谢您。

  从派出所出来后,韩青青和郝书成一起回到了宏福苑。在路上,韩青青说,郝书成,回到家后立即将电脑安装好,我马上要用。郝书成说,这么急,今晚用吗?韩青青说,是啊。郝书成说,做什么?韩青青说,问那么多做啥?回到租屋后,郝书成很快就将电脑安装好了。郝书成说,电脑安好了,我想咱们还是早点歇息吧,你已经很累了。韩青青说,是该睡了,你赶紧睡吧。郝书成说,我睡那里？韩青青突然笑了,说,你说你睡哪里？去,睡到门外边去,这么晚了,你还能睡到哪里去？就睡在这里吧。你赶快睡,不要打扰我,我要写个东西。郝书成说,不要这样好不好？你看你累得皮泡眼肿的,人都成这样了,怎么还能熬夜嘛？再急再重要的事情,明天做不行吗？韩青青知道,郝书成的话是对的,她现在只感到周身酸痛,脑袋发胀,时不时还有点发晕,眼睛特别酸涩和疼痛,似乎在一瞬间她就可以沉睡过去。但是,有一股仇恨在心里燃烧,有一股愤怒在肚子里发酵,她不能睡觉,她要报仇,她摇了摇有点麻木眩晕的脑袋,对郝书成说,你睡吧,你开车你不能太累的,你必须睡,但我不能睡,我要写一份揭发这伙坏人的报案材料出来,警察要求必须尽快将材料给他们送去,你说我还能磨磨唧唧吗？郝书成看着韩青青说,你不睡,我能睡着吗？韩青青说,你明天要开车,你必须睡觉,赶快睡,就睡在床上。郝书成和衣在沙发上倒了一会儿,突然说,青青,到底发生了什么事,你就告诉我吧,你不告诉我,我心里难过。韩青青突然觉得眼睛湿了,她没有回头,说,你快睡吧,明天我告诉你好不好？

Vol. 56

  第二天一早,韩青青和郝书成带着移动硬盘来到派出所,让值班警察将她写出来的报案材料打印了出来。值班警察翻了翻材料,抬头看着韩青青说,是你昨晚回去写的?韩青青说,是。警察说,很好,写得比较仔细,表述也还清楚,肯定没有睡觉吧?韩青青说,还好吧。警察说,材料我收下了,你回去等待消息吧,有什么情况及时联系。

  从派出所出来后,郝书成说,青青,现在可以告诉我,究竟发生了什么事情?韩青青沉默了一会儿,说,郝书成,我知道你对我很好,可是……韩青青犹豫了一下,有点为难地说,有些事情,你还是不知道为好。郝书成说,你还是不相信我,看不起我。韩青青眼睛里忽然含上了泪,说,书成,不要这样说好不好?我怎么能不相信你,看不起你呢?我只是想让我在你心目中形象能够保持正面一点而已。郝书成说,你怎么会那样想,你本来就是我心中的女神,过去是,如今仍然是,将来永远是。青青我真的很爱你,请你相信我。韩青青的泪珠吧嗒一下滴落了下来,她说,谢谢你书成,谢谢你一直对我的钟爱,只是我,已经没有资格得到你这份爱了,这也是我的真心话。郝书成说,青青你……韩青青打断郝书成的话说,正了正心神说,你对我的这份好,我会铭记一辈子,你为我花出去的钱,我以后会如数还你。这里的事情已经办完了,你赶紧回吧,回去向你爸你妈问个好,只是不要向他们说出我在这里的事情,也不要将这里的事情告诉我家里,你……把我忘了吧,也不要和我电话联系了。韩青青突然说出的这些话,让郝书成心里霎时灰扑塌塌的,他忍着心里的难过,抬眼看着这个让他心爱、心疼,又让他可怜的倔犟女人,举目望了望派出所的大门,想了想说,那好吧,将你送回宏福苑,我就走。韩青青说,不用了,我在这里没啥事干,慢慢走回去吧,你赶紧回县城跑车,已经耽搁你几天生意了。听韩青青这样说,郝书成突然滚出了泪水,他悻悻地说,青青,你的心可真叫硬!也罢,你保重吧,我马上就走,往后绝不会再搅扰你了!说完愤然地转过身,头也不回地走下台阶,钻进了他的出租车,用力一踩油门,汽车便嗖地冲上了马路。望着郝书成的汽车愈来愈远,韩青青站在原地,一时竟有点发呆。

鉴于韩青青的报案,是一起即时发生的刑事案件,派出所当即将此案情报告了区公安分局,区分局指示派出所,立即组织精干人员介入调查,尽快侦破案件。派出所很快组成了由当晚值班警察、刑侦探长王纯任组长的三人侦破小组。于当天上午就传唤了楚剑雄、白毓秀、孟亮、韩青青和劫持韩青青时的另外三名安保人员,为每个人做了笔录;对白毓秀右手食指和头部的伤情进行了查验;提取了楚剑雄的血液样本,与韩青青的底裤一起,送往了省司法鉴定所进行鉴定。随后,三名警官来到白毓秀位于北郊蓝岛国际的住宅,就韩青青所指认的性侵现场的情况以及劫持韩青青的那辆日本丰田霸道汽车,均进行了勘验。根据案情和《治安管理处罚法》有关规定,为加害人楚剑雄、白毓秀、孟亮三人办理了留置48小时的手续,继续接受警方调查。

第二天上午,省司法鉴定所的鉴定结果就出来了,确认遗留在韩青青底裤上的精斑系楚剑雄所为。鉴于案件的基本事实已经清楚,区公安分局很快做出了对楚剑雄、白毓秀和孟亮予以刑事拘留的决定。并由派出所进一步完善案件的证据链,以形成完整的的刑事案卷,做好提请检察院批捕的准备工作。

楚剑雄和白毓秀被就这样被刑事拘留了。让韩青青没有想到的是,司法机关出手竟会如此之快。当王纯警官给她将三名犯罪嫌疑人刑事拘留消息送来时,韩青青竟有点愕然,她迟疑地问道,真的吗?王纯警官笑着说,这还能有假吗?按照规定,留置讯问不能超过48小时,可我们不到48小时,就将该调查的事实基本查清楚了,刑事拘留就是意料之中的事了,目前,刑事拘留

的手续已经办妥了。韩青青说，谢谢王警官。王纯说，打击犯罪，为民申冤，是我们为警的本分，哪能谈得上谢谢。挂断警官的电话，韩青青突然觉得，她是不是将事情弄得有点大了？

韩青青想的没错，她真的把事情给弄大了。楚剑雄除了是本市房地产开发界的大鳄、已经声名显赫外，韩青青不知道，王纯警官也不十分清楚，楚剑雄还是本市民营企业家协会的会长，省民营企业家协会副会长，本市和本省有突出贡献的民营企业家，银座豪城所在区的人大代表，本市政协的常委，当楚剑雄和白毓秀被刑拘后，不仅在银座豪城引起了巨大的反响，所有银座豪城和唯美度的职工无不为之感到错愕；而且在全市民营企业界，引起了巨大地冲击，几乎全市的民营企业家无不奔走打听，楚会长究竟出了什么事？紧接着，就有网名"百事灵通"的网友以微博的方式，将楚剑雄和白毓秀双双被刑拘的消息披露了出来，该微博称：我市房地产大亨、XX区人大代表、市政协常委、银座豪城集团公司董事长楚剑雄，因与其情妇，唯美度公司总经理白毓秀合谋，以胁迫和绑架手段对唯美度公司23岁的女员工H女士实施暴力奸淫，H女士报案后，经××区公安分局侦察属实，目前，楚剑雄、白毓秀，以及楚剑雄的私人保镖、对H某某奉命实施绑架的孟亮等三人，已被公安机关刑事拘留。此微博一发，竟似晴天霹雳，在全市掀起了轩然大波，短短的数小时内，此微博就被网友转发16000余次。接着就有本市一家专门以搜罗奇闻逸闻为己任的网站无涯网，那里的编辑们在看到"百事灵通"的爆料后，一时热血奔腾、心潮澎湃，便以极快的速度制作了一个"楚剑雄暴力强奸案"的专题，将"百事灵通"的博客加以链接，另外增加了一个网络聊天采访，由此又引来了一批挟持韩青青时现场目击者跟帖，使得关于这个案子的议论越来越丰富，在很短的时间内竟吸引了几乎全体市民的眼球。更有好事者，已经将当事者楚剑雄和白毓秀的个人资料查得一清二楚了。只是让人们不大明白的是，那个23岁的H女士究竟是何许人也。只有银座豪城和唯美度的员工们，似乎轻易就联想到了H女士肯定就是韩青青了。

时隔四小时之后，就有人将韩青青清纯甜美的丽照发到了网上。

对于楚剑雄一伙在刑拘后，在本市社会上乃至网络上所发生的这一切，待在宏福苑租屋内的韩青青并不是很清楚。直到这天下午的四点半钟，韩青青下楼去宏福苑附近的一家超市采买物品，就在她推着购物车挑选商品的时候,忽然听到身边的人们都在饶有兴致地议论着这件事。在韩青青身旁有两个女人,每人手里提着一个购物筐,但她们并没有专心购物,而是站在原地谈论着这件事。韩青青听见,那个高个子对低个子说,早就听说那个楚剑雄是个大花棍,一天不搞几个女人,他那日子就没法往下过。低个子笑着说,那不过是把他传神了而已,说到底他也是个人,不是野兽。高个子又说,没准是真的,有些男人那可真是厉害,到床上欢得像个骡子,哪像咱们家的男人,两个窝囊废。低个子咯咯地偷着笑了,伸手在说话女人肩上轻轻打了一下说,别胡说了。高个子又说,听说那家伙就那个毛病,只要被他看上的女人,上不了人家他绝不收手,女的若是不从,他就生地插耧硬下手了。低个子说,听说这次被他强奸的那个女人,照片已经传到网上了。高个子说,可不是吗,我看到了,长得忒漂亮,怪不得让那家伙犯眼馋了。低个子说,如今女人长得太漂亮太扎眼了,也不见得就是好事情。听到这里,韩青青的心咚咚地跳了起来。她再也没有心思买东西了,立即扔掉购物车,急匆匆地下楼了。出了超市,韩青青来到马路边一家书报亭,买了几份当天本市的报纸,张眼一看,吓了一跳,其中两份非主流小报的头版,竟赫然登载着楚剑雄和白毓秀几个人被刑拘的消息,不光登着他们两个人和孟亮的照片,而且登着韩青青的照片。另一份晚报,虽然在头版没看到这个新闻,却也在第五版将这个消息登载了,几个人的照片也都上报了,只是没有另外两份报纸那么夸张而已。

  韩青青匆匆回到宏福苑,立即给王纯警官拨了个电话。王纯说,我是王纯警官,你是韩女士吗?请问您有什么事情需要帮助吗?韩青青心里突然泛起了一阵腻歪:人家都到啥时候了,你还操着一口职业用语讲话,让人听着特假惺惺。便说,我是韩青青,请问王警官,我那案子怎么办成这样了?到处都在发消息,连我的照片都发出去了?这事你们也不管吗?王纯说,对不起韩女士,真的没想到将楚剑雄抓起来,竟会引起如此大的社会关注和社会反响,想想只能怪楚剑雄的名气太大了,名人,干啥事情都会有名人效应。至于各媒体在争相报道的过程中,将你牵扯了进来,那应该是既必然又没办法的事情,我们确实无力阻止。媒体那些人就那职业病,凡事都要刨根问底,你说你作为事中人,能躲得了干系吗?想开点好不好?说到底你是受害者不是吗?没有什么可怕的。等将楚剑雄他们真正绳之以法后,就可以还你清白了。韩青青没有说话,站了半天挂断了手机。

Vol. 57

报纸和网络里上传了自己的照片,这让韩青青有点傻眼了,她不知道她该怎么办?一时心里竟有了一种五内俱焚的感觉。这种情况下,她晚饭不想做了,更没心思吃了。韩青青静静地坐在沙发上发呆,她无法预料事情的发展方向,也无法预料事情最终会给她带来什么结果。她茫然地环顾着屋子,最后将眼光盯在了笔记本电脑上,她的脑子里闪上了郝书成的影子,闪上了郝书成与她分手时那种决然悲愤的神情,还有眼睛里噙着的泪水。她知道,郝书成爱她,是真的爱她,如今的郝书成,比上初中时出息多了,虽然算不上特别的高大帅气,但比杨宝林长得要排场一些,是个聪明、正派、勤劳、善良的男人,能和这样的男人在一起,应该是女人的幸运和福气。但韩青青觉得,郝书成对她的钟爱,是有着一种特殊的情结在里边的,郝书成一直喜欢她而始终未能得到她,这就可能使他会有一种"越是得不到越要得到"的执着,她不知道当一切平淡下来之后,郝书成还会不会一如既往地对她?更为重要的是,以她目前的状况,韩青青觉得,自己虽然只走过了短暂的二十三年人生,但她却有着一种历尽沧桑的感觉,她觉得,已经满身心千疮百孔的她,无论如何没有资格去与还单纯得近乎用一颗童心去憧憬自己美好爱情和人生的郝书成谈情说爱,她觉得,如果她接受了郝书成,那无疑就是一种欺骗,是对于郝书成感情的一种亵渎。韩青青思来想去,觉得必须硬着心肠去拒绝郝书成，因为只有那样做了，才是对的，才真正是为了郝书成好，她相信，将来有一天，郝书成总会理解她的良苦用心……韩青使劲摇了摇头，心思又回到了眼前的案件上，她望着笔记本电脑，心想，从今天起，自己哪里也不能去了，只能悄悄地躲在家里，要是万一出去乱跑被哪个人认出了自己，那不定会惹来多少麻烦呢。俄而又想，虽然自己应该躲在家里，却不能不掌握案件的进展情况，当然，她可以从办案的王纯警官那里了解情况，可觉得那样做会让她不好意思，而电视上对这个案件的报道毕竟是有限的，自己又不能天天下楼去买报纸，她忽然觉得应该给自己的电脑开通互联网。韩青青想着，抓起手机看看，已经是下午五点半了，她站起身，迅速给自己穿了一件长风衣，带了一副大口罩，又将平时外出时偶尔会戴一下的遮阳镜戴上，再次出门了。韩青青叫了一辆出租车，直接来到省城最大的电子市场，径直走到联通柜台，买了一个高速无线上网卡，给卡里充了一千块钱，就又迅速离开了。她让出租车司机将她带到宏福苑附近那间超市，胡乱地买了一大包熟食制品，又回到了宏福苑的租屋。韩青青一边啃着一只豆沙面包，一边将电脑上网卡安装好了，她打开百度搜索，将"楚剑雄"三个字输了进去，谁知就那么轻轻地一点，天哪，让韩青青吓了一大跳的是，居然搜出来了一千多个条目。她点击浏览了数十个条目，内容几乎如出一辙，在浏览中，她看到了楚剑雄、白毓秀和孟亮的照片，也看到了自己的照片。自己的照片，已经增加到了大小不同的六张。关于她个人的履历，网上也说得越来越清楚了，说她从省旅游职业技术学院毕业后，即来到唯美度公司上班，并很快担任了总经理助理，案发前与犯罪嫌疑人白毓秀个人关系很好，一直得到了白毓秀的重用。看到这些消息，韩青青觉得自己的脑袋一下子就木了，她不知道，自己的这些照片，会从哪里来？自己的简历又从哪里来？韩青青想，肯定是唯美度的哪个人提供的吧？会不会是蒙梦呢？读完这些消息，韩青青不知道，网民如今会是怎样看她？在网民的心目中，她会是怎样的形象？这些报道会不会对案件的调查和处理产生影响？会不会对她自己带来什么负面的作用？韩青青的眼睛盯着电脑屏幕，不知不觉地流下了眼泪。

　　韩青青流着泪，接着登上了自己好久没有上线的QQ。韩青青看到，妹妹韩佩佩在今天上午给她留了言，韩佩佩在留言中说，姐，你在省城好吗？怎么走后一点消息又没有了？手机关机，QQ没有上线，怎么也联系不上你，爹和

妈都要急死了。姐,不管有啥事情,你都要及时告诉家里好吗?姐,自从和姐夫结婚后,我不知道怎么了,心里老是没着没落的,老觉得姐姐可怜?老觉得我做错了事,姐你真的能原谅我吗?……看到这里,韩青青泪如泉涌,她没有给妹妹留言,将对话框关掉了。她又打开了钟情一生的留言:萤火虫,怎么老不见你上线啊?我调往首都那件事情,经过具体一操作才知道,那不过是个画在墙上的一个烧饼而已,像我这样一个身份,想调入首都谈何容易?我又被我那未婚妻消遣了一回,你说我该怎么办?亲爱的人,我无时无刻不在盼望着,你能像上次突然从天而降一样,在某个神圣的时刻,突然出现在我的面前……韩青青又打开了蒙梦的留言:小青,听到你的遭遇,我的心都要碎了,如今是怎么啦,做一个女人,怎么这么难场啊?不管事情大小,千万注意自身安全,那些人坏着呢,好自为之吧!蒙梦的留言,让韩青青一时有点错愕和懵懂,但她并没多想,就将QQ关掉了。

　　就在楚剑雄一伙人被拘留后的第三天下午,专案组将楚剑雄强奸韩青青一案的调查取证材料整理妥当,并经区公安分局研究决定,报送给了区检察院,请求正式批捕涉案的楚剑雄、白毓秀和孟亮等三名犯罪嫌疑人。批捕材料报送出去后,王纯警官及时给韩青青打来电话,将此事告知了她。这个消息让韩青青感到很欣慰,觉得她蒙受压力和屈辱的日子很快就要过去了。这天晚饭时,韩青青静下心来给自己包了一顿饺子,第一次安安心心地吃了一顿饭。第二天中午,韩青青将自己的容颜遮掩了一下,去本市有名的彩桥路批发市场逛了一趟,直到天基本黑了下来,才赶回了宏福苑。然而,让韩青青没有想到的是,几乎就是在一夜之间,事情竟然完全出乎了她的意料,朝着她不愿意看到的方向发展了。就在区公安分局的侦查材料报送出去的第二天,也就是韩青青开开心心去逛彩桥路市场那天中午,区检察院就对此案中受害人韩青青究竟收没收加害人楚剑雄钱款一事,要求公安机关进行补充侦查。办案检察官直接将电话打给了专案组长王纯警官,说犯罪嫌疑人楚剑雄坚持认为他与韩青青属于通奸,两人在性关系发生后,韩青青通过白毓秀拿走了他给她的一万块钱,问题是,虽然作为现场重要证人的白毓秀和孟亮,在这一问题上都曾供述韩青青没有拿这笔钱,但两个人供述中的一些细节并不完全一致和吻合,应该就此事进行补充侦查并予以完善。专案组在接到检察院要求进行补充侦查的通知后,立即对犯罪嫌疑人白毓秀就这一细节进行了讯问。让王纯他们意想不到的是,就在讯问开始后,白毓秀竟来了个一百八十度的大转弯,忽然彻底推翻了她原有的供述。她表示,在先前的供述中,由于她脑子有些混乱,一直没有平静下来,一时没有将事情的经过回忆清楚,关于韩青青拿走楚剑雄一万块钱的事情,做出了不实的交代,现在她终于回想起来了,需要就这个问题,重新作出明晰和正确的交代。王纯警官挂着满脸的错愕,冷笑道,当时没有记清楚?那现在记清楚了是吧?好,你说说吧,到底怎么回事?白毓秀说,事情是这样,楚剑雄和韩青青发生关系后,楚剑雄就从她家离开了,下楼前明确叮嘱她,他已经和韩青青说好了,让她交给韩青青一万块钱。韩青青离开她家时,她将钱交给了韩青青,一开始韩青青还有气,既砸电视又砸鱼缸,确实拿起钱扔给过她,但后来韩青青渐渐平静了,当时在现场的孟亮再次将钱塞给韩青青后,韩青青并没有推辞,而是将钱装在了自己口袋后,就转身下楼了。王纯警官望着白毓秀说,你在之前的供述,话不但讲得清清楚楚,而且郑重地做了签字画押,怎么一下转眼,事情就完全翻了个个儿?这不是出尔反尔是什么?白毓秀说,对不起王警官,在这个问题上我确实有责任,是我没有将事情回忆清楚就胡说八道了,不过现在回忆起来了,我觉得将真实的情况反映出来,应没有什么不对,您说是不是?王纯被白毓秀的话弄了个倒憋气,沉默了半天说,好吧,你将这些情况写出来吧。白毓秀殷勤地点着头。王纯说,既然想起来了,就实事求是写出来,不要写好了又变卦了!

Vol. 58

  韩青青接到王纯警官的电话时,刚吃完早餐。王纯在电话里说,请韩青青马上来派出所一趟。韩青青没敢消停,放下碗筷,给自己简单补了一下妆,就戴上口罩和眼镜,下楼往派出所走去了。此时韩青青的心情不好也不坏。自从王纯告诉韩青青,案件批捕材料已经报到了区检察院,最慢一个星期之内就可以见到结果之后,韩青青一天几次上网,关注着案件的进展,但两天来,什么事情也没有发生。韩青青想,王警官要她去派出所,是不是要告诉她检察院已经正式将楚剑雄他们批捕了? 想到这里,韩青青的心里一烫,忽然觉得有点抑制不住的激动。她快步走进了一个小巷子,路过一间小门面时,门口站了几个人在相互撕扯,韩青青立住脚看了看。原来是一个貌似农民的中年人,和两个中年妇女在吵架,中年男人向站在旁边的几个路人诉说道,他路过这里时,被站在路边的这两个女人满脸堆笑地拦住了,让他进到屋里说话,他不明就里,跟着她们走了进去,进门后,一个女人说,到里面玩玩吧,女女好漂亮的。他问多少钱? 女人说,一百块。他转身要走,另一个女的马上说,八十块也成。他还是要走,可她们就不让他走了,将他拽住往楼上拖。他心里害怕,想甩开她们往门外闯,她们就将我缠住了,这不是不讲道理嘛。女的伸手打了男的一耳光,愤怒地说,你是在说话还是在拉粑粑? 我们清白人家,能做那种肮脏事吗? 转脸对看热闹的人讲,是他不认识路了,敲门进到我

226

家打听问路,我们好心接待了他,谁知这个家伙竟然是个大流氓,看见我们家女女漂亮,说话间就胡说乱动了,吓得我家女女哇哇地哭了,你说这样的坏家伙该打不该打?说着伸手又打了男的一巴掌。男的忽然嚎叫道,你这两个恶婆娘,大白天做那种恶心事,还敢张口诬人打人,我马上去派出所告你们!喊着就要转身走,又被那两个女人拽住了。韩青青看见是这种事情,赶紧抬脚离开了。来到了派出所,王纯警官笑着说,你还真快啊?韩青青没说话,跟着王纯来到另一间屋子。两个人坐定后,韩青青问,得是有消息了王警官?王纯说,今天请您来,主要是想和您聊一下那一万块钱的事情?韩青青愣了一下:一万块钱?王纯说,是。韩青青说,那一万块钱有什么好聊的?不是已经说清楚了吗?那一万块钱我绝对没拿!王纯说,是,这个我知道。只是按照案情进展需要,有必要与您再谈一次,您实事求是讲,那一万块钱,您究竟拿还是没有拿?韩青青立时脸就涨红了,她愤然站起身,激动得面红耳赤地说,您这是啥意思王警官?按照您的意思,那一万块钱我是拿走了?王纯说,您不要激动好不好?坐下来慢慢说话。韩青青说,我能不激动吗?我能慢慢说话吗?是不是他们又在诬陷我了?王纯说,办案、定罪得凭证据说话,证据一定要确凿,不能有半点马虎和出入,找您谈这个问题,希望您能理解,能平心静气地说话。王纯这样说,韩青青便坐了下来,她气呼呼地说,好,我理解你们,我配合你们,但是,我仍然是那句话,那一万块钱我没拿,绝对没有拿,当场就扔给她白毓秀了,事实就是这样,我说过的话一个字也不改,我对我说过的话,每一个字都负责到底。王纯说,但白毓秀坚持说,那一万块钱你拿了。韩青青眼里突然溢满了泪水,委屈地说,她当然会说我拿了,她本来就是楚剑雄的情妇,本来就是楚剑雄欺负我的帮凶,要她说我没拿,太阳就从西边出来了!王纯说,白毓秀说,你开始确实没有拿,但后来你还是拿了。韩青青说,如果我和楚剑雄说好要拿那一万块钱,那后来我为什么还要愤怒地砸电视、砸鱼缸,并且将白毓秀的脑袋砸烂了?现场您也去过了,那样的情景下,我可能拿钱吗?拿了那些钱,我韩青青成什么人了?王纯说,可白毓秀……这时韩青青突然来气了,她流着泪大声说,王警官一句一个白毓秀,既然白毓秀说的是对的,你们也相信白毓秀,那还来找我干啥?干脆按白毓秀说的办得了!王纯嘴张了一下,没有说出啥,半天说道,小韩你要冷静,办案打官司,不是靠赌气,靠的是证据……韩青青打断王纯的话说,能作证据的人只有两个,白毓

秀和孟亮,可他们两个是什么人您不知道吗?除了千方百计给楚剑雄解脱外,能向着我说话吗?我说的话你们又不相信,难道这件事就没办法澄清了吗?王纯说,这样吧,其他话甭说了,你将这件事情的经过,如实地写一下,写好了交给我。韩青青说,已经写过了,清清楚楚,还需要写吗?王纯说,叫你写你就写,这是办案的程序。谈完话,王纯和另一名警察离开了,韩青青怀着无可奈何的心情,又写了一份材料出来。在给王纯交材料时,韩青青问,王警官别生气,刚才是我态度不好。王纯笑了笑,没吭声。韩青青说,案件进展究竟怎样了,能告诉我吗?王纯让韩青青在写成的材料上盖好指印,一边翻阅材料一边说,批捕材料报出后,白毓秀忽然翻了供,改口说您将钱拿走了,这一来,事情就有些麻烦了。听着王纯的话,韩青青再次泪流满面了,他对王纯说,王警官,他们在合伙陷害我,我能和他们当面对质吗?王纯说,不要难过了,请您相信法律会是公正的。又说,今天的谈话就到这里吧,如果有什么新的更有力的证据,就和我们联系。韩青青忍不住哭出了声,哭着离开了派出所。

韩青青离开后,当天下午,王纯再次讯问了楚剑雄,比起以前的几次讯问,楚剑雄这次的情绪更为稳定,态度更为明确,他对王纯说,请王警官相信我楚剑雄说的话,那一万块钱,韩青青肯定是拿走了,因为这是我和她在事先说好了的,要是白毓秀证明韩青青没拿那些钱,如果不是害怕了,不敢如实说出实情,肯定就是记错了。在这里,我再一次向专案组郑重申明,我和韩青青之间的关系,是通奸不是强奸,已经很久了不是这一次。我在前面的交代中说过,春节一过,大年初四上午,韩青青赶回省城,于当天下午就陪我乘飞机去了海南,她陪我去海南,难道是我绑架她的吗?和她这次在白毓秀家里发生关系,仅仅只是我们之间的一次而已,早在此前更久的时候,我们两个人就好上了。事情之所以弄成目前这样,使韩青青对我翻脸反目,主要怪我将有些事情没有处理妥当,惹她生气了而已。楚剑雄离开后,专案组又传唤来孟亮,要孟亮再次交代那一万块钱的事情。这时的孟亮,经过了几次讯问后,也开始在这件事情上动脑筋了。几天来,他不断在想,为什么警察要多次问到那一万块钱的事?而且问起来没完没了,详细得不能再详细了?他不断在想,韩青青离开时,白总确实让他给过韩青青一袋钱,但白总为什么要给她钱?这究竟是啥意思?孟亮明白的是,当时韩青青确实没有拿那些钱,在向白毓秀扔那个纸袋时,还将一些钱撒了出来;但他不明白,韩青青拿了那些钱怎样?不拿那些钱又怎样?最初警察讯问他这件事的时候,他如实将他看到的情形供述了出来,并写了交代材料。可事情过去好几天了,警察突然又传唤他问这件事,这让孟亮不由得警觉了起来。孟亮想,看来这件事很重要。即使孟亮想得脑袋既发胀又发痛,还是想不明白这件事究竟重要在哪里,但孟亮开始知道,这件事真的很重要。当这次王纯问他说,孟亮你老实交代,那天韩青青离开白毓秀家里时,究竟有没有白毓秀给韩青青钱这回事?韩青青究竟拿没拿这些钱?孟亮脑子里飞速地旋转着,他不断地眨巴着眼睛,小心望着坐在他面前的两个警察,他发现,警察的神情似乎也有那么一点点紧张,似乎在紧张地期待着他会说什么话,这让他一激灵,他突然想,如果翻个个儿讲,会怎么样?他用舌头舔了舔嘴唇,又看了看王纯他们,吭哧着说,容我想想,容我再仔细想想……王纯说,还磨蹭什么?前后问了几次的事情,还有什么要想的?孟亮再次瞄了瞄王纯,有点结巴地说,好像、好像我以前记错了,韩青青开始确实没要钱,把装钱的信封扔给了白总,把钱都扔得飞出来了,但后来,当白总让我再次将钱送到韩青青手里时,她没有拒绝,将那些钱拿走了!孟亮的话说到这里,只听王纯用手指"砰砰"地敲了几下桌子,沉沉地说道,怎么啦孟亮,怎么倒口翻嘴了呀?一百八十度大转弯啊?王纯这样说话,让孟亮一震,在一瞬间更坚信了他的想法,看来警察并不希望他改口,他抬起头定定地看着王纯,一字一句地说,警察同志,我现在真的想起来了,韩青青真的是将那包钱拿走了。王纯问,为什么以前要说她没有拿呢?孟亮说,之前刚进来,心里有些害怕也有些紧张,脑子里的记忆就有点断弦了。王纯说,这是在司法机关说话,你说出的话都记录在案,说瞎话是要负法律责任的,懂吗?孟亮有点装傻地苦笑了一下,说,警官,我说的全是实话,说瞎话愿意受法律制裁。王纯有点不耐烦地说,把你刚才说的话,立即写个材料吧。

就这样,补充侦查的结果,使得这起强奸案的性质发生了一个逆转性的变化,由当初的暴力强奸变成了长期通奸。而就在案件的爆发后,由一些单位和部门出面为楚剑雄说情、游说的活动,几乎一刻也没有停止,而是在紧锣密鼓地进行着。从楚剑雄被刑拘的那一刻起,银座豪城的几个副总们和廖飞就没有停止过动用各方面的关系,出面游说,出钱打点,千方百计要将楚剑雄从局子里捞出来。与此同时,省市民营企业家协会的领导也及时出面,分别

拜见了分管民营企业的副省长和副市长,历陈楚剑雄多年来为本省、本市民营企业的发展和经济发展做出的突出贡献,请求对楚剑雄能够予以从轻和从宽处理,即使必须判刑,最好能够判成缓刑。区人大和市政协也分别向市人大和市委就楚剑雄的这个案子作了专门汇报,明确提出,楚剑雄作为在任的区人大代表和市政协常委,在没有履行免去其人大代表资格和市政协常委职务的情况下,建议不要对其予以刑事处罚。所有这些方方面面的信息,通过不同的渠道,频频传送到了省市公安部门和检察院,传送到了区委、区人大、区公安分局和区检察院,传送到了派出所的领导以及此案的专案组和王纯警官的耳朵里。这次补充侦查开始后,王纯警官找到他们所长,说现在说啥话的都有,这个案子咱们究竟应该怎么办?所长说,这案子实际上是分局的案子,咱们找分局领导请示一下吧。来到区分局,主管刑侦的副局长说,经过这次补充侦查,看来案情已经很明晰了,两个当事人白毓秀和孟亮的供述表明,这应该不是一起暴力强奸案,而是一起普通的通奸案,就这么定了吧。副局长说,看来区检察院还是有着一定的敏锐性,要是按照原来的侦查结果稀里糊涂定案了,抓人了,先甭说案情本来就有出入,光是来自省、市、区各个方面领导打来的招呼,就把咱们压死了,再加上最后如果真的办了个错案,咱们上上下下这一伙人,吃不了都得兜着走,你们说是不是?所长频频地点着头,王纯默默地不出声。副局长又说,不管怎样,楚剑雄是个名人,是个对省、市经济发展做出了重要贡献的人物,办他的案子,方方面面有人关注,怎么说也得格外小心,万一弄得不好,可能将咱们自己就搭进去了。半天王纯说,我想了一下,拿白毓秀和孟亮的口供作为证据来给案子定性,是不是多少有些牵强附会?所长说,是这样,可这是个只有当事人你知我知、特难取证的案子,以谁的口供作为证据都从根本上说明不了问题。副局长说,有一点我们不能忽视,从材料看,受害人在案发之前,确实与楚剑雄和白毓秀有着千丝万缕的交往和说不清道不明的恩恩怨怨,她说的话我们也不能全信,他们这几个人之间复杂着呢,思来想去,也只有这样办了。检察院要是批捕不了,就按民事纠纷处理,立即撤案放人。听所长和副局长这样说,王纯抬起头,望望所长,又望望副局长。副局长又说,你们抓紧办吧,这件事情弄得沸沸扬扬,咱们已经有些被动了,早撤案子早零干,也早省心,再不要拖泥带水了。

Vol. 59

　　早晨从派出所出来时,尽管韩青青一直不肯对郝书成说什么,但郝书成已经猜摸到了韩青青昨天被那伙人劫持后,可能发生了啥事情。从韩青青的神情看,她痛苦、气愤、疲惫、憔悴,甚至有一点精神恍惚,这让郝书成十分地心疼。但即使这样,韩青青依然对他很戒备、很拒绝,态度一成不变地无情和冷峻,这又让郝书成十分难过。就在昨天韩青青突然被那伙人劫持后,郝书成在慌乱之间,虽然很快去派出所报了案,但提供的线索却不是很清晰,这让他感到特别无奈,只好在心里默默祈祷,求老天和各位神灵保佑韩青青平安无事。带着一肚子的郁郁寡欢,郝书成回到宏福苑,将从东郊租屋搬来的家具一一摆置停当,觉得还缺少一些东西,就跑出去买了一个饭桌,一张长沙发,买了两把椅子,想到韩青青肯定会用到电脑,最后又给韩青青买了一个笔记本和一个移动硬盘。看到韩青青在省城孤独一人,目前的环境又如此糟糕,郝书成便打算在省城住上一段,好好照顾一下韩青青,等将这里的事情弄顺了,他再回县城不迟。

　　可韩青青并不领郝书成的这份情。从打到省城那刻起,韩青青就不断打发郝书成赶紧回县城,一丝丝留恋也没有,就好像郝书成真的是个脚夫一样,关于她自己的事情,坚持对郝书成闭口不谈。这让郝书成始终觉得有一种隔膜感,觉得韩青青依然从心里看不起他,不愿意接受他。但郝书成还是将这

一切忍下了,因为他爱韩青青,别说和韩青青在一起了,只要让他能够看见韩青青,郝书成就心满意足了。郝书成忘不了,就在他十四岁那年,他从小学毕业进入了初中,那天下午去乡中学报到,当他办完入学注册后刚转过身,正好与前来报到的韩青青打了个照面,也就是在看到韩青青的那一刻,郝书成竟莫名其妙地喜欢上了这个小女娃。郝书成念小学时比较调皮和淘气,先后留过两次级,这就使得他比同班的同学大出了两三岁,也比韩青青大出了两岁。但正是大出来的这两三岁,使得郝书成比其他同学多懂得了一些事情。郝书成看上了韩青青,小小年纪竟有些疯狂了,上课没了心思,晚上睡不着觉,整天神魂颠倒的,周末回到家,他便直直地给母亲说,他要与和他同班的韩青青订婚,央求母亲赶快打发媒人到二十里地之外杨家沟给他提亲。母亲听儿子这样说,十分欢喜地问道,那女女长得好看吗?郝书成说,好看,比仙女还好看。郝书成的爸爸当年当过兵,比村里人观念新,村里人给孩子七八岁就订婚,他认为那是胡闹哩,坚持不给郝书成定亲,等儿子大了自己去恋爱吧。如今郝书成十四了,已经懂得恋爱了,这让他的母亲特高兴,便对儿子说,最近你爸饭馆的事情特别忙,等你爸从翟镇回来了,妈和你爸商量一下,就打发媒人去给你提亲。家里的媒人还没有打发去,郝书成回到学校就按捺不住了,给韩青青写了一封长长的求爱信,趁一天中午大家上体育课,偷偷跑回教室将信夹到了韩青青数学课本里。后来郝书成感觉到,韩青青肯定是读信了,因为韩青青一看到他脸就红了。这让郝书成特得意,就不断地给韩青青写情书,结果弄得全班乃至全校同学都知道了这件事,弄得韩青青看见了郝书成,不只是像猫见老鼠一样吓得浑身直哆嗦,迅速躲得老远老远,而且在心里特恨郝书成。这样过去了一阵子,待郝书成家里打发媒人去韩青青家里提亲时,韩青青竟然和杨宝林已经订婚了。这可把郝书成气了个半死,就在郝书成思谋着如何与韩青青继续纠缠时,韩青青莫名其妙地又将娃娃生下了。后来郝书成和韩青青一起上高中,这时韩青青出息得越来越美了,惹得全校的男生甚至一些男老师,整天晕头涨脑地围着韩青青打转儿,可依然没有郝书成的份。这时的郝书成,依然爱韩青青爱得紧,但他只能在心里悄悄爱,韩青青和在初中时一个样,见了他根本不搭理。这让郝书成特烦恼,只好硬着头皮又给韩青青连续写了三封信,通过邮局正式寄给了韩青青,那些信韩青青都收到了,但郝书成觉得,韩青青对他的态度,不仅没有一丝一毫的变化,而且很明显的有些鄙视他。高中毕业后,韩青青去省城上大学了,郝书成没考上大学,而且再也见不到他梦寐以求、爱到骨子里的韩青青了,一时就有些心如死灰,整日百无聊赖地四处瞎逛荡。看郝书成成了这样子,父母亲看在眼里急在心里,思来想去便打算给郝书成定个婚,然后尽快把亲成了,让媳妇能将郝书成的心拴住,可郝书成却对她父母说,这辈子离了韩青青,他坚决不结婚。他爹听了他这个话,眼睛瞪得鸡蛋一般大,半天气哼哼地怒吼道:你小子简直就是个淫疯子,那韩青青早都是娃娃他妈了,再说人家已经到省城念大学了,你如今正事不干一件还这样瞎想,不是瞪着眼睛说梦话是干啥?这样的懵懂日月过去了近两年,郝书成的爸爸便买了一辆迈腾车,安排郝书成跑出租,没想到这辆车很快将郝书成的心牵住了,而且跑车跑得很好,这让郝书成的父母很高兴,但是有一条,郝书成虽然从此嘴上答应愿意相亲和订婚了,但三年多下来,对象相了不下五十个,而且看到郝书成父亲是个建筑包工头,家里又有钱,郝书成跑出租也能挣下钱,争先恐后想嫁给郝书成的漂亮女女多的是,可郝书成却没有一个能看上眼,走马灯一样走过场,弄得父母亲心里烦透了。一天去相一个在县城小有名气的小美女,结果郝书成又是没相成,父亲情急之下斥责道:你是相媳妇,还是在相天仙?郝书成乜斜着眼睛看了父亲一阵子,说,我就是相天仙?怎么啦?我实话告诉你,没有长得特像韩青青的,或者超过韩青青的,我一辈子不结婚!父亲恨恨地唾骂了一声:你是个狗食!跺了两下脚就转身走了。

  正在家里的父母亲为郝书成整天胡思乱想闹头疼的时候,韩青青竟然意外地与郝书成邂逅了。这让郝书成特高兴,也让父母亲特欣慰。这时郝书成的爹和妈,已经将一切想通了,只要儿子喜欢了,让什么样的女人做自己的儿媳妇他们都愿意,何况那次郝书成将韩青青带回家里住了那么两晚上,让郝书成父母亲看到了,这韩青青还真的是一个美丽过人的好女女,怪道来她能将儿子的魂给勾了去,老两口便打商量,不管这女女当初身上发生过啥事情,咱都不去计较了,只要人家愿意和咱儿子一起过日月,咱就千恩万谢啦。

  韩青青的重新出现,给郝书成一家人带来了极大的希望和憧憬。可郝书成的父母亲又有点不明白,儿子和这女女之间究竟是怎么啦?看起来两个人挺好的,但不知道为啥总有那么一点儿小别扭?郝书成心里也终究不明白,看起来韩青青对他也不是完全没感情,但她对他的态度,总让他有些捉摸不

透。想起那天晚上在他家里,他和韩青青终于躺在了一张床上,而且韩青青自愿地将她自己给了他,这件事啥时候想起来,都会让郝书成激动得浑身发抖。可事到如今了,让郝书成百思莫解的是,韩青青为什么又要对他如此无情?那天从派出所出来时,看到韩青青一夜没合眼,脸上浮肿成那样了,郝书成打算安慰她几句,同时想将自己打算在省城住一段时间,好好照应一下她的想法告诉韩青青,没承想郝书成的话还没出口,韩青青就用冷冷的口气打发他立即回县城,郝书成想将她送回宏福苑再走,韩青青竟然不答应,不但让他立马走,而且声言将来要给他还账,并且要他忘了她,这些无情至极的话,终于让郝书成气恼了,当时郝书成的眼泪就涌出来了,他恨恨地转过身,头也不回地驾车离开了。记得一路上郝书成都在想,既然你韩青青如此绝情,我郝书成也只好无意了!从今天起,他郝书成和韩青青之间,已经没有任何瓜葛了,一切都烟消云散了,从此两人各奔各的前程吧!

　　郝书成回到家,母亲问他,韩青青怎么样了?郝书成说,没怎么样,挺好的,她要我代问你和我爸好!母亲笑着说,那就好,那就好,你为啥不在省城多住几天?招呼一下青青?郝书成说,她那边都安顿妥当了,不需要我了。就在这天晚上,郝书成上网搜索有关韩青青的情况,当他在百度搜索里输入了"韩青青",一切就都跃然眼前了。郝书成的心里,忽然涌上了一股难过,但随即,又升起了一股轻松。他草草点击了几个条目,心里想,随她怎么了吧!便伸手关掉了电脑。从第二天起,郝书成一边跑出租车,一边又开始跟着各路媒人去相亲了,短短不到四天时间,他就相了三门亲。说心里话,在那些与郝书成相亲的姑娘里,确实有一个各方面的条件都很不错,身材好、很漂亮、有文化、气质好、还温柔,但不知为什么,郝书成依然鬼使神差地将人家一一拒绝了。

　　就在那天晚上,气郁填胸的郝书成,怎么再也控制不住自己了,他又在无休无止地思念起了在省城里的韩青青了。

Vol. 60

　　检察院在收到公安局申请批捕材料后的第七天,做出了不予批准逮捕的决定。楚剑雄、白毓秀、孟亮等人在被刑事拘留后的第十二天上午,被宣布无罪释放了。

　　就在他们被释放的那一刻,本市各大媒体和网站,当然包括万花网,几乎在同一时间刊登了这一消息。银座豪城的几个副总和各部门的经理,开着五辆豪车前往看守所迎接楚剑雄出狱。省、市民营企业家协会的两位秘书长也受托亲自前往迎接。当天中午,几个坐监的人便与所有接监的人一起吃了一顿午餐。席间大家人人唏嘘,纷纷举杯,向楚剑雄和白毓秀敬酒压惊。人们看见,这十多天来,楚剑雄似乎苍老了许多,可能由于胡子没刮头发未染的原因吧,整个人显得白发苍苍,老态毕露。在整个吃饭的过程中,大家只说祝福楚剑雄健康长寿,事业发达,没有任何人敢提及案子的事。午饭后,白毓秀请了一家著名理发店的首席理发师,登门为楚剑雄理发、刮脸和染发,又让楚剑雄舒舒服服地洗了一个澡,然后换上了干净整洁的衣裳,去银座豪城的九座大楼分别走了走,然后回到家里休息了半个下午。这天晚上,楚剑雄、白毓秀和孟亮三个人来到喜来登酒店,单独吃了一顿饭,庆贺他们恢复自由。当酒菜端上来后,白毓秀和孟亮便急着要给楚剑雄敬酒,这时楚剑雄说,别,你们先别动,静静地坐着别动,先听我说几句话吧。楚剑雄亲自把壶,给白毓秀和

　　孟亮把酒斟上,也给自己斟上,然后端起酒杯,看着白毓秀和孟亮说,今天晚上这桌饭没有请任何人,是专门为答谢你们二位大功臣设的,要是没有你们二位的高明供述作为证据,恐怕至今我还在看守所里蹲着哩,你们就是我楚剑雄的恩人,我在这里高谢你们了,我先连下三杯吧!楚剑雄说完,将酒杯的酒一饮而尽,接着又连续给自己倒了两杯酒,也都仰头喝下了。看见楚剑雄连续喝下了三杯酒,连辣带呛,整个一张脸都通红了,白毓秀忽然抑制不住一阵激动和辛酸,两行眼泪就刷刷地滚落下来了,她一把从楚剑雄手里夺过酒杯,哭着说,何必呢?没有必要这样嘛,救你本来就是我们义不容辞的责任,怎么能这样说呢?孟亮立即抓过酒壶说,好了,楚总下了三杯,现在我来喝五杯。孟亮端起酒杯说,今天是个值得庆祝的日子,我喝五杯酒,庆祝楚总和白总恢复自由,感谢楚总和白总长期以来对我的大恩大德。孟亮自斟自饮喝下五杯酒后,白毓秀也跟着喝了三杯,第一轮酒算是喝过了。三个人开始吃菜,楚剑雄边吃边说道,我还真担心你们会说那小妖精没拿那些钱呢,这事咱们事先没说好,要是万一说不到一起,那就出大岔子了,案件的性质就变了。白毓秀说,可不是吗?我开始也是如实供述的,说她没拿那些钱,后来忽然觉得不大对头,反复想才将事情想明白了,这才下决心翻供的。楚剑雄笑了一下说,是吗?当初让你给她钱,我也没想得那么深,只是觉得给她些钱,会让她心里觉得平衡,进到局子之后,才意识到只有坚持说她拿了钱,那和她之间的事情就成交易了。楚剑雄说着,看着孟亮:小孟你呢?是怎么想明白的?孟亮显得有点不好意思,说,我是个猪脑子,一直想不明白这里面的道道,开始也是如实说的,只是后来看警察对这事特在乎,好像还害怕我倒口,这给了我一个启示,干脆反着说,看他们会怎么样?结果我刚一翻供,那个探长就好像有点急,这就更加坚定了我的想法,坚持说她把钱拿走了。听到这里,楚剑雄呵呵地笑了,说,好好好,都是聪明人,都是聪明人啊,来,让我再敬两个聪明人一杯!三个人就一齐端起了酒杯,将酒喝下了。

　　白毓秀说,这次可让这狗东西把咱们害美了,让咱们硬硬地坐了一次牢。楚剑雄叹了一口气说,可不是吗?流年不利啊!真是把人丢大发了,如今满脸满身都是屎粑粑啦,日后都难做人啦!白毓秀咬牙切齿说,这口恶气,难道咱们就这样咽了吗?楚剑雄说,不咽了你还想怎么样?白毓秀说,按理说,这事最后定性是通奸而不是强奸,那不正好说明她韩青青是诬告吗?咱们就反告她诬告罪？你看这样行不行？楚剑雄想想说，要是能定诬告罪，司法机关早就给她定了，如今没有定，那应该是定不上，甭胡乱折腾了吧。孟亮刚被刑拘后，开始还扛硬得很很，做供述时，嘴硬得跟鸭子嘴一样，还跟警察顶撞了一阵，结果被警察整治教育了一下，第一次领教了刑警的厉害，至今心里还在犯怵，听白毓秀这样说，始终没有吱声。白毓秀说，反正我心里落不下，怎么也落不下。楚剑雄说，听我的话，还是算了吧，目前的结果算是不错了，要不是你俩最后翻供，要不是省市民协、区人大和区政协的人四下里活动，起码咱三个还不得在局子里待一阵？知道吗，专案组的那几个小警察，包括那个王探长，他们可不向着咱们，可不想将咱们放出来，他们是向着韩青青说话的。如今事情总算了结了，就安安宁宁待着去，可别乱搞小动作，整出了新的麻烦来，不定会有啥更大的麻烦。白毓秀不吭声，只管一个劲吃菜。

　　第二天上午，白毓秀一上班，将办公室主任蒙梦叫到了自己办公室。那晚蒙梦和楚剑雄在一起时，白毓秀突然来敲门，尽管楚剑雄想方设法让蒙梦躲在厨房里，趁白毓秀进屋的当儿偷偷跑出了门，但事后蒙梦始终觉得白毓秀已经知道了这件事，从此后两个人见了面，便失去了以往的正常和自然。蒙梦进了门，不吱声静静地立着，等待白毓秀说话。白毓秀说，这次韩青青可将楚总整苦了，咱们应该为楚总出出这口气，你能不能给咱做一件事？蒙梦抬头看着白毓秀，说，白总您说吧，什么事？白毓秀沉吟了一下说，那就给你直说吧，你能不能从外面找几个人来，最好是几个泼辣女人，去韩青青那里揍她一顿？蒙梦惊讶地望着白毓秀，眼睛里充满了恐惧和疑惑。白毓秀说，怎么啦蒙梦？这事不要你出面，你只管找几个人，让她们去。当然了，也不要将她人打坏了，骚扰恶心一下就够了，完事后公司会给你们每人两千块钱。蒙梦站着不说话。白毓秀说，不愿意是吗？蒙梦还是不说话。白毓秀一下子就气恼了，脱口说，楚总让你受活的事你就干，让你出点小力你就拉稀了，要你这样的货色有啥用？看白毓秀生气了，蒙梦扭身走出了门。望着蒙梦的背影，白毓秀咬牙唾骂道：小骚货！

　　白毓秀静了静神，打电话将廖飞喊了来。廖飞没敢耽搁，很快见到了白毓秀。廖飞说，白总有啥指示？白毓秀说，事情很简单，韩青青这个坏东西，居然敢张口诬告人，将楚总和我整苦了，也将银座豪城弄得臭烘烘，她以为这样就没事了？咱们得教训她一下！廖飞说，是，白总说得对，这个人够坏的，

当初怎么就没看出来？您说吧，怎么个教训法，我来操作就是了。白毓秀说，给你两项任务，一个，从社会上弄几个闲人，最好是几个泼头女人，去韩青青的租屋闹腾一次，肮脏一下她，但不要把人打坏了。怎么样？做得到吗？廖飞说，没问题，只是找人可能得要支付些费用。白毓秀说，可以，每人一千块钱怎么样？廖飞说，足够了，白总放心，保证完成任务。只是韩青青住哪里，我还不知道？白毓秀说，住哪里孟亮他们几个人知道，好像在南郊什么宏福苑，你问孟亮一下，具体他知道。廖飞说，听说过，好像在大学城附近。另一项任务呢？白毓秀说，网上不是有那个案件的报道吗？特别是那个万花网，组织几个人去网上发帖，揭发韩青青的丑行，好好败脏败脏她。廖飞笑了一下说，这是我的拿手好戏，两件事我一准给您办好。白毓秀说，两项事情同时办，立马办，希望今天就能见到成效。廖飞说，没问题，您就等着听好消息吧。白毓秀说，还有一点，做这些事，切不要大张旗鼓，仍然要注意保密，最好不要让人们知道是咱搞的。廖飞说，明白。廖飞离开后，白毓秀又将孟亮喊来，对他说，叫你来，只办一件事。孟亮眼巴巴地望着白毓秀。白毓秀说，事情很简单，写几幅臭韩青青的大标语，把那几个安保员叫上，开车去韩青青租住的地方，贴到那个院子里面和外面。孟亮说，都什么内容？白毓秀说，这还不简单？譬如，韩青青是个女流氓！韩青青诬告她人强奸可鄙可耻！等等吧。这事你去找廖飞，让他负责给你们把标语写好，你们拿着去贴就行了。孟亮吭哧了一下说，这样做警察不会找麻烦吧？白毓秀眼睛一瞪说，孟亮你怎么啦？胆子怎么忽然变成芝麻大啦？你害怕你就别去了，让他们三个去！看见白毓秀发火了，孟亮讪笑着说，哪里哪里，我怎么会害怕？白总您放心，保证完成好任务！白毓秀笑了笑，说，那就好，快去吧，争取中午就能贴出去！

Vol. 61

韩青青躲在租屋不敢出门,整天趴在电脑跟面,时刻关注着网上关于这桩案子的报道,此外就是漫无目标地在网上逛荡,瞄瞄新闻,溜溜视频,看看电影和电视剧。实在憋得受不了了,就悄悄去楼下溜达一会儿,好在这里的人都不怎么认识她,偶尔下楼上楼也没什么大的妨碍。

事实上,韩青青虽然泡在网上,但她啥东西也没看进去。尤其在王纯警官将她喊去,再次讯问白毓秀给她那一万块钱的事情,同时告诉她白毓秀已经翻供的信息后,韩青青就觉得事情有些不妙了。后来她还给王纯警官打过几次电话,询问案件的进展,王纯警官似乎也没有了当初的那种信誓旦旦以及一定要将楚剑雄这伙坏人绳之以法的满腔豪情,只是很平静地告诉她,案件正在进一步的补充调查,检察院方面也正在审查,让她不要着急,耐心在家里等待结果就是了。从那天晚上起,韩青青就再也没有睡好觉。这期间,她曾打开自己的QQ,只看到了两个人的留言,一个是妹妹佩佩的留言,再次请求她尽快与家里取得联系;另一个便是钟情一生的留言:萤火虫,不,青青,我今天才知道你叫韩青青,真是一个很美很美的名字。上次给你的留言看到了吗?始终没有看到你给我留下的哪怕一个字,好遗憾啊。今天上网,无意中看到你的照片和你的那个案子了,怎么你与你们那个女老板,还有她那个老情夫弄翻啦?记得你给我留言,你已经答应他们了,怎么中途又出变故了?

我非常担心,你这个官司能打得赢?从网上现有的资料看,那老家伙根基雄厚,太过强势了。要不你干脆来常荣吧,咱惹不起总躲得起吧。打什么官司啊?既劳神又伤身,干脆不要和那两个老家伙闹腾了。就在我上次给你留言的第二天,我那女友也终于向我发出通牒了,直接打来电话要和我分手。这结果早就是我意料之中的事情,我丝毫没有难过,没有犹豫,当即在电话上就表明了我的态度:她奔她的阳关道,我走我的独木桥。萤火虫,青青,如今我成干干净净的单身了,如果你不嫌弃我,就来常荣吧,请你相信,我爱你,一辈子爱你,我会用我的全部生命去爱你到老。在常荣,开始咱们的新生活吧!我等着你!又,怎么也联系不上你,可以留下你的电话吗?在读着钟情一生这些话的时候,不知道为什么,韩青青的脑海里,竟浮现出了郝书成的影子。恍惚间,竟觉得那次去常荣会见钟情一生,仿佛是梦里曾经发生过的事情。韩青青摇摇头,没有给钟情一生留言,将QQ关掉了。

就这样,在百无聊赖和惊恐担忧当中,韩青青度过了五天。第六天上午,韩青青一睁开眼睛,立刻伸手打开电脑,当她点开"楚剑雄暴力强奸案"专题的一瞬间,就有一条黑体标题跳进了眼帘:楚剑雄白毓秀等人今无罪释放。韩青青脑子轰地一响,眼前一阵发黑,她让自己平静了一下,点开标题,内容只有简简单单两行字:楚剑雄暴力强奸案,由于证据不足,事实不清,已由检察院裁定,对涉案的三名犯罪嫌疑人楚剑雄等不予逮捕。韩青青立即穿上衣裳,拿起电话拨通了王纯警官。王纯说,我是王纯警官。韩青青急急地说,王警官,楚剑雄他们被无罪释放了是吗?有这回事吗?王纯说,有这回事。昨天下午临下班前,检察院以证据不足,事实不清为由,做出了不予批捕的决定,按规定,今天上午必须放人。韩青青忽然哭喊道,为什么?为什么会是这样啊?王纯说,拿没拿那一万块钱成了案件定性的焦点,而你和白毓秀各执一词,没有第三者可以作证,加上白毓秀和孟亮又做出了对楚剑雄有利的供述,检察院做出这样的决定,应该没有啥奇怪。韩青青说,难道天下就没有公理了吗?就没有平头百姓的活路了吗?王纯说,小韩你说什么呀?不要激动,不要乱说,冷静说话。如果你不服,完全可以提出申诉,这是你的权利。我正在上班的路上,如果没有其他事情,我挂电话了。韩青青说,不,你别挂电话。他们还没被释放是吗?王纯说,是,今天上午释放。韩青青说,告诉我,他们关在哪个看守所,具体在啥地方?王纯一惊觉,说,小韩你想干什么?

我告诉你了,不服可以继续申诉,但应该按法律程序办,千万不要胡来,胡来只能给自己带来损害和麻烦,明白吗?

　　韩青青含泪挂掉电话,迅速洗漱了一下,戴上眼镜和口罩,就匆匆下楼了。她来到街上,向人们打听看守所在哪里,连续问了许多人,没有一个人能给她答案。她重新回到宏福苑,在大门口看见了一个衣着和模样颇像政府官员的中年男人,便又向他打听,那人说,看守所应该比监狱多,每个区都有一个吧。韩青青说,那这个区的看守所在哪里?那人笑着说,这我真还不知道。这样吧,你去网上搜搜,兴许能搜到的。韩青青豁然说,是吗?那人说,应该没问题,看守所不是啥保密单位。韩青青立即跑上楼,打开百度搜索,果真,不仅很快搜到了这个区看守所的地址,还搜到了去看守所的公交路线。韩青青又急忙跑下楼,觉得乘坐公交车太慢,伸手挡了一辆出租车。司机问,请问大姐去哪里?韩青青说,去白皮坡,那里有个看守所,知道吗?司机说,当然知道,去过那里好几次了。韩青青哦了一下说,那就好,开快点,我去那里有急事。司机扭头看了看这个将自己眼脸遮盖很严的年轻女人,心里想,这人会不会是哪个犯罪分子的马子吧?就说,没问题,很快就会到。就在司机高速驾着车,用了不到半个小时,来到看守所的时候,韩青青看见,正好有一串约七八辆大小汽车从看守所大门口离开了,接着有两辆警车也紧跟着离开了。而在那一溜汽车中,有几辆车是韩青青分明熟悉的。韩青青让司机将车停下,下车来到看守所大门口,向站岗的警察问道,刚才离开的那一溜车,是来接释放的人的吗?警察说,是啊,来接楚剑雄和白毓秀的。韩青青心里一凉,哀哀地想,怎么这么寸呢?偏偏没有赶得上。这时出租车已经调转了头,准备离开了,韩青青转身朝出租车司机急忙招手和喊叫,司机又将车停了下来。韩青青又坐上了出租车,司机说,又要原路赶回吗?韩青青说,不,去区检察院,去那里的路熟悉吗?司机说,这一块区域,没有我不熟悉的地方,不然靠什么吃饭啊?韩青青再没说话,半个小时后又来到了区检察院。在检察院门口,韩青青给出租车司机付了费,然后镇静地走进了检察院。连韩青青自己也不敢相信的是,就在她踏进检察院大门的一刹那,由肃穆威严的检察院门楼所带来的那种震撼和威慑,以及埋藏心里已久的既悲痛委屈又可怜无助的情绪,两者忽然叠加在一起,一下子就让韩青青瘫倒在了地上。很快,就有几名检察院的安保人员跑了上来,将跌倒在地的韩青青扶了起来。这时的

韩青青由于过分悲痛,一时间竟然昏晕了过去,一个安保人员大惊失色地朝院子里面叫道,来人,这个女人快不行了!马上就有几个检察官夺门而出跑了过来,一个年纪稍大的女检察官看了看韩青青说,先将人抬到传达室吧,看样子应该没啥大碍,可能是一时气郁冲心,昏晕了过去,很快就会好过来的。女检察官用右手拇指掐住韩青青的人中,十几秒钟过后,韩青青喉咙咕噜了一声,就换上了气息。韩青青慢慢睁开眼,看见一圈人围着她,她忽然一跃而起,大呼了一声"我冤枉啊!"接着就泪如泉涌了。女检察官让安保人员将韩青青摁住,温和地对韩青青说,小姑娘,不要过分悲痛,你有啥冤屈,给我说说好吗?我是这里的政治处主任蔺小琳,请你能够相信我。韩青青看着蔺小琳,再没有叫闹,流着泪缓缓地站起了身,跟着蔺小琳来到她的办公室。蔺小琳给韩青青倒了杯水,和韩青青面对面坐在了沙发上,韩青青便将自己的遭遇一五一十说给了蔺小琳。蔺小琳听完后,沉思了一会,说,你这个案子,我基本是了解的,因为公安部门的批捕材料报来后,我们曾上会讨论过。实事求是讲,这不是一般普通的案子,因为楚剑雄不是一般的普通老百姓,他被拘留后,在社会上引起了很大反响。这一点,你也应该是清楚的。由于我参加过关于案件的讨论,今天又听到了你的亲口陈述,作为对案情的了解,应该是更进一步的。说老实话,今天听了你的哭诉,从你的情绪和状态看,我相信你没有撒谎,讲出来的都是实情和实话。但是,检察院没有批捕楚剑雄,也不能说没有道理,因为你们这起案子,也不是一般的强奸案,你和楚剑雄还有白毓秀他们之间的关系,确实比较特殊,你们之间曾经友好过,甚至亲密过,后来又生出了嫌隙,以至于发生了这个案件。正如王纯警官对你所讲的那样,拿没拿那一万块钱这个情节,已经成为了案件定性的关键,而能证明你拿了钱或者没拿钱的直接证据,作为办案的专案组,始终没有找到。在侦查案件的最初阶段,作为施暴者楚剑雄的帮凶白毓秀和孟亮,曾经分别供述过你确实没拿那一万块钱,虽然他们的供述不能像一般案件中的第三者的所见所闻,可以作为直接证据供办案使用,但毕竟他们的供述可以在一定程度上反映事件的真相。可惜的是,就在公安机关的批捕材料报出后,白毓秀和孟亮在没有互相串通的情况下,双双推翻了他们原来的供述,改口为你将那一万块钱拿走了。这种情况下,作为你这一方,又拿不出足以证明自己没有拿那一万块钱的证据,哪怕是一个间接证据。这种情况下,主要当事者楚剑雄又不断强调他和你之间的那种关系已经由来已久了,他以你愿意陪他去海南这件事实来证明自己的观点,这就使得办案人员在你们的这次性行为上,很难做出暴力强奸的定夺了。韩青青不说话,流着泪静静地听蔺小琳说着。听完蔺小琳的话,韩青青说,可如今的这个结果完完全全是颠倒黑白啊!我说过了,答应跟楚剑雄去海南,是我当时遇到了一件非常棘手和痛苦的事情,思想有点乱,同时迫于白毓秀的强求和压力,才答应他们的,但到了海南后,我就后悔了,正因为这样,当晚我才逃离了那家酒店,逃离了楚剑雄,第二天又在海南警察的帮助下,离开了海口。正因为我的这种做法让楚剑雄没能达到目的,惹得他恼羞成怒了,于是大动干戈,安排手下人到处抓捕我,而我,只能悄悄地躲藏在老家。蔺主任你知道吗,就在我在老家躲藏了一个多月后,回到省城的当天,他们便将我抓住了,当晚楚剑雄就将我强暴了。这一切都是客观事实,难道不可以查清吗?蔺小琳说,当然可以查清,一切都可以查清。但目前问题的核心依然是,你究竟拿没有拿那一万块钱?在这一点上面,你不是没有直接的证据证明自己没拿吗?

Vol. 62

韩青青拖着浑身的疲惫,离开了区检察院。

韩青青离开后,蔺小琳立刻将这一情况报告了检察长,根据检察长指示,由蔺小琳召集有关科室负责人开会,就预防韩青青可能出现再次上访,做出了周密细致的防范安排。会后,蔺小琳又将这一事件通报了区公安分局,公安分局及时通知了当事派出所,所长接到分局指示后,迅速将王纯等专案人员喊到办公室,指示他们时刻关注韩青青的行动,继续做好韩青青的思想工作,避免因为这一案件的处理给社会稳定带来不良影响。

韩青青回到租屋后,胡乱吃了点东西,倒身滚到床上想躺上一会,整整一个上午的奔波,已经使韩青青筋疲力尽了。但躺下后,胸中始终像烧着一把熊熊大火,觉得总有一股恶气不断往外窜,只要眼睛一闭,就有楚剑雄和白毓秀张牙舞爪的影子在眼前跳跃,韩青青躺不安生,便爬起身子挺着沉重胀痛的脑袋,打算浏览一下关于这起案件的新闻。打开电脑后,点开"楚剑雄暴力强奸案"专题,发现在"楚剑雄白毓秀等人今无罪释放"条目之后,又陆续增添了几条新的报道内容。其中第一条是,还原暴力强奸案真相:女下属为发泄情绪反告通奸为强奸。第二条是,省、市民企协会秘书长前往迎接楚剑雄出狱。详细描述了楚剑雄离开看守所时不同于一般人的特殊铺排,总计有七辆豪车前往迎接。第三条是,楚剑雄遇难呈祥,近日将与白毓秀完婚。说楚剑雄出狱后,曾向省民企协会秘书长私下透露,这起案件让他感慨良多,他打算在出狱后不久,与跟他征战多年、为他付出了智慧、青春和汗水的白毓秀女士举行婚礼,开始他新的美好甜蜜的家庭生活。韩青青看着看着,忍不住唾骂了一声:一对狗男狗女!

巨大的压力和无奈,咬啮着韩青青的心。韩青青忍着心中的气愤,又浏览了一下网民的跟帖。看来人们对这起案件的兴趣依然丝毫未减,跟帖已经有一千多条了。网友黑乌鸦Sa的跟帖说:当前小三真是越来越猖狂了,招摇过市,还以为自己很有理一样,拿了钱,享受了,稍不如意,还要诬告大爷强奸,居然敢打官司了,就像法院是她家开的一样,简直咄咄怪事嘛!网友虫蛀了的小树叶跟帖说:小三不死,世间不宁!小三不绝,天理难容!网友wf络腮胡子跟帖说:小姑娘长得这么心疼,为啥就非得给臭男人当小三,如今世上的好东西都被糟蹋净光啦!网友两肋似刀跟帖说:楼主脑子进水了吧?小姑娘长得不心疼,想当小三谁要啊?人家这叫自我挖潜、自我推销、自我利用、自我享受,懂不?傻瓜!网友花狸猫lala跟帖说:有了权有了钱就要乱搞女人,以为自己是种猪啊?凡乱搞女人的大爷,不管他性有能还是性无能,统统应该阉掉,送给卡扎菲当玩物去!网友蛐蛐虫跟帖说:当二奶的女人说到底很悲哀,男人高兴时当发泄工具,不高兴时像破抹布一样扔了,从当二奶那天起,她就输给男人老婆了,一辈子别想扬眉吐气啦!网友煲电话粥yy跟帖说:整天陪比自己的爹甚至爷岁数还大的老男人钻被窝,脖子上戴着拿×换来的金链子,还以为自己最牛逼,把那张臭脸扬得老高,恨不得所有人知道她是人家的小三,要多恶心有多恶心,要多可怜有多可怜!网友TMMDL跟帖说:就十六个字,臭不要脸!臭不要脸!臭不要脸!臭不要脸!网友W哎哟哟跟帖说:乱性会得病艾滋病,会早死的,漂亮的小三和二奶,做点好事吧,即便你们不怕死,也让别人多活几年吧!网友瘪胸脯跟帖说:我想问问这个漂亮小三一句话,等你老了后,你的孙子孙女围在你身边,要你给他们讲讲你年轻时候的故事,难道你要自豪地对他们说,你奶奶年轻时老厉害啦,整天和有妇之夫混在一起,特擅长卖弄风情,以打劫臭男人钱财和拆散他们家庭为己任,你的孙子孙女一定会觉得你这个奶奶特别了不起吧……看到这里,韩青青眼前金星直飞,浑身冷汗直冒,她哀哀地想,看来随着楚剑雄和白毓秀的被释放,所有的污水全都泼到她的身上了。如今,楚剑雄倒成一个受害者了,倒成了大

大的好人了,唯独她韩青青,竟成了一个淫荡至极的坏女人,成了一个人人唾骂千夫所指的妖魔鬼怪。韩青青突然觉得到现在,自己的一生已经全被毁掉了,爹和妈,还有弟弟和妹妹们,该为他们的女儿和二姐,寄托了多大的期望啊?可自己,居然将自个弄得人不是人鬼不是鬼了!像她这个样子,今后还有什么脸面在人前立站,还有什么脸面去活世事?不止如此,还要连带爹妈和弟妹,在人面前永远仰不起头。想到这里,韩青青打了一个寒战,突然觉得那个可怕的"死"字,倏忽间就飞进了她的脑海。唉,已经到了叫天天不应叫地地不灵的地步了,真的活不下去了,摆在她眼前的,真的只有一条路可走了,那就是死。因为只有死,才有可能让所有被蒙蔽的人们看到事情的真相,才有可能还她一个清白,才有可能将泼在她身上的污水洗下来,才有可能证明她是被楚剑雄和白毓秀胁迫和冤枉的,才有可能让爹妈和弟妹们活得正气和志气。想到这里,韩青青已经满脸是泪了。韩青青抹了一把眼泪,望着电脑上那些没完没了的跟帖,那些帖子里的话,有同情,有怜悯,有调侃嘲讽,但更多的,还是痛恨、漫骂、诅咒和鞭笞。望着这些各种各样的评论,韩青青转而又想,不,既然如此,她不能这样不明不白地去死,她死了,正好达到了楚剑雄和白毓秀的目的,而他们又不必为她的死承担任何责任,到那时候,还有谁会可怜她呢?会认为她是清白的呢?会认为她是被诬陷的呢?她这样死,只能成为人们饭后茶余的谈资和笑料。想到这里,韩青青使劲摇了摇头,心里说,即便是死,死前也必须抗争一下,必须向楚剑雄和白毓秀讨个说法!想到这里,韩青青问自己,该怎样去和他们讨个说法呢?她想起了王纯警官对她说过的话,她可以申诉,只要她不服,申诉仍然是她的权利。该去那里申诉呢?韩青青想,公安局和检察院这条路还能走通吗?检察院已经做出了不予逮捕的决定,很难想象他们会因为她的申诉,改变已经作出的决定。何况蔺小琳又给她讲得十分清楚,由于白毓秀和孟亮倒嘴翻供,双双供述她确实拿了那一万块钱,而她又拿不出任何能证明自己没拿钱的证据,这样一来,即便是费尽周折申诉了,恐怕最后依然会是一场空。韩青青想到直接去法院控告楚剑雄,并立即上网查询告状的程序,当看到"凡刑事自诉案件,当事人应带着自己的身份证件和相关证据到法院申请立案"时,韩青青又觉得没有自信心了,她想公检法司之间本来就是相通的,既然检察院做出了不予逮捕的决定,法院还能给你立案吗?无奈,韩青青想到了去银座豪城,找楚剑雄和白毓秀去闹腾一次，哪怕是死打烂缠，也得臭他们一下。想到这里，韩青青突然感到格外悲哀。她现在已经知道，楚剑雄不光是银座豪城的老板，还是个有着多种社会身份的人物，这样的人物犯了事，能没有人在暗地里帮他吗？就连他的出狱，不也有有关方面的要人为其接风吗，风光得如同胜利凯旋的大英雄。在楚剑雄那些人眼里，她韩青青不过一棵任由路人踩踏的草芥而已。她如今去闹腾，又能将楚剑雄怎么样？能损害他一根毫毛吗？说不定到时倒让白毓秀和楚剑雄那些打手们，趁机将她痛打和羞辱一次，让全公司的员工又看一场热闹，给报纸和网络又徒增一条带色的新闻罢了。韩青青流着泪，苦苦地思索着。思来想去，她不得不放弃了报复楚剑雄和白毓秀的想法。她定定地看着屋子的大门，良久咬了咬牙，仿佛下定了决心一般，对自己说，别胡思乱想了，干脆去死吧！但是，又该是怎样个死法呢？韩青青脑子里运转着，她想，即便是死，也要死得既无惧又安详。韩青青迅速想到了三个字：安眠药。对，服用安眠药之后，死亡会有一个过程，这样的死法会使她有足够的时间来精心安排自己的死。韩青青拿起手机看了看，已经下午三点多了呀！她立即打开电脑，查询可以致人死命的安眠药的剂量，然后穿上风衣，将自己的容貌遮掩了一番，就下楼了。她知道，安眠药属于特殊处方药，不容易买得到。所以她要去街上的不同药店，几片几片的去买，几片几片的去累积，直到买回足以置自己死命的药量。

Vol. 63

  郝书成思念韩青青,但他又忘不了那天离开韩青青时,韩青青对他说过的那些绝情话。韩青青说,让他把她忘了,不要再和她联系了。他多次想给韩青青打电话或者发信息,又怕惹得韩青青不高兴。就这样纠结了好几天,郝书成突然在网上看到了楚剑雄和白毓秀被无罪释放的消息,这让郝书成心里一紧。他当即决定,必须马上去省城一趟,必须尽快看到韩青青,不管她会对自己的态度怎么样,他一定要看到她。

  就在郝书成决定要出发的时候,他的一个车友出事了。郝书成的这个车友叫隋明,年龄三十岁出头,开出租车已有十多年了,是个讲义气重交情的人,在县城出租车司机中,算是个大哥大级的人物。郝书成刚开出租车那阵,对出租车行当十分陌生,加上他一上手就开了个崭新的迈腾车,比县城所有的出租车都要高档,这就惹得一些年轻的出租车司机对他很不友好,有几个人还搭伙儿在拉客时挤对他。这事让郝书成很是苦恼,有一段时间,几乎一整天下来,也没能拉上几个活,但也不好去和哪个人说道。一天中午,郝书成和几个同行在汽车站大门外候客,从车站走出一个衣帽整洁、看起来很文明的客人,那客人拉一只高档旅行箱,一出大门就被一个司机满面笑容地接住了,邀请客人坐他的车,可客人搭眼朝周围看了一眼,客气地朝那司机笑笑,然后摆了一下手,接着径直来到郝书成的汽车跟前,要搭乘郝书成的车。郝书成热情地接待了客人,先将客人请上了车,然后迅速将客人的旅行箱放进了后备箱。可就在郝书成发动车子要上路的时候,就有四辆出租车忽地同时开到了郝书成的车头前面,挡住了郝书成的去路。就这样,郝书成的出租车和那四辆出租车对峙了起来。这时陆续从车站大门又出来了一些客人,有几个客人想搭乘出租车,但那四个司机根本不搭理想打车的人,就那么和郝书成顶着牛。这让郝书成一下子火了,下车失声吼叫了起来:怎么这样欺负人啊!你们想怎么样嘛?那几个司机坐在车里不动声色,冷着脸子看着郝书成大喊大叫。从车站走出来想打车和不想打车的客人看到这一幕,也都不动脚步了,站在路边看起了热闹。这时坐在郝书成车上的客人下了车,对郝书成说,这样吧,你把我的行李取下来,我步行吧,哪个车我也不坐了。郝书成将客人的旅行箱从后备箱取出来,满脸歉意地对客人说,对不起您了,您慢走吧。说完止不住眼泪刷刷地流了下来。这样的场面让所有的乘客吓了一跳,当那个客人离开后,其他客人也没人再敢坐车了,一时间都纷纷离去了。这样的结果又惹得那四个司机不高兴了,都认为是郝书成搅了他们的生意,四个人便同时下了车,上前围住郝书成,朝着郝书成你一推我一搡地,大声质问郝书成为什么这样不要脸。郝书成流着泪不示弱,就和他们争论了起来。这时一个年纪二十三四岁的高大司机突然朝郝书成脸上掴了一掌,郝书成哭叫着扑了上去,两个人便扭打在了一起。其他三个司机看打起来了,也都急忙伸手去殴打郝书成。就在这个当儿,隋明开着车过来了,看到这情景,急忙下车大喝了一声:都住手!隋明这一喊,五个人都住了手,这时郝书成的鼻孔已经出血了,隋明当即从自己车上抽了一叠纸巾递给了郝书成,然后对那四个司机说,你们四个这是干什么?怎么能这样欺负别人,怎么能这样败坏我们的行风?开出租,只要人家手续齐全、合法,人家就有权利开,谁也挡不住!这县城里的条条大路都通着天,不是谁自个家里的自留地。早就听说你们几个合伙欺负人家郝书成,我还将信将疑哩,没想到这事还成了真的。没名堂嘛,眼红人家的车好是吗,那你就好好挣钱嘛,挣下钱给自己买个更好的,那不得了。搞这些歪门邪道,只能丢人败兴!今天我给你们几个说好了,既然你们要这样搞,那书成这个兄弟我也就认定了,打今个起,谁要再敢无故找我这个小兄弟的麻烦,我就叫他吃不了兜着走!到时甭怨隋哥不给你面子!说完扭头朝郝书成说,别理他们,跟上哥走!

从此，在隋明的关照下，再也没有人敢欺负郝书成了，郝书成的环境逐步变好了，生意也逐渐多了起来，加上他的车子比较高档，郝书成又特别爱干净，将车子整天擦洗得明光锃亮，尤其郝书成的服务态度特好，对顾客温和亲切，用语文明规范，没两年，郝书成就在县城出租车行当有名了，成了县城里的明星出租车和明星司机，最后还评上了行业十佳。郝书成深知，他之所以能走到今天，完全是隋明帮了他，就一直将隋明当成自己的老大哥看待，不论在开车上还是生活上，始终和隋明走得很近。隋明也觉得郝书成既聪明懂事，又诚实能干，在心里对郝书成也很佩服，两个人处得和亲兄弟差不多。郝书成一直没谈恋爱，隋明看在眼里急在心里，经常催促郝书成赶紧成亲，说你都二十大几的人了，心里就不想和女人那事吗？郝书成笑笑不说话。隋明就发动自己的媳妇和亲戚，为郝书成介绍对象。后来，郝书成就将他和韩青青的事说给了隋明，隋明听了后，觉得郝书成是走火入魔了，劝郝书成不要癞蛤蟆想吃天鹅肉了，说在婚姻问题上历来讲究的是绿叶配红花，西葫芦配南瓜，照咱目前这个模样，人家大学生碰见咱都不想多看一眼，别再做白日梦了，随便找个看得过眼的乡下女人结婚算了。郝书成听了隋明的话，说，让我随便找个女人算了，你自个却怎么一换再换的，如今换了两个了，一颗心还是落不下？隋明一听这话就笑了，讪讪地说，不说了不说了，这件事随你，你隋哥管不了你了。郝书成明白，隋明啥都好，就一样毛病，好色。前后娶了三个媳妇，应该说三个媳妇三朵花，一个比一个长得美，可隋明总是吃着碗里望着锅里，也不能说他对媳妇不好，可一出家门，看见漂亮女人，便方寸大乱，脚跟就软了，加上整天开车到处乱跑，在外边就交了好些女朋友，也就是为这个，硬是把前面的两个娇妻都给气跑了。

郝书成本打算一大早去省城，昨晚上早早地就睡了，只等五点闹钟一响就开车出发。可就在凌晨一点钟刚过，一阵急促的打门声将郝书成惊醒了，郝书成打开灯，迷迷蒙蒙地爬起来，急忙跑到了院子里，喊了声，谁？这时传来了隋明的声音：是我，隋明。郝书成说，隋哥啊。急忙走上前开门，一边开门还一边说，有事你就打电话，我去你那里就是了，还要你半夜跑来啊？待门一打开，隋明一下子闯了进来。天黑蒙蒙的，郝书成看不清隋明的面容。隋明说，快进屋，进屋说话。两个人进了屋，郝书成这才大吃一惊，他看见，隋明头发蓬乱，右脸下方有两道好似指甲划拉的血印，嘴角还挂着一些血迹，身上的衣服也不整端,便说,隋哥你怎么啦?隋明说,马尾穿豆腐,难提,倒血霉了呗,天黑时拉了一个客人,活干完了她却没带钱,这不就争执起来了?郝书成依然有点迷蒙,说,是吗?这样的家伙是可恶,跑活就怕遇到这样的家伙,他身上没钱,放他走不是,不放他走也不是,只能给人憋一肚子气。隋明说,可不是吗?气死人了!郝书成说,怎么,那家伙还真恶是吗?坐车不给钱,还敢出手行凶打人?这样的人是得好好教训教训才对。郝书成说着,出门给隋明打了一盆水进来,说,先洗洗吧。隋明在洗脸。郝书成说,那家伙人呢,要不要咱俩一起去收拾收拾他?隋明说,那倒不必。只是我有点失手,把那家伙打得有点惨,这不是怕她明天找咱事吗?我就想来你这里躲躲风。郝书成说,是吗?不会伤及性命吧?隋明说,那倒不至于。如果她明天不来找麻烦,认倒霉了,这事就过去了;如果她还要找麻烦,就让隋哥在你这里待两天。郝书成说,那肯定没问题。又说,你的车呢?隋明说,车放在家里了。郝书成说,那个人会不会记下你的车牌号?隋明有点语塞,说,这个就很难说了。郝书成说,要是让人家记下了车牌号,那就麻烦了。时间不早了,洗完后睡吧。隋明说,明天你去外面看看,看有什么动静没有?郝书成说,好。又说,你脸上的伤得上点药吧?我这里有药。隋明说,不碍事,只是觉得有点疼,已经不流血了。又问,你妈在家吗?郝书成说,没在,胃病又犯了,我爸带她去市里看病去了。隋明哦了一声说,这就好,这就好。随后两个人就睡觉了。

Vol. 64

隋明来郝书成家里躲风,郝书成就去不了省城了。早晨起床后,两个人吃过早点,郝书成照往常一样出车了。郝书成刚上大街,就有一个顾客招手拦车,要郝书成将他送往汽车站。到汽车站招呼客人下车后,郝书成看见有两辆出租车并排停在马路上,两个司机正在通过打开的车窗说话。郝书成将车掉头开过去,大声喊,怎么不走啊?一个司机便将头伸出车外朝郝书成说,走什么走,快将车靠过来。郝书成将车靠过去,说,怎么啦?那个司机说,怎么啦,你还不知道吧?听说昨晚一个出租车司机将女顾客给操了哈,那女人已经报案了,警察正在抓人呢。郝书成脑袋轰地一炸,立刻想到了隋明,说,是吗?有这种事?不会是真的吧?那司机说,真的假的咱就不知道了,等案子破了,一切就明白了。又说,听说那女人根本没记下车牌号,真是个麻眯!另一个司机笑着说,只顾着当时舒服了,啥啥都忘了哈。说完话,三辆出租车就分开了。郝书成心里乱乱地,立马没有心思拉活了,便故意将车子在大街上兜了一个大圈,拒载了两个想打车的顾客,又急急忙忙地回家了。见到了隋明,郝书成开口便说,隋哥,你给我说真话,昨晚到底是怎么一回事?隋明脸上挂着一丝惊讶,说,怎么啦,你都听到了什么?郝书成说,甭管我听到了啥,你给我说真话。隋明沉默了一会,说,真他妈的倒霉运了。昨天晚上八点多,已经没啥顾客了,我正打算收车,就在这时候,路边站个女人朝我招手,那女人二十七八岁的样子,穿着很时尚,人也很漂亮,妆画得浓浓的,以前在城里没见过她,好像是个外地人吧。我停下车,她说她要去马前镇。你知道,马前镇离县城三四十里地,又是晚上,回来还要放空车,当时我就不想去,说,对不起,我要收车了。她可能看出了我的心思,就说,大哥,我有急事,要去马前镇见个人,你就帮帮忙吧,我打的是来回车,不会让你放空趟。我想,既然是这样,那肯定得跑了,就对她说,那好,上车吧,只是到了马前镇办事,不能耽搁太久。那女的说,谢谢大哥,绝对不会耽搁您,十数八分钟,事情就会办完的。来回跑车倒很顺当,只是那女的在马前镇耽搁了近一个小时,快十一点时才回到县城,可就在这时候,那家伙说,哎呀大哥,真对不起,我身上忘带钱了。我一听立下就躁了,将车靠在路边,说,你这不是涮弄人吗?没带钱你坐的哪门子车?那女人耷拉着一张脸,说,请大哥原谅。我说,这是原谅不原谅的事情吗?我费油费车费力,就是为了养家糊口,都像你这样蹭车,我不成叫花子了吗?那女人说,那大哥你说怎么办吧?我看这女人是个滚刀肉,也怕她不小心下车跑了,就将车又开出了城,停在了黑漆漆的公路旁边,我对她说,现在你说吧,该怎么办?那女的沉默了好久,说,我将我的电话号码留给你,请您相信我,我绝对不会为了这点车费逃跑,明天我一定将车费还给你。这明明还是涮人嘛!我没有理她。时间久了,那女的突然说,那要不这样,大哥你摸下我,顶车费可以不?我脑子一激灵,扭头看着她黑蒙蒙的脸。这个女人真的很漂亮,但从穿着和化妆以及她说出的这句话看,我当即判断她是个鸡。心想既然要不下钱,这样做,权当逛窑子了。我对她说,怎么摸?那女的说,摸下手。我说,摸下手,就能值百十块钱,你的手是金手?那女的又说,那要不再亲下脸。我说,不行。她沉默了半晌,说,那再抱一下。我坚定地说,不行。这时那女的竟生气了,说,就这了,你看着办吧,行不行拉倒。诶嘿,这不是吃屎的把拉屎的箍住了吗?我脸一黑说道,不行就是不行。谁知那女的竟拉开车门下车跑了,朝路边的一块地里跑去了。我吃了一惊,急忙下车将她追上,说,那好吧,就依你,你上车吧。那女的挣脱我的手,说,说好了,只能那样,不可以过分。我说,当然。就这样我们又上了车,我怕夜长梦多,又让她跑了,就摸了她一下手,觉得她的手又光又软,接着又在她脸上亲了一下,最后我就抱住了她,抱住后就不想放开了。你想,抱着这样一个年轻漂亮的女人,傻子才愿意放开她。她叫道,放开,并开始挣扎。她这一挣扎,

我就抱得更紧了。她说,说话不算话,你是个流氓。我说,愿意拿摸你亲你抱你顶车钱,你不是流氓吗? 她说,你胡来我不会放过你。我说,既然这样了,随你。接着就下手解她的衣服,这时她疯了,像杀猪一样号叫着,并使劲反抗我,我干脆一不做二不休,就那样将她做了呗。郝书成说,最后呢? 隋明说,将她撂在公路边,开车回来了。郝书成说,将她弄伤了没有? 隋明说,伤倒没伤吧,咱也不是拿刀子弄她,只是扭打那阵子,好像将她的衣服撕烂了,身上有点小擦伤也有可能吧。那娘们挺厉害,她不也将我脸上和身上抓烂了? 郝书成半天说,你把她衣服弄烂了,身上擦伤了,到时所有这些可都是证据。隋明说,我看那家伙就是个妓女,她把咱告下又能怎么样? 郝书成说,她要不告当然没啥事,一旦告下恐怕就成事了。隋明说,是她让我摸她亲她抱她的,他法院能定我个什么罪? 郝书成说,我看难说,笨想吧,即便是妓女,人家不让弄,恐怕也不能硬上。隋哥你给我说实话,拿这种办法顶车钱,是谁最先提出来的? 你提出的,还是那女的提出的? 隋明半天不说话。郝书成说,你说的都是实话吗? 隋明还是不说话。郝书成说,你呀你呀,要我看,你隋哥真把麻烦给惹下了。隋明忽然有点儿紧张,说,难不成会因这破事儿坐牢? 若真进去能判几年? 郝书成说,这个咱也不太懂。隋明说,那怎么办? 干脆让我去外边躲一阵子? 郝书成摇摇头说,躲恐怕不是办法? 躲得了初一,躲得了十五? 隋明脑袋一下子耷拉了下来。郝书成说,我说一条路,看隋哥愿不愿意走? 隋明抬头望着郝书成说,你说吧。郝书成说,去自首。隋明眼睛瞪得鸡蛋般大,头摇得像拨浪鼓,说,不不不,我可不自首。接着惊弓之鸟般地对郝书成说,书成我可告诉你,我躲在你这里,你可千万不能告发我。郝书成说,放心,我肯定不会那样做,只是如今唯一可走的路,恐怕就只有自首了,只有自首才能争取从宽处理。隋明看着郝书成,依然在不断摇头,最后他说,要是害怕我连累你,今晚上我就往远处跑。郝书成说,我怎么会害怕你连累我? 别乱跑了,就在我这里静静待着。隋明说,这两天你爸你妈会不会回来? 郝书成说,不知道。不过你放心,不会有啥事儿。隋明说,我家里人从昨个下午就没见我了,他们肯定很担心,书成你去给他们捎个信,就说我有急事去外地了,过几天就回来。郝书成说,好,你只管安心歇你的吧。

隋明待在郝书成这里,郝书成既去不了省城看韩青青,又没心思去街上跑车,更不想将韩青青的事情告诉隋明,心里觉得格外煎熬。郝书成打开电脑,想浏览一下有关韩青青的消息,他看到,就在报道楚剑雄释放之后的消息下面,新的跟帖忽然多了起来,而且都是大篇大篇的,几乎无一例外地揭露和诅咒韩青青淫荡、无耻的行径。郝书成立即想到,这些跟帖肯定又是楚剑雄和白毓秀他们搞出来的,他们要置韩青青于死地。郝书成的心里火烧火燎,不知道该怎么办才好。他不知道韩青青此刻在做什么,不知道韩青青会不会扛得住?会不会产生什么傻念头?想到这里,郝书成关掉电脑,在屋子里不停地转着圈子。隋明看郝书成这个样子,以为郝书成害怕他连累了自己,就说,书成你别怕,我不会连累你,我一人做事一人当。郝书成有点哭笑不得地说,哪跟哪呀?谁倒是怕你连累呀?

Vol. 65

　　韩青青跑了一个下午，跑了八家药店，这才知道，对帮助人们睡眠的这类药物，控制是相当严格的。这八家药店，其中有两家，根本不经营安眠药。其他六家药店虽然说有，但不随意卖给顾客。在韩青青的千求万求下，有四家药店答应卖给韩青青，但只能卖给她服用两次的剂量，也就是四片，另外两家说什么也不卖给她。等到晚上八点韩青青回家时，总共买到了十六片。按照她在网上咨询的结果，致人死命的安眠片最低剂量，也得三十片左右，还要差着一半呢。韩青青在街上随便吃了点饭，然后用公用电话给家里打了个电话，到省城后，她一直没有和家里联系。这几天，她一直担心家里的人会从什么渠道知道了她在这里的事情。接电话的是父亲韩学文，听到是韩青青来电，韩学文一下子提高了声音，说，你是小青吗，我是你爹，你怎么从走后就没音讯了？好让家里人着急。韩青青使劲拿出笑脸说，这不是才来省城吗？一些事情都没安顿好，从早到晚都是瞎忙，没顾上打电话，我在这里一切都好，你和妈不要惦记。韩学文说，那就好，那就好，只要一切平安就好，往后不管有没有事，一定抽空给家里打个电话，我和你妈也就放心了。韩青青说，我记下了爹，以后常给家里打电话。我这里都好着呢，不要挂记我，你和我妈多保重身体。这时韩青青听到，韩学文忽然在那边哽咽了，韩青青的眼睛止不住一酸，说，爹你别难过，你这样我也会难过的。韩学文说，好，好，爹不难过，爹不难过,你在城里管好自个,吃好睡好,一定不要刻薄自个,家里不要你的钱,千万不要太节省了。韩青青说,爹,我记住了。接着又问,爹,佩佩和宝林处得好吗?韩学文说,宝林就那样个人,对佩佩好着呢,佩佩如今上学,回家也很少,一周只回来一天。韩青青说,那我就放心了,佩佩很可怜,爹和妈要多关心她。就在韩青青要问儿子虎子时,电话那边忽然传来了虎子的声音:妈妈,我是虎子,爷爷让我给你打电话。听到了儿子的声音,韩青青忽然泪如泉涌了,颤抖着嘴唇说出了两个字:儿子……虎子大声喊,妈妈,你怎么啦?虎子在家里很乖,没有淘气。韩青青不断点着头,哭着说,好,好,虎子乖,虎子是妈妈的好儿子。虎子忽然说,妈妈我想你……韩青青忍不住哭出了声,说,是吗,妈妈也想你,虎子……韩青青难过得说不下去了,就伸手将电话挂掉了。知道家里还不知道她在这里的情形,这让韩青青放下了心,她伸手挡了一辆出租车,闷闷不乐地回到宏福苑。

韩青青回到家,小心地将买回来的安眠片装在了一个小药瓶里,心想,明天上午还得出去继续买。这时韩青青已经变得开始冷静了,她觉得自己太累了,便关掉电脑,进浴室简单洗了个澡,然后就躺下了。躺了一会儿觉得睡不着,又爬起来上了一会儿网,有一搭没一搭地看了一部美国的上下集电影。十一点半了,韩青青去厕所解了个小手,回到床上又将买回来的安眠片倒在自己的手心,一颗一颗地数着,然后饶有兴致地拿起其中的一粒,在仔仔细细地打量着。韩青青想,就是这样一些小小的白色片剂,将要送自己到另一个世界去了。韩青青恍惚间觉得这件事情很不真实,便将一粒药放在自己的舌头上舔了舔,感到无色无味,便奇怪就是这样一些小片片,能将一个活生生的生命毁灭掉吗?韩青青一粒一粒地抚弄着这些药,不知不觉就泪流满面了。韩青青对自己说,韩青青啊韩青青,你的这一生,过得该是何等的寡淡无味啊!也罢,既然已经活得没有意思了,再活下去还有什么意义,还有什么必要吗?人活百岁终得一死,谁也逃不了的,区别仅仅在于谁活得多一点、谁活得少一点而已,真没有什么可留恋的,可遗憾的啦!韩青青又将药小心地装好,对自己说,别豌豆心上下滚了,睡吧,死前好好地睡一觉,然后精精神神地去死,不要死了还落了一个累鬼乏鬼恶鬼的下场。韩青青看了下手机,已经凌晨两点半了,一边想着就伸手关了灯,钻进了被窝,不一会儿就沉沉地睡去了。

韩青青一觉睡醒来,已经是上午九点半钟了。韩青青拿起手机看了看,

居然轻轻地笑了。她心想,这一觉睡得可真叫瓷实,怎么会睡了这么久?她穿衣下床,洗漱了一下,给自己泡了一杯速溶麦片喝了,吃了一个面包,又喝了一袋酸奶,就准备上街去继续买药。临下楼前,她打开电脑看了一下,好像网上的报道没有发生多大变化,却忽然来兴趣将自己的QQ打开了,韩青青知道,最近这段时间,她的QQ已经寂静多了,再也没什么人给她留言了。她一上线,却意外看见了蒙梦又给她写下了一段话:青青,和你的手机联系不上,只好给你的QQ留言了。你肯定知道,楚剑雄白毓秀他们昨天从拘留所释放出来了,刚才一上班,白毓秀就将我叫去,要我找几个人将你羞辱一番,我没有答应她这个要求。看来他们对你真的恨之入骨了,他们要对你实行报复,你一定得多加小心才是,按我的想法,也别和那帮人斗了,一点意思也没有,楚剑雄和白毓秀,两个都是地地道道的衣冠禽兽,你最好离他们远一点。你离开后,我已经成了他们两个之间的撒气筒,原来总是怕这怕那,结果就让他们把咱欺负和耍弄了。我如今已经想开了,离开银座和唯美度,天下活人的路多的是,何必在唯美度一棵树上吊死?给你把留言写完后,我就立刻写辞呈,我要从唯美度辞职了,青青你说过瘾不过瘾,咱把他楚剑雄和白毓秀炒鱿鱼了!哈哈,真痛快啊!祝你保重!韩青青看了看留言时间,九点三十七分。韩青青想,这不就是刚刚留言的吗?知道蒙梦已经要辞职了,韩青青也就没啥顾忌了,她立刻给蒙梦拨了个电话。蒙梦忽然接到了个陌生电话,直到呼叫的铃声快满一分钟时,蒙梦才犹犹豫豫地摁了一下接通按钮。蒙梦矜持地说,请问您是哪位?韩青青说,我是韩青青啊蒙梦。蒙梦大吃一惊说,什么?你是青青?你是从哪里蹦出来的,天上掉下来的吗?韩青青笑了,说,看到你刚才给我的留言,就给你打过来了。蒙梦说,拨你原来的号码,老提示说已经停机了,你现在在哪里?韩青青说,现在使用的就是这个新号码,你记下就是了。我现在在宏福苑三号楼16层19号房,房号831619,他们这里的房号,每个都前缀一个8,记下了吗?蒙梦说,记下了。好想你啊青青,知道你受苦了!韩青青说,就那样,和两个衣冠禽兽试着斗了一下,败下阵了。蒙梦说,不要那样说,虽败犹荣,青青你很伟大,起码比我伟大。韩青青说,听你说你也受他俩的夹板气了,怎么回事?蒙梦思索了一下说,还能怎么回事?一次我去楚剑雄那里办事,那老东西居然对我硬下手了,后来没完,又胁迫我去他家里,为这事白毓秀还对我鼻子不是鼻子脸不是脸的,你说不是受夹板气是啥？想来能让人恨死！韩青青说，不要太难过、太自责了，你不是也很伟大吗？能下决心离开唯美度，不为五斗米折腰，炒两个坏蛋的鱿鱼，那就是伟大。蒙梦说，那要不这样，我马上来宏福苑见你，咱们好好聊聊好不好？韩青青说，上午我还有点事儿，得出去一下。咱们另约时间好吗？蒙梦说，那好吧，如果有时间，晚上和你联系。又说，我留言里说的那件事你别忘了，这两个坏蛋肯定会想方设法报复你、整治你，你得有个精神准备，那些家伙可坏可坏呢！要不你先搬我这里住几天吧。韩青青说，不用了，我会保护好自己的，谢谢你蒙梦，你也保重。说完挂完了电话。

韩青青没敢消停，立即下了楼，又上街购买安眠药去了。

Vol. 66

银座豪城。

白毓秀分别对廖飞和孟亮做过安排后,廖飞和孟亮就忙碌起来了。

廖飞回到办公室,立即打开电脑,开始草拟攻击韩青青的帖子。自打经历了被海南警方拘留那件事情后,廖飞对楚剑雄的看法有了一个彻底的转变,此前他曾在某些时候,还总会对楚剑雄的一些做法产生不同的看法,尽管这些看法并没讲出口,但确确实实常常会在心里有。自从楚剑雄尽力设法将他和孟亮从拘留所捞出来之后,他便对楚剑雄有了一种发自内心的感慨和服气,觉得楚剑雄之所以能干出今天的成就,就是因为他的心地宽和对人诚,决心心无旁骛的跟着楚剑雄闯天下。廖飞瞅着屏幕想了一阵,很快就打出了第一条帖子:我了解韩青青的底细,这是个淫荡无度的女人,有名有姓与韩青青发生过关系的男人就有四十多人,如……廖飞马上打开百度搜索,从一个起名网站上挑选下载了四十七个男性姓名,复制粘贴在了帖子后面,然后继续写道:据知情人讲,韩青青在十岁时,就被她老家村子的一个成年男人奸污了,自此韩青青便一发不可收拾,将与男人发生关系当成乐事,当成捞取钱财和挥霍享乐的手段,截至目前,韩青青至少与近二百名男人有染。就是这样一个淫荡至极的女人,在男方没满足自己的某些欲望后,便行恶人先告状之举,诬告曾被她勾引的×××先生暴力强奸她,简直是咄咄怪事嘛！此种女中败类,不死不灭乃人类之大祸害也！第二条……廖飞总共拟出了六条帖子,将这些内容下载在一个优盘后,便交给了办公室的小马,让他去街上的不同网吧,分别将这些帖子尽快发出去。就在刚将小马打发走后,孟亮就找廖飞来了。廖飞说,小孟来了,我正好有事要问你。孟亮说,什么事,廖主任？廖飞说,听说你知道韩青青现在的住址,她究竟住在哪里？孟亮说,住在南郊的宏福苑,那是个专门向社会提供租房的小区,好像开业时间不长。至于住哪栋楼哪个房间,我还真不清楚,因为那个小区我没进去过。廖飞说,是这样？那还得去打听一下,得打听清楚。接着问,你来找我啥事？孟亮说,白总要我弄几幅大标语,贴到韩青青居住的地方,你想我写得了标语吗？想让你大主任帮我写写,白总要求中午就得将标语贴出去呢。廖飞说,分给你们干的事情,弄来弄去还得我来干,我这里都要忙死了,你说怎么办？孟亮说,谁叫你是秀才嘛？关键时刻你廖主任不帮孟亮谁帮嘛？廖飞想了想说,那这样吧,我马上给你写标语,你立即去宏福苑打听韩青青的住处,怎么样？孟亮笑着说,好,没问题,这就叫做有智吃智,无智吃力。廖飞说,甭啰唆了,快去。记住,悄悄打听,好好说话,不要咋咋忽忽,千万不要把咱们的底细泄露出去,知道吗？孟亮说,知道。说完就出门了。廖飞立即将办公室大门上锁,找出笔墨纸砚,走进办公室里间,没费多大周折就写了四幅大标语:让女流氓韩青青见鬼去吧！韩青青诬告他人暴力强奸罪该万死！淫荡和恶毒是坏女人韩青青的本性！女流氓韩青青从宏福苑小区滚出去！廖飞的字本来功底不错,如今写成如此巨大的标语,连廖飞自己也是第一次看到,他反复端详着这四幅标语,心中竟升起了一股满足感,升起了一股自得自傲的情绪。廖飞一高兴,脑子一激灵:如果再搞些小宣传单到处张贴,那不是更有宣传效果吗？廖飞立即上网,下载了一张韩青青的照片,将韩青青的照片剪裁成半页纸大小,复制在一张A4纸上,然后在照片下面将他刚才写的第一个帖子,复制在上面,这样,一张不错的宣传单就制作完成了。廖飞将这张宣传单复印了三百份,连同四幅大标语一同交给了很快就转回来了的孟亮。孟亮说,廖主任神通广大,变戏法一样就变出了这么多东西,怪道来楚总特器重你。孟亮的话让廖飞哈哈大笑了起来,说,服了吧孟亮？孟亮说,服了,咱家真的服了,服得五体投地了！廖飞拍拍孟亮的肩膀说,你不也是楚总跟前的红人嘛！说吧,住址打听清楚了没有？孟亮说,

廖主任小看我了,当然打听清楚了,她住在宏福苑三号楼16层19号房,房号831619。廖飞说,这就好这就好,把这些东西赶快收起来,拿走吧。孟亮离开后,廖飞就赶忙下楼了,他打了一辆出租车,去街上亲自物色人选去了。孟亮拿着标语和传单,来到唯美度让白毓秀过目,白毓秀看过后,高兴地说,这个廖飞不简单,出手还真叫快,弄出来的东西质量也蛮高,尤其这张小传单,就特别有创意。孟亮你快去,将这些东西马上贴出去。孟亮要走时,白毓秀喊住他,说,大标语你们几人个贴吧,那些小传单,随便找几个人,给他们一点钱,让他们去贴,那样范围会更广一些。

  此时韩青青还在街上跑着买药呢。截至目前,她又跑了五家药店了,仅仅只买到了八片安眠药,加上昨天买下的十六片,已经二十四片了,但韩青青觉得还是不够量,网上讲的一些东西本来就不大可靠,网上说三十片安眠药就可以致人死命,说不定实际上还得四十片呢。再说了,如今的假药多多,就说已经买到手的这些药,谁又说里面就没有假的?她告诉自己,还得想办法再买一些。这时已经下午一点多了,韩青青跑累了,随便在街边一家小饭馆吃了一盒盖浇米饭,吃完饭又赶紧沿街寻找药店了。就在韩青青打听到了一家药店,准备乘车前往的时候,在公交车站的站牌上,她看到了一张小小的出售迷药的粘贴广告,韩青青按照小广告上的联系方式,给对方打去了电话,接电话的是一个声音沙哑低沉的男人,他问道:你有啥事?韩青青说,我要买些安眠药。对方说,有,高低剂量的都有,你要哪一种?韩青青说,要高剂量的。对方说,一片二十块钱,吃一片可以让你睡一天一夜不醒来。韩青青停顿了片刻,说,服用多少片可以……药死人?对方一时间沉默了,良久说,十五片肯定够用了。韩青青说,那好吧,你们在哪里,我来取。对方说,你在哪里?韩青青说,城里国贸大厦。对方说,那路很顺,你乘906路公交车坐十七站,在官桥站下车,然后给我打电话,我在车站附近等你,见面后一手交钱一手交货怎么样?韩青青说,好吧,不见不散。此时的韩青青,心情已经十分平静了,早晨和蒙梦通电话后,她已经知道白毓秀将要对她进行报复的消息,蒙梦一再叮咛要她当心,或者暂时离开她的住地,到其他地方避一避,但韩青青却没怎么在乎,她想,已经是要死的人了,还怕白毓秀那些雕虫小技干什么?让他们去闹腾吧,闹腾得越厉害,就会将他们暴露得越彻底,才好让人们看清他们凶恶卑鄙的面目。就在这时候,一辆南去的906路公交车进站了,韩青青从包里取出自己的公交卡,从容地上了这辆车。

就在韩青青坐上公交车的时候,银座豪城办公室的小马,已经跑了九个网吧了,将廖飞交给他的帖子内容分别由不同的网吧发了出去。而孟亮也已经带着廖飞写好的标语和宣传单,来到了宏福苑小区。这家小区的门卫制度比较松懈,孟亮等四个人几乎没费什么劲,就直接来到了韩青青居住的三号楼,很快就将"韩青青诬告他人暴力强奸罪该万死!"和"女流氓韩青青从宏福苑滚出去!"两条标语贴了出去,一时引来了出出进进的许多人围观。接着,孟亮他们又走出宏福苑,将"淫荡和恶毒是坏女人韩青青的本性!"和"让女流氓韩青青见鬼去吧!"两条标语分别贴在了宏福苑大门的两边,同样迅速引来许多路人的好奇和围观。为了不让人认出了他们,标语贴好后,孟亮一伙人就迅速离开了。在离开宏福苑两站远的地方,孟亮将穿梭在街道车流中间向过路司机分发售房广告的两个年轻人喊到路边,给了每人一百五十份宣传单,同时给了他们每人一百块钱,对他们说,去宏福苑小区四周,将这些宣传单贴出去。两个年轻人突然拿到了一百块钱现金,兴奋得脸都红了,说,没问题。孟亮说,可不能给我捣鬼,必许一张一张全部贴出去,下午我要去检查的,要一张一张去数的,如果事情办得好,明天我还会交代你们新的活儿。如果要花招应付支差,这份钱你们就挣不到了,听明白没有?两个年轻人说,听明白了,你就放心吧,下午你尽管来检查好了。孟亮离开后,两个年轻人也不发他们的售楼广告了,干脆去宏福苑附近贴宣传单了。与此同时,廖飞以每人五百块钱的价格,很快就从城中村雇来了四个高大结实的中年妇女,在廖飞的安顿下,这四个人来到了宏福苑韩青青的租屋楼层,廖飞则守在一家公用电话那里等待她们的消息,四个女人发现韩青青并没有在家,领头的妇女便给廖飞打去了电话,廖飞说,人不在那就耐心等着吧,一直等到她开门进屋时,那时候再动手。

韩青青坐着906路公交车,晃悠了一个多小时,才终于来到了官桥站。韩青青在这里下了车,才发现这里已经离城很远了,完全就是乡下农村了。韩青青给那个人拨了电话,那人说,你到了吗?韩青青说,到了,就在官桥公交车站。那人说,你按着公交线路继续朝前走,一百米处有个十字路口,往右拐,再走二百米,有个米粉店,你在那里等我,我马上就到。韩青青按照他的指点,来到了那家米粉店门前,不一会儿,就有一个二十七八岁的年轻人,骑

263

着一辆摩托车来到了米粉店,那小伙子拨了一下韩青青的电话,两个人便接上了头,韩青青将准备好的三百块钱给了小伙子,小伙子交给了韩青青一个小药瓶,便要转身离开了。韩青青小声问,还能不能再买?小伙说,就带了这么多,不过肯定够用了,要买再联系好不好?说完就飞驰而去了。韩青青小心地打开药瓶,将药品倒在手心看了看,是一些淡蓝色的椭圆形药片,闻了闻似乎没有什么味道,然后就又将药装进了瓶子。

Vol. 67

  韩青青回到宏福苑时,已经是下午四点半多了。
  当韩青青拖着疲惫不堪的身子下了公交车,往前没走几步,他就看见人行道旁边的墙壁上,贴着许多类似寻人启事一样的小广告,还有人站在那里仔细地看着,韩青青下意识地停下脚步,走上前望了一眼,这一望不打紧,韩青青的心忽然剧烈地跳了起来。韩青青忍着浑身的劲儿将腿站直,将宣传单看完了,忽然就有了要晕死过去的感觉……与近二百个男人有染……韩青青在心里呼喊着,楚剑雄、白毓秀,你们不得好死!韩青青转身继续朝前走着,便越来越清晰看见了贴在宏福苑大门两边的两条标语。再走近一点,才发现也是诽谤和诅咒自己的,尽管韩青青在思想上对来自楚剑雄和白毓秀的攻击已经有所准备,但用如此恶毒和张扬的方式践踏她,确实是她事先没有料想到的。两条白纸黑字的标语以及标语上的内容,顿时让韩青青浑身的血液直往头顶上奔涌,韩青青努力镇静了一下自己,没停脚步就往院子里走了,来到三号楼时,她又看见了两条标语,韩青青脚底下不由趔趄了一下,顿时感到喉咙有些干涩和拥堵,她想,楚剑雄和白毓秀这两个人渣,真的要置她于死地啊!同时又愤愤地想,这宏福苑是怎么了,有人来帖这些乱七八糟的标语和传单,难道就没人管一下吗?韩青青害怕被人认出来,急急地闪进了楼门,低头乘上电梯来到了十六楼。但让韩青青万万没有想到的是,就在她将屋门刚

刚打开的一瞬间,突然呼啦啦地涌上了四个女人,她们几乎是架着她,将她拥进了屋里。韩青青马上意识到,这就是白毓秀找来的那几个侮辱她的人。她大声喊,你们要干什么?那个领头的说,干什么?来找你狐狸精玩玩呗。说着就朝韩青青脸上抽了一巴掌,吐了一口唾沫,接着拽住韩青青的头发,一甩手就将韩青青摔倒在了地上。韩青青大声地吼叫着,爬起身试图进行反抗,这时又有一个女人扑上来,一脚又将她踹到了。这两个女人围着韩青青不断拳打足踢,另外两个女人则抓起东西就摔、就砸,疯了一般地将桌子掀倒,将椅子踢翻,将床上的被褥扔到了地上,将厨房的灶具碗筷扔到了地上,将柜子里的衣物扔到了地上,接着又在衣服和被褥上一阵疯狂乱踩。几乎就在眨眼之间,韩青青一个好端端的家,就给整得贼寇扫荡了一般,韩青青本人,也被抓打得披头散发,脸上血迹斑斑了。这时门口已经挤满了看热闹的人,但所有人都不明就里,没人站出来对那四个女人进行制止。四个女人闹腾一番后,就打算离开了,领头的女人看见围堵在门口的人目光里含着一些疑问和敌意,她便大声喊,你们知道这个骚女人是谁吗?她就是诬陷我们楚老板强奸她的那个韩青青!她就是楼下那些标语和传单里诅咒和唾骂的那个破烂货!她就是那个不要脸的女流氓!人们惊讶地望望那四个女人,又望望躺在地上奄奄一息的韩青青。那四个女人一边大声唾骂着,一边挤开围在门口的人群,匆匆忙忙地下楼去了。

　　那四个女人下楼了,围在门口看热闹的人随后也都渐渐散去了。天色慢慢地黑了下来,韩青青的屋子里大门敞开,一片漆黑,只有其他楼房屋子里的灯光,映给了这间屋子一丝微弱的光亮。终于,韩青青慢慢地从地上爬了起来,她周身疼痛,脑袋发晕,双腿颤抖,站立不稳,感觉只想呕吐。韩青青在床边静坐了一会,站起来将灯打开,将屋门关住。望着屋内的一片狼藉,韩青青没有心思去整理,她来到洗手间,将自己的手和脸洗了洗,看着镜子里自己蓬乱的头发和青一块紫一块的颜面,她拿起梳子将头发理了理,用毛巾湿上凉水将自己的脸部敷了敷,然后走到被掀倒的桌子跟前,将桌子和一只凳子扶了起来,将摔在地上的笔记本电脑拿起来打开,好在电脑没被摔坏,还可以正常使用,她便坐了下来,开始浏览今天关于案件的后续报道。她看见,除了普通网民还陆续有少许的跟帖外,出现在她眼前的,便是与贴在大街上的标语和宣传单上内容几乎完全一致的一些发帖。这时韩青青再看见这些帖子时,已经不感到震撼和愤怒了,她知道,这些帖子完全是白毓秀一伙人做出来的,既为了攻讦于她,又为了混淆视听,没有什么大惊小怪的了。浏览完帖子,韩青青便以实名给自己注册一个账号,她要在她离世之前,发出自己的最后一声呐喊。韩青青屏住气息,尽量使自己镇静下来,然后一字一句地敲起了键盘:

我的告白。

我叫韩青青,就是控告楚剑雄暴力侵犯我的那个女人,也是当前社会和网络上正在热议和谩骂的那个女人。昨天下午,检察机关做出了对楚剑雄等人不予逮捕的决定,宣告我的控告已经败诉了,这个结果,是我不愿意看到,也不能接受的,但我却无力回天。现在,我唯一能够做到的,就是将我所经历的那些事情,原原本本讲出来,用我微弱的声音,最后给自己做一次辩白。我今年二十三岁,省旅游学院毕业后不久,即被招聘到白毓秀的唯美度公司上班,一进公司便担任了办公室主任,不久又被提升为总经理助理。全公司的员工,包括我在内,当时并不知道,白毓秀之所以这样高薪、高职聘用我,完全是为了修好她与楚剑雄之间的关系。我来唯美度时,正值楚剑雄和白毓秀两人的关系处于紧张之际,楚剑雄喜猎女色,为此两人闹翻且长期冷战。时日一久,白毓秀又想与楚剑雄重修旧好,可楚剑雄却并无此意。为了达到让楚剑雄回头的目的,白毓秀只好委曲求全并投其所好,决定以女色引诱楚剑雄回到她的身边。这种情况下,我便被白毓秀选中了,稀里糊涂成了白毓秀钓取楚剑雄的美色和诱饵。后来的事态发展,正如白毓秀所料,当楚剑雄知道有个叫韩青青的漂亮女孩子来到了唯美度,并在一次偶然的机会见过我之后,他便一改往日的冷傲,主动邀约白毓秀吃饭,此举正中白毓秀的下怀,从此启动了白毓秀与楚剑雄之间的重新交往。好长一段时间,楚剑雄为了见到我,屡屡主动约白毓秀见面,但白毓秀始终把握住一点,只让大家一起吃吃饭,唱唱歌,却不给楚剑雄和我单独接触的机会。直到今年春节前,白毓秀觉得时机成熟了,在与楚剑雄打好商量后,她便动员我在春节期间陪楚剑雄去一趟海南。他们之间的这个妥协,在腊月二十八晚上他俩在白毓秀的办公室睡觉时进一步达成了,当时他俩所说的话,被我在经过白毓秀办公室门前时全部听到了。白毓秀要求,只要楚剑雄答应和她修好并结婚,他愿意让楚剑雄与我长期交往;楚剑雄要求,只要白毓秀答应他和我交往,他就答应与白毓

秀结婚。为了让我答应这件事,白毓秀亲口对我承诺,楚剑雄每个月支付我三万块钱。尽管我心里不同意这件事,但由于碍于白毓秀的情面,以及白毓秀往日对我的所谓恩德,我没有勇气做出态度明确的回绝。就这样,正月初四下午,我陪同楚剑雄去了海口。在飞机上,当着空姐的面,楚剑雄就开始对我动手动脚,这让我特别反感,到海口住进酒店后,我越想越觉得这件事情不能做,便趁楚剑雄洗澡上床后的机会,连夜逃离了酒店,为了安全起见,我跑进海口一家派出所寻求保护,在海口的龚警官、小鲁警官和咱们省城这边警察的共同护送下,于第二天安全回到了我的老家。我的逃跑举动,触怒了楚剑雄和白毓秀,从我逃离的那一刻起,他们就组织力量到处抓捕我,在此期间,白毓秀不辞辛苦,还亲自跑到我的老家找我,我看她居心不良,害怕她劫持我,连夜又从老家逃跑,在县城一个朋友家里住了两天,待白毓秀离开后,我又回到了老家。在家里一直待到二月初二龙抬头过后,我才敢从老家回到省城,那天中午赶到省城,我给自己另租了一间房子,就在下午搬家时,我突然被楚剑雄的保镖孟亮和另外三个安保员发现并被挟持到了他们的车上,他们抢走了我的包包,控制了我的电话,将我带到了白毓秀在蓝岛国际的家里,当时我并不知道楚剑雄已经躲在了那里,白毓秀开始教训和规劝我,继续要我与楚剑雄交往,我不答应,白毓秀便要我赔偿楚剑雄十五万元的经济损失,并胁迫我给她写欠条,我依然不答应,白毓秀便说,不愿意保持长期关系,也不愿意经济赔偿,那就和楚剑雄做一次,做一次总可以吧,做这一次后就放你走,也就将咱们之间的这件事情了结了,我还是不同意,白毓秀就生气了,假意答应放我走,说让我看看她家的房子和家具后再让我走,就在她将我带进她家的书房后,这时我才发现楚剑雄早就藏匿在这里,我吓得尖叫了一声,转身企图跑开时,却被白毓秀拦住了,就这样,在白毓秀的帮助下,楚剑雄强行将我衣服脱掉,对我实施了奸淫。事毕后,楚剑雄扔下我,穿上衣服就出门下楼了。我从书房出来时,白毓秀指着放在茶几上的一个信封说,楚剑雄让她将这一万块钱交给我,我没理她,哭骂着抓起茶几上的果盘,将客厅的液晶电视砸了,接着又将鱼缸砸了,白毓秀对我阻拦时,也将白毓秀的头部弄伤了。这时白毓秀便将一直守候在屋门外站哨的孟亮喊了进来,见此情景,孟亮便要制服我,被白毓秀喝住了,说别动她,将那包钱给她,让她走。孟亮拿起钱递给了我,我接过信封,再次朝着白毓秀砸去了,然后就转身下楼了。就在这天晚上,我去魁门派出所报了案,并将我的底裤作为证据交给了警察。经过专案组调查,公安局很快对楚剑雄、白毓秀以及挟持我上车的孟亮进行了刑事拘留,并向检察院申请批捕。我本以为,案件很快会给我一个公正的结果。王纯警官也对我说,要相信法律是公正的。但出乎我意料的是,就在落实我拿没拿楚剑雄给我的那一万块钱时,楚剑雄、白毓秀和孟亮,三个人异口同声地说我将钱拿走了,而我坚持说我没有拿,尽管双方都拿不出我拿钱还是没有拿钱的证据,可检察院却据此认为此案的证据不足和事实不清,进而做出了对楚剑雄一伙人做出了不予逮捕的决定,将这伙凶犯无罪释放了。在这里,我要再次说一声,我千真万确没有拿楚剑雄的钱!试想想我被楚剑雄强暴之后的心情吧,当时楚剑雄发泄完兽欲后,便撇下备受摧残的我,从白毓秀家里离开了,而我简直要气疯了,从书房来到了客厅后,哭喊着抓起茶几上的果盘,连续砸坏了白毓秀家里的液晶电视和大鱼缸,并将白毓秀的头部砸伤了,随后便流着泪离开了白毓秀家里。在当时那样的一种境况下,我怎么可能拿走楚剑雄的钱呢?现实对我的打击无疑是沉重和致命的,就在昨天上午楚剑雄他们一伙出狱后,我便下定了以死抗争的决心,带着这样的耻辱之身和世人的诅咒谩骂,我活着还有什么意义呢?我决心以我的死来证明我的清白,来洗刷我的耻辱,昨天下午,我上街为我购买安眠药,但是,此类药物属于严控,直至跑到天黑,我仅仅买到了十六片药,远不够致人死命的剂量。今天上午,我又出去买药了,直到下午四点多才回到家。也就在我回到家里的那一刻,再次令我意想不到的事情发生了,对我恨之入骨的楚剑雄和白毓秀,他们竟然对我伸出了更加罪恶的魔爪。我一下车,就看见在我居住的宏福苑内外的墙壁上,到处张贴着小传单,传单上印着我的照片,下面的文字则说我曾经与四十七个有名有姓的男人发生过关系,而与我有染的男人,至少有近二百个。他们还在宏福苑院子里和大门外,张贴了四条巨幅标语,对我肆意进行攻击、诽谤和侮辱。更为可怕的是,当我刚刚走进家门的时候,就有四名身份不明的壮女闯了进来,其中两个人不分青红皂白对我就是一阵拳打脚踢和破口辱骂,另外两个人拿起东西就扔,看见东西就砸,就这样,他们将我的屋子弄得一片狼藉,将我打倒在地动弹不得,也弄得整个一层楼都哗然了。那四个女人离开后,我在地上足足躺了一个小时,才有气力慢慢地爬起来。此时此刻,我正在用我一双颤抖不已的手,写着我即将发出的这个帖子。我是

　　一个出身农村穷家,涉世不深的女孩子,原本梦想着大学毕业后,能够通过自己的努力打拼,给自己的青春,给自己的一生,画出一张令自己不后悔,令父母亲不失望的美好图画,但是事到如今,我的这个梦想破灭了。眼前残酷的现实,已经让我没有勇气活下去了,也让我对人生没有一丝一毫的留恋了。我是一个人微言轻的弱者,我没有能力去为自己的清白进行抗争,唯一可以做到的,那就是,用消灭自己的生命,来向社会呐喊一声:我是无辜的,我是清白的,请大家能够相信我!写到这里,要说的话已经说完了,我也很累了,此时此刻,我的心里已经十分平静了,将这个帖子发出后,我就会服下足以致我死命的安眠药,结束掉我的生命。亲人们,朋友们,我走了!一切同情我的人们,来世再见了!韩青青绝笔。

　　这时已经是晚上的八点半了。韩青青认真地将帖子的内容浏览了一遍,觉得基本无误后,便点了一下"发送"按钮,看见提示栏里出现了"发送成功"几个字,韩青青立即关掉电脑,然后给自己换了一身干净的衣服,小心地取出已经买到的二十四片安眠药,连同那十五粒淡蓝色的片剂一起,投进嘴里,端起杯子喝了口水,瞬间就将一大把药吞进了肚里。

Vol. 68

  早晨和韩青青通电话后,蒙梦的心里一天都不踏实。
  先是和白毓秀谈话,让蒙梦憋了一肚子气。从白毓秀的办公室愤然离开后,蒙梦想,这娘们也太不是个东西了,仗着自个有钱有势,就无法无天了?你那破男人见了女人就流口水,想糟蹋谁就糟蹋谁,要管你就管管你那偷腥的男人,管不住自个的男人,拐头来欺负人家女孩子,那算什么本事啊?再说了,当上了公司的办公室主任,说明我的本事大,贡献大,你却看成是你给我的恩惠了?恩惠就恩惠吧,你好我好大家都好,给你家公司好好干活就是了,可这个老东西不,给了人家这点恩惠,就要我去欺负人家韩青青,这是哪跟哪的事情嘛!你给了我一点好处和甜头,我就时时处处得听你的?就必须给你当走狗怎的?你让我杀人我就杀人,你让我放火我就放火?老娘才不干呢!不就是个破办公室主任吗?老娘不稀罕!离开唯美度,再也不受你两个狗男女的夹板气了,何乐而不为?蒙梦立即给韩青青的QQ留了个言,让韩青青小心。后来韩青青打来了电话,蒙梦便想过去找韩青青,两个人好久不见了,期间又经历了那么多事,蒙梦就想和韩青青聊聊,可韩青青却说她有事。蒙梦闷闷不乐地回了趟家,吃过午饭后,蒙着被子睡了一下午。妈妈看见女儿这样了,不知道女儿有啥事了,几次将蒙梦摇醒想问个究竟,可蒙梦睡得迷迷糊糊地,咋叫就是不醒来。妈妈想,从小就爱睡懒觉,至今毛病改不了,看将来

嫁到人家婆家后,看你还能这样睡?直至妈妈将晚饭做熟了,这才将蒙梦喊起来。吃饭时妈妈问,梦,得是心里有啥不痛快?蒙梦说,有啥不痛快?人家瞌睡跑来了,我能挡得住?妈妈说,甭忽悠你老妈了,以为你老妈是瞎子,啥也看不了?蒙梦说,你女儿好着呢,老妈你就放心好不好?妈妈说,好好好,不问了,不问了,长大了就把老妈不当人了!蒙梦嘿嘿地笑了,说,你以为呢,还以为你家女女还是十七八岁是怎的?妈妈也跟着笑了。吃完饭,蒙梦本打算给韩青青打电话,没想住在一个院子的发小加同学毛香丽突然跑来了,说东大街一家商场进了一款女上装,款式特流行,价格又不高,还特别抢手,她们单位好几个姐妹都买了,建议蒙梦和她每人买一件。蒙梦说,在买衣服上你总是这样,急急躁躁说买就买了,等等看两天不行吗?毛香丽说,不行不行,等看两天黄花菜都凉了,越是物美价廉的商品,越是抢不到手,越容易缺货,我白天有事没工夫去商场,晚上商场九点关门,有的是时间,你陪妹妹去一趟好不好?看见毛香丽这态度,蒙梦再没有推辞,放下碗,对妈妈说了一声,对不起老妈,替女女把碗洗了吧,说完,两个人就风风火火地赶往商场了。

　　逛商场可不是一回简单事情。蒙梦和毛香丽来到商场后,发现那件上衣真的很不错,两个人就挑呀选呀试呀,足足磨叽了半个时辰,才终于给每人买下了一件。买下了中意的衣服,心里面高兴,毛香丽就拉着蒙梦,将商场上上下下又逛荡了一圈,直到眼看商场就要关门打烊了,她俩才离开了。回到家里已经是九点二十了,这时蒙梦才想起要给韩青青打电话,她不知道白毓秀今天会怎样欺负韩青青。当她拨通韩青青的电话时,那边铃声一直响着,就是没人接电话。蒙梦连续拨打了十多次,依然始终无人接听。蒙梦心里忽然有点急,不知道韩青青究竟是怎么了?蒙梦对妈妈说,妈,我还得出去一趟。妈妈说,今天是怎么啦?先是不醒神地睡,起来又是不停点地跑,都不看几点了,还要往外跑?告诉妈好不好,究竟发生啥事了?蒙梦说,我有个同事遇到了些麻烦,她今天被人欺负了,我想去看看她。妈说,你这同事是女的还是男的?这时看电视的爸爸说,甭问了,我陪梦去吧。蒙梦看了看爸爸,点了点头,便和爸爸一起出门了。按照早晨韩青青告诉蒙梦的地址,蒙梦和父亲来到了韩青青的租屋前。蒙梦看见,韩青青的屋门紧闭着,但屋子里面的灯亮着,便断定韩青青在屋子里。蒙梦使劲地打门,一边打一边喊叫韩青青,可怎么打怎么敲,屋里就是没动静。听见有人在打门,有几家邻居从家里出来了,蒙梦问邻居,看到过这家里的主人吗?一个邻居说,我还以为有人又来欺负她了,她下午遭人欺负了,把整个家都践踏了。一个邻居说,听说她就是那个女流氓,院里院外贴的都是她的标语和宣传单。另一个邻居说,你们是她的什么人?她究竟是不是女流氓?这时蒙梦说,你们的物业在哪里?能不能将这个门打开?邻居说,物业那里没有钥匙,打不开。蒙梦拿出电话,再次拨打韩青青的手机,所有人都听见,韩青青的手机在一声一声响着,依然没有人接听。这时蒙梦心里忽然升起了一股不安,身上禁不住打了个寒战,她对大伙说,我是韩青青的朋友,早晨我们通过电话,说晚上我们要见面的,可到晚上,我怎么给她打电话她都不接,这样我就跑来了,陪我来的这个人是我爸爸,大伙帮帮我,将她这个门干脆弄开吧。看邻居站着不吱声,蒙梦爸爸说话了,大伙帮帮吧,把门弄开,小心这个娃娃在屋里出了啥事情。邻居看见蒙梦父女这样说,就几个人一起用劲,三几下就将屋门用肩膀轰开了。门打开了,蒙梦快步跑了进去,当她看见韩青青静静地躺在床上时,便大喊了一声,快来人!蒙梦的爸爸也闯进了屋,一看这情景,也大声说,乡党们,快来帮帮忙,这娃娃真的出事了!

就在大家七手八脚地将韩青青弄下了楼,一个邻居开来了自己的小面包车,准备将韩青青往上抬的时候,却见一辆警车从大门外面开进来了,警车停在了这堆人旁边,一名警官从车上跳了下来,问道,请问,是不是韩青青出事了?大家回答道,是,正准备送她去医院。警察说,是谁发现韩青青出事的?蒙梦说,是我,蒙梦,韩青青在唯美度的同事。警察说,我是魁门派出所的王纯警官,请大伙将韩青青抬到我的车上,立即送她去医院。所有人又手忙脚乱地将韩青青抬上了警车,蒙梦和她父亲也上了车,王纯朝车下喊了一声:谢谢大家!都回吧!说完就火急火燎地将韩青青送到了距离宏福苑不远的市第九医院。

Vol. 69

　　隋明不愿意自首,郝书成没有奈何,只能让隋明就那么躲在自己家里。
　　按照隋明的吩咐,郝书成不敢直接去隋明家里,也不敢给隋明家里打电话,中午学校放学时,郝书成开着车子,掐着点来到学校大门附近,等到了从学校跑出来的隋明上六年级的女儿,郝书成将小姑娘喊到车上,让她告诉家里大人,她爸爸有事去外地了,过几天就回来了,让家里人不要着急,并叮嘱如果有人问起她,不要说她见过他。孩子不明就里地望着郝书成,点了点头,便离开了。
　　郝书成心里感到特瞀乱,便想开车拉一阵子客。他将车开到汽车站,不久从站里走出来个陌生人对他说,他有急事想去市里,但班车还得等一阵子,他急得不得了,问郝书成能不能将他送到市里去。郝书成想,省城有韩青青,家里有隋明,两边的人都让他犯急,哪还有心思跑长途啊?就说,我也有些急事,在县城跑跑还行,出长途不行。那人说,我真的有急事,你就帮我一下好不好?车费我愿意多出。郝书成想想说,那就跑一趟吧,不过车费该收多少就多少,不会多收你一分钱。那人感激地说,小伙子真是个活雷锋,那我先谢谢你了。郝书成说,雷锋谈不上,县城的十佳司机倒是不假,赶快上车吧。在路上,郝书成将车开得飞快。客人说,小师傅开车技术看来不差,够得上十佳。郝书成笑了笑说,干一行就得爱一行,钻一行,既然开出租,就得让乘客满意不是?客人说,如今像小师傅这样的司机很少了,许多人的心思已经不在正道上啦。郝书成说,怎么说好人还是多。客人说,是,这应该是事实,不过有些人的作为,确实让人感到忧心。郝书成说,看来您不是一般人,想的说的都是大事,是个当官的吧?客人笑着说,你看我脸上有那官相吗?小小教书匠一个。郝书成说,教书好啊,我打小就梦想当个老师,可惜没当上。客人呵呵地笑了,说,是吗?现在开出租也很好啊。郝书成说,这不是总得挣钱谋生嘛,生活层次和质量与当老师比,能在一个层次上吗?又说,看您急呼呼的,来我们这里得是有啥急事情?客人说,可不是吗?有个恶心事。郝书成说,怎么啦?客人说,最近我们学校发生了一件龌龊事,有个近二十年教龄的老教师,居然将一个初二的女同学骗奸了一个学期,让人既惊讶又气愤更不齿,简直丢人死了。事发后,听说女同学躲到你们这里一个亲戚家里,那亲戚和我相熟,专案组就打发我来找找她,结果她并没有在这里,我得赶紧回去给专案组报告。郝书成说,这专案组也是吃麦秸了,咋能这样为难人家女娃娃,让人家女娃以后咋活人呀。客人说,也不是为难她,是害怕她出啥事,真不知道她会跑到哪里去,她爹她妈都快急疯了!老半天,客人又说了句,这样的畜生,该杀该剐!郝书成说,对,绝对不能便宜了他。客人说,听说你们县上也发生了一件事,一个出租车司机将一个女顾客奸污了,人已经躲得没影了。郝书成说,是,传说是那个女乘客提出用干那事顶车钱的。老师说,胡扯,你知道那个女乘客是谁?是市司法局副局长的女儿,在市上一家私企当副经理,来这里谈一笔业务,让那司机给糟蹋了。郝书成说,怎么你认识她?客人说,她家和我家住一个小区。郝书成心里一沉:完了!完了!

往返三个多小时,郝书成回到了县城。他急急地赶回家里,隋明正在看着一部电视连续剧。郝书成说,隋哥,你还真能坐得住,心里不慌啊?隋明说,心慌有啥用?半天你到哪里去了?我倒是心慌你!郝书成说,去学校见了我那小侄女,告诉她你出远门了,过几天回来。隋明笑了,说,还是书成兄弟靠得住。郝书成说,接着有个客人急着要去市里,我就送了他一趟。隋明说,那就好,别再乱跑了,就在家里陪隋哥。老实给你说,我不是坐得住,我是莫奈何,心里就像油锅煎哩。郝书成说,隋哥你听我一句话,这事迟早躲不过去,你还是去自首吧。要是觉得难为情,我陪你一起去好不好?隋明说,你这

个书成,怎么张嘴闭嘴逼着我自首?郝书成说,不自首还能有啥好办法?你知道那女的是谁?我到外面听人说了,她爸是市司法局的副局长,人家是一家私企的副经理,来咱们这里谈生意,你说的那些话谁信嘛。隋明不吱声了。郝书成说,你是在太岁头上动土哩,迟早吃不了得兜着走!隋明用惶惑的眼光看着郝书成,说,那该怎么办?郝书成说,赶紧去自首。有没有自首情节,判决结果大不一样。杀了人,不自首,一般都要人头落地;自首了的,就可能死不了,隋哥你想想,差距大不大……隋明打断郝书成的话,说,别胡扯了,这事怎么能和杀人比?说到底,不就是弄了个女……我还是不想自首。郝书成说,那好吧,你在家里看电视,我得去跑车,不然旁人会怀疑,郝书成怎么平白无故不出车了?

　　郝书成出去后又分别跑了一趟翟镇和马前镇,回到家里时已经是晚上八点多了。郝书成一进家门,隋明就问,怎么回来这么晚?郝书成说,今天生意不错,一出门就又去翟镇了,回来又去了一趟马前,返程也没放空车。隋明说,有没有听到啥消息?郝书成说,没听到。隋明说,只顾跑你的生意了,把隋哥的事就没往心里放。郝书成说,从昨晚事发到现在快一天一夜了,我想公安那些人肯定不会闲着,再说了,对方是谁?是司法局长的千金。有没有消息,这事都不会让你从干滩过去,非陷你两腿泥不可。隋明说,怎么总说这些吓人的话啊?郝书成说,我一路开车都在想,真的只有一条路,那就是自首,现在还为时不晚,错过了这个时机,后悔就来不及了。说话间,郝书成家的大门响了,有人在敲门,郝书成和隋明都吃了一惊。郝书成说,会不会是我爸我妈回家来了?隋明说,不管是谁,快先让我躲起来再说。郝书成将隋明带上二楼一间杂物间,说,就待在这里,你仔细听着,如果真是警察来了,倒应该是个机会,痛痛快快自首了吧。隋明说,你快下去吧。要是他们来了,我就从窗口溜下去了。郝书成下楼打开门,原来是隋明的媳妇打问隋明的情况来了。郝书成说,是嫂子啊,来打问隋哥的事吗?隋明媳妇说,还能是啥事,中午女女回来把你给她说的话给我说了,我总觉得有点不对劲,就趁天黑过来问下情况。郝书成还没开口说话,隋明就从楼上走下来了。媳妇惊讶地说,你、你躲在这里做啥?隋明说,昨晚在书成这里说话晚了,没回家,住这里了。媳妇说,那今天一整天呢?为啥不回家,也不出车?隋明不言声了。郝书成给女人倒了一杯水,招呼女人坐下,女人却对自己男人说,你这个坏家伙,说,那个女的是不是你强奸的？隋明脸一红说，你说什么呀？女人说，你说我说什么？这事外面都传疯了，不是你干的能是谁干的？隋明不说话了。女人忽然就给哭了，上前朝隋明脸上打了一巴掌，骂道，狗改不了吃屎，人家凤莲和秋梅眼睛都比我亮，看透了你哈怂一肚子粪，过门没几天都头也不回就扭屁股走人了，就我这瓜尻上了你的当，守在你家里上伺候老的下伺候小的，你如今还是吃着碗里望着锅里，把你给我打的那些保证都忘光了？女人说到这里，又要上前抓打隋明，被郝书成挡住了。郝书成说，嫂子甭生气了，事情已经这样了，坐下商量商量怎么办吧？女人气呼呼地在椅子上坐下，说，一听到别人说这件事，而他又没回家来，我就知道是他狗东西犯事了。女人转头问郝书成，兄弟你说，这事究竟该怎么了？郝书成想了想，看了看隋明，对女人说，那女人是市司法局副局长的女女，肯定不会善罢甘休的，我意思是让隋哥去自首，争取从宽处理。女人看看隋明，又看看郝书成，说，除此之外，没其他办法了吗？郝书成说，这已经是刑事案件了，只有咱先表示认罪伏法，最后才可能从轻处理，逃跑、躲藏、拒不认罪，一是你根本躲不了藏不了，二是只能使罪行越发加重。觉得郝书成讲得有道理，女人便对隋明说，那就去自首呗，还磨叽啥？隋明突然说，不，我不去自首。女的说，你不去自首，打算怎么办？隋明说，没打算，就这样呗，躲一天算一天。女人用嘲讽的口气说，往日人五人六疯张得很，弟兄们心中的大哥大，娘们眼中的风流王，如今怎么成这种日巴欻了？隋明说，说话归说话，嘴巴干净点。女人说，哼哼，快打电话叫那帮骚娘们救你吧，这时候只有我一个傻锤子不顶用，把你那些姐姐妹妹都叫来吧。郝书成看隋明两口子在拌嘴，就说了句，你两个甭置气了好不好？好好商量商量怎么办吧？要我说，最好还是去自首。

郝书成说完，便顾自打开了电脑，她想上网看看有没有韩青青的啥新消息。郝书成打开"楚剑雄暴力强奸案"专题，看见那些帖子还是下午看到的攻击和谩骂韩青青的那些个，就继续寻找新的跟帖，这时他突然看见了一篇题为《我的告白》的长篇帖子，心里一惊，马上想到这可能又是楚剑雄白毓秀他们捣的什么鬼，就想仔细将帖子读了下去。结果一读，郝书成觉得，这些话不像是其他人写的，而正是韩青青本人写的。郝书成心里又是一惊，脑子里突然再次跳出了"我的告白"几个字，郝书成一激灵，告白？什么意思？郝书成再一想，立马将帖子拉向末尾，他忽然看到了"韩青青绝笔"几个字。郝书成

忍不住大叫了几声:坏了！坏了！彻底坏了！一下子从椅子上蹦了起来。郝书成的举动将隋明两口子吓了一跳,隋明说,书成,你怎么啦？郝书成说,隋哥,嫂子,我不能陪你们了,我有急事了,我必须得马上走。隋明说,去哪里？郝书成说,省城。隋明说,半夜了去省城做什么？郝书成说,什么也别说了,我必须马上走。你们两口子在吧,继续寻思寻思,想好了就赶紧去自首,摆在隋哥面前只有这一条路了,你就听兄弟的吧,绝对不会有错。然后对女人说,嫂子,再劝劝隋哥,你带上他去自首,好不好？郝书成说完,抓起出租车钥匙,转身就出门了。

郝书成开上出租车,风驰电掣地飞奔了起来。这时,郝书成只觉得自己浑身冰冷,紧咬在一起的上下牙齿禁不住在颤抖,此时他真恨自己,恨自己为什么在看到楚剑雄他们出狱和诅咒谩骂韩青青的消息后,没有及时赶去省城,他也有点儿埋怨韩青青,多大的事呀,怎么就不想活了呀,怎么会做出这种傻事来呀？怎么办？怎么办？怎么办？郝书成一边开车一边不住地想着,心想他赶到省城后,还能不能赶上救人？郝书成一激灵,不行,绝对不行,像这样的速度赶到省城,一切都会晚了。他忽然想起来王纯警官,他当初给王纯报案时,王纯曾给他留过一个联系电话。郝书成将汽车停在路边,从手包里找到了王纯的名片,颤抖着手给王纯拨了个电话。王纯:喂,请问您是哪位？我是王纯警官。郝书成:我是和韩青青一起报案的郝书成啊。王纯似乎愣怔了一下,马上说,噢,知道了,您讲,有什么事情需要帮忙？郝书成说,韩青青自杀了,快去救救她吧。王纯声音忽然提高了:您说什么？郝书成！郝书成说,韩青青自杀了,就在不久前,他服药了！真的,我在网上看到的,我还在外地,赶不上趟了,你快去救救她好不好？王纯说,好,好,她现在在哪里？你告诉我地址,我马上就去。郝书成说,她住在宏福苑3号楼16楼19号,房号831619,求求您赶快去吧,我正在赶往省城的路上。王纯说,知道了,您放心吧。挂断了和王纯的电话,郝书成又拨通了他父亲的电话,他父亲已经睡了,有点迷糊地说,书成,有什么事吗？郝书成大声说,韩青青得病了,特别危重,我现在正往省城赶。父亲说,是吗？开车小心,不要急慌。郝书成说,爸,你给我卡上打五十万块钱好不好？给韩青青看病要花钱的。父亲犹豫了一下说,哦,五十万？要这么多？手头可能一时凑不齐,再说半夜也办不成啊。郝书成忽然号啕大哭了,说,算我借你的行不行？算我借你的行不行啊？父亲急忙说道，别哭，别哭嘛，有话好好说。仿佛沉吟了一下又说，你管你往省城赶吧，开车一定当心，我明天早晨把钱打过来，你到时查收就是了。郝书成想想说，等不了那么久了，那要不这样，我马上来市里找你，你赶紧准备钱吧，好不好？我一会儿就到。挂断了电话，郝书成又很快给隋明发了个短信：隋哥，我有急事，不能陪你了。别犹豫了，赶紧去自首吧。书成。

Vol. 70

王纯和蒙梦父女将韩青青送到了市第九医院后,医院立即组织医生进行了抢救,医生将韩青青平放在医疗床上,首先用高锰酸钾溶液洗了胃,同时用硫酸镁进行了导泻。发现韩青青血压有些下降,用去甲肾上腺素进行了静脉滴注,还加用了护肝药以保护肝脏,促进其代谢。

由于韩青青服药时间较短,送医院抢救比较及时,虽然服药剂量很大,但中毒并不是特别深,两个小时后就有点苏醒了。韩青青苏醒过来后,意识还十分模糊,气力也十分虚弱,王纯站在病床边,看着蒙梦不断喊青青、青青,我是蒙梦!韩青青只是略微动了一下眼皮,几乎再没什么反应,就又睡过去了。王纯问医生,问题应该不大了吧?医生说,问题不大了,生命体征基本平稳了,但要真正恢复,至少还得在治疗和休息一两个星期。王纯说,谢天谢地,那就好那就好,谢谢大夫。医生说,能将垂危的生命挽救过来,就是莫大的欣慰。王纯说,说得好。医生说,你也是一个好警察。王纯说,谢谢,惭愧。医生说,那这样吧,大家都离开病房,让病人休息。几个人就走出了病房,医生回了医护室。蒙梦安排她爸爸回家拿一些护理韩青青所需的一些东西,王纯便打发司机开着警车一同去了。王纯和蒙梦在走道的椅子上坐了下来。王纯说,谢谢你小蒙,多亏你来得及时,否则后果不堪设想。蒙梦说,按照原来的打算,是要早些来的,结果被其他事情耽搁了,真是。王纯说,不要自责了,是你救了韩青青一命。蒙梦说,青青好可怜,真的好可怜。转而又说,王警官,你怎么知道青青这里出事了? 王纯说,案件发生后,有个叫郝书成的小伙,自称是韩青青的男朋友,曾经和韩青青一起来派出所报过案,可能我当时给过他一张服务卡吧,上面有我的电话,不知道他怎么知道韩青青这里出了事,给我打电话求我快救韩青青,说他正往省城赶呢。蒙梦说,原来是这样,没听青青说过他有这样一个男朋友,他又是怎样知道青青出事了? 王纯说,等会儿他就赶来了,来了一切就明白了。正说着,郝书成的电话就打来了,问王纯韩青青情况怎样了? 王纯告诉郝书成,人已经抢救过来了,让他放心。郝书成说,谢谢您王警官,真不知道该怎么感谢您。王纯说,您客气了。你走到哪里了? 郝书成说,刚刚经过离桥,很快就进城了。离桥是省城的一个远郊县,王纯说,那好,韩青青住在市九院。郝书成说,好,谢谢王警官。挂掉郝书成的电话,王纯问蒙梦,你和韩青青是同事? 蒙梦说,是,她是我们的总助,我是办公室主任。王纯说,你对这个案件怎么看? 蒙梦说,怎么看? 怎么看先不说,王警官你想想,韩青青与楚剑雄和白毓秀打官司,这两边的力量对等吗? 王纯说,打官司要的是证据。蒙梦说,事实已经证明了,谁势力大谁的话就是证据,谁势力大证据就在谁的手里。王纯望着蒙梦不说话。蒙梦说,难道不是吗? 楚剑雄本来就是一个无恶不作的大流氓,见了漂亮女人就流哈喇子,你打听一下,凡在他那里做过事情的女孩子,哪个逃过他的魔掌? 好在……我没在他手下呆过,人家也没有看上我,我才躲过了这一劫。只不过,他这次遇到韩青青,就没有以往那么顺当了,韩青青不愿意从他,这就惹得他恼羞成怒了,不惜花人力、财力和工夫来整治韩青青,结果呢,韩青青不仅没有逃出他的手心,一个大屎盆子还扣在了韩青青头上。韩青青为什么要死,王警官你知道吗? 除了之前对案件的不公正判决之外,就在楚剑雄和白毓秀昨天从拘留所出来后,今天上午,他们又紧锣密鼓地组织对韩青青的报复了,给宏福苑内外贴上了侮辱韩青青的大标语,给宏福苑附近的大街小巷贴上了侮辱韩青青的小传单,说什么有名有姓和韩青青发生关系的男人有四十七个,和韩青青有染的男人不下二百个。最恶劣的是,他们还将韩青青的相片印在传单上。而下午那四个赶来宏福苑欺负殴打韩青青的恶女人,就是她们花钱雇来的,我为啥这样说,因为白毓秀先是动员我去给他们雇用人,被我拒绝后,然后就另安排手下人这样做了。当时我知道了这件事后,立即联系了韩青青,

让她当心点,可她没在意,等我晚上过来看她时,事情已经发生了。王警官您想想,这种事情放到任何人身上,她还能活吗?想活也活不成了。那些人这样做,这样肆无忌惮地诋毁、损害他人的名誉,是不是犯了绑架罪、非法拘禁罪、故意伤害罪、侮辱罪、诽谤罪和强奸罪?像他们这样陷害和践踏他人,硬生生地逼迫人死于非命,难道就不是犯罪吗?王纯说,嗬,你蒙梦懂的还真不少嘛!蒙梦皱了一下鼻子说,你以为四年大学是白上吗?王纯说,你说的都是真话吗?蒙梦说,我有必要说假话吗?王纯说,就你说的这些事情,你敢出面作证吗?蒙梦说,为了还青青以清白,有什么不敢?王纯突然伸出双手,握住蒙梦的右手,使劲摇了起来,嘴里说道,小蒙你是个有正义感的好姑娘,谢谢你。蒙梦被王纯抓着手,红着脸任王纯就那么摇着,末了却调皮地说了句,也希望您能是个有正义感的好警察。王纯放开蒙梦的手,笑着说,当然,当然。

　　蒙梦的爸爸从家里把东西带来了。将医院的事情安顿好,王纯就打算离开了。这时候,郝书成来到了医院,一进医院大门,郝书成就不断哀哀地呼叫着,青青,青青,青青……王纯将他接到韩青青的抢救室,当看见韩青青静静地躺在病床上的时候,郝书成忽然大叫了一声,直扑到韩青青身上,抱住韩青青失声痛哭了起来,嘴里就不住地喊着青青啊,青青啊,你怎么这么傻啊,你怎么这么傻啊……郝书成的哭声惊动了医护室的值班人员,大家齐齐跑到抢救室,主治医生和护士拽住郝书成,劝道,别哭,别哭好不好,不要惊扰了病人,其他病人还要休息。可郝书成根本不管不顾了,抱着韩青青就是一个劲地哭,任医生和护士怎么拉,也将他拉不起来,医生和护士无奈地看着王纯和蒙梦,王纯和蒙梦也伸手去拉郝书成,依然拉不起来。郝书成越哭越悲伤,越喊越哀痛,一时间涕泪俱下,哽咽不已,仿佛要将这些年积压的所有伤心和委屈,全都发泄出来。站在旁边的医生、护士,还有王纯和蒙梦,一时被这个毫不听劝的男人弄住了,不知道该怎么办才好,被惊扰的其他几个病人和家属也都赶了过来,其中一个家属不满地说,这是干什么呀?半夜三更的像怎么回事嘛?随着这句话落音,几个人都朝医生和护士望去,这时护士脸上也挂上了不悦的神情,上前扯扯郝书成的肩头,说,哭几声就行了,看看多少人在瞅你哪!这时郝书成才抬起泪水涟涟的脸,扭头朝大家望了望,站起身说,对不起,对不起。就在人们悻悻散开的当儿,韩青青仿佛微微叹了口气,忽然间就醒了过来,郝书成、蒙梦、王纯,还有医生和护士马上围了上去,郝书成一把抓住韩青青的手,急急地叫道,青青,青青,你醒了,快看看我,我是书成,我是书成啊！韩青青的眼睛微微睁了一下,接着就有两道泪水从眼角缓缓流淌了下来,被郝书成抓着的那只手,还将郝书成轻轻抓了一下。郝书成的眼泪又下来了,转头激动地说,她醒过来了,她醒过来了。医生上前摸了摸韩青青的额头,又摸了摸脉搏,将韩青青的眼皮翻起来看了看,说,基本醒过来了,大家可以放心了。医生看了看表又说,已经凌晨四点多了,都休息一会吧。郝书成对王纯和蒙梦说,感谢你们了,也感谢大夫和护士,你们辛苦了,等青青病情恢复后,我们一定会登门道谢的。累了大半夜,你们赶紧休息吧,这里有我伺候就行了。看郝书成这样说,医生说,我看行,就留他一个在这里吧,其他人都休息吧。这时蒙梦说,你给我们说说,你是怎么知道青青出事的？郝书成说,怎么？你们还不知道？青青写了个《我的告白》发到了网上,我看见时她已经发帖两个多小时了,知道她已经服毒了,我当时都要急疯了,可老家离这里几百里路,远水解不了近渴,突然想起我有王警官的电话,就冒昧打给他了。王纯说,你这个电话打得好啊。蒙梦说,真是,这个青青,啥重要都没有命重要啊,这个人太要强了。转脸对王纯说,回去看看青青的告白吧,许多事情在那里会找到答案的。王纯点点头。蒙梦说,青青的案件办成这样,实在让人于心不甘。这时郝书成说,这案子绝不能就这样了断,王警官,煌煌太平盛世,太欺负人了,等青青恢复过来后,我一定协助她继续申诉,一定要让这些有钱有势却无法无天的坏蛋们,尝尝法律和正义的厉害。王纯用欣赏的目光望望郝书成,又望望蒙梦,说,申诉,任何时候都是每个公民的权利,只要有决心,有毅力,摆证据,讲道理,没有审不明、断不清的案子。眼下先把病人照顾好,等韩青青病好转了再说吧。医生说,煮些绿豆汤,里面放些蜂蜜,等病人醒来后给她喝喝,可以活血凉血、清热解毒。蒙梦说,我回到家里马上煮汤,弄好后我就送过来。

Vol. 71

送走了蒙梦父女和王纯,病房里就只有郝书成和韩青青了。这时天已基本亮了。但郝书成丝毫没有睡意,他始终轻轻握着韩青青的手,目不转睛地看着韩青青的脸,看着这张平日漂亮妩媚的脸,已经变得蜡黄了,郝书成心里一痛,止不住眼泪叭叭地滴落在了韩青青的脸上。可能是由于眼泪滴打的缘故吧,昏睡过去的韩青青再次睁开了眼睛。郝书成哽咽着说道,青青,我是书成,我就在你身边,你快醒过来吧,快醒过来吧。这次韩青青睁开眼睛后,并没有很快将眼睛闭上,她静静地望了一会郝书成,含混地叫了声,书成……郝书成说,是我书成,你看见我了是吗?韩青青点点头,微弱地说,你……为什么……要救……我……郝书成忍不住又哭了起来,他哭着说,青青你真傻,为什么要干这种傻事啊?你不知道我们大家离不开你吗?你走了我该怎么办?你爹妈该怎么办?还有虎子怎么办?你真傻啊!韩青青的眼泪再次缓缓地流了下来。

韩青青又睡过去了。当她再次醒过来时,已经是下午的四点钟了。期间王纯和蒙梦都先后来过了,王纯给韩青青送来了一个花篮和一篮水果,蒙梦将已经煮好的绿豆汤用保温饭盒带了过来,还带来了一小袋绿豆和一罐蜂蜜,看见韩青青睡得很平静,呼吸也很平稳,他们没有久留就离开了。韩青青这次醒来后,好像变成了一个正常的人,虽然极度乏困但头脑已经清醒了。

韩青青问郝书成,你怎么在这里?郝书成说,我不能在这里吗?韩青青闭了一阵眼睛,说,是谁将我送医院的?郝书成说,王纯警官和蒙梦父女。韩青青哦了一下说,他们怎么知道的啊?郝书成说,我在网上看见了你的告白,就给王纯警官打了个电话,他来到宏福苑时,蒙梦和几个邻居已经将你弄楼下了。韩青青没吱声,闭上了眼睛。郝书成说,你怎么那么傻啊,千万再不要胡思乱想了,再不能做傻事了。韩青青闭着眼睛说,你们不应该救我,我已经活够了。郝书成眼睛一酸,眼泪又下来了,说,胡说什么呀?你人死了,留下那个告白顶什么用?既然有死的勇气,难道没有和那伙坏蛋斗下去的勇气?昨晚我和王警官还有蒙梦说好了,等你病好后,你就去申诉,我们一定要帮你打赢这场官司。韩青青睁开眼睛,眼里流露出一丝光亮,说,是吗?谢谢你们。王警官怎么说?郝书成说,他虽然没明确说什么,但我看他有那个决心。大家都有决心了,你却退缩了,那怎么行?听着郝书成的话,韩青青默默地淌着眼泪。郝书成将蒙梦送来的绿豆汤倒进碗里,给里面和了一些蜂蜜,用勺子一勺一勺喂韩青青喝。郝书成喂着,韩青青的泪水竟越来越多了。郝书成说,别难过了,乖乖把这些绿豆水喝下去,医生说这东西喝了可以凉血解毒。韩青青却哽咽着叫了一声,书成……就推开郝书成的手,不喝了。郝书成不明白韩青青怎么了,一时不知道该怎么办。两个人沉默了良久,郝书成首先开口说,青青,我爱你,这次我来了,再也不走了,我要永远陪在你的身边,希望你能够接受我,不要赶我走好吗?看见韩青青闭着眼睛不吱声,郝书成又说,既然你愿意在省城待,那咱就待在省城,我这次带了一些钱过来,一为了给你治病,二打算给咱们在省城买一间房子,钱不够再想办法,我不再回县上了,就在省城开出租,开不成出租,干其他行当也行。等将这里安顿好了,咱们就把虎子从老家接来好不好。青青,只要你不嫌弃我,我会好好对你和虎子的,会努力打拼挣钱的,咱们的日子一定会过得越来越好……在郝书成说话的过程中,韩青青一直在默默流泪,当郝书成说到"咱们的日子一定会过得越来越好"时,韩青青突然忍不住哭出了声。郝书成吓了一跳,立即打住话头,慌忙忙问,青青你怎么啦?我、我只是随便想想,随便说说,我不会为难你,你说怎么办就怎么办,你让我回县上,我就回县上……韩青青却哭得更厉害了。郝书成心里涌出了一股悲凉,以为韩青青还有啥想法,只好不再说话了。半天,韩青青渐渐不哭了,她低声地对郝书成说,书成你怎么这么傻啊?怎么这么

执拗啊？韩青青有什么值得你爱恋的？和我在一起，你会后悔的。打发你走，是真心为了你好，我不想害了你。郝书成说，你总是用这样的话搪塞我，拒绝我、打发我，我知道你打心里瞧不上我，可我……韩青青说，比我好的姑娘多的是，你应该找一个好姑娘，知道吗？郝书成抢过话头说，你、你为什么总要这样想啊？韩青青说，如今我不说你也看到了，我就是这样一个任人欺凌和践踏的女人，打小起就受了说不清的罪，也做过对不起家人的事，我经历的太多了，名声已经破碎了，已经残花败柳了，我……没有资格和你在一起……不！郝书成突然大喊了一声，不许你这样说自己，在我郝书成心中，你永远是世上最好的女人，我这辈子谁也不要，就要你！你要是再忍心拒绝我，我这一生就独身到底了！听郝书成这样说，韩青青不再说话了，半天她叹了一口气，说，你可真犟、真傻啊书成，我该怎么说你呢？郝书成说，啥话都不要说了，等你病好了，咱们就回老家举行婚礼，然后就将虎子接来一起住好吗？韩青青忍不住又泪流满面了，嘴里轻轻地喊了一声书成，伸手将郝书成的手拉在了自己的胸前，两个人抱在了一起，低声地饮泣了起来。

次日上午，吃过早饭，医生将韩青青换到了一间普通病房。安顿好病房后，韩青青要下床试着走走，郝书成不乐意，两个人拗了一会劲儿，最后郝书成拗不过韩青青，便将韩青青抱下床，搀扶着在地上慢慢挪着脚步走。这时候，蒙梦来了，一进门蒙梦高兴地说，怎么换病房啦？这说明青青恢复很快嘛。郝书成将韩青青抱到床上，说，小蒙你说这人怎么这么犟，咋说也不听话，非要下床走走。蒙梦说，你以为呢，总以为娶这样个老婆心里快活是吗，现在知道了吧，难伺候着呢！韩青青笑了，却问蒙梦说，你真的不去唯美度了吗？蒙梦说，当然不去了，辞职报告都交了，蒙梦把她白毓秀炒鱿鱼啦！韩青青说，手续办了吗？蒙梦说，自由职业者，办是那，不办也是那，无所谓。韩青青说，也好，等我病好了，哪天咱俩一起去办吧。蒙梦说，哪天？等官司打赢的那一天，咱们一起去办，气死他楚剑雄和白毓秀。韩青青又笑了，说，从来没见过你像现在这样开心。蒙梦说，在银座和唯美度那种破地方，一直被那两个老东西攥在手心，整天连个大气都不敢出，还怎么开心啊？这时王纯打来了电话，郝书成说，王警官，我是郝书成。王纯说，韩青青情况怎么样？郝书成说，比昨天明显好多了，已经换到普通病房了，我看住不了多久就可以出院。王纯说，可别，一切听医生的，别自作主张好不好？郝书成说，当然得听医生的,我说说而已。这时蒙梦想从郝书成要电话,郝书成急忙对王纯说,王警官,蒙梦要给你说话。蒙梦接过电话说,王警官今天不来医院了吗?王纯说,来不了了,要出城办点事儿。蒙梦说,你们好忙啊,青青的告白看了没?王纯说,看了。蒙梦说,有什么感想?王纯沉默了一下说,心情很沉重。蒙梦说,王警官,人之将死,不光其言也善,而且其言也真,青青绝对没有说假话。王纯说,这点我相信。蒙梦说,我和青青还有郝书成已经谋划好了,待青青病一好转,就开始申诉,到时你可别躲老远啊。王纯说,那怎么会?申诉永远是每个公民的权利。蒙梦说,看看,大话套话又来了。王纯笑了。蒙梦说,看完青青的告白后,我也跟了一个帖子,将昨天所看到的白毓秀他们如何张贴大标语和小传单,如何组织人上门侮辱殴打青青,直逼得青青走投无路,最后服毒自杀,以及我们如何抢救青青的过程全部发在网上了,目的在于还事情的本来面目。王纯说,这个我也看到了,自从韩青青的告白发出后,那个无涯网又活跃起来了,网友的跟帖也踊跃起来了,如今大家又好像蜂拥般站在韩青青一边了。蒙梦说,如果没有这次以死鸣冤,青青的冤屈真可能就永世沉入海底了,真可能让那些恶人得逞了。王纯想了想说,要我说吧,治病和申诉并不矛盾,申诉不一定非得等到韩青青痊愈出院之后搞,那是不是有点太晚了?当前首先要做的事情,应该很快请求公安机关对最近发生的一系列事件,譬如大标语、小传单、侮辱殴打韩青青的事实进行调查,进而收集和保全证据,包括侮辱殴打韩青青当时在场的邻居,事发时宏福苑的视频录像等等,一定要防止证据灭失。打官司就是打证据,没有了证据,谁在法庭上都会无话可说。蒙梦说,知道了王警官,您的这几句话才算是说到点子上了,才算是帮了受害人,谢谢您的提醒,不打搅您了,您赶紧忙您的吧,我和青青还有郝书成合计一下,马上着手准备申诉。

  蒙梦挂掉电话,正要将王纯的意见转告韩青青和郝书成,这时忽然从病房外面走进了四个人,而且全部是警察。这让屋里的人吃了一惊,蒙梦说,请问你们找谁?走错门了吧?郝书成马上走到韩青青跟前,轻轻拍了拍韩青青说,没事儿,你管你安静地休息。给韩青青扯好被角,郝书成刚转过身,就听见一个警察说,请问你是郝书成吗?郝书成一激灵说,是,我是郝书成。警察迅速将手里的一张照片与郝书成本人比照了一下,接着说,这三位同志是从你们老家县城来这里执行任务的,请你能够予以积极配合。郝书成茫然地望

着说话的警察,这时另外一个警察说道,出租车强奸案犯罪嫌疑人隋明已于昨天上午归案,经查,郝书成在隋明所犯一案中,有窝藏包庇犯罪嫌疑人隋明之嫌疑,经××县公安局批准,现对郝书成予以刑事拘留,带回本局接受调查。这名警察说话时,郝书成才依稀觉得,这个人似乎有点面善,好像以前在哪里见过。警察的话音一落,就有另两名警察走上前,咔嚓一声给郝书成手上戴上了铐子。说,请跟我们走吧。

　　站在一旁的蒙梦完全傻眼了,静悄悄的一声也不敢吭,一动不动地看着眼前发生的一切。躺在病床上的韩青青欠起身子,用微弱的声音问道,书成,这究竟是怎么回事?郝书成说,县上的一个出租车司机隋明犯了案,跑到我家里躲了一两天,我一直劝他自首,他犹豫不决。郝书成转脸对警察说,就在来省城的路上,我给隋明发了短信,要他主动自首,这事总有吧?警察说,没错,我们看到了你的短信,最后隋明也确实是在他爱人的陪同下,离开你家向公安机关作了自首,不过隋明在你家的两天当中,你并没有主动向公安机关进行举报,而且你还去过学校,给隋明的家人通风报信。好了不说了,回去接受调查吧,一切都会水落石出的。郝书成怔怔地站了一会,眼睛里突然涌出了泪水,对警察央求道,警察同志,我女朋友的病情还十分危重,能不能让我……警察立即打断郝书成的话,别啰唆了,赶快走吧!郝书成转脸对韩青青说,青青你别担心,事情很快会弄清楚的,我很快就会回来,相信我,我绝对没有犯罪。接着又对蒙梦说,小蒙拜托你了,请你代我照顾好青青,一定把她照顾好,等着我回来。蒙梦咬着嘴唇,不住地点着头,泪水也已经溢满了眼眶。

　　就这样,郝书成被老家县上警察突然就给带走了。郝书成一走出病房门,韩青青就一下子昏厥了过去。蒙梦急忙上前抱住韩青青,一迭声地叫着:青青,青青……

2013 年 1 月 3 日于西安

图书在版编目(CIP)数据

涩涩的青春/江沛言著. —西安:太白文艺出版社,2013.5
ISBN 978-7-5513-0469-6

Ⅰ.①涩… Ⅱ.①江… Ⅲ.①长篇小说-中国-当代 Ⅳ.①I247.5

中国版本图书馆CIP数据核字(2013)第103569号

涩涩的青春

作　　者	江沛言
责任编辑	曹　彦　王超群
封面设计	高　薇
出版发行	陕西出版传媒集团 太白文艺出版社 (西安北大街147号　710003)
经　　销	新华书店
印　　刷	陕西天地印刷有限公司
开　　本	787毫米×1092毫米　1/16
字　　数	220千字
印　　张	18.25
版　　次	2013年12月第1版第1次印刷
书　　号	ISBN 978-7-5513-0469-6
定　　价	35.00元

版权所有　翻印必究
如有印装质量问题,可寄印刷厂质量科对换
邮政编码　710054